생의 찬미

| **일러두기** |

* 여러 기록을 바탕으로 실존 인물과 실제 사건을 참고해 썼으나, 이 작품은 소설이다. 작가가 빚어낸 허구적 상상력의 소산임을 밝힌다.

생의 찬미

1

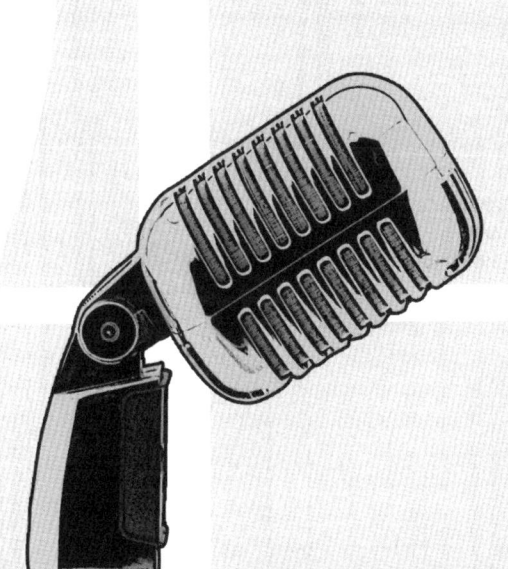

서자영·강헌 장편소설

생의 찬미 1

1쇄 발행 2022년 3월 31일

지은이 서자영·강헌
펴낸이 배선아
편 집 유민우
디자인 엄인경
펴낸곳 (주)고즈넉이엔티

출판등록 2017년 3월 13일 제2021-000008호
주소 서울특별시 중구 청계천로 40, 1203호
대표전화 02-6269-8166 **팩스** 02-6166-9199
이메일 gozknockent@gozknock.com
홈페이지 www.gozknock.com
블로그 blog.naver.com/gozknock
페이스북 www.facebook.com/gozknock
인스타그램 www.instagram.com/gozknock

ⓒ 서자영·강헌, 2022
ISBN 979-11-6316-299-5   04810
   979-11-6316-298-8   (세트)

표지/내지이미지 Designed by Getty Images Bank, Freepik

잘못된 책은 구입하신 서점에서 교환해 드립니다.
이 책은 저작권법에 따라 보호받는 저작물이므로 무단 전재와 복제를 금합니다.
이 책의 전부 또는 일부 내용을 재사용하려면 사전에 저작권자와 본사의
서면 동의를 받아야 합니다.

차례

들어가며 · 006

1장 1926년 8월 4일, 새벽 · 009

2장 목포 · 059

3장 1923년, 여름 · 115

4장 독창회 · 185

5장 평양, 그리고 · 231

6장 하얼빈 · 277

7장 재회 · 325

8장 첫사랑 · 381

9장 유작 · 425

들어가며

 '아니 땐 굴뚝에 연기나랴'라는 속담이 있다. 완전한 헛소문은 없다는 말이다. 하지만 소문은 종종 그럴 만한 이유가 없음에도 퍼진다. 심지어 모두가 그렇다고 확신하는 역사적 사실조차 '아니 땐 굴뚝에 난 연기'일 때가 있다.
 언제나 모두의 믿음과 실제 사실이 다른 이야기에 흥미를 느껴왔다. 이번 소설 역시 거의 확증적 진실로 굳어진 이야기의 진짜 '사실'에 대해 다룬다. 모두가 논문을 찾아보고 신문 기사를 뒤져보진 않을 테니, 결국은 이 소설 속 내용만으로 소문을 진실이라고 믿고 있는 독자들을 설득해야 했다. 그래서 이 소설은 특히나 도전이었다.
 『생의 찬미』는 우리가 지금까지 알지 못했던 윤심덕의 진짜 '생'에 대한 이야기다. 우리가 지금까지 대중문화에서 소비했던 윤심덕은 사랑을 위해 미련 없이 생을 버린, 사랑에 목숨을 건 낭만적인 여인이었다. 하지만 실제 역사 속 윤심덕은 사랑을 위해

생을 버리는 로맨티시스트와는 거리가 멀다. 그녀는 그 누구보다 치열한 인생을 살았다. 그녀의 모든 시간들은 화려하고 찬란한 생을 위함이었다. 어쩌면 그녀의 그 요란스러운 죽음조차도 빛나는 생을 위한 조연에 불과하지 않았을까.

　독자들이 이 소설을 덮으며 '두 사람이 같이 죽었지'라는, 오래된 믿음의 마지막 문장에 '두 사람이 같이 죽었지?'라고, 물음표라도 하나 찍게 된다면 성공이라고 생각한다. 부디 모두가 믿어 의심치 않았던 그 소문이 아니 땐 굴뚝에서 났다는 것을, 어쩌면 누군가 의도를 가지고 연기가 나는 척했을 수도 있다는 것을 많은 이들이 알아주기를 바란다.

1장
1926년 8월 4일, 새벽

창덕궁과 경복궁 사이에 위치한 정통 양반들의 터전인 북촌에서도 가장 가운데 자리한 화동 구교사가 동아일보의 현 사옥이었다. 조선왕조 말 학부대신 이용태의 사저를 기호학회에서 사들여 개축한 내력을 가진 이 건물에 월세 120원을 주고 처음 신문사를 시작할 때만 해도 이곳은 다 쓰러져 가는 고가 두 채가 세워진, 늙은 소나무가 엉성하게 늘어선 거친 터에 불과했다. 널빤지와 양철 판으로 얽은 방을 만들어놓고선 그곳을 편집국이라고 했으니 뭐 다른 곳은 더 설명할 것도 없었다. 사장실과 서고만 겨우 별실로 마련할 수 있었고 그 외 모든 부서는 한방에 합쳐야 했는데 그나마도 기다란 책상 세 개가 당시 편집국의 전부였다.

그리 시작한 신문이 어느새 '부르주아 신문사'라는 비난을 받고 있으니, 10년도 채 지나지 않았음에도 격세지감을 느낄 만했다. 외부의 비판이야 오해로 치부한다 해도, 2년 전 창간 멤버들이 더 이상 동아일보는 민족 신문이 아니고 일부 조선 사업가들의 기관지에 불과할 뿐이니 이런 곳에선 일할 수 없다고 힐난하며 대거 사표를 쓴 것은 참으로 뼈아픈 일이 아닐 수 없었다.

그렇게 부르주아 신문이란 비난을 받을 때마다 동아일보 기자들이 방패막이 삼았던 것이 바로 이 사옥이었다. 부르주아 신문사의 사옥이 이 꼴인데 대체 지금 조선에 부르주아라고 부를 만한 부자가 어디 있냐며 그러한 비난을 헛소리라고 쏘아붙이곤 했다. 그것은 단순히 상황을 면피하기 위한 변명이 아니라 진심이었다.

혹자는 그러한 반박마저도 전형적인 부르주아 사업가의 논리라고 했지만, 그것은 그저 관점의 차이에 불과했다. 이곳의 사람들 역시 나라를 걱정하는 마음은 진배없었다. 다만 이 시대를 어떻게 읽어낼 것이며, 이 난세를 어찌 돌파할 것이냐에 대한 생각이 다를 뿐이었다. 그리고 분명한 것은 흔히들 말하는 이 '부르주아'의 관점 역시 이 시대에는 필요한 시선이라는 것이었다.

여하튼 이런저런 여러 가지 이유로 신사옥을 짓는다고 했을 때 그것을 반대하는 내부 의견이 일부 있었다. 반듯하고 그럴싸한 사옥이 생기면 정말로 부르주아 신문사라는 오명을 벗을 수 없지 않냐는 것도 반대 의견 중 하나였다. 그러나 사장을 비롯한 취체역(取締役: 주식회사 이사의 일본식 명칭)의 대부분은 구더기 무서워 장 못 담그냐며 그러한 걱정을 가벼이 일축하고는 불타 없어져 나온 명월관 자리를 사서 건물을 올리기 시작했다.

찬성과 반대, 비난과 옹호가 뒤섞인 난리 통 속에서도 신사옥은 착실히 올라가서 곧 완공을 앞두고 있었다. 이쯤 되자 이제 대부분의 사원들은 현 사옥을 떠나서 새 공간으로 가는 것이 좋다는 것에 동의했다. 하지만 다들 이 북촌을 떠나는 것만은 매우 아쉬워했다. 출퇴근이 힘들고 취재를 위해 나갔다 들어오는 길이 불편하긴 했지만 이 오래된 양반들의 거주지가 가진 특유의 우아함과 고즈넉함을 모두 사랑했던 것이다. 세파에 지쳐도 이곳에만 들어서면 행동이 느긋해지고 마음이 느슨하게 풀어지게 하는 어떤 분위기가 여기엔 있었다.

"빌어먹을. 불편해 죽겠네."

물론 그러한 낭만적인 분위기를 조금도 이해하지 못하는 부류도 존재했는데 석구가 바로 그 대표적인 인물이었다. 석구는 심지어 창간 멤버이면서도 이 사옥에 조금의 애정도 없이 가장 많은 불만을 표하곤 했다. 특히 당직을 서는 날이면 석구의 짜증은 극에 달했다.

현재는 신문사 사옥이라 해도 한때나마 교사로 쓰던 건물이었으니 학교에서 서는 당직인 셈이었다. 왠지 그것 자체만으로도 무언가 오싹하고 섬뜩한 느낌이었는데 거기다 불편하기까지 하니 여러모로 최악의 조건이 아닐 수 없었다. 당직자는 시설이 좋지 못한 세면대를 이용해 씻어야 했고, 딱딱한 의자에 몸을 구긴 채 자야 했다. 이런 상황이니 당연히 모두가 당직을 썩 좋아하지 않았는데, 석구는 모두가 싫어하는 감정의 백 배쯤 더 싫어했다.

"에이, 씨."

잘 돌아가지도 않는 수도꼭지를 잠그는 석구의 손에 짜증이 묻어났다. 수건으로 젖은 머리를 털어내면서 석구가 편집실 안으로 들어섰다. 올해 여름은 모기가 유독 극성이었다. 편집실 안은 곳곳에 피워둔 모기향 때문에 공기가 메케했다. 연기 때문인지 코끝이 아려서 석구가 젖은 수건에 코를 풀었다. 더위를 많이 타는 석구에게 여름날 서는 당직은 그야말로 고문이었다.

"대체 왜 당직을 서라는 거야."

쌓인 원고지와 펜촉, 잉크, 구겨진 종이 등을 한쪽으로 밀어 엉망인 책상을 대충 치운 석구가 의자에 몸을 기댄 후 책상 위에 다리를 올렸다. 뒷주머니에서 꺼낸 담배를 입에 물고 책상 위를 더듬거려 성냥을 찾아 불을 붙이자 모기향에 담배 연기가 섞여 들어갔다. 순식간에 안개 낀 것처럼 편집실 공기가 희뿌옇게 변했다. 흐린 눈을 비비며 석구가 크게 하품했다.

이번 주 내내 당직을 서라고 윗선에서 지시가 내려온 까닭에 팔자에도 없는 열혈 기자 노릇을 하는 중이었다. 꼭 편집국장이 남아 있어야 한다고 하니, 딴 놈한테 넘길 수도 없었다. 참으로 기가 찬 일이 아닐 수 없었다. 6월에 6·10 만세 사건으로 호외를 돌리고 활동사진 전국 순회 상영을 하느라 온 신문사가 정신없이 난리가 났을 때도 후배 상철을 시키고 석구 자신은 꼬박꼬박 퇴근했었는데, 아무 일도 없는 이때 당직이라니 참 황당했다.

내일은 마누라한테 속옷과 저녁 도시락까지 챙겨 오라고 연락해야겠다고 생각하며 다 피운 담배를 벽에 비벼 껐다. 누런 벽 여기저기에 얼룩진 시커먼 담배 흔적이 하나 더해졌다. 처음 이곳에 자리를 잡을 때부터 시작된 석구의 오랜 습관이었다. 결벽증인 상철은 석구가 그러는 꼴을 볼 때마다 더럽다고 치를 떨었다.

그 새끼는 덩치는 곰 같은 게 뭐가 그리 까탈스럽고 가리는 게 많은지. 상철의 예민함을 떠올린 석구가 혀를 끌끌 찼다. 점심때 침 묻은 숟가락으로 찌개를 휘젓는다고 상철에게 잔소리 들은 일이 떠올랐던 것이다. 아주 발에 무좀이 나도록 굴렸어야 그놈의 결벽증을 고쳤을 텐데. 석구가 자비로운 선배였던 자신의 과거를 반성하며 눈을 감았다.

맥락 없이 떠다니는 생각 속에 정신을 맡기자 얼마 지나지 않아 석구의 입이 벌어졌다. 곧이어 쌕쌕거리던 숨소리가 리드미컬하게 변하더니 석구가 숨을 몰아쉬며 코를 골기 시작했다. 석구의 온몸을 지탱하고 있는 의자가 금세라도 넘어질 것처럼 위태롭게 흔들거렸다. 바로 그때 시끄러운 전화벨 소리가 고요한 편집실을 뒤흔들었다. 놀란 석구가 눈을 번쩍 떴다. 순간 균형을 잃은 의자가 뒤로 넘어갔다. 허둥거리던 석구가 바닥에 엉덩방아를 찧었다. 아픈 곳을 문지르기도 전에 기자의 본능으로 수화기를 먼저 집어 들었다.

"네, 동아일보입니다."

난리 통에 바닥에 떨어진 전화기를 들고 몸을 일으키던 석구가 일순 동작을 멈췄다. 앉은 것도 선 것도 아닌 어정쩡한 자세 그대로 몸을 굳힌 채 눈이 휘둥그레진 석구가 소리 없이 입만 뻐끔거렸다. 어찌나 놀랐는지 순간 목이 잠겨 아무 소리도 나오지 않았다.

"……뭐라고요?"

두어 번 헛기침을 한 뒤에야 목을 긁으며 새된 목소리가 밖으로 튀어나왔다. 수화기 너머에서 들려오는 남자의 단호한 말투와 낮고 서늘한 음성에 목뒤로 소름이 돋았다. 석구가 몸을 부르르 떨며 마른침을 삼키는 순간, 전화가 끊겼다.

"여보세요, 여보세요?"

누구냐고 묻기도 전이었다. 이미 끊긴 수화기를 들고 두어 번 하릴없이 상대를 부르던 석구가 기운 없이 수화기를 내려놓았다. 혹시나 다시 전화가 걸려올까 싶어서 자리에 선 채 한참 동안 전화기를 노려보았지만 전화기는 다시 울리지 않았다. 무거운 침묵 속에 홀로 남았다. 윙, 귓가에서 들리는 모깃소리에 놀라 자신도 모르게 목을 움츠렸다. 그제야 정신이 좀 들었다. 손을 아무렇게나 휘저어 모기를 쫓은 석구가 쓰러진 의자를 바로 한 뒤 앉았다. 아까 전화로 들은 이야기를 정리하기 위해 담배를 꺼내 불을 붙였다.

뭐랬더라. 윤심덕이 관부연락선에서 투신? 그것도 정사? 남자와? 상대가 김우진? 두 사람이 관계가 있었던가? 떠올린 문장 중에 믿을 만한 이야기는 단 하나도 없었다. 윤심덕은 자살할 여자가 아니었다. 게다가 정사? 사랑 때문에 죽었다고? 천하의 윤심덕이? 지나가는 개가 웃을 소리다. 거기다가 상대가 뭐? 김우진? 윤심덕과 김우진이 서로 아는 사이였나? 윤심덕과 꽤 가까웠으니 관계있던 남자들에 대해 거진 다 안다고 자신하는 석구였다. 김우진은 매우 낯선 이름이었다.

아무리 생각해도 신뢰 가지 않는 정보였다. 장난 전화일 가능성이 농후했다. 하지만 개소리라고 무시하기엔 수화기 너머의 목소리가 아주 단호했다. 게다가 너무나 말이 안 되는 정보들의 조합이라 오히려 장난 같지 않았다. 차라리 윤심덕이 이용문이랑 투신자살했다고 누가 말했다면 장난하냐고 웃었겠지만 윤심덕과 김우진은 너무 낯설어서 오히려 쉬이 넘길 수가 없었다.

기사화하기 위해선 사실 여부 확인이 필수다. 부산항에 연락해야 하고 부산 경시청에도 사람을 보내야 한다. 당장 날이 밝으면 부산 지국장으로 있는 오상효를 부산으로 보내는 게 가장 먼저 해야 할 일이었다. 유감스럽게도 이것들 중 지금 바로 할 수 있는 일은 아무것도 없었다. 일단은 날이 밝아야 했다. 날이 밝기를 기다리는 것이 우선이었다. 하나 그저 기다리기엔 손끝이 바르르 떨리고 마음이 조급해서 도무지 진정할 수가 없었다.

순간, 기막힌 생각이 떠오른 석구가 담배를 아무렇게나 비벼 끈 뒤 홀린 듯이 책상 앞에 자세를 반듯이 하고 앉아 펜을 들었다. 손이 가늘게 떨렸다. 사실 여부를 확인하는 것이 우선이라고 머리는 말하는데, 가슴은 벌써 흥분으로 터질 것처럼 뛰고 있었다. 사실이다, 사실일 거다!

오랜 시절 이 바닥에서 구른 기자의 본능이었다. 원래 현실이 영화보다 더 극적인 법이다. 가장 거짓말 같은 일이 가장 진실일 수 있다. 어차피 완벽한 진실을 찾기란 불가능한 시대를 살고 있지 않은가.

분명 사실관계를 확인해야 할 테지만, 그 전에 미리 기사를 작성해 둬도 괜찮을 거다. 본래 가장 흥분했을 때, 의외의 명문이 나오는 법이다. 이미 관동대지진 때 특파원으로 가서 한 번 겪지 않았던가.

　석구의 떨리는 펜 끝이 원고지에 닿았다. 잉크가 새어 나왔다. 천천히, 펜이 움직였다. 기사 제목이 나왔다. '현해탄(玄海灘)의 정사(情死)'였다.

〽

　인왕산에서 흘러내리는 백운동천과 북악산 계곡으로부터 발원하는 삼청동천이 합류하는 지점에 위치한 서린동의 아침은 비 오는 날을 제외하고는 빨래터의 방망이질 소리로부터 시작되곤 했다. 행랑뒷골이라는 옛 마을 명칭이 가진 그 의미처럼 서린동은 청계천을 따라 있는 여러 마을 중에서도 유독 서민들의 생활과 밀접하게 맞닿아 있었다. 시전 가운데 가장 규모가 큰 면포전, 목전, 지전, 포전, 내외어물전 등이 위치했던 까닭에 마을 이름 역시 주석전골, 사개전골, 조개전골인 것만 봐도 그랬다. 상인들이 많이 드나들었기에 그들을 위한 장사 역시 발달해 뒤쪽으로는 기생촌과 함께 숙박 시설도 아주 잘 마련되어 있었다.

　상철은 처음엔 방값이 싸다는 이유로 자취방을 이곳으로 잡았다. 시간이 지나자 곧 이 동네가 너무나 마음에 들어, 별다른 이유가 없는 한 이사 가지 않고 계속 머무르고 싶다는 게 지금의 심정이었다. 북촌과 남촌, 중촌을 잇는 딱 그사이에 위치해 이동이 용이했고 다리 근처에 난전이 발달해서 장보기도 좋을 뿐 아니라 사람이 많이 몰려 사는 덕에 물가도 쌌다. 게다가 새로 짓는 관공서들이 모두 근처에 있는지라 일 보기도 편리했다.

결혼도 안 한 총각이 뭐 하러 시끄럽고 낡은 동네에 사냐며, 새로이 발달하는 남촌으로 오라는 이들이 많았으나 상철은 이 오래된 동네가 주는 케케묵은 느낌을 사랑했다. 비 오는 날 질척이는 흙탕물이 다리와 양말을 적시는 것도, 발가벗은 어린아이가 엄마에게 내쫓겨 동네 근처에서 우는 것도, 장마철에 하천이 불어 동네 흙길이 찰박찰박하게 물에 잠기는 것도, 눈 오는 날 길이 미끄러워 걷기 불편한 것도 모두 좋았다. 그것이 생활이라고 생각했다. 그 너저분한 일상들이 풍기는 사람 냄새를 사랑했다. 석구는 그런 상철을 보며 촌놈은 어쩔 수 없는 모양이라고 혀를 차면서 왜 그 결벽증이나 강박증이 집에는 발현되지 않느냐며 신기해했다. 그럴 때마다 상철은 제 몸을 단정히 하는 것과 그것은 별개이니 남의 집에 잔소리할 시간에 형은 좀 씻고나 다니라고 쏘아붙이곤 했다.

어쩌면 그것은 노비 출신 부농이라는, 상철의 특이한 출신에서 비롯된 괴이한 이중성인지도 몰랐다. 상철의 조부는 사냥을 하러 갔다가 절벽에서 굴러떨어질 뻔한 주인댁 3대 독자를 몸을 던져 구한 공으로 노비에서 면천되었다. 상으로 땅 열 마지기까지 받았다. 그 마을에서 체격과 체력이 가장 좋았던 조부는 누구보다 일찍 일어나 가장 늦게 잠들었고, 자식도 많이 낳았다. 그리하여 조부는 순식간에 열 마지기를 스무 마지기로, 스무 마지기를 서른 마지기로 불렸다.

상철의 부친은 그러한 조부를 가장 닮은 아들이었다. 그는 형제들 중 가장 부지런했고, 가장 힘이 장사였다. 그래서 조부에게서 물려받은 땅을 금방 또 두 배로, 세 배로 불렸다. 나라를 잃은 비극에 양반네들이 모두 재산을 던져 의병으로 나가자 상철의 부친은 그 땅마저 모두 차지했다. 그리하여 상철의 집은 어느새 경상남도 창녕에서 가장 많은 논을 가진 부농이 되었다.

 상철은 이미 가세가 넉넉하여 소작농을 부릴 정도가 되었을 때 태어난 막내아들이었다. 상철이 태어날 무렵은 그의 부친이 근면하고 소박해야 한다는 농사꾼 가문의 당위성과 이제 꽤 살 만해진 자신의 부를 과시하고 싶은 인간적인 허세 사이에서 치열하게 갈등할 때였다. 유일하게 형제들 중 상철만 공부를 시킨 것 역시 그러한 고민의 결과였다. 머리에 쓸데없는 것들이 들어차 봤자 농사꾼에겐 좋을 것 하나 없다는 것이 평소 지론이긴 했으나, 어느 정도 여유로워지자 자식 중 한 명쯤은 가방끈 긴 놈을 갖고 싶다는 욕심을 버릴 수가 없었기 때문이다. 그리고 마침 상철은 그러한 부친의 허영심을 만족시켜 줄 만큼 똑똑했다.

 상철이 부산과 경성으로 유학을 가는 것까지는 허락해 주었으나 일본 유학은 끝까지 반대한 것 역시, 그러한 부친의 모순에서 비롯된 결과였다. 부친은 상철이 쓸데없는 것을 배워올까 봐 한없이 걱정하면서도 동시에 어딘가 내놓았을 때 으쓱할 수 있기를 바랐다. 다행스럽게도 상철은 그러한 부친의 기대에 크게 어긋나지 않게 자라 주었다.

 1922년도에 상철이 동아일보에 입사한 후 1924년도에 이광수의 사설 '민족적 경륜'으로 인해 상당수의 기자들이 반발하여

퇴사했을 때, 젊은 기자들 중 유일하게 상철만이 거기에 동참하지 않은 것 역시 상철이 물려받은 기이한 이중성 때문이었다.

상철은 농사꾼의 아들이었다. 그가 가진 부는 땅에서 비롯된 것이었다. 그리고 땅은 인간의 노력을 배반하지 않는 법이라고 배우며 자랐다. 그의 부친은 그 지역 최고의 유지임에도 불구하고 아직까지도 가장 일찍 일어나 늦게까지 일했다. 땀 흘린 만큼 손에 쥐는 법이라고 그의 부친은 늘 말했고, 상철 역시 거기에 동의했다. 부지런한 자는 부지런한 만큼의 대가를 받아야 했고, 게으른 자는 게으른 만큼의 대가를 받아야 했다. 그게 농사꾼의 논리였다. 유일하게 노력을 배반하는 것이 자연의 변덕스러움이었으나, 종종 인간의 부지런함은 그러한 자연의 횡포를 이겨냈다. 그래서 그의 부친은 인간의 노력을 중시했다. 상철 역시 그러했다. 그래서 상철은 현재 유행하는 사회주의 이론을 이해할 수 없었다. 모두들 농사꾼의 자식이며 와세다 출신도 아닌 상철이 동아일보에 있는 것을 이해하지 못했다. 하지만 상철은 자신을 이해하지 못하는 이들을 이해하지 못했다.

여느 날처럼 방망이질 소리에 잠에서 깬 상철이 크게 하품하며 기지개를 켰다. 뒹굴뒹굴 이불에서 몸을 굴리며 상철이 까슬한 삼베이불에 볼을 비비적거렸다. 엊그제 집에서 올라온 새 삼베이불의 서늘한 감촉이 유쾌했다.

"남 기자 일어났는가? 아침상 여기 차려뒀소."

"네."

탁, 하고 방문 밖에 상이 내려지는 소리가 들렸다. 상철이 자리에서 일어나 미닫이문을 열자 김이 나는 아침밥이 차려져 있었다. 밥상 위에 놓인 오이냉국이 보는 것만으로도 입맛이 돌았다. 까슬한 입 안을 씻어내듯 냉국을 들이켜던 상철의 눈앞에 파리 한 마리가 날아들었다. 갑작스럽게 제 앞으로 돌진하는 파리를 피하려고 목을 뒤로 빼던 상철이 순간 몸의 균형을 잃고 휘청거리면서 손에 들고 있던 국그릇을 바닥에 떨어뜨렸다.

"에이, 씨."

쏟아진 냉국에서 올라온 시큼한 냄새가 순식간에 좁은 방 안을 가득 채웠다. 급하게 그릇을 집어 들었으나 이미 새 삼베이불이 냉국에 흠뻑 젖은 뒤였다. 재빨리 이불을 치우고 마른걸레로 바닥을 닦았다. 하지만 수습한다 한들 벌어진 일을 물릴 수 없는 노릇이었다. 최대한 마른걸레로 이불의 젖은 부분을 꾹꾹 눌러가며 닦고 또 닦았으나 한번 밴 냄새가 그리 쉽게 사라질 리 없었다. 새 이불을 버린 것이 짜증스러워서 머리끝까지 열이 올랐다. 상철의 이마 가운데 깊게 내 천 자가 생겼다.

"아침부터 손재수가 없네."

가오 상하게 쪼그리고 앉은 모양새로 걸레질을 하며 상철이 툴툴거렸다. 아침 댓바람부터 한바탕 난리를 친 탓인지 입맛이 싹 사라져 버렸다. 방금까지 입에 군침을 돌게 했던 밥상이 이젠 보기도 싫었다. 상철이 신경질적으로 머리를 흐트러뜨렸다. 상쾌했던 아침이 한순간에 눅눅해지고 말았다.

바쁜 일이 있거나 늦잠을 자서 서둘러야 하지 않는 한 상철은 아침 출근길에 청계천을 따라 걷는 것을 좋아했다. 물론 신문사의 위치상 청계천의 끝까지 걸을 수는 없었다. 아침에 상철에게 허락된 거리는 삼일교까지였다. 하지만 상철이 지나가는 네 개의 다리가 현재 경성에서 가장 빠르게 변화하고 있는 시가지에 인접해 있었기 때문에 거기를 지나가는 것만으로도 구경하는 재미가 꽤 쏠쏠했다.

배산임수 지형을 최고로 쳤던 조선시대에는 청계천을 바라보는 개천의 이북에 궁궐과 종묘사직, 주요 관청을 두었다. 자연스럽게 지배층인 양반들 역시 그 근처에 거주했다. 따라서 서민들은 밀려나 개천의 남쪽에 자신들의 주거지를 이루고 살았다. 하지만 침입해 온 일본인들이 남쪽에 자리를 잡고 세를 불리면서 전통적으로 공간이 가지고 있던 힘의 균형은 깨졌다. 일본인들은 자신들의 편의를 위한다는 명목하에 남쪽을 바쁘게 개발시켰다.

상철은 늘 그것이 다분히 의도가 개입된 개발이라고 주장했다. 개발에서 북촌을 열외 시킴으로써 자연스럽게 기존의 기득권은 새로운 권력관계에서 힘을 잃고 배제되었다. 여전히 갓 쓰고 있는 양반 꼰대들이야 자신들의 전통적인 공간에 감히 일본인들이 들어오지 못한다고 뿌듯해했지만 그것은 어리석은 자위에 불과했다. 공간의 배제는 곧 권력에서 소외됨을 의미했다. 왜 정조가 수원으로 도성을 옮기려는 순간 신하들에게 암살당했는지를 그들은 떠올려야 했다. 그네들이 과거에 집착하는 사이 그들은 힘을 잃어가고 있었다. 왜 그것을 모르는지 한심할 따름이었다.

강을 가운데 두고 전혀 다른 느낌을 주는 두 공간의 사이를 지나갈 때마다 상철은 새삼 세월의 무상함을 느끼곤 했다. 그리고 그 허허로움은 경술국치 이후 하루가 멀다 하고 일본인들의 편의를 위한 관공서를 세우기 위해 바쁜 강 이남과 달리 조용하고 한가롭기 짝이 없는 북촌을 지날 때마다 더 커졌다. 그 모습이 마치 이미 경쟁에서 뒤처져 버린 조선을 보는 것 같아서 상철은 가슴이 답답했다.

기막혀하며 광통교를 지나면 거기서부터는 상철이 좋아하는 길이었다. 상철은 광통교에서 장통교, 수표교에 이르는 길을 좋아했다. 예로부터 중촌이라 불리는 이 지역에는 전문 기술을 보유한 중급 관리나 시전상인 같은 중인들이 모여 살았다. 북촌보다는 시대의 변화에 훨씬 더 유연하게 대처하면서도 아직 남쪽처럼 일본인들에게 먹히지도 않은 채였다. 그들은 새로운 시대를 받아들이면서도 자신들의 전통을 잃지 않고 있었다.

광통교 근처에 형성된 다옥정은 그러한 중촌의 특징을 가장 잘 보여주고 있었다. 조선시대 다방골이었던 이곳은 일본으로부터 유입된 커피 문화를 받아들여 현재 다옥정이 되었다. 약국과 병원, 물감 집들 사이사이 형성된 다방들은 신지식인들 사이에서 새로운 문화공간으로 자리 잡고 있었다. 궐에 차를 바치기 위해 형성되었던 동네에서 이젠 서민들을 위한 커피를 팔고 있었다. 소비의 대상이 왕족에서 서민으로 바뀌었음에도 불구하고 다방골 사람들은 자신들만의 자부심을 잃지 않았다. 먹는 사람이 바뀌었을 뿐 파는 사람의 마음이 바뀐 것은 아니라고 그들은 말하곤 했다.

광통교와 광교 사이에 위치한 그림과 방각본의 매매가 활발했던 동네를 지나며 상철이 눈으로 나와 있는 책들을 훑었다. 가게에서 막 내놓은 책들 중에서 꽤 귀한 것을 발견할 때가 왕왕 있었다. 그래서 상철은 떨이라고 내놓은 책들도 쉬이 넘기지 않고 제목들을 꼼꼼히 살피면서 지나가곤 했다.

전차가 지나가는 소리에 상철이 무의식적으로 시계를 보았다. 오랜만의 출근길이 흥에 겨워 지나치게 시간을 지체한 탓에 오늘은 벌써 출근 시간이 간당간당했다. 상철이 걸음을 빨리했다. 청계천을 벗어나면 곧장 시가지였다. 사실 상철이 굳이 둘러서라도 청계천을 거쳐 가는 것은 그 시가지에 조금이라도 늦게 진입하기 위함이었다. 밤의 화려함이 휩쓸고 지나간 이른 아침의 시가지는 공허한 폐허였다. 지저분한 날것 그대로의 맨얼굴을 부끄러운 줄도 모르고 드러내는 모습을 볼 때마다 상철은 누군가를 떠올렸다. 그래서 이른 아침 그곳을 지날 때면 괜스레 고개를 푹 숙인 채 걸음을 빨리했다.

화신백화점과 조선극장을 지나면 탑골공원이었다. 공원에 이르러서야 상철이 고개를 들었다. 새가 지저귀는 소리가 들려왔다. 기분이 나아진 듯 상철의 표정이 부드럽게 풀렸다. 공원에서부터 운현궁까지는 상철이 제일 좋아하는 길이었다. 아들에게 권력을 빼앗기고 나라까지 잃은 흥선대원군은 누가 봐도 명백한 패자였다. 하나 운현궁은 그러한 흔적을 모두 지운 채 여전히 굳건하게 자리하고 있었다. 그 당당한 기세가 옮겨지는 모양인지, 상철은 그곳을 지날 때마다 자신도 모르게 어깨를 쫙 펴곤 했다. 주인을 닮아 기운이 장대한 운현궁을 보고 있자면 흥선대원군이 권력을 잡을 수밖에 없었던 이유를 알 것 같았다.

"안녕하십니까?"
담배를 피우느라 밖에 나와 있는 이광수에게 상철이 꾸벅 인사했다.
"어, 오늘부터 출근인가?"
"네."
동아일보는 6월 10일 인산날에 일어난 대한독립만세 사건을 활동사진으로 촬영했다. 그리고 그날 있었던 일을 더 많은 민중들에게 보여주기 위해 15일부터 전국 순회 상영을 시작했다. 그 상영회에 사람들이 구름떼처럼 몰려들자 그 인파에 놀란 총독부는 상영을 중단케 했을 뿐 아니라 '활동사진필름 검열규칙'이란 법규까지 만들어 8월 1일부터 시행했다.

그 활동사진 상영 담당자가 상철이었다. 6월엔 전국을 돌아다니며 사진 상영을 하느라 바빴고, 하루아침에 그것을 중단당한 뒤엔 총독부를 들락거리느라 정신이 없었다. 오죽하면 지난 두 달간 제대로 씻고 잠든 날이 손에 꼽을 정도였다. 근 두 달을 이런저런 일에 시달린 상철을 위해 사측에선 일주일의 휴가를 주었다. 그리고 오늘이 그 휴가를 마치고 출근하는 첫날이었던 것이다.

입구에 서서 발에 묻은 흙을 터느라 정신이 없는 상철을 물끄러미 보던 광수가 가까이 다가오라는 듯 손짓을 까딱했다.
"소식 들었나?"

"무슨 소식이요?"

무슨 일이 또 터진 것인가, 불안감이 엄습했다. 잠시 잊고 있었던, 이른 아침에 쏟은 국그릇이 떠올랐다. 그 시큼한 냄새가 다시 코끝을 자극하는 것 같아 상철이 인상을 찌푸렸다.

담배를 비벼 끈 광수가 상철에게 바싹 붙어 섰다.

"놀라지 말아라."

얄팍한 광수의 입술이 상철의 귓가에 가까이 다가갔다. 광수의 입에서 나온 말은 놀라지 않을 수가 없는 이야기였다. 삽시간에 눈앞이 흐려진 상철이 중심을 잃고 잠깐 휘청거렸다.

"너 괜찮냐?"

"기사는, 누가 썼습니까?"

"석구 형이 어제 새벽에 직접 전화를 받았다니까 석구 형이 썼을 거야, 아마."

기사 말미에 기명으로 기자 이름이 적히는 시대가 아니기에, 기자들끼리도 어떤 기사를 누가 썼는지 서로 확인해야 정확히 알 수 있었다. 광수에게 대충 꾸벅 인사하고서 상철이 서둘러 안으로 뛰어 들어갔다.

헐레벌떡 신문사로 들어온 상철이 단숨에 편집실까지 달려갔다. 전화를 받고 있던 석구는 상기된 상철의 얼굴을 보자 서둘러 전화를 끊었다.

"이제 출근했냐?"

"그 여자 죽을 여자 아니오."

상철이 헐떡이는 숨소리와 함께 달려오는 내내 입 속에서 맴돌던 말을 토하듯이 내뱉었다. 석구가 상철의 어깨를 위로하듯 툭툭 두드렸다.

"이미 다 확인했다."

"뭘요?"

"부산항에 배 도착하는 시간에 맞춰서 부산지사에 연락해 항구로 오 기자 보냈다. 떨어지는 걸 본 목격자도 있다더라. 벌써 인터뷰도 땄어."

상철의 거구가 흔들렸다. 저보다 머리 두 개는 큰 상철을 석구가 걱정스럽게 올려다보았다.

"괜찮냐?"

"말도, 말도 안 돼요. 게다가 김우진? 그치를 심덕 씨가 알아요? 두 사람 아는 사이긴 한 겁니까?"

"거 왜 그 순회극단, 그때 둘이 같이했잖아."

"순회극단이면······."

"그래. 제1회 순회극단. 그때 최고 스타가 윤심덕이었는데, 그 총기획자가 김우진이었단다. 거 말 되지 않냐?"

1921년 3월 동경에서 한인 유학생이 주도해 창립한 동우회는 여름방학을 맞이해 귀국하여 전국 14개 지역에서 공연했다. 동아일보가 후원한 공연은 공연자들의 일거수일투족이 모두 기사화될 정도로 장안의 대단한 화제였다.

하지만 그해 여름 상철은 기자가 아니라 아직 보성전문학교 학생이었다. 거기다 조모의 병색이 짙어 농사일로 바쁜 다른 가족들을 대신해 병 수발을 하느라 그 떠들썩한 구경을 조금도 하지 못했다. 신문 기사로만 접했을 뿐이라, 상철에게 1921년 순회 극단이 얼마나 대단했는지는 별반 와닿지 않았다. 그저 당시 출연자들에 대한 기사가 지나치게 자극적이어서 눈살을 찌푸렸던 기억만 선명했다.

"김우진은 와세다를 졸업하고 귀국해서 쭉 목포에서 살다가 최근 동경으로 갔대. 그동안 편지나 주고받다 윤 양 녹음하러 대판(大坂: 오사카의 한자식 지명) 갔을 때 만나서 딱, 딱 붙은 거 아니겠냐? 어?"

손바닥을 마주쳐 짝, 박수를 친 석구가 상철의 눈치를 살폈다. 잠시 흔들리던 상철의 눈빛이 단호하게 변했다.

"이건 뭔가 잘못된 겁니다. 뭔가 잘못됐어요."

"야, 다 알아봤다니까?"

"그 여자 성격 알지 않습니까? 죽을 여자가 아니에요."

"죽을 인간, 안 죽을 인간 누가 마빡에 써 붙이고 다닌다디? 사람이 극한에 몰리면 무슨 짓을 할지 누가 알아? 윤 양 상황 좋은 거 아니었어. 구차하게 추락하느니 쌈빡하게 죽는 게 더 윤 양 스타일이라고. 너 몰라?"

잠시 상철이 입을 꾹 다물었다. 고개를 떨군 상철의 시선이 신문 기사 끝자락에 닿았다. 눈으로 더듬거리며 몇 줄을 읽어 내려가던 상철이 고개를 번쩍 들었다.

"유서에 윤수선(尹水仙), 김수산(金水山)이라 남겼는데 그게 윤심덕, 김우진인 건 어찌 안 거요?"

"수산이 김우진 호 아니냐. 그러니 김수산이 김우진인 건 바로 알았고, 윤심덕이 윤수선인 건 목격자 진술이랑 객실에 남은 짐 등으로 바로 알았지. 뭐 아호로 윤수선이라고 썼다는 사람들도 있고. 그게 뭐?"

시큰둥한 대답이었으나 상철은 자리에서 펄쩍 뛰기라도 할 모양새로 기뻐했다. 그 기세에 당황한 석구가 뒤로 물러날 정도였다.

"이건 그 여자가 할 짓이 아니오."

흥분을 가라앉히지 못한 상철이 숨을 헐떡이며 말을 내뱉었다.

"또 뭐가?"

"형님 말대로 구질구질한 것보단 쌈빡한 끝이 나서 죽기로 했다 칩시다. 그럼 그 여자는 자기가 윤심덕이라고, 윤심덕이 죽는다고 벽보라도 써 붙이고 떨어졌을 거요. 성격 알잖아요? 그런 윤심덕이 유서를 가명으로 남겨요? 윤심덕이 언제부터 윤수선이란 호를 썼는데요? 나도 모르고 형도 모르는데? 누가 안다고 그딴 호를 자기 죽기 전 유서에 써요. 미쳤소? 기껏 죽으면서 그런 짓을 왜 해요? 촌스럽게? 말 안 돼요, 이거. 윤심덕이 이런 짓 할 리 없어요. 그렇지 않소?"

이번엔 석구의 입이 다물렸다. 맞는 말이었다. 심덕은 굳이 자신을 숨길 여자가 아니었다. 매 순간 자신을 드러내는 데 거리낌이 없었고 오히려 드러내지 못해 몸살이 나는 성격이었다. 그런 여자가 마지막 순간에 굳이 알려지지도 않은 아명인지 가명인지를 썼다는 건 이해하기 어려웠다. 게다가 완벽한 속임도 아니고 금세 탄로 날 허접한 거짓말이라니, 윤심덕답지 않았다. 급히 기사를 송고할 때는 대충 넘어갔던 일이 따지고 들자 이상하게 생각되었다. 석구가 뭐라 반박하지 못하자 상철의 표정이 기세등등해졌다.

"내가 제대로 알아볼 겁니다. 이건 분명 뭔가가 잘못됐어요. 이럴 순 없어. 이건 말이 안 돼요."

단호히 결론을 내더니 상철이 서둘러 돌아섰다. 곰 같은 덩치가 바람처럼 빨리 사라지는 것을 보면서 석구가 혀를 끌끌 찼다.

"뭐 그런다고 죽은 년이 살아 돌아오나."

굳이 따지고 들자면 미심쩍은 구석이 없다고 할 순 없었으나, 그래도 죽은 건 죽은 거였다. 핑계 없는 무덤이 없다는데, 사람이 살고 죽는 것에 완벽할 수야 있을까. 석구는 무심히 생각했다. 오히려 지금 걱정되는 것은 윤심덕의 죽음이 아니라 저 지랄을 하는 남상철이었다. 덩치만 클 뿐 속은 순해빠진 저 숙맥에게 심덕을 소개해 준 게 애초의 실수였다. 저 둔한 놈이 제 순정을 이토록 오래 짝사랑에 불태울지 미처 계산하지 못한 게 잘못이었다.

"이미 죽었는데 지가 뭐 어쩔 거야. 좀 있음 낫겠지."

휘파람을 불며 석구가 자리에 앉았다. 경성 바닥을 뒤흔들고도 남을, 초특급 특종을 단독으로 냈다는 생각에 지금 석구는 하늘을 날아갈 것 같았다. 뒤늦게 불똥이 붙은 다른 신문사가 이른 아침부터 석구에게 전화를 하고, 찾아오고, 난리도 그런 난리가 없었다. 그것이 얼마나 통쾌한지는 겪어본 사람만 안다. 안면이 있는 심덕의 죽음이 주는 충격도 특종을 잡은 기쁨에 비할 바가 못 되는데, 하물며 순진해 빠진 후배의 실연쯤이야 석구에게는 조금도 진지할 리 없는 문제였다. 저놈이야 기생집 몇 번 데려가 주면 되겠지, 싶을 뿐이었다. 막말로 한번 잔 것도 아닌데 뭐 그리 절절하겠냐, 하는 것이 석구의 생각이었다. 지금이야 짝사랑하는 여자가 죽었다는 생각에 안 믿겨서 저 난리를 치지만 반나절도 못 갈 게 뻔했다. 의자에 기대 앉으며 월향이네 집에 갈까 매향이네 집에 갈까 생각하는 석구의 입가로 웃음이 흘렀다.

급히 사옥에서 나온 상철이 걸음을 빨리했다. 평소였다면 길을 따라 내려가 종로 제2정목과 종로 제1정목을 지나 서대문로로 접어들었겠지만 오늘은 그럴 상황이 아니었다. 걸으면서 손목시계를 확인한 상철이 뛰기 시작했다. 종로에서 서소문으로 향하는 전차를 타기 위해선 서둘러야 했다.

숨이 목 끝까지 차도록 달린 덕에 시간에 맞추어 전차를 탈 수 있었다. 한 시간에 한 대 오는 전차인지라 놓쳤다면 다음 차를 기다리느니 차라리 걷는 게 빨랐을 것이다. 자리에 앉은 상철이 숨을 헐떡였다. 마음이 초조한 탓인지 전차의 움직임이 오늘따라 유독 느리게 느껴졌다. 다리를 달달 떨며 창밖을 보고 있는 상철의 입술이 바싹 말랐다.

숨을 고르고 난 뒤에야 상철은 제가 아무 대책 없이 길을 나섰다는 것을 깨달았다. 일단 심덕의 본가인 서대문으로 가자, 라는 생각으로 전차에 올라탔지만 대체 그 본가로 가서 무엇을 할 것이란 말인가. 그 가족들에게 심덕이 어디 있냐고 물어야 하나,

가족들은 이 죽음을 어떻게 이해하고 있을까. 가족들도 심덕이 정말 죽었다고 생각할까. 아니 정말 죽긴 한 것일까. 정리되지 않은 머릿속이 혼란스러웠다.

"내립니다!"

서소문 이전 세종로에서 상철이 황급히 내렸다. 서대문에 가기 전에 머릿속을 좀 정리해야 했다. 그리고 어쨌거나 표면석으로는 상갓집인데 빈손으로 가는 것도 마음에 걸렸다. 그렇다고 조의금을 챙기고 싶은 마음은 들지 않았다. 죽지 않았다고 확신하는데 조의금을 전할 이유가 없었다.

고민하던 상철이 모전교를 향해 걷기 시작했다. 모전교 남쪽에는 전통 과일을 파는 모전이 형성되어 있었다. 여름이라 수박과 참외 등이 좋았다. 상갓집에 수박은 그다지 어울리지 않는 것 같다는 생각이 들었으나 그래서 오히려 수박을 집어 들었다. 상갓집을 간다고 생각하고 싶지 않았다. 제 마음이 그랬다.

수박을 들고 서대문에 있는 심덕의 본가로 향했다. 정확히는 서대문에서 아현동으로 내려가는 길목에 있었다. 가는 길목 곳곳에는 개발을 핑계로 형편없이 파헤쳐진 넓은 공터가 보기 흉하게 자리하고 있었다. 낡은 집을 철거한 뒤 지대를 다지느라 헤집어 놓은 땅이 부끄러운 줄도 모르고 시뻘건 제 속내를 드러냈다. 그곳에 아파트인지 뭔지를 세운다고 했다. 상철이 본 그림 속의 아파트라는 것은 꼭 닭장 같은 모양새의 건물이라 대체 이런 성냥갑 같은 곳에 누가 살까 싶었다. 하지만 신문물이라고 하면 일단 호감을 보이는 심덕은 그 아파트란 것에 썩 흥미를 보였다. 덕분에 상철은 팔자에도 없이 그 아파트와 관련된 자료를 찾아 심덕에게 가져다줘야 했다. 심덕이 그곳에 살고 싶어 하는 것 같아 진지하게 값을 알아보기까지 했다. 물론 추정된 집값은 정말 기가 막히고 코가 막힐 정도로 비싸서 상철은 감히 꿈조차 꿀 수 없었다. 심덕이 원하는 것을 역시나 자신은 해줄 수 없다는 것만 또다시 확인한 상철은 크게 좌절했었다.

자신도 모르게 길에 서서 멍하니 공터를 바라보며 심덕을 떠올린 상철이 고개를 흔들며 몸을 돌렸다. 심덕의 집으로 가는 길 곳곳에서는 이렇듯 예상치 못하게 심덕과 관련된 추억들이 툭툭 튀어나왔다. 때때로 데려다주던 길이었다. 때론 몰래 뒤를 밟기도 했던 길이었다. 한때는 서성이며 애타는 마음으로 기다리기도 했던 길이었다. 무엇 하나 잊을 수 없는, 잊히지 않는 기억들이었다.

고백조차 못 해본 짝사랑이 이토록 애달프다는 게 자신이 생각해도 황당해서, 미련한 스스로를 자조하며 상철이 꺾어진 골목길로 막 접어들었을 때였다. 골목 끝에 있는 심덕의 집 대문이 삐걱거리며 열리는 소리가 멀리서도 선명하게 들렸다. 누굴까 싶어 빤히 지켜보던 상철이 인상을 구기며 자리에서 멈춰 섰다. 상철의 손에 들려 있던 수박이 바닥으로 떨어졌다. 우지직, 수박이 갈라지는 소리를 들으면서도 상철의 시선은 대문 안으로 막 들어가는 사내의 뒷모습에 고정되어 떨어질 줄을 몰랐다. 비록 뒷모습만 보았지만, 누군지 알 수 있었기 때문이다.

포마드로 매끈하게 넘긴 머리, 등과 허리에 맵시 있게 세운 주름, 윤기 나는 흰 조끼와 햇빛에 반사되어 번쩍거리는 허리띠, 지나치게 닦여서 거북스럽게 반짝이는 구두. 멋쟁이를 넘어서서 머리끝부터 발끝까지 '나 돈 썼소'라고 광고한 차림새였다. 저렇게 하고 다니는 이는 이 경성 바닥에서 이용문, 그치 하나뿐이었다.

주름지고 거친 심덕 모친의 손이 용문의 비로드조끼 위에 닿는 모습이 멀리서도 눈에 선명하게 박혔다. 상철이 멍청하게 서 있는 사이, 아까와 같은 쇳소리를 내며 문이 닫혔다. 상철이 그제야 참고 있던 숨을 토해냈다. 기가 막혔다. 정말 기가 막혔다.

딸이 죽었다고 기사가 난 날 아침, 하필이면 집에 들이는 첫 사내가 이용문이라니. 상철은 심덕의 부모를 도대체 이해할 수 없었다. 용문 때문에 심덕이 어떤 꼴을 겪었는지 경성에 사는 사람이라면 다 알고 있었다. 아니 경성에 사는 사람들만 알까. 신문 기사로 여러 번 나기까지 했으니 조선 팔도에서 글 읽고 말하기 좋아하는 이들은 다 알고 있을 것이다. 그런데 그런 놈을 오늘 집에 들였다. 저 부모는 생각이란 게 있는 사람들일까. 상철의 얼굴이 시뻘겋게 달아올랐다. 삽시간에 온몸으로 열이 퍼졌다.

용문은 경성에서 다섯 손가락 안에 드는 부자였다. 아니 정확히는 부자의 할 일 없고 철없는 늦둥이 아들이었다. 조부모의 장사 수완으로 일군 재산을 부친이 영리하게 굴린 덕에 용문의 집은 부자를 넘어 갑부라 불릴 수 있게 되었다. 계속되는 수탈에 등골이 빠져 나라를 등지는 이들이 있는 반면 시대를 이용해 돈을 굴려 제 주머니를 두둑이 채우는 이들 역시 존재하기 마련인데, 용문의 집은 후자였다.

조부 대엔 그저 장사하는 돈 좀 있는 집이었으나 용문의 부친이 그 돈을 건설 쪽에 투자하면서 순식간에 경성을 쥐락펴락하는 수준의 부를 이뤘다. 조선엔 주인 없는 혹은 주인을 강제로 없애버린 빈 땅이 넘쳐났다. 그리고 그 땅이 돈을 만들어내는 이른바 '황금알을 낳는 거위'라는 것을 아는 자는 매우 드물었다. 마치 돈 놓고 돈 먹기와 같은 땅 투기는 어마어마한 액수의 돈을 만들어냈다. 정말 신기한 일이 아닐 수 없었다. 무엇을 만들지도 무엇을 팔지도 않는데 돈이 되니 말이다. 용문의 조부는 도깨비놀음이라며 아들이 하는 일을 처음엔 반대했으나 돈을 만들어서 가져오자 나중엔 적극적으로 후원했다. 아무것도 없는 자리에서 돈이 만들어지는 것, 그것이 바로 투기였다.

용문은 그 수단 좋은 부친이 마흔을 훌쩍 넘어 들인 후처에게서 본 늦둥이였다. 형들이 혹독하게 후계자 수업을 받는 동안 용문은 부친의 무릎에 앉아 애교를 부리고 비위를 맞추며 귀염을 독차지했다. 며느리의 씀씀이까지 잔소리할 정도로 부친은 돈에 있어 지독했으나 그 모든 것에서 용문은 언제나 예외였다. 용문에겐 모든 것이 다 허락되었다. 한데 문제는 무엇이든 하라고 지원해 주는 든든한 아버지가 있음에도 불구하고 용문은 하고 싶은 일이나 잘하는 일이 하나도 없었다는 것이다.

부자이니 할 일도 없는데, 부자인데 하고 싶은 일도 없고, 부자임에도 잘하는 일조차 없으니 용문은 한량이 될 수밖에 없었다. 그러나 그저 한량으로 있기엔 돈과 시간이 지나칠 정도로 남아돌았다. 어느 날 문득 용문은 그저 돈 많은 부자로만 일생을 살기엔 사내로서 체면이 서지 않겠다는 생각이 들었다. 체면도 체면이지만 더 큰 걱정은 아버지가 용문의 뒤에 든든하게 있어줄 수 없는 날이 점점 가까워지고 있다는 것이다. 형들은 더 이상 어리지 않은, 심지어 어머니조차 다른 이복동생의 돈 씀씀이를 용인해 줄 마음이 없어 보였다. 경성 바닥에서 머리 올려줄 어린 기생들도 이젠 찾을 수 없게 되자 용문은 뭔가 그럴싸한 명함의 필요성을 실감했다. 아버지가 돌아가시기 전에, 용문은 나이 차이 나는 무서운 형들의 눈을 피해 어떻게든 제 몫을 챙겨야 했다.

그때 용문의 길잡이를 자청한 이가 이기세였다. 술자리에서 우연히 합석하게 되면서 둘은 서로를 알게 되었다. 아니 용문의 입장에선 우연한 합석이었고, 기세의 입장에선 새로운 물주를 만나기 위한 의도된 만남이었다.

동경 유학생 출신인 기세는 스스로 '문화인'을 자청하는, 잡학을 두루 섭렵한 인물이었다. 책도 제법 읽었고 음악에도 조예가 있었으며 그림도 꽤 그리는 편이었다. 그 다양한 재주 덕분에 가진 건 쥐뿔도 없음에도 불구하고 기세의 주변에는 술을 사주고 밥을 사주고 생활비도 대주는 돈 많은 사내들이 득시글했다. 그들의 등골을 빼먹으며 호의호식하다 수완 좋게 일본축음기 회사의 경성지부장 자리를 꿰차면서 기세는 '자칭' 문화인에서 '공식적인' 문화인이 되었다.

톡 까놓고 말해서 1년에 열대가 팔릴까 말까 한 축음기 회사의 지부장 자리는 그저 허울 좋은 명함에 불과했다. 하나 그것도 감투라고 없을 때보단 훨씬 처지가 나았다. 한량이던 시절엔 기생들만 주변에 많았는데 축음기 회사 지부장이 되자 예쁜 데다 말까지 통하는 속칭 신여성들이 모이기 시작한 것이다. 그리고 그녀들과 어울리고 싶은 그럴싸한 사내들이 시키면 속내를 감춘 채 기세의 주변을 얼쩡거렸다. 기세 입장으로 보자면 뜯어먹기 좋은 먹잇감이 배는 더 늘어난 셈이었다. 축음기 회사 지부장으로 있으면서 막상 축음기를 팔아 버는 돈은 거의 없었으나 축음기를 백 대 팔아도 못 누릴 호사를 누렸으니, 참으로 재밌는 일이 아닐 수 없었다.

그렇게 경성에서 난다 긴다 하는 한량들을 등쳐먹던 중 기세는 이용문이 심심해 죽는다는 정보를 입수했다. 이용문이라면 지금껏 제가 벗겨먹었던 인간들과는 비교도 되지 않을 월척이었다. 그의 권태가 어디서 비롯된 것인지, 바라는 것은 무엇인지 조사한 뒤 의도적인 만남을 계획했다. 그리하여 기세는 용문과 함께한 술자리에서 부러 들으란 듯이 요즘 부자들의 멋없음을 개탄하기 시작한 것이다.

"옛날 양반들은 말이야. 풍류를 알았다고. 근데 요즘 부자들은 다 졸부라 멋이 없어. 돈을 잘 쓰는 게 사실 버는 것보다 더 어려운 일이라고. 개같이 벌어서 정승같이 쓰라는 옛말이 괜히 나온 게 아냐. 헌데 이 무식한 요즘 졸부들은 그저 크고 화려하게 돈 칠갑만 하면 되는 줄 아니 이 얼마나 한심한 노릇인가 말이야. 아주 소박해도 귀할 수 있고, 하찮아 보여도 그 값어치가 클 수 있는데 보는 눈이 없으니 한심하기 짝이 없으이. 대원군 시절엔 그래도 좀 볼 줄 아는 이들이 있었는데 지금은 씨가 말랐어. 전라도 명창들이 후원자가 없어 밥을 빌어먹어야 하는 판이라니, 기막히지 않은가. 옛날 양반들은 얼마나 풍류를 중요시했나. 헌데 요즘은 그런 양반들이 없어. 에잉."

혀를 차며 쓰게 술을 들이켜는 기세의 앞으로 용문이 다가갔다.

"돈은 어찌하면 잘 쓰는 것이오?"

기세가 던진 그물에 용문이 걸려들었다. 되었다, 싶었음에도 기세는 부러 느리게 술잔을 내려놓으며 깔보는 듯한 시선으로 용문을 바라보았다.

"뭐, 그게 아무나 될 수 있는 것도 아니고."

"죽을 때 이고 지고 갈 것도 아닌데, 있는 돈을 제대로 쓰고 싶소이다."

"내가 뭐 잘 아나."

한 발 빼는 기세의 손을 용문이 덥석 잡았다.

"이 선생."

그날로부터 용문은 스스로를 문화계 후원자라고 칭하기 시작했다. 하는 일 없이 그럴싸하게 돈 쓰기엔 그보다 더 좋은 핑계가 없었다. '조선의 문화 후원자'라는 명칭은 형들의 입을 다물게 하고 늙은 아버지를 흡족시키기에 충분했다. 형들이 돈을 많이 쓴다고 싫은 소리를 할라치면 '조선의 문화를 지키고 보존하는 데 이 정도도 쓰지 못한다면 대체 돈을 버는 이유가 무엇이냐, 우린 졸부가 아니다'라고 목청을 높였다.

용문이 하는 일에 부친이 두 팔 걷고 환영하면서 더더욱 형들은 할 말이 없어졌다. 젊어선 앞뒤 가리지 않고 돈을 버는 데만 매달린 용문의 부친이었으나 죽음을 코앞에 둔 상황이 되자 묘비에 새길 만한 그럴싸한 이름을 원했다. 살아서는 가질 수 없었던 명성이라도 죽은 뒤에나마 비석에 뭔가 근사한 문구가 새겨지길 바란 것이다. 용문의 새 직업은 그런 부친의 허영심을 만족시키기에 충분했다. 그렇게 모든 박자가 딱 맞아떨어져 용문은 '공식적인' 문화계 후원자가 되었다. 물론 상철은 그것이 색다른 여자들이랑 놀아나기 위한 허울 좋은 구실에 불과하다고 평가절하하며 용문을 경멸했다.

하지만 용문이 하는 일을 그리 대놓고 비웃는 이는 상철뿐이었다. '후원자'라는 간판을 가지고 용문이 실제로 꽤 많은 이들의 유학자금을 지원해 주었기 때문이다. 용문은 얼마 지나지 않아 고학생들의 희망으로 떠올랐다. 사람들 사이에서 평판도 매우 좋아졌다. 그뿐만 아니라 기세의 소개로 여러 공연의 제작자, 속된 말로 물주가 되기 시작하면서 단순한 한량에서 한순간에 문화계 저명인사가 되었다. 그것이 비록 돈이 만든 이미지에 불과할지라도 사람들은 열광했다. 어쨌거나 거기서 돈이 나오니까 어쩔 수 없었다. 무서운 자본의 힘이었다.

3년 전에 기세가 감독을 하고 용문이 돈을 댄 용문 부친의 팔순 잔치는 어찌나 화려했는지 지금까지도 사람들은 그 이야기를 하며 감탄하곤 했다. 점심땐 전통식으로 저녁땐 신식으로 하여 무려 두 차례나 큰 공연을 벌였다. 판소리와 창, 사물놀이 등이 낮을 뜨겁게 달궜다면 저녁엔 우아한 노란 전등 아래 피아노 협주곡을 비롯한 각종 서양악의 연주로 사람들의 혼을 쏙 빼놓았다. 증손녀보다도 더 어린 기생에게 몸을 반쯤 기댄 용문의 부친이 만족한 것은 더 말할 것이 없고 내내 툴툴거리던 형들의 불만이 쑥 들어간 것도 당연지사였다.

그날 이후 대내외적으로 용문의 집은 썩 그럴 만한 문화인의 집이 되었다. 이제 더 이상 아무도 용문의 가문을 졸부라고 부르지 않았다. 부친과 형들은 그것에 만족했고 덕분에 용문은 그 후로 완전히 자유롭게 원하는 대로 돈을 쓸 수 있게 되었다.

그 문화계 후원자라는 그럴싸하고 모두가 좋아하는 명칭 때문에 용문은 심덕과 만날 수 있었다. 아니 여자들에게 그럴싸하게 접근하기 위해 돈 몇 푼 풀었는데, 그 그물에 심덕이 낚였다고 상철은 주장했다. 하지만 그런 생각은 상철만이 할 뿐이었다. 많은 이들은 상철과 반대로 돈을 노린 심덕이 의도적으로 용문에게 접근한 것이라고 했다. 그 말을 들을 때마다 상철은 피가 거꾸로 솟는 것 같았다. 애초에 좌판을 연 자가 잘못이지 그곳에 찾아간 이가 뭐가 문제냐고 해봤자 사람들은 병신 같은 짝사랑의 비겁한 변명이라고 혀를 찰 뿐이었다.

2년 전 남동생 기성의 미국 유학비용이 필요하던 심덕은 제 발로 용문을 찾아갔다. 처음엔 문화계 두 인사의 만남이었다. 시작은 그러했다. 그러나 곧 거실에서 만나던 것이 사랑방으로 옮겨가면서 둘의 관계는 변질되었다. 처음부터 정해진 수순이었다. 두 사람 모두 목적이 분명했기 때문이다.

심덕은 필요하다면 제가 가진 모든 것을 이용할 수 있는 여자였다. 미모도 재능도 웃음도, 심덕의 생각엔 거래가 가능한 것이었다. 용문과의 만남 역시 그 생각의 연장선에 불과했다. 하나 심덕의 생각과 사회의 시선은 달랐다. 개화가 되었다고 하나 여전히 조선은 유부남이 처녀와 놀아나는 것은 괜찮아도 처녀가 유부남과 노는 것은 용납하지 않는 사회였다. 스캔들이 터지자 대중은 심덕만을 거세게 비난했다. 결국 동생 성덕까지도 길을 걸어 다닐 수 없을 정도로 최악의 상황에 이르자 심덕은 하얼빈으로 도피했다.

상철은 심덕의 하얼빈 도피에 극도로 분노하며 용문을 비난했으나 늘 그랬듯이 분노하는 이는 상철뿐이었다. 심지어 당사자인 용문조차 자기 일이 아닌 사람처럼 너무나 태연하게 굴었다. 그는 심덕의 도피 자금을 마련해 주었을 뿐 아니라 심덕의 부모를 돌보기까지 했다. 사람들은 용문을 대인배라고 했다. 용문은 끝까지 좋은 사람으로 남았다. 불륜을 저지른 건 두 사람인데, 손가락질 받는 것은 심덕뿐이었다. 상철은 속이 뒤집어졌다.

그런 인간과 아직까지도 연락하고 있었단 말인가. 표면적으로 심덕이 하얼빈에서 돌아온 이후부터는 용문과 심덕 사이엔 아무런 교류가 없었다. 그래서 상철 용문과 심덕이 완전히 끝난 줄 알았다. 그래서 오늘 용문이 이곳에 오리라곤 전혀 생각지 못했다. 아니 자신의 딸을 끝까지 망가뜨린 그자를 마치 은인처럼 대하는 심덕의 부모를 상철은 도무지 이해할 수 없었다.

한숨을 쉰 상철이 몸을 돌리는 순간 발아래 수박이 채었다. 오지게 깨진 수박이 연한 속살을 내보이고 있었다. 신경질적으로 상철이 수박을 발로 걷어찼다. 흙길 아래 수박이 굴러갔다. 한참이 지난 후에야 상철이 기운 없이 터덜터덜 걸음을 옮겼다. 다방골로 가 저 망할 놈과 윤심덕을 소개해 준 기세를 찾을 참이었다. 그리고 보니 이 빌어먹을 상황은 모두 기세에게서부터 시작된 것이었다. 그 생각을 하자 머리에 다시 열이 올랐다.

상철이 걸음을 옮기자 멀리서 수박만을 바라보고 있던 대여섯 살쯤 먹은 꼬질꼬질한 아이가 골목길에서 튀어나왔다. 누가 빼앗아갈세라 재빨리 흙투성이 수박을 주워 품에 안은 아이가 뒤뚱거리며 어두운 골목길 속으로 사라졌다.

※

1902년 정동에 세워진 손탁호텔에서부터 시작된 커피 문화는 조선총독부 철도호텔이 문을 연 1914년 가을에는 조선의 유명 인사들은 장곡천정(長谷川町: 소공로의 일제식 명칭)으로 끌어들일 정도로 유행하였다. 그 후 커피를 파는 다방을 일본인들이 하나둘 세우기 시작했는데 세우긴 일본인들이 세웠으나 그 다방에 정작 몰려드는 이들은 유행을 좀 안다는 조선인들이 다수였다. 본정(本町: 충무로에서 명동에 이르는 거리 일대)에서 시작된 다방은 금세 들불처럼 남촌 곳곳으로 번져나갔다. 이젠 조선인들만의 문화공간으로서 우리가 우리 손으로 직접 다방을 만들어보자, 라는 말까지 나오고 있는 판이었다.

상철이 곧장 달려간 곳은 기세가 자주 출몰하는 다방이었다.

그러나 찾는 기세는 코빼기도 보이지 않고 다방 곳곳에 자리한 이들은 너나없이 윤심덕 이야기로 시끄러웠다. 기세의 행방을 묻자 안 보인 지 이미 며칠 됐다는 대답이 돌아왔다.

"어디로, 왜 갑자기 간 거요? 혹시 뭐 있는 거 아뇨?"

상철의 물음에 우진과 심덕 이야기에 열을 올리던 이들은 대체 난데없이 이게 뭔 소린가, 의아한 얼굴로 상철을 쳐다보았다.

"심덕 씨가 그 음반을 내게 만든 게 기세 형 아니오? 그런데 그가 마침 심덕 씨가 죽기 며칠 전부터 사라졌다? 이상하지 않아요?"

"이상하긴 그게 뭐가 이상해? 너 기세 형이 일본축음기 경성지부장하면서 일동(日東)레코드 오퍼받아서 심덕 씨 녹음할 수 있게 연결해 준 거 까먹었냐? 둘이 친하니까 나름 생각해서 이어준 건데, 그 이후에 이 사달이 난 거 아니냐. 헌데 그 형이 지금 다방에서 노닥거릴 정신이 있겠냐? 어디 기생집에 처박혀 있다가 소식 듣고 대판이든 동경이든 어디로든 진상 확인하러 튀어 갔겠지. 그 형 오지랖에 가만히 있을 리 없잖아. 하나도 안 이상하다, 야."

맞다. 그랬다. 싸돌아다니는 것 외엔 밥 먹고 하는 일도 없는 주제에 말만 일본축음기 경성지부장이라는 그럴듯한 명함만 가지고 있던 기세가 난데없이 일동레코드 관련 일까지 맡게 되었다는 소식을 듣고 상철은 꽤 놀랐더랬다. 하나도 제대로 못 하는데, 다른 일이 어떻게 들어올 수가 있는지, 대체 이게 뭔 일인 건지 이해할 수가 없었다. 쓸데없이 계집 가슴에 꽂힐 명함만 하나 더 파는구나, 혀를 찼는데 얼마 지나지 않아 심덕과 함께 작업을 한다며 들썩거렸다. 이제 나이 서른 줄에 접어드는, 기생으로 치자면 퇴물 소리를 들을 만한 나이의 늙다리 계집이 음반을 내면 어느 미친놈이 그걸 돈 주고 사냐고 한 인사가 길바닥에서 큰 소리로 시시덕거려서 상철이 분에 차서 씩씩거렸던 기억이 어제 일처럼 생생했다. 그 빌어먹을 놈의 음반 녹음을 하러 간다는 심덕을 기세, 석구와 함께 배웅하기까지 했었다. 당연히 그때만 해도 이리될 줄은 꿈에도 모르고 오는 길에 선물을 사 오라며 농을 쳤더랬다.

이런저런 생각을 곱씹자 기세의 부재가 아까보다 훨씬 더 찝찝해졌다. 기세가 연결한 녹음, 그 녹음을 하러 간 심덕의 죽음. 두 사건이 기이하게 상철의 속에서 삐걱거리는 소리를 내며 연결되기 시작한 것이다. 논리적으로 따지자면 딱히 문제 될 게 없는 개별적인 두 사건이었지만 비논리적으로는 상철의 머릿속에서 빨간 등이 켜졌다.

찝찝하긴 한데 설명할 방도는 없고 더 했다가는 미친놈 취급을 받을 게 뻔했기에 상철은 물러날 수밖에 없었다. 엉거주춤하게 상철이 자리에서 일어났다. 상철이 일어나건 말건 사람들은 자신들의 대화에 빠져 아무도 신경 쓰지 않았다.

허탈한 걸음으로 다방을 돌아 나오려던 상철의 시야에 구 토월회 멤버들이 걸렸다. 상철이 걸음을 멈췄다. 심덕과 가장 최근에 함께 작업한 이들이 토월회였다. 게다가 극단 토월회라면 극작가인 김우진과 긴밀한 관계일 것이 분명했다. 운이 좋다면 상철이 미처 알지 못하는 윤심덕과 김우진에 대한 이야기를 들을 수 있을지도 몰랐다.

상철이 방금 들어온 사람처럼 인사하며 그들이 앉은 의자 구석에 슬쩍 엉덩이를 붙였다. 아니나 다를까 그들 역시 다른 이들처럼 심덕과 우진의 이야기를 하는 중이었다. 한데 대화 내용은 둘의 관계에 대한 것이 아니라 그저 대부분 심덕에 대한 욕이었다. 상철의 표정이 인정사정없이 구겨졌다. 하긴 다시 생각해 보면 애초에 토월회 멤버, 그것도 박승희를 주축으로 한 멤버들이 있는 자리에 합석한 것이 문제였다. 윤심덕 때문에 토월회를 해체당했다고 생각하는 게 박승희인데, 그런 이의 입에서 윤심덕에 대한 좋은 이야기가 나올 리 만무했다.

하얼빈으로 떠났던 심덕은 6개월 만에 귀국했다. 표면적으로는 형부의 장례식 때문에 예정보다 빨리 입국했다고 이야기했으나 애석하게도 그러한 심덕의 이야기에 관심을 가지는 이는 아무도 없었다. 사람들은 이제 심덕을 욕하지도 않았다. 욕할 정도의 관심조차 없었기 때문이다. 비난 여론이 들끓을 때보다 더 큰 위기였다. 심덕은 새로운 활로를 모색해야 했다. 몇 달을 두문불출하던 심덕은 박승희가 대표로 있던 조선 최초 연극단체 토월회에 접근했다. 긴 고민 끝의 결과가 고작 토월회라는 것에 당시 상철은 대단히 기막혀했다.

심덕은 성악가로서 자부심이 높았다. 아니 높다 못해 지나쳐서 문제였다. 사람들은 그 모습을 보고 미련하다고 손가락질했으나 상철은 그것을 좋아했다. 끝까지 타협하지 않았기에 성악가 윤심덕은 몰락할 수밖에 없었으나, 그조차도 참으로 심덕다운 고집이라 여겼다. 그런데 이제 와서 연극이라니! 그건 정말 누가 봐도 벼랑 끝에 몰린 이의 마지막 발악이었다. 자신의 절박함을 고스란히 대중에게 내보이는 것은 심덕답지 않았다. 그리고 그녀답지 않은 행동을 할 수밖에 없는 그 현실이, 상철은 애처로웠다.

일본을 통해 들어온 연극 문화였으나 여배우에 대한 처우는 일본과 천차만별이었다. 일본이 그래도 여배우를 하나의 예술가로서 인정했다면 조선의 여배우는 예전의 남사당패만도 못한 취급을 받았다. 당연히 연극을 하겠다는 여자는 단 한 명도 없었다. 구식 여성이고 신식 여성이고 간에 연극은 절대 사절이었다. 박승희는 예술적으로 접근해 보겠다며 기생을 찾아가 보기도 했으나 뺨을 맞는 수모를 당하고 쫓겨났다. 그런 연극을, 기생도 안 한다는 그것을 심덕이 한다고 나선 것이다. 이제 하다 하다 할 게 없으니 연극이냐고 비아냥거리는 사람들의 수군거림에 상철은 잔뜩 속이 상했다.

게다가 상철이 봤을 때 토월회는 그다지 예술적으로 우수해 보이지 않았다. 당시 여배우가 없는 토월회는 하는 수 없이 남자들을 여장시켜 무대에 올리곤 했다. 영국 빅토리아시대에서나 벌어졌던 일들을 뒤늦게 먼 조선 땅에서 재연하고 있는 꼴이었다. 빅토리아시대는 그나마 변성기 이전의 어린 사내아이들이었다지만 토월회 측이 여배우랍시고 올리는 남자들은 수염 자국이 거뭇하고 목소리가 걸걸한 인물들이었다. 박승희는 아무리 좋은 작품이어도 여배우가 이 모양이니 공연이 제대로 될 리가 없다며 불만을 토로했으나 상철이 보기에 그것은 지극히 사소한 부분일 뿐이었다. 말 그대로 빅토리아시대 셰익스피어는 그 악조건 속에서도 성공을 거두지 않았는가. 굳이 여배우가 나오지 않아도 되는, 혹은 남장 여자로 대체할 수 있는 공연은 얼마든지 있었다. 상황에 맞추어 극단을 유연하게 운영하는 것도 대표의 능력이라면 박승희는 그러한 일엔 젬병이었다. 그런 자와 심덕이 일한다는 것이 상철은 언짢았다. 그가 심덕을 제대로 돋보일 수 있게 만들어 주리라 기대되지 않았다. 상철은 차라리 박승희가 이미 명성에 흠이 간 윤심덕이니, 안 쓰고 말겠다고 거절해 주기를 바랐다. 하지만 그러한 바람은 상철의 꿈일 뿐이었다.

박승희는 자신에게 연락해 온 이가 윤심덕이라는 사실에 감격했다. 박승희에겐 그저 꿈같은 일이었다. 윤심덕이, 천하의 윤심덕이 연극 무대에 서겠다고 먼저 연락을 하다니! 치욕적인 스캔들 때문에 경성에서 도피할 정도로 심덕의 명성이 바닥에 떨어졌다 해도 윤심덕은 윤심덕이었다. 공연은 어떻게든 사람이 많이 모일수록 좋았다. 그러니 좋은 것이든 나쁜 것이든 심덕이 가진 화제성은 득이면 득이지 실일 게 없었다. 심덕과 만난 박승희는 머리가 땅에 닿을 정도로 인사했다. 그리고 그날부터 심덕만을 위한 극을 준비했다.

박승희는 심덕의 첫 작품으로 대중들에게 많이 알려지지 않은 작품을 고르느라 고심했다. 하지만 상철은 제발 그가 누구나 아는 「로미오와 줄리엣」이나 「오셀로」를 선택하기를 바랐다. 심덕은 연기가 처음이었다. 가수로서 우수한 것과 배우로서 훌륭한 것은 별개의 영역이었다. 그러니 심덕에게 익숙한 작품부터 시작해서 연극에 적응할 수 있게 도와주는 게 바람직한 대표의 자세일 것이었다. 하나 박승희는 심덕의 입단으로 대중들의 관심이 높은 이때를 이용해 연극 시장을 확대하리라는 허황된 꿈에 사로잡혀 있었다. 오죽하면 2월 3일에 입단한 심덕의 첫 공연 날짜를 2월 6일로 잡을 정도였다. 정말 양질의 작품을 무대에 올리겠다는 생각이 있는 대표라면 절대로 저지르지 않을 일이었다. 이건 누가 봐도 대중의 호기심이 극대화되어 있을 때 그것을 이용해 표를 팔고 싶은 것, 그 이상도 이하도 아니었다. 박승희는 심덕을 통해 이슈를 온전히 누릴 생각뿐이었다. 상철은 결국 박승희의 과욕과 허영이 이 판을 나가리로 만들고 말 것이라 예상했다.

고심 끝에 심덕의 첫 작품으로 박승희가 택한 것은 여류작가 로티 블레어 파커의 희곡 「동도」였다. 여성 수난사가 주요 줄거리인 만큼 여자 주인공이 홀로 극을 이끌어가다시피 하는 작품으로 여자만을 위한 여자의 극이었다. 순진한 한 처녀가 남자들에게 이용당하지만 끝내 착한 심성으로 고난과 역경을 극복하는 그 내용은 마침 심덕의 현실과도 비슷해서 심덕도 썩 마음에 들어했다.

준비 기간 내내 박승희는 이미 공연이 성공한 것처럼 붕 뜬 채 시종일관 흥분한 상태였고, 그것은 심덕에게도 옮아갔다. 심덕은 다시 화려한 재기를 꿈꿨다. 심지어 '윤리다'라는 배우로서의 예명을 만들기까지 했다. 박승희와 심덕은, 아니 토월회 단원 모두 자신들이 성공할 줄 알았다. 대체 어디서 나온 자신감인지 지켜보는 상철은 이해할 수가 없었다.

그리고 드디어 막이 오른 공연은 상철의 예상대로 흘러갔다.

결과는 처참했다. 일단 무엇보다 마음만 앞선 심덕의 연기가 극에 녹아들지 못했다. 심덕은 대사를 외우기에 급급해서「동도」의 비참한 여주인공 연기를 조금도 제대로 해내지 못했다. 그뿐만 아니라 심덕의 지나치게 큰 키는 극 중 다른 배역과도, 상대 남자 배우와도 어울리지 않았다. 외모부터 연기까지 무엇 하나 어울리는 것 없이 심덕은 완벽하게 따로 놀았다. 공연이 끝나기 무섭게 혹평이 쏟아졌고 토월회나 심덕을 바라보는 시선은 이전보다 더 냉랭해졌다.

그럼에도 토월회는 포기하지 않고 연이어「놓고 나온 모자」와「밤손님」을 을지로에 있는 극장 광무대에 올렸다. 하나 첫 무대에 대한 반성 없이 올렸으니 작품은 조금도 나아지지 않았다. 사람들의 관심은 무섭게 식었다. 기대에 배신당한 이들은 비난을 퍼부어댔다. 공연을 하면 할수록 점점 더 상황은 나빠졌다.

그쯤 되자 단원들은 당황하기 시작했다. 성공의 결과를 함께 나누자던 형제들은 실패의 원인은 서로에게 떠넘기기 바빴다. 영원히 함께하자던 동지들은 어느새 적보다 못한 사이가 되었다. 관계는 비틀렸고 서로를 탓하며 원망했다. 결국 심덕의 공연 실패는 토월회 해체로까지 이어졌다. 그 후 심덕은 백조회를 재결성하는 등 끝까지 연극에 의욕을 보이는 듯했으나 본인 개인에게 음반 녹음 의뢰가 들어오자 언제 그랬냐는 듯 공연 쪽에 관심을 끊어버렸다. 당연히 원년 멤버들의 모든 원망은 심덕에게 쏟아질 수밖에 없었다. 상철은 그들이 멍청한 데다 뻔뻔하기까지 하다고 생각했으나 여전히 그러한 생각을 하는 것은 상철뿐이었다.

"그 독한 년이 연극 끝나고 뭐랬는지 니들 기억하지?"

"아, 기억하지. 내가 술이 그렇게 취한 상태였는데도 머리끝까지 소름이 삐죽 솟았다니까."

"뭐랬는데 그래?"

"아, 넌 거기 없었구나. 글쎄 그년이 이를 득득 갈면서 언젠가는 지가 사내 한 놈 끌고 죽겠다고 하더라니까."

"진짜?"

"진짜야. 나도 들었어. 사내들 때문에 지가 고통을 받았대나 뭐래나."

"세상에."

"웃기는 년이지. 사내들이 지 때문에 고통을 받았음 받았지 지가 사내들 때문에 고통받은 일이 뭐가 있다고."

"그러니 불쌍한 김우진만 그 마귀 같은 년한테 잡아먹힌 거야. 미친년."

참다못한 상철이 자리에서 벌떡 일어났다. 상철의 움직임에 같은 테이블에 앉아 있던 모두가 그를 올려다보았다.

"그렇게 일방적으로 한 사람 잘못으로 떠넘기는 거 창피하지 않습니까? 작품 자체의 완성도도 문제 있었잖습니까."

분노를 억누르기 위해 애를 썼으나 목소리가 떨리는 것은 어쩔 수 없었다. 이를 악문 채 낮게 으르렁거리듯 읊조린 상철이 제할 말을 끝낸 뒤 돌아섰으나, 박승희는 곱게 그 꼴을 두고 보지 않았다.

"뭐 이 새끼야?"

박승희가 상철의 등에 재떨이를 집어 던지며 달려들었다. 박승희의 기세에 탁자가 뒤로 넘어가고 의자가 우르르 쓰러졌다. 먼저 시작한 것은 박승희였지만 막상 가까이 붙자 덩치 차이가 너무 나는 데다 분노로 이글거리는 상철의 눈빛이 보통이 아니라 더 이상 어쩌지 못하고 그저 멱살을 붙잡은 채 씩씩거릴 뿐이었다. 사람들이 매달려 두 사람을 떼놓자 그제야 다시 기세가 등등해진 박승희가 난리를 치기 시작했다.

"너 다시 말해봐. 이 새끼야, 너 다시 말해봐!"

상철이 바닥에 침을 뱉으며 돌아섰다.

"등신 같은 새끼! 죽고 나서까지 지랄이야."

돌아서는 상철의 등 뒤로 박승희가 욕을 퍼부었다. 상철이 두 주먹을 불끈 쥐며 몸을 돌리려는 순간 다른 단원들이 상철의 어깨를 두드리며 밖으로 밀어냈다.

"참아라, 참아. 네가 참아야지."

결국 상철은 카페 밖으로 등 떠밀려 나올 수밖에 없었다. 다방 밖에서 한참 동안 숨을 고르며 서 있던 상철이 주머니에서 담배를 꺼냈다. 담배 한 대를 손에 든 채 정처 없이 거리를 걸어 다녔다. 습기를 가득 머금은 더운 바람이 상철의 얼굴을 덮쳐왔다. 시내를 지나가는 사람들은 하나같이 심덕과 우진의 이야기를 떠들어대고 있었다. 느리게 걸어가던 상철이 갑자기 우뚝 멈춰 섰다. 이대로 가만히 있을 수 없었다.

첫눈에 반해서 시작된 지독한 짝사랑에 불과했지만 상철은 자신이 심덕을 가장 잘 안다고 자신했다. 특유의 강박증적이고 편집증적인 성격은 되돌려 받지 못하는 애정이 깊어질수록 집착으로 변해서 상철로 하여금 마치 연구자처럼 심덕에 대한 모든 것을 수집하게 했다. 제 품에 죽어도 안기지 않을 여자로 인해 괴로운 심정과 보상받지 못하는 애정에 대한 결핍을, 상철은 심덕에 대한 모든 것을 아는 것으로 대신하고자 했다. 심덕이 머무른 모든 장소에 상철이 있었다. 심덕이 흘린 아주 작은 흔적조차도 상철은 소유했다. 석구는 미친놈이라고 욕했고 다른 이들 역시 상철을 비웃었지만 그렇게라도 하지 않으면 미칠 것 같았기에 선택의 여지가 없었다. 내내 상철의 외로운 애정을 위태롭게 지탱해 준 단 하나의 진실은 내가 저 여자를 누구보다 잘 안다, 라는 것이었다.

심덕이 죽었을 리 없다는 확신 역시 그 앎에 근거한 것이었다. 상철이 아는 윤심덕은 사랑 때문에 죽을 여자는 아니었다. 차라리 본가에 들어가 본부인과 머리채를 잡고 싸우면 싸웠지 그 사내와 함께 현해탄에 몸을 던지는 것으로 제 생애를 마감할 여자는 절대 아니었다. 타인의 손가락질에 아랑곳하지 않고 유부남과 놀아났던 여자다. 학창 시절엔 신문에 기사가 날 정도로, 연애하던 사내와 부끄러운 줄도 모르고 공공장소에서 애정 행각을 벌였던 대담한 여자다. 그런 여자가 이루어지지 않는 사랑을 비관하며 바다에 몸을 던진다? 지나가던 개가 웃을 일이었다.

게다가 지목된 사내가 김우진이라는 건 더 황당했다. 상철이 아는 것에는 당연히 심덕의 남자도 포함되었다. 상철은 심덕의 남자관계에 대해 자신이 가족보다 더 잘 알고 있다고 확신했다. 스치듯 하룻밤을 보낸 남자까지도 상철은 알았다. 대체 저 사내는 되고 나는 왜 안 되나, 괴롭게 머리를 쥐어뜯으면서도, 모르는 것보다는 아는 게 마음이 편해서 아주 집요하게 추적하지 않았던가. 스스로가 생각해도 이상하고 기이한 애정이었으나 멈출 수 없었다. 그런데 김우진이라니! 김우진은 정말 처음 들어보는 사내였다. 아니 두 사람이 아는지도 이번 기사를 통해서 상철은 처음 알았다. 자존심이 상했다. 이럴 수는 없었다. 심덕을 손바닥 보듯이 다 들여다보고 있다고 확신했는데 김우진은 거기에 없었다. 정말 없었다.

거리를 서성이던 상철이 우뚝 멈춰 섰다. '현해탄의 정사'에 포함된 두 가지 명제가 다 말이 안 된다. 윤심덕은 죽었을 리 없다. 윤심덕과 김우진은 연인일 리 없다. 한데 그 두 가지가 엮여서 기사가 났다. 어디서부터 잘못된 걸까. 물론 살아 있는 윤심덕과 김우진을 찾아오면 전부 간단하게 끝날 일이다. 하지만 살아 있다 한들 한동안 몸을 숨길 작정으로 어딘가 꽁꽁 숨어 있을 게 분명한 사람을 찾기란 쉬운 일이 아니다. 모래사막에서 좁쌀 찾기보다 더 어려울 것이다.

그럼 더 쉬운 명제부터 오류라고 밝혀보자. 두 사람이 연인이 아니라는 것을 먼저 밝혀낸다면, 둘이 사랑해서 함께 죽었다, 라는 명제 역시 거짓이 된다. 그렇다면 거꾸로 그들의 죽음에 얽힌 미스터리를 쉽게 풀 수 있을지도 모른다. 그리고 그들의 행적을 추적하는 과정에서 그들이 왜 이런 일을 벌였는지, 지금 어디에 숨어 있을지 알아낼 수도 있다.

그럼 일단 우진에 대해서 알아봐야 했다. 자신이 무엇을 놓쳤는지 궁금했다. 상철이 신문사를 향해 빠르게 걷기 시작했다.

"뭘 줘?"
"휴가요."
"휴가?"
입을 딱 벌린 석구가 기가 막혀 죽겠다는 얼굴로 상철을 쳐다보았다.
"야, 너 어제까지 휴가받아서 쉬다 온 놈이야. 근데 또 휴가를 달라고? 뭐 하러?"
"목포에 좀 다녀오려구요."
"목포는 왜?"
"김우진 고향이라면서요. 김우진에 대해 조사하려구요."
이 새끼 또 병이 도졌구나, 석구가 끙하는 신음을 내며 자리에 앉았다. 고향 후배이자 학교 후배였고 신문사 후배였다. 그런 이유로 긴 시간 꽤나 가까운 위치에서 상철을 지켜봤다. 저 큰 덩치가 생각 외로 얼마나 소심한지, 얼마나 섬세한지, 얼마나 치 떨리게 꼼꼼한지 누구보다 잘 알았다. 당연히 심덕에게 품은 연정이 어떤 방향으로 비틀려갔는지도 너무나 잘 알고 있었다. 그러니 지금 저 망할 놈이 목포에 가서 대체 뭘 어떻게 할 속셈인지 눈앞에 훤하게 그려졌다. 뒷골이 땅기고 머리가 지끈거렸다. 심덕이 죽었다는 걸 스스로 납득할 때까지 심덕에 대해 파고 다닐 게 분명했다. 그런 놈이었다. 스스로가 납득하지 않으면 그 누구도 상철을 납득시킬 수 없었다. 석구에겐 그저 '그럴 수도 있지'라고 한숨 한 번 쉬면 넘어갈 일이 상철에겐 아니었다. 상철은 분명 그럴 '수도 있는' 일이 그럴 '수밖에 없는' 일이 될 때까지 파고들어 끝을 보려 할 게 분명했다.

"너 윤심덕 죽은 거 안 믿지?"

석구의 말에 상철의 어깨가 움찔했다. 잠시 머뭇거리던 상철이 고개를 끄덕였다. 석구가 한숨을 내쉬었다. 백 마디 말을 해봤자 저 고집을 꺾지 못할 거다. 석구의 가슴이 답답해졌다. 앞에 앉은 이가 한숨을 쉬고 몸을 들썩이는데도 상철의 무뚝뚝한 얼굴엔 조금의 표정 변화가 없었다. 석구가 다시 한번 땅이 꺼져라 한숨을 내쉬었다. 이게 다 내 업보다, 싶었다.

"이미 자살로 결론 난 사건이야. 나도 안 믿겨서 너처럼 조사해 봤다고. 그런데 말했잖아. 목격자도 있다니까? 목격자랑 연결시켜 줘? 부산에 다녀올래? 그래 말 나온 김에 배나 좀 더 조사해보는 건 어때?"

"휴가 주십시오."

목뒤에서 시작된 지끈거림이 뒤통수를 타고 양미간까지 올라왔다. 이젠 머리 전체가 욱신거릴 정도였다. 석구가 상철을 가만히 노려보았다. 목격자 인터뷰보다 목포가 먼저라는 것을 보면 김우진이 궁금해 미칠 지경이란 의미다. 어쩌면 죽음을 못 믿는 게 아니라 우진이란 존재가 더 의아한 건 아닐까. 문득 석구는 윤심덕이 죽었다는 사실보다 심덕에게 자신이 모르는 남자가 있었다는 사실이 상철에겐 더 견디기 어려운지도 모르겠다는 생각이

들었다. 그러자 제 앞에 선 이 덩치만 큰 아이가 너무나 짠하게 느껴졌다.

석구가 책상 위를 굴러다니는 찌그러진 담뱃갑에서 담배를 꺼내 불을 붙였다. 피우겠냐는 듯 상철을 향해 담배를 내밀었으나 상철은 고개를 저었다. 한참 동안 두 사람 사이에선 아무 말이 없었다. 느리게 한 대를 다 피운 후 석구가 짧아진 담배를 재떨이에 비벼 껐다.

"너 기억 나냐? 윤 양이 녹음하러 가기 전에 내가 넥타이 하나 사달라고 하니까 죽어도 사 와야 하냐고 싸늘하게 물었던 거. 난 이제 생각해 보니 이미 그때부터 죽을 생각이었지 않나 싶다. 윤 양 상황이 어땠는지 누구보다 네가 잘 알잖아. 녹음 마치고 돌아온다 해도 상황은 나아질 게 없었어. 암담했겠지. 다시 말하지만 윤 양이라면 화려한 끝이 더 자기답다고 생각했을 거라고. 동생 둘 유학 보냈겠다 부모 살길 마련해 뒀겠다 세상에 미련 있을 게 없잖아. 어차피 추락밖에 남지 않았으니, 끝이라도 자신의 뜻대로 하려 한 거지. 윤 양답잖아. 안 그래? 네 말대로 유서? 그래, 그게 나도 처음엔 좀 찝찝했다만 다시 생각해 보면 어쩌면 그것도 끝까지 윤 양다운 일일지도 몰라. 어차피 정사 아니냐. 그럼 사랑하는 남자의 호와 비슷한 걸 제 가명으로 쓴 게 더 로맨틱하지 않냐. 왜 자살하는지 상징적으로 분명하게 보여주기 위해서 그런 짓을 했을 수 있단 말이지. 그건 별로 큰 문제거나 의심할 만한 일이 아니라고. 어?"

상철의 입이 한 일 자로 꾹 다물렸다. 석구의 말이 딱히 틀린 건 또 아니었다. 그래, 심덕의 괄괄하고 대차며 자존심 강한 성정을 생각해 보자면 그럴 수도 있는 여자라고 생각했다. 그 언젠가 클레오파트라의 죽음을 이야기하면서 너무나 멋지다고 했던 적도 있으니 말이다. 그러니 가장 화려한 죽음으로 자신의 인생을 마무리 짓는다는 건 심덕에겐 충분히 가능한 스토리처럼 보이기도 했다. 유서도 그래, 찝찝하긴 해도 굳이 이해하자면 이해 못할 일도 아니었다.

하지만 아무리 그런 식으로 하나하나 따지고 들어도 여전히 이상했다. 아니, 오히려 이상하지 않은 것이 단 하나도 없었다. 심덕이 원했을 자살은 일생의 절정의 순간에 이르렀을 때 가장 화려한 끝을 맺는 것이지 지금처럼 바닥에 떨어진 상황에서 더 이상 선택의 여지가 없을 때 어쩔 수 없이 택하는 것이 아니었다. 심덕은 홀로 고고히 독야청청하는 죽음을 원하면 원했지, 불륜의 사내와 정사로 맺는 끝을 바랐을 리 없었다. 어차피 죽기로 결심했다면 그 죽음 자체를 가장 화려한 쇼로 만들었을 심덕이었다. 차라리 배 안에 있는 사람 모두를 불러낸 뒤 그들이 보는 앞에서 김우진의 몸을 껴안고 논개처럼 투신을 하면 했지, 우진의 호를 비튼 가명의 유서를 남길 리 없는 여자였다.

그러니까 잘 모르는 이들은 이 죽음을 심덕이 택했을 거라고 생각하겠지만 상철은 그 말에 동의할 수 없었다. 아무리 생각해도 이 죽음은 조금도 심덕답지 않았다. 하지만 이 모든 걸 석구에게 설명하고 설득할 자신이 없었다. 아무리 자세히 말한들 그냥 윤심덕에 미쳐서 정신 나간 놈 취급할 게 뻔했다. 상철은 고집스럽게 입을 꾹 다물었다. 할 말이 없어서가 아니라 말하고 싶지 않았기 때문이었다.

"그래도 조사하고 싶냐?"

"네."

좋게 말해 쇠고집, 나쁘게 말하자면 앞뒤 못 가리는 똥고집. 상철의 고집은 유명했다. 물러날 기색이 조금도 없는 상철의 태도에 석구가 항복했다는 듯 두 손을 들었다.

"휴가는 못 줘. 대신 이렇게 하자. 특파원 자격을 줄 테니, 네가 돌아다니고 싶은 대로 돌아다녀. 대신 그거 다 기사로 쓰는 거다. 지금 알려진 것 외에 뭔가 새로운 게 있다면, 그 새로운 것에 대한 제대로 된 증거를 찾아서 기사로 써. 그럼 내가 보고 실을 만하면 신문에 기사로 실어주마. 어때?"

석구의 말에 그제야 상철의 표정이 풀렸다.

"너는 심덕이 살아 있었으면 좋겠지? 아니 살아 있을 거라고 믿고 싶지? 쇼의 여왕 윤심덕이 어딘가 숨어 있다가 짠하고 나타날 거라고 생각하는 거지? 그렇게 믿고 싶은 거 아냐, 그지?"

상철이 고개를 푹 숙였다. 곰 같은 사내가 고개를 떨어뜨린 것을 보자 석구의 마음이 찌르르 울렸다. 순정이다, 사내의 순정. 단 한 번도 돌아보지 않는 여자, 제게 오지 않았던 여자, 그럼에도 그 여자가 세상 그 누구보다 행복하기를 바랐던 순진한 한 사내의 순정이었다. 상철의 고집이 아니라 석구는 상철의 순정에 졌다.

"열심히 애써봐라. 혹시 아냐? 윤 양이 네 기사 보고 찔려서

자수할지?"

　발로 바닥을 직직 긋던 상철이 갑자기 고개를 번쩍 들었다. 석구의 마지막 말은 멈춰 있던 상철의 심장을 다시 뛰게 하기에 충분했다. 다시 심덕을 제자리로 돌려놓고야 말겠다, 굳게 결심한 상철이 두 주먹을 불끈 쥐었다.

2장
목포

바다를 비껴 선 유달산 아래 김우진이 '성취원'이라 부르며 아낀 우진의 본가가 자리하고 있었다. 전남 구례에 있는 99칸 기와집 운조루를 그대로 본떠 딱 그와 똑같이 99칸으로 지어낸 김우진의 가택은 목포에서 가장 화려하고 격조 높기로 유명했다.

부친 김성규와 첫째 아들 우진, 둘째 철진과 이복동생이자 막내인 익진까지 네 부자가 함께 사는 까닭에 성취원은 여러 채의 안채와 별채로 각각의 공간을 구분하고 있었다. 전체적인 분위기는 통일감이 있었으나 주인에 따라 각 공간은 미묘하게 조금씩 다른 분위기를 풍겼다.

높은 솟을대문과 중문, 집 안에 있는 작은 연못까지 성취원은 어느 것 하나 운조루와 비교해도 조금도 부족하지 않을 아름다운 모습을 자랑했다. 한데 이 품위 있는 전통 공간에 2층 양옥 건물 하나가 어울리지 않게 삐죽 튀어나와 있었다. 청기와 사이에 있는 흰 양옥은 대단히 이질적이라 모두의 눈에 띄었다. 처음

보는 사람들은 당장에 저 건물은 대체 저곳에 왜 있는 것이며, 뭐 하는 곳이냐며 수군거리기 일쑤였다. 우진이 백수재라 이름 붙인 그 건물은 아무리 시간이 지나도 다른 건물들과 동화되지 못한 채 찬란한 흰빛을 빛내며 모난 돌처럼 삐죽하게 서 있었다. 그 건물의 주인인 김우진이 끝까지 그 집안에 귀속되지 못하고 겉돌았던 것처럼 말이다.

우진의 부친 성규는 아들을 위해 백수재를 지어준 것이 이 모든 문제가 일어난 원인이 아니었나, 라는 생각을 할 때가 있었다. 남부러울 것 없는 성규의 삶에서 우진은 괴롭게 고민해야 하는 유일한 걱정이었다. 제13회 무안감리를 지냈고, 자라면서 천재라는 소리를 귀에 못이 박이게 들었을 뿐 아니라 지역 주민들에게 크나큰 존경을 받았다. 거기에 스스로 재산을 일궈 쌀 2만 섬과 녹두 800섬을 경작하는, 명실상부 목포 최고의 갑부다. 스스로가 생각해도, 또 남들이 봐도 부족함이 없는 삶에서 성규의 뜻대로 되지 않는 것이 단 하나 있다면 그것은 바로 자식이었다. 모든 것을 완벽하게 해낸 성규도 자식농사만큼은 제 뜻대로 하지 못했다.

만약 우진이 둘째기만 했어도 성규와 우진의 갈등은 지금보다 덜했을 것이다. 자라는 동안 총명해서 크게 기대하게 했던 장남 우진이 아비의 뜻을 따르지 않는 것에 성규는 대단히 분노하고 좌절했다. 화도, 윽박지름도, 달램도 통하지 않는 고집만큼은 저를 꼭 빼닮아 누구 탓을 하거나 원망을 할 수도 없었다. 성규는 작은 입을 꼭 다문 채 고개를 외로 꼬고 단 한 마디도 입 밖으로 내지 않은 채 몇 시간이고 앉아 있는 우진을 볼 때마다 속에서 천불이 솟았다. 왜 아비의 마음을 이토록 몰라주는가. 이 총명한 아이가 대체 왜 이리 어리석은 고집을 길게 부린단 말인가. 성규는 제 속을 몰라주는 우진이 야속하기만 했다.

지금은 예술을 논할 만큼 낭만적인 시대가 아니었다. 성규는 명석한 제 아들이 시대의 흐름을 읽어내는 눈이 없는 것을 이해할 수 없었다. 똑똑하고 총명하고 책도 많이 읽고 공부도 잘했는데 어떻게 생각이 모자란단 말인가. 도무지 모를 일이었다.

애초에 멍청한 자식이면 기대도 없을 것을, 똑똑한 놈이 엇나가는 것을 지켜보는 일은 생각보다 훨씬 더 고통스러웠다. 우진에 대한 기대가 어긋날 때마다 그 서운함은 분노를, 분노는 좌절감을, 좌절은 서글픔을 몰고 와서 성규의 말년에 긴 그늘을 드리웠다.

큰살림을 직접 맡아 혼자 꾸려보면 보람도 느끼고 스스로도 깨닫는 게 있지 않을까 싶어 성규는 우진에게 모든 것을 맡기고 장성으로 거처를 옮기는 초강수를 두기도 했다. 한동안 우진은 매일 빼놓지 않고 출퇴근하며 성규가 시키는 일을 잘해내는 듯 보였다. 목포에서 문학 동인회를 조직해 동인지를 발간하는 것을 보고 성규는 이제는 일상에 맘을 붙이면서 여흥으로 글을 쓰는구나, 안도했었다.

하지만 그 모든 것은 착각이었다. 우진은 갑작스러운 가출을 통해 절대로 성규가 바라는 아들이 될 수 없음을 모두에게 선언했다. 우진의 가출 소식을 들은 상철은 그게 자식을 둘이나 둔 아비가 할 짓이냐며 발을 구를 정도로 크게 분노했다. 이제 다시는 용서하지 않겠노라 고함도 질렀다. 하나 참새 같은 손자와 아직도 볼이 발간 며느리를 보자 도저히 그냥 있을 수가 없었다. 어르고 달래는 편지를 무려 다섯 통이나 써 보냈다. 돈으로 회유하려고도 했다. 하지만 이번에 우진은 꽤나 단호했다. 모든 편지는 뜯어보지도 않은 채 고대로 돌려보냈고 경제적인 지원도 거절한 채 홀로서기를 선언했다. 다섯 번째 편지가 동봉된 채 돌아왔을 때 성규는 모든 것을 포기해 버렸다. 그러면서도 한편으로는 자신 있었다. 개고생을 한번 해봐야 정신 차리지 싶었다. 부잣집 도련님으로 조금의 부족함 없이 산 우진이었다. 세상 물정에 어두우니 가출이라는 간 큰 짓도 할 수 있는 거다. 정말 돈이 떨어지고 생존이 힘에 부치는 상황에 직면하면 결국 집으로 돌아오리라 확신했다. 그 과정에서 무엇인가 깨닫는 게 있겠지, 성규는 불안해지려는 마음을 애써 내리누르며 그렇게 스스로를 달랬다. 한 번쯤은 냉혹한 현실을 몸으로 부딪쳐 보는 것도 나쁘지 않으리라 생각하며 성규는 우진이 돌아오기를 기다렸다.

　한데 한 번 불효자는 끝까지 불효자라고, 고생을 하고 깨우친 뒤 돌아오라는 부모의 바람을 산산이 깨부수고 우진은 자신의 부고를 아비에게 보내왔다. 부모 앞서가는 자식은 전생의 원수라는데 대체 자신은 우진에게 전생에 얼마나 큰 죄를 지었길래 이런 꼴을 당하는 것일까. 성규는 기가 차고 어이가 없어 눈물도 나오지 않았다. 지독하게 공을 들인 자식에게 너무나 완벽하게 배신당한 기분은 뭐라 할 수 없을 정도로 무참했다.

　비단 성규뿐 아니라 우진의 부고를 신문으로 알게 된 다른 가족 역시 처음엔 우진의 죽음을 수용하지 못했다. 모두 슬픔보다 당혹감을 먼저 느꼈다. 다들 무엇인가 잘못된 거라고 생각했다. 철진은 동명이인일 거라고 확신하기까지 했다. 우진과 사이가 꽤 좋았기에 형에게 여자, 그것도 윤심덕이란 여자가 있다는 건 말도 안 되는 일이라고 펄펄 뛰었다. 단걸음에 총독부에 올라가 시체에 현상금을 내건 것은 그러한 자신감의 발로였다. 찾아도 없으리라, 무엇인가 어디선가 잘못된 것이리라, 그렇게 믿었다.

하지만 시간이 지나고 신문들이 앞다투어 후속 보도를 하기 시작하면서 점차 그러한 확신은 힘을 잃어갔다. 멍하던 정신이 차려지면서 점점 사람들이 떠드는 소리가 귀에 들려오기 시작했다. 절대 아니라던 확신이 의심으로, 의심이 꼬리에 꼬리를 물다 전혀 다른 확신으로 굳어지기까지는 오래 걸리지 않았다. 큰소리치며 나갔던 철진이 어깨를 늘어뜨린 채 들어오면서 기존의 정설은 뒤집혔다. 그리고 정반대의 가설이 슬슬 형체를 갖추더니 굳어져 갔다.

철진은 서울에 있는 모든 사람들이 둘을 불륜이라 전제한 채 두 사람의 이야기를 떠든다고 했다. 윤심덕의 화려한 남성 편력을 읊으며 철진이 아무래도 순진해 빠진 제 형이 넘어간 것 같다고 긴 한숨을 내쉬자 성규는 괴롭게 고개를 틀어 외면했다. 아닐 거라는 말이 목 끝까지 치솟았으나 점효는 차마 내뱉지 못했다. 이미 철진의 애꿎은 분노가 점효를 향한 탓이었다.

"어떻게 그렇게 형수님은 하나도 모르셨습니까? 생각해 보면 형이 초청해서 가족 음악회도 다녀간 여자 아닙니까? 서울에선 다들 그 이후로 두 사람이 연인이 되었으리라 추측하던데 그럼 몇 년간 형이 딴짓하는 걸 전혀 몰랐다는 거잖아요. 어떻게 그럴 수 있습니까? 형에게 여자가 있는 걸 알았다면 가출해서 일본으로 갔을 때 억지로라도 끌고 왔을 거 아닙니까! 어떻게 이런 일이 일어나게 합니까, 형수님은!"

"그만해라."

"사내가 바람피우는 걸 감쪽같이 몰랐다는 건 관심이 없었다고밖에는……."

"그만해라 하지 않느냐!"

성규의 호통에 철진이 겨우 입을 다물었다.

"지금 여기서 누가 제일 힘들 거라고 생각하느냐? 왜 이리 생각이 짧아!"

성규가 혀를 찼다. 분명 제 편을 들어주는 것임에도 불구하고 점효는 성규의 호통이 오히려 철진의 책망보다 더 무겁게 가슴에 내려앉았다.

"건너가 보겠습니다."

"그래. 가서 쉬어라."

고개 숙인 점효가 자리에서 일어섰다. 점효가 나갈 때까지 방 안 그 누구도 입을 열지 않았다. 고요한 침묵 속에 점효의 치마 소리만이 방을 울렸다. 바닥을 서걱거리는 것이 꼭 겨울바람 소리 같았다. 점효가 방문을 닫자마자 철진이 다시 이야기를 시작했다. 점효는 그 얘기가 제 귀에 들릴세라, 황급히 자리를 피했다.

사랑채에서 멀리 떨어진 곳까지 와서야 비로소 점효는 허리를 펴고 서서 해를 바라보았다. 이내 눈앞이 흐릿해졌다. 서러울 만큼 하늘은 맑았고 햇빛은 찬란했다. 무더운 여름의 한가운데를 지나고 있었으나 점효의 가슴엔 서늘한 바람이 불었다.

지아비가 죽어 하루아침에 과부가 된 것도 마른하늘에 날벼락인데 심지어 정사란다. 그 계집과 같이 살기 위해 죽음을 택한 정사. 현생애에선 도저히 못 살겠으니 차라리 죽겠다는 정사. 연인들에겐 지독하게 낭만적인 죽음이라는, 사랑을 위해 택한 죽음, 정사.

그 어떤 죽음보다 정사가 살아남은 부인에게 치욕적이라는 것을 모를 남편이 아니다. 생과부가 되어도 남자 잡아먹은 년이라는 소리를 듣는 판에 정사라면 투기(妬忌)에 눈이 멀어 남편을 들볶아 끝내 죽게 만든 아내, 라는 딱지를 일생 동안 붙이고 살아야 할 것이다. 한데 어찌 그런 끝을 택했단 말인가. 점효는 믿을 수 없었다. 믿기지 않았다. 그런 남편이 아니었다. 점효가 아는 김우진은 그런 사내가 아니었다.

༺

"개화니 뭐니 해싸도 아 낳고 키우는 기집만이 해야 허는 일은 변할 수가 없응게. 아따 신학문은 아 키우는 법도 안 갈캐주고 살림도 할 필요 없다고 해븐다는디 고따위 것을 가이내가 뭣 허러 배워야. 백 년이 지나봐야. 아새끼를 대신 낳아주는 거 아닐 바엔 어차피 기집이 하는 일은 거기서 거길 거인디. 쓰잘데기없는 소리는 하덜 말어. 호강에 받히면 요강에 똥 싼다는 말이 괜히 나온 게 아닝께."

점효의 부친 정운남은 대단히 완고한 유학자였다. 부친은 여자들이 학문을 배워야 한다고 생각했으나 그것이 신학문은 아니었다. 현명한 어머니가 되기 위해, 새 나라의 일꾼을 키워내기 위해 현명한 여자가 필요하다는 게 운남의 주장이었다. 그러니 운남에게 신여성은 혐오스러운 존재였다. 연애도 자유롭게 하고 결혼은 최대한 늦게 하고 출산은 선택이라고 하는 신여성은 운남에게는 사회에 기여하는 바가 없는 밥만 축내는 식충이며, 이 세상에 하등 쓸모없는 존재들이었다.

장녀인 점효는 완벽하게 운남의 뜻대로 키워낸 딸이었고 운남의 뜻을 가장 잘 따른 딸이었으며 운남이 가장 아끼고 예뻐한 딸이었다. 그래서 운남이 얼마나 점효의 혼처를 고르고 고르고 골랐는지, 점효의 모친이 그렇게 없는 흠도 찾아낼 기세로 고르다간 애 늙어 죽겠다고 툴툴거릴 정도였다. 운남은 그럴 때마다 기집 팔자는 뒤웅박 팔자라 사내 따라가는 법이니 조금도 소홀해선 안 된다고 호통을 쳤다. 운남이 온갖 정성을 다해 그렇게 고르고 고른 혼처가 바로 무안감리를 지낸 김성규의 장남, 김우진이었다.

"사람이 참말로 개안아야. 맨 쓸모없는 인간들이 넘쳐나는디, 너그 시아버지 자리는 사람이 참 되았어."

운남은 입에 침이 마르도록 성규를 칭찬했다. 어려서부터 학문에 통달한 천재에 나라의 미래를 생각하는 애국자이며, 어린 나이에도 관리를 할 정도로 능력이 출중할 뿐 아니라 대단한 자산가로 그 지방에서 명성이 높은 성규는 운남의 마음에 안 드는 곳이 정말 단 한 곳도 없었다. 아마 할 수만 있다면 운남은 성규에게 점효를 시집보내고 싶었을 것이다. 그 정도로 성규를 운남은 좋아했다.

"아들은 그 아버지보다 훨배 똑똑허다고 소문이 짜허니, 아따 말 다 해부렀지. 유학 중인디 장학금을 탄다 안 허냐. 내지인들을 제

쳐불고. 시어머니 자리가 비어가꼬 지대로 된 안주인이 없응께 가서 잘혀야 헌다. 시아버지가 너만 믿고 있을 거잉께."

운남은 당연히 그 아버지 밑에서 자란 아들, 그것도 장남은 그 아버지를 고대로 닮았으리라 확신했다. 장녀인 점효가 자신의 뜻대로 자란 것처럼 우진 역시 성규의 뜻대로 자라 국가를 위해 농업에 헌신하는 젊은 개혁가이자 의식 있는 실천가이리라 예상한 것이다. 점효 역시 아버지의 말만 듣고 그런 줄로 알고 우진과 혼인했다.

하지만 점효가 19살에 시집와서 만난 우진은 점효의 예상을 완벽하게 빗나가는 인물이었다. 우진은 부친 성규와 조금도 닮지 않은 아들이었다. 덩치가 좋고 운동을 좋아하며 사람들과 사귀는 데 거리낌이 없는 성규와 달리 우진은 왜소했고, 움직이는 것을 싫어했으며 낯가림이 심했다. 누가 봐도 호인이라 평가받는 성규와 달리 우진은 사람들이 어려워했다. 그는 조용했고 날카로웠으며 예민할 뿐만 아니라 제 속내를 쉬이 드러내지도 않았다.

그런 우진을 어떻게 대해야 할지 점효는 도저히 알 수 없었다. 제 아버지 운남과도 달랐고, 운남에게 귀에 못이 박이게 이야기를 들은 성규와는 더더욱 다른 사람이었다. 몸을 섞고 한 이불을 덮고 같은 베개를 베고 자지만 점효는 우진이 낯설고 대하기 어려웠다. 오히려 점효는 시동생 철진을 훨씬 더 친근하게 느꼈다. 성규를 닮아 서글서글한 외모에 넉살 좋게 말을 잘 붙이는 철진과는 쉽게 가까워졌으나 정작 남편인 우진에게는 마음을 열지 못한 채 어영부영 시간을 흘려보냈다.

그래서 방학이 끝나자 우진이 학업을 잇기 위해 일본으로 다시

간다고 했을 때 점효는 내심 반갑기까지 했다. 우진이 없는 집에서 오히려 점효는 편하게 김씨 집안 며느리로서 적응해 나갔다. 운남이 원하던 대로 안주인으로서의 역할을 톡톡히 해내며 성규의 사랑을 독차지하고 있던 때, 점효는 우연히 우진이 학업 문제로 부친과 갈등을 겪고 있다는 것과 그로 인해 혼인하지 않으려 했다는 사실도 알게 되었다.

"그러니 아버지가 성을 마음에 들어 할 리가 있나. 문학이니, 예술이니 그게 밥이 나오나, 쌀이 나오나. 맨 아무 쓸데 없는 공부를 한다고 하니 아버지 속이 상하실 수밖에."

"큰형은 작은형이랑은 다르잖소. 큰형은 예술가 아니오."

"그런 말 마라. 형처럼 나도 문학에 관심은 많아. 그런데 그 문학이라는 게 형 생각처럼 골방에 처박혀서 쥐어짜 낸다고 무조건 좋은 작품이 나오는 게 아니란 말야. 오히려 문학이라면 현실 속에서 소통해야 하는 거 아니겠어? 특히 우리나라 꼴을 봐라. 지금 이 시대가 낭만적으로 문학만 할 수 있는 시대가 아니지 않으냐."

"그건 그렇지요."

"가끔 형을 보면 난 참 답답허다. 대체 무슨 생각인지 모르겠어."

"이제 혼인도 하고 했으니 맘 잡겠지요. 아이가 태어나면 지금보다 낫지 않겠소?"

"그놈의 혼인도 안 한다고 고집에 고집을 부리다가 겨우 도살장에 끌려가는 소마냥 한 거 아니냐. 저리 참하고 사람 좋은 형수를 놓칠 뻔했으니 정말."

"그만하시오. 맘 잡겠지요. 형수가 저리 참하니 형 괜찮을 거요."

"제발 그래야 할 텐데 말이다."

철진과 익진이 혀를 차며 하는 소리를 우연찮게 엿들은 덕분에 점효는 꿈에도 생각지 못했던 일들을 알게 되었다. 남편이 혼인하지 않으려 했다는 것, 남편이 하려는 공부 때문에 시아버지와 극심한 갈등을 겪고 있다는 것 등을 말이다.

모두 점효는 까맣게 몰랐던 일이었다. 섬효는 그 이야기로 인해 비로소 우진의 행동들을 이해할 수 있게 되었다. 왜 그리 낯설게 굴었는지, 왜 그리 마음을 열지 못했는지, 왜 그렇게 혼자 외딴섬처럼 이 집에서 겉돌았는지를 말이다. 비로소 점효는 먼 타인 같기만 하던 남편에게 조금 더 가까이 다가갈 수 있었다.

그뿐만 아니라 성규와 철진이 왜 그토록 자신에게 친절했는지, 왜 우진과 비교하는 듯한 뉘앙스를 풍기면서까지 자신을 치켜세우고 칭찬했는지를 알게 되었다. 그동안 점효는 자신이 잘해서 칭찬받는 줄 알았다. 그게 아니었다. 점효를 과하게 칭찬하는 말 속에 숨어 있던 속뜻은 사실 우진에 대한 힐난이었다. 평소 우진을 마뜩잖게 여겼던 속내를 점효에 대한 칭찬으로 갈무리했던 것이다. 더불어 점효를 과장되게 포장하면 우진이 점효에게 조금은 빨리 마음을 붙이지 않을까 기대하는 마음도 있었을 것이다. 그리 생각하자 그 모든 것을 내색하지 않고 버텨준 우진이 고마웠다. 우진의 입장에선 억지로 끌려와 하고 싶지 않은 혼인을 한 데다 갑자기 나타난 낯선 여자에 비해 모자란 취급을 받으며 구박을 받기까지 한 것이다. 응당 제가 원치도 않는 자리에 들어온 그 여자가 미웠을 것인데 우진은 점효에게 조금도 그런 기색을 보이지 않았다.

우진은 늘 집에서 혼자 있었다. 점효는 본래 성격이 그런 줄 알았다. 하지만 그게 아니었다. 우진은 괴로운 제 속내를 보이지 않으려 애쓰며 홀로 버틴 거였다. 본인이 가장 힘들었을 텐데 우진은 일찍 일본으로 도망가지 않고 방학 끝까지 점효 곁에 있으며 남편으로서의 예를 다했다. 살갑거나 다정하지 않았지만 점효를 냉대하거나 학대하지도 않았다. 그래서 점효는 우진을 어려운 사내라고 생각하는 와중에도 우진이 자신을 미워한다고 생각하지는 않았다. 미처 몰랐던 사실들을 알게 되자 점효는 우진의 그 모든 행동들이 새삼 고맙고 우진이 대단해 보이기까지 했다.

먼 타인과 같던, 영원히 가까워질 수 없을 것 같았고 가까워지고 싶지 않았던 우진에 대한 애정이 샘솟은 건 그때부터였다. 우진을 이해하고 인정하는 순간 그에게 애정이 생겼다. 점효는 영원히 우진을 좋아할 수 없으리라 생각했다. 아무리 시간이 흘러도 우진을 이해할 수 없고, 가까워질 수 없을 줄 알았다. 그의 행동은 점효에게 예측 불가능하고 해석 불가능한 영역이었다. 하지만 그의 행동이 어디서 기인된 것인지 알게 되자 그를 이해할 수 있었다. 점효를 싫어해서가 아니었다. 원래 성격이 그런 게 아니었다. 자신의 괴로움을 감추기 위해 자신과 싸우느라 그랬던 것이었다. 그것은 점효에게 꽤나 큰 위로가 되었고 또 미래를 낙관하게 했다.

한 몸으로 묶여 앞으로 영원히 함께 살아야 부부이기에, 연인이 아니기에 가능한 감정의 미묘한 움직임이었다. 미우나 고우나 앞으로 평생을 함께해야 할 관계였기에 상대를 알고 이해하는 게 좋아하는 것보다 더 중요했다. 그가 도저히 이해할 수 없는 사람인 것보다는 지금 잠시 나를 좋아하지 않지만 그래도 미래에 달라질 수 있는 사내라는 게 점효에겐 훨씬 나은 일이었다. 이전과는 관계가 달라질 수 있다는 청신호였다. 무엇보다 점효는 도무지 속을 알 수 없는 냉랭한 남자와 평생을 살지 않아도 된다는 것이 기뻤다.

    나음 방학을 맞아 우진이 집에 돌아왔을 때 점효는 전과는 다른 마음과 태도로 우진을 맞이했다. 한 이불을 덮고 사는 부부 사이란 참 신기한 관계라, 마음의 변화는 몸의 변화를 가져왔다. 그리고 점효의 변화는 상대를 변하게 했다. 점효가 우진에 대한 마음을 바꾸자 우진 역시 점효를 대하는 태도가 조금씩 달라지기 시작했다.

    그 후로 점효는 우진이 처음처럼 어렵지 않았다. 점효가 살가워지자 입을 꿰맨 게 아닌가 싶을 만큼 말이 없던 우진도 서서히 자분자분 낮은 목소리로 이런저런 이야기를 건넸다. 둘은 느리게 서로에 대해서 알아갔다. 냉하던 둘 사이에 훈기가 돌자 드디어 그토록 성규가 바라던 첫아이가 생겼다. 첫 손주가 아들이 아닌 딸인 것을 성규는 무척이나 아쉬워했으나 우진은 뛸 듯이 기뻐했다. 점효는 우진이 그토록 좋아하는 것을 혼인한 뒤 처음 봤다. 우진은 아들이 아닌 딸이라 더 좋다고 했다. 우진이 좋아해서 점효 역시 좋았다. 대를 잇지 않는 건 여전히 죄가 되는 시대였으나 우진 덕분에 점효는 첫딸을 낳고도 충분히 행복했다. 우진이 딸을 너무나 예뻐했기 때문이다. 딸은 두 사람 사이를 한층 더 가깝게 했다.

    형수보다 딸을 더 좋아해 어쩌느냐고 철진은 자주 농을 치며 놀리곤 했다. 분명 점효에게 우진은 결코 좋은 남편은 아니었다. 제법 부부의 꼴이 날 때도 우진은 결코 다정하거나 따뜻하거나 살갑지 않았다. 이제 좀 다 알았나 싶을 때면 또 다른 모습이 툭 튀어나와 점효를 당황스럽게 하기도 했다. 그 정도로 우진은 언제나 자신만의 세계에 지나치게 몰입해 있었고 그래서 꽤 자주 점효를 외롭게 했다. 그럼에도 불구하고 점효는 우진을 진심으로 좋아했다. 적어도 자신을 배신하지는 않을 남자라는 것을 점효는 알고 있었다. 애정 없으나 믿음은 깊었다. 애틋하고 살갑지는 않아도 의리는 도타웠다. 우진은 점효를 성실히 대하려 애썼다. 본의 아니게 아버지의 여자가 세 명이나 바뀌는 것을 보며 자란 우진은 그것에 대한 상처가 깊어 자식에게 그런 꼴은 다시 물려주고 싶지 않아 했다. 점효가 아이를 낳는 순간부터 우진이 스스로 한 맹세였다.

"내 아내는 당신뿐이야. 당신뿐일 거야. 내 그건 약속하지."

우진은 종종 그렇게 읊조렸다. 그것은 점효에게 하는 약속이라기보단 스스로에게 하는 다짐에 더 가까웠다. 당연히 사랑에 기반을 둔 것은 아니었다. 그것이 가끔은 점효를 서글프게 하기도 했다. '여자' 이전에 '아이들의 엄마'로 각인된 것 같아 씁쓸할 때도 있었다. 하지만 그럴 때마다 점효는 그래도 이게 어디냐고 자신의 욕심을 다독였다. 여전히 처첩이 용인되던 시대였다. 공부 좀 했다 하는 신지식인들조차 구시대적 관습에서 탈피하겠다는 핑계로 본처를 버리고 신식 여성과 살림을 차리는 게 당시 유행이었다. 한데 우진은 그러지 않았다. 오히려 그런 사내들을 비판했다. 그것이 과거 기생첩과 다를 게 뭐냐고 화를 냈다. 그런 남편이 점효는 듬직했다. 자신을 사랑하지 않았고 결혼을 거부했던 남자라는 건 이제 더 이상 점효에게 기억도 나지 않는 먼 이전의 일이었다.

우진을 흔드는 여자가 없었던 것은 아니었다. 남녀로서의 애정 없이 시작한 부부 생활에 아무런 위기가 없었다면 그건 거짓말이었다. 우진은 눈병 때문에 입원해 있는 동안 잠시 일본 간호사에게 마음이 빼앗겼다. 하지만 점효가 여자의 존재를 알았을 때 이미 여자는 병으로 죽은 뒤였다. 사실을 안 뒤엔 당연히 충격을 받았으나 구체적으로 우진이 취한 액션이 없었던 데다 이미 죽은 여자를 두고 투기하는 것은 허무한 일이라 묻을 수밖에 없었다. 게다가 당시 우진이 둘째를 임신한 점효에게 극진했기에 점효는 그 일을 혼자 삭혀내며 넘겨야 했다.

분명 충격이었던 사건이 그래도 두고두고 곱씹는 상처로 남지 않을 수 있었던 것은, 우진이 마음은 빼앗길지언정 바람은 피우지 않을 남자라는 확신이 있었기 때문이다. 한 이불을 덮고 사는 기간이 길어질수록 그 확신은 점점 분명해졌다. 설혹 그 일본 간호사가 병으로 죽지 않았어도, 혹은 그 여자가 좀 더 도발적으로 굴었어도 우진은 점효와 결혼한 이상 결국은 그 여자에게 아무 짓도 안 했을 남자였다. 좀 설레었고 그 마음을 동력으로 작품 활동에 몰입할 수 있었던 것, 그게 다였을 거다. 그건 그저 고목나무처럼 메마른 우진의 가슴에 잠깐 불어온 훈풍 그 이상도 이하도 아니었을 게 분명했다.

어쩌면 일찍 죽어버렸기에 그 여자는 오히려 우진에게 다른 감정으로 변환되어 남았을 수는 있었다. 그리 생각하자 가슴이 찌르르 울려왔다. 아무것도 하지 않았고, 아무 일도 없었음에도 우진은 그 여자의 죽음까지도 제 탓으로 여기며 오래 괴로워했을 남자였다. 그의 가정환경이, 처첩에 대한 평소 생각이 그를 그리 옥죄었을 게 뻔했다. 그리고 그러한 괴로움을 다시 남기지 않기 위해 더더욱 점효에게 충실했을 것이다. 점효는 우진의 생각이 어떻게 흘러갔는지 손에 잡힐 것처럼 생생하게 느껴졌다. 죽음으로 우진에게 다른 상처를 남긴 그 여자가 안타까우면서도 한편으론 그리 긴 잔상을 남긴 여자가 부럽기도 했다. 모순적인 감정이었으나 여자로서 당연히 가질 수 있는 욕심이었다. 하지만 그런 생각이 들 때마다 점효는 애써 머리를 흔들어 그것을 떨쳐내려 노력했다. 우진 정도면 충분하고 과분한 남자였다. 남편과 아버지로서 최선을 다하려 노력하는 우진에게 점효는 늘 감사했다.

그래서 점효는 도저히 우진과 심덕의 정사를 받아들일 수가 없었다. 이건 분명 무엇인가 잘못된 일이었다. 아니, 말도 안 되는 일이었다. 하지만 점효는 이건 아니라고 무엇인가 잘못된 것이라고 철진처럼 당당하게 소리칠 수 없었다. 철진과 점효의 입장은 달랐다. 점효는 주변에서 남편의 외도에 괴로워하는 여인들의 모습을 많이 봤다. 그리고 그 괴로워하는 여자들을 보며 수군거리는 사람들의 목소리 역시 또렷이 기억했다.

아무도 점효의 말을 믿어주지 않을 것이다. 점효와 아주 가까운 사람조차도 점효의 부정을 남편의 외도를 알게 된 아내의 의례적인 반응 정도로만 치부할 게 분명했다. 대부분의 바람난 남편을 둔 여자들이 겪는 감정의 통과의례 정도로만 취급되고 동정받을 것이다. 점효는 그것을 견딜 수 없었다. 답답해서 가슴이 터질 것만 같았다. 단순히 아내여서 남편의 외도를 못 믿는 게 아니었다. 김우진이어서,

김우진을 누구보다 잘 알아서 못 믿는 거였다.

하지만 혼자만의 이러한 확신은 아무도 없는 골목길을 헤매는 어린아이의 발걸음과 같았다. 처음에는 당당하고 힘이 넘치게 걷다가 시간이 흐를수록 서서히 기운이 떨어지고 종내는 같은 곳을 쓸쓸히 맴돌다 지쳐 한 곳에 주저앉기 마련이다. 처음에 절대 아니라고 단호히 확신했던 점효의 생각은 시간이 지날수록 천천히 그 기세를 잃어갔다. 확신이 사그라든 자리엔 의심의 머리를 디밀었다. 어느새 점효는 단 한 번 심덕을 본 기억을 곱씹고 곱씹으며 불륜의 정황을 찾으려 노력하는 지경에 이르렀다.

윤심덕은 몇 년 전 우진이 가족 음악회를 개최했을 때 초대받아 동생들과 함께 왔던 성악가로 점효의 기억 속에 남아 있는 여자였다. 기사가 나자마자 당장 가족과 주변인들은 점효에게 그 음악회 때 별일이 없었냐고 캐물었다. 우진이 그 여자한테 빠져서 가족 음악회를 연 거 아니냐고 확신하기도 했다. 하지만 점효가 기억하기에 그것은 아니었다. 당시 음악회를 계획할 때 우진은 꽤 심각했다. 단순히 여자에게 반해서 치른 행사가 아니었다. 우진에게는 가족 음악회를 개최해야만 하는 분명한 목적이 있었다.

가족 음악회는 우진이 성규에게 예술이란 영역을 인정받기 위해 벌인 일이었다. 졸업을 1년여 남긴 여름방학이었다. 우진은 졸업 후 조선에 영구 귀국하게 되면 그 뒤 자신의 삶이 어떻게 굴러갈지 알고 싶어 했다. 제 부친이 어디까지 허용해 줄지 궁금해했다. 그래서 생각해 낸 것이 바로 음악회였다. 우진은 음악회를 통해 성규에게 이

시대에도 소작 관리이나 물산 유통보다 더 중요한 일이 있을 수 있다는 것을 이야기하려 했다. 가업이 아닌 자신의 다른 직업을 성규에게 인정받고 싶었던 것이다.

심덕 남매를 초청한 건, 순회극단 공연 당시 성규가 심덕을 유독 유심히 봤기 때문이었다. 공연은 성공적이었다. 너른 집 마당에 모여든 마을 사람들 모두 환호했다. 성규 역시 크게 만족했다. 우진은 이제 성규에게 제 속내를 말하려 했다. 하지만 성규는 웃으면서 아무렇지도 않게 심덕을 '창기(娼妓)'라고 지칭했다. 그 순간 우진은 그나마 마지막까지 가지고 있던 희망을 놓아버렸다.

애초에 품지나 않았으면 좋았을 것을. 헛된 희망이 지나간 자리는 차마 눈 뜨고 볼 수 없을 정도로 잔혹했다. 처음부터 없었던 것보다 잠시라도 제 손에 가졌던 것을 뺏길 때가 더 억울하고 서러운 법이다. 우진에게 가족 음악회가 그러했다. 아버지와 소통할 수 있을지도 모른다는 희망이 바람처럼 사라지자 우진은 허한 제 마음을 감당하지 못해 어쩔 줄 몰라 했다. 점효는 처음으로 그때 우진을 보면서 이루어질 수 없는 거라면 꿈꾸지도 않는 게 나을지도 모른다는 생각을 했다. 꿈이라는 게 인간을 반짝반짝 빛나게 하기도 하지만 동시에 죽음과 같은 절망 속으로 밀어 넣을 수 있다는 것도 그때 알았다. 당시 우진이 얼마나 쓸쓸해했는지 점효의 기억 속에 아직도 또렷했다. 그런 우진을 보면서 제가 얼마나 속상했는지 점효의 가슴엔 그때의 감정이 여전히 선명했다.

점효에게 남은 가족 음악회에 대한 흔적은 그뿐이었다. 제가 알기론 남편과 심덕 사이엔 아무 일도 없었다. 심덕은 남편보다 오히려 성규에게 잘 보이려 애를 썼다. 남편 앞을 얼쩡거렸던 건 오히려 심덕의 동생 성덕이었다. 어린 아가씨가 보기와 달리 꽤나 당돌하다고 성덕을 보면서 점효는 생각했었다. 점효에겐 냉하게 굴면서 우진 앞에선 방긋거리는 성덕을 황당하게 쳐다본 적이 여러 번이었다. 아마 우진이 헤픈 사내였다면 점효는 분명 성덕을 신경 썼을 것이다.

하지만 그 모든 것들이 우진에겐 아무 상관 없었다. 처음부터 음악회의 개최하는 자기만의 목적이 있었던 우진은 그 목적만을 위해 달렸고, 끝내 목적 달성에 실패한 뒤엔 짙은 패배감에 휩싸였다. 아버지와 일생을 투쟁해 온 우진의 삶에서 여자 문제는 너무 하찮아서 고민거리도 안 되는 일이었다. 윤심덕 역시 부친의 환심을 사기 위해 불러온 것일 뿐 우진은 심덕을 가까이하지 않았다. 우진은 심덕이 사내들을 하찮게 여긴다고 탐탁지 않아 했다. 그다지 가깝거나 좋아하는 친구가 아님에도 오로지 부친만을 위해 불러왔던 것이다. 우진은 심덕을 크게 염두에 두지 않는 것처럼 보였다. 점효의 기억 속에 심덕은 그 정도였다.

하지만 이제 와 생각하니 그 모든 게 다 의심스러웠다. 정말 우진과 심덕은 아무 일도 없었을까. 어쩌면 심덕이 성규에게 잘 보이려 애쓴 건 우진 때문이 아니었을까. 저렇게 예쁜 여자가 왜 하필 성규에게 애교와 아양을 떠는지 당시에도 점효는 의아해했다. 만약 그게 우진과 약조된 거였다면? 여자로서가 아니라 며느리로서 눈도장을 찍기 위한 행동이었다면?

점효의 등 뒤로 식은땀이 흘러내렸다. 눈앞이 아찔했다. 한 번 시작된 의심은 꼬리에 꼬리를 물었다. 평소 살갑진 않지만 나쁜 말을 하는 것도 극도로 꺼리는 우진이 심덕에게는 꽤 냉정하게 굴었다. 어쩌면 그것도 점효의 의심을 피하기 위함이었을지도 모른다.

생각해 보면 심덕보다 더 유명한 예술가는 많다. 우진의 가까운 친구들 중에서도 꽤 있었다. 게다가 학자인 성규의 마음을 사로잡자면 음악가보다는 좀 더 학문적으로 접근할 수 있는 지식인을 데려오는 게 나았을 수도 있다. 어쩌면 아버지에게 잘 보인 뒤 심덕과 함께 일본으로 떠날 생각이었던 건 아닐까. 그때부터 계획된 일은 아니었을까. 그렇다면 성덕이 우진에게 친절하고 점효에게 냉하게 굴었던 것 역시 이해됐다. 성덕이 심덕과 우진의 사이를 알았다면, 제 언니에게 감정 이입해 언니를 대신해 점효를 적대시했다고 볼 수 있기 때문이다. 끼워 맞추자면 말이 안 되는 건 단 하나도 없었.

머리가 어지러워 더 이상 앉아 있을 수가 없었다. 점효가 베개를 꺼내 그대로 맨바닥에 드러누웠다. 어지럽다 못해 이젠 속까지 메스거렸다. 난리 통에 아이들이 쓸데없는 소리를 들을까 봐 일이 터진 당일 곧장 외가로 보낸 것이 차라리 다행이었다. 이 와중에 아이들 얼굴을 봤다면 더 버틸 수 없었을 것이다.

대낮이라 햇빛이 길게 방 안으로 들어왔다. 그 모습을 보기 싫어 점효가 벽을 향해 돌아누웠다. 잠시 후 점효의 등이 작게 들썩였다. 새어 나오는 울음을 참기 위해 입을 틀어막았다. 노란 불빛 아래 노래하던 찬란한 심덕의 모습이 끊임없이 머릿속을 헤집고 돌아다니며 점효를 한층 더 괴롭게 했다. 당시에는 비교조차 하지 않았던 여자였다. 그냥 완전히 자신과는 딴 세상 사람이라 비교할 생각조차 하지 못했다. 또 우진의 여자관계는 맘을 푹 놓고 있었기에 견제하지 않은 것도 있었다. 어쩜 그렇게 둔했을까. 왜 그렇게 멍청했을까. 가슴이 답답해 숨이 쉬어지지 않았다. 점효가 자리에서 일어나 멍이 들 정도로 제 가슴을 세게 두들겨댔다.

늦은 밤, 주인 잃은 백수제의 문이 열리고 불이 켜졌다. 우진이 일본으로 가출한 뒤에도 점효는 이곳이 주인을 잃었다고 생각하지 않았다. 잠시 자리를 비웠다고 여겼다. 그래서 우진이 없는 동안에도 정성 들여 백수제를 청소했다. 다른 것은 다 일하는 사람들에게 맡겨도 백수제 청소만은 점효의 몫이었다. 자신의 물건을 타인이 손대는 것에 예민한 우진도 점효에게는 마음 놓고 백수제를 맡겼다. 책을 소중히 하는 집안에서 자란 까닭에 점효는 책을 잘 관리할 줄 알았다. 청소는 늘 해가 나지 않는 날을 골라 늦은 오후에만 했고, 바람이 심한 날엔 창문을 여는 일도 삼갔다. 비가 오거나 해가 쨍한 날엔 두꺼운 커튼으로 창문을 가려 책을 보호했다. 어린 시절부터 부친에게 책을 오래, 깨끗이 보존하기 위해서는 습도와 온도를 주의해야 한다고 들었기 때문이다. 심지어 점효는 백수제에서 물걸레질을 한 적도 없었다. 늘 비를 사용해 조심히 바닥을 쓸었고 마른걸레로 책의 겉면만 조심히 닦아냈다. 우진의 정리벽을 잘 알아서 청소를 한 뒤에는 펜 하나 흐트러짐 없이 원래 있던 자리에 그대로 두었다. 까다로운 우진도 그런 점만은 늘 칭찬하곤 했다.

백수제는 우진이 하루에 가장 많은 시간을 보냈던 곳이었다. 우진은 이곳에서 책을 읽고 글을 썼다. 점효는 백수제가 생긴 뒤 우진이 그나마 마음을 붙이는 것 같아서 우진만큼이나 이곳을 좋아했다.

가끔 밤을 새워 일하느라 백수제에서 나오지 않는 우진이 건강을 해칠까 봐 걱정됐다. 조금이라도 편히 있으라고 담요와 방석 등을 종류별로 넉넉히 가져다 놓은 것 역시 점효였다. 그러니 이곳은 우진의 손때만큼이나 점효의 손때가 많이 묻은 장소였다.

점효의 손끝이 느리게 우진의 책상 위를 더듬어 내려갔다. 며칠 동안 내버려 두었다고 고사이에 책상에 소복하게 먼지가 내려앉아 있었다. 조금만 돌보지 않아도 사람의 손이 닿지 않은 태가 났다. 점효는 이 책상이 꼭 저 같다고 느꼈다. 아마 저도 이렇게 먼지가 내려앉아 푸석해졌을 것이다. 이 책상처럼 자신도 주인을 잃었으니 말이다.

생각하고 또 생각해도 이해할 수 없었다. 바닥 끝까지 내려갔던 의식은 그곳에서도 답을 찾지 못하자 길고 복잡했던 생각의 고리를 모두 잘라내고 다시 처음 그 자리로 돌아왔다. 이것은 있을 수 없는 일이었다. 말도 안 되는 상황이었다.

부부란 이름으로 10년 넘게 살았음에도 점효는 우진을 다 이해하진 못했다. 때때로 자신이 우진을 외롭게 했다는 것을 알고 있었기에 점효는 그것이 늘 미안했다. 가끔은 차라리 우진에게 자신 말고 다른 여자가 있었으면 하고 바란 적도 있었다. 도무지 목포에 맘 붙이지 못하는 우진이 불안해서 웬 기생 치마폭에라도 빠지면 이곳에 좀 정 붙이고 살려나, 그런 생각을 했었다. 아무리 세월이 지나도 자신은 다 짐작할 수 없는 우진의 심연과도 같은 마음을 자신보다 더 잘 이해하고 어루만져 주는 사람이 있다면, 우진이 조금 덜 외로워할 것 같아서 그랬다. 자신 말고 다른 여자가 있어도 좋으니 우진이 좀 더 자주 웃으면서 자신과 아이들 곁에 오래 머물러주기를 점효는 바랐다.

아니다. 사실 이제 와 솔직히 고백하자면 그 모든 것은 배부른 투정이었다. 절대로 여자에게 한눈팔지 않을 우진을 너무나 잘 알았기에 혼자 했던 쓸데없는 망상에 불과했다. 그 정도로 우진을 점효는 믿었다. 우진은 점효에게 마음 놓고 그런 생각을 해도 되는 남편이었다.

이런 자신의 마음도 모르면서, 우진에 대해서 조금도 모르면서 이제 와서 남편을 하나도 모른다고 천치 취급하는 사람들이 미웠다. 자신과 우진의 관계는 짐작하지도 못하면서 남녀 사이는 아무도 모르는 거라고 함부로 떠들어대며 우진과 심덕의 불륜을 기정사실화하는 이들이 원망스러웠다.

세상 사람들이 다 미워 꼴도 보기 싫은 상황이었으나 점효는 저를 두고 훌쩍 떠나버린 우진이 미워지지는 않았다. 그런 식으로라도 이 세상을 등져야만 했던, 등질 수밖에 없었던 그가 안쓰러워서, 자신이 그에게 조금도 위로가 되어주지 못한 게 서러워서 속이 상했다. 우진의 죽음에 자신이 기여했을지도 모른다는 생각이 들 때마다 점효의 가슴은 무너졌다.

우진이 늘 앉던 의자에 앉아서 점효는 다시 울음을 터뜨렸다. 이곳에 오니 우진이 더 그리웠다. 조금 열어둔 창문에서 바람이 불어오자 서재에 밴 우진의 체취가 점효를 덮쳤다. 금세라도 문을 열고 들어와 우진이 자신을 안아줄 것만 같았다.

순간 점효의 귓가에 우진 특유의 발을 약간 끄는 발걸음 소리가 들려왔다. 미련하기 짝이 없는 기대를 거두지 못한 점효가 숨을 죽였다. 하지만 당연히 아무 일도 일어나지 않았다. 모두 환상이었다. 소리죽여 울던 점효가 끝내는 참지 못하고 오열했다. 단 한 번도 젖은 적 없던 바닥이 점효의 눈물로 얼룩졌다.

〰

　기자가 된 뒤 기차를 타고 낯선 지역으로 가는 것은 흔한 일이 되었다. 그래서 언제부터인가 새삼스럽게 기차를 타고 언제 어디로 갔는지 손으로 꼽지 않게 되었다. 그럼에도 상철의 기억에 선명히 남은 기차 여행은 있었다. 동래고등보통학교에 합격해 부산으로 가기 위해 생애 처음으로 탔던 기차와 보성전문학교에 붙어 서울로 가기 위해 탔던 기차는 잊을 수 없었다. 그리고 어쩌면 이번이 세 번째로 선명하게 기억 속에 남을 기차 여행이 될지도 모르겠다는 생각이 들었다. 목포는 초행길이었기 때문이다.

　경성에서 목포로 가는 기차도 개설된 지 벌써 10년 차였다. 하지만 상철은 처음 타보는 기차였다. 기실 전라도 방문 자체가 처음이었다. 목포로 가까워질수록 점점 늘어나는 낯선 지역의 사투리에 저도 모르게 긴장한 건지 상철의 어깨가 점점 딱딱하게 굳어갔다. 잠시 창밖을 보며 스쳐 지나가는 풍경을 감상하던 상철이 품에서 메모지와 펜을 꺼냈다. 긴장을 풀기 위해 떠나기 직전 급하게 목포에 대해 메모한 것들을 다시 한번 살펴봤다. 그러면서 제가 움직여야 할 동선을 침착하게 머릿속으로 그려보았다.

　개항 전 목포는 인구가 몇백 명에 백 가구 남짓한 아주 작은 항구 도시였다. 하지만 개항이 되면서 목포는 비약적으로 성장했다. 목포의 변화는 조선 어느 지역에서도 볼 수 없을 정도로 대단히 이례적이라 신문사에서도 여러 번 기사화한 주제였다. 수치상으로만 따지면 '발전'이라고 이름 붙이기에 부족함이 없었으나 정작 목포가 고향인 선배는 매번 그 기사를 정리하면서 '이번에도 고향 사람들은 또 위로 밀려 올라갔다더라'고 씁쓸해하곤 했다.

목포의 인구와 가계는 근 30년간 약 30배 정도 늘어났다. 수도인 경성보다도 빠르게 폭발적으로 인구가 증가했다. 일본과 가까운 항구고, 그래서 일본인들이 많이 건너온다는 것만으로는 이것이 설명되지 않았다. 같은 항구 도시인 부산도 있는데 왜 하필 목포란 말인가. 그 답은 목포가 아닌 인근 지역에서 찾을 수 있었다. 목포의 성장은 전남의 풍요로운 곡창지대에서 나는 쌀 때문이었다.

전라도 각지에서 생산된 쌀을 모으는 곳이 군산이라면 그 모은 쌀을 일본으로 가져가기 위해 이용하는 항구가 목포였다. 일본으로 가는 주요한 물류가 가장 많이 모이는 곳이 바로 목포였던 것이다. 그러니 사람이 몰릴 수밖에 없었다. 사람들이 몰리자 그 사람들을 위해 일하는 더 많은 사람들이 몰려왔다. 순식간에 도시는 비약적으로 몸집을 불렸다. 그러자 정작 그 지역에서 오랫동안 자리를 잡고 살았던 주민들은 밀려오는 사람들에게 등이 떠밀려 살던 곳을 두고 떠나야 했다. 거주민들이 떠난 자리엔 이방인들이 눌러앉았고, 그 이방인들의 편의를 위해 도시는 개발되었다. 그것이 요즘 조선 곳곳에서 벌어지고 있는 '도시 개발'의 실체였다. 목포는 간척 사업까지 더해 현재 개발이 가장 활발하게 이루어지고 있는 지역이었다.

'개발'이라는 명목하에 여기저기서 이루어지고 있는 이러한 도시 계획을 상철은 치 떨리게 싫어했다. 계획도시라는 이름 자체가 상철에겐 무척 불편했다. 마을이란 인위적으로 만들어지는 것이 아니었다. 긴 세월 사람들이 진 땅과 마른 땅을 구분해 인간이 가장 살기 좋은 곳에 하나둘 모여 살면서 자연스럽게 구성되는 것이었다. 그저 사람들이 모여 사는 것이 아니라 긴 시간 동안 사람과 자연이 함께 호흡해 만들어낸 결과물이었다. 자연에 거스르지 않으면서 인간이 살아가는 가장 최적화된 상태가 마을인 것이다.

하나 도시 계획을 하는 이들은 마을의 조성 따위엔 조금도 관심이 없었다. 그들은 아무런 거리낌 없이 자기네 마음대로 아무 땅이나 무자비하게 헤집었다. 그 지역이 사람이 살 만한 곳인지, 땅이 어떤 상태인지, 기후는 어떻고 주변 환경은 어떠한지 그들은 신경 쓰지 않았다. 그들은 단지 지도로 보았을 때 정사각형이 얼마나 그럴싸하게 보이는가 하는 것들에만 열을 올렸다. 상철은 그것을 이해할 수 없었다. 땅을 다루는 일을 하는 이들이 땅에 무지하다니 정말 웃기는 일이었다.

땅을 한번 밟아보지도 않고 종이 지도만 보고 일하는 이들이 지나간 자리는 참혹했다. 그렇게 인위적으로 만들어진 땅에 다닥다닥 붙어 있는 집들을 보면 상철은 가슴이 답답했다. 그때마다 자연을 거스르며 살면 언제고 호되게 자연에게 대갚음을 당한다고 입버릇처럼 중얼거리셨던 돌아가신 조모가 떠올랐다. 농사를 업으로 삼은 조모는 허리 펼 날 없이 일하면서도 늘 땅의 심기를 거스르지 않을까 걱정했다. 인위적인 것을 거부하고 자연스러운 것에 집착하는 상철의 성미는 조모의 영향을 받은 탓이었다.

기차의 경적이 시끄럽게 울렸다. 상철이 보고 있던 메모지를 다시 안주머니에 집어넣고 위에 올려두었던 배낭을 내렸다. 오래 앉아 있어 찌뿌둥했던 몸을 이리저리 뒤틀며 땅에 발을 내딛자, 이내 항구 도시 특유의 짠 바다 냄새가 상철의 코끝을 자극했다. 처음 부산에 갔을 때가 생각났다. 태어나서 단 한 번도 바다를 본 적이 없어서 상철은 처음엔 이 비린내가 바다 냄새라는 것을 몰랐다. 누가 차 안에서 오줌을 지렸나, 라고 생각했었다. 하지만 이제는 마치 고향에 온 양 이 짜고 털털한 바다 비린내가 반가웠다.

목포역은 부산역처럼 항구 가까이에 자리하고 있었다. 물류 배송을 빠르게 하기 위한 그네들의 속셈이 빤히 보여서 상철은 인상을 찌푸렸다. 푸르른 바다를 한번 둘러본 뒤 상철이 다시 몸을 돌려 역사 안으로 들어갔다. 평소라면 낯선 지역을 이리저리 헤매고 다니며 사람 사는 것을 구경하는 걸 좋아하지만 오늘은 관광하러 온 것이 아니니 목적지에 빨리 가는 게 우선이었다.

"이곳으로는 어떻게 가야 합니까?"

주소가 적힌 쪽지를 내밀며 상철이 공손히 물었다. 상철이 건넨 종이를 잠시 보던 역무원이 인상을 찌푸린 채 상철을 흘깃 쳐다보았다. 사뭇 달라진 날 선 분위기에 상철이 잠시 당황했다. 역무원이 제 옆에 있는 동료를 툭툭 쳤다.

"아야, 여 김장성 댁 아인가?"

"어, 그라네."

제 의심을 확인받은 역무원이 한층 더 험상궂은 표정으로 상철을 보았다.

"여는 와 갈라 그라요?"

제대로 말하지 않으면 각오하라는 듯 역무원이 눈을 부라렸다.

"네?"

"보아하니 외지인인디 혹시 기자요?"

뜨끔했으나 이럴 때 제대로 말하면 오히려 봉변당한다는 것을 상철은 짧은 기자 경험으로 이미 잘 알고 있었다. 상철이 반사적으로 고개를 저었다.

"아닙니다."

"아니믄 이 댁은 와 가는디?"

"김우진 군의 친굽니다."

상철의 그 한마디에 역무원의 표정이 순식간에 눈 녹듯이 부드럽게 변했다. 상철이 그 순간을 놓치지 않았다.

"기사를 보고 너무 놀라서 찾아왔는데……."

부러 말을 흐리며 고개를 숙이자 앉아 있던 역무원이 자리에서 벌떡 일어나 상철의 곁으로 왔다.

"아따, 나가 실수했네잉. 하도 요상한 놈들이 마이 와싸서 그래 부려쏘. 나가 미안허요. 친구, 친구면 와야제. 아, 이랄 때 친구가 안 오믄 누가 간디? 워메 속이 말이 아니지라우."

"네."

"으째 김장성 댁 아들이랑은 대학 친군가?"

"네. 와세다대학 친구입니다."

"워메 첨부터 그래 말해불제, 그라믄 나가 오해도 안 했제."

"죄송합니다."

"뭐가 죄송허요. 죄송헐 것도 많구먼. 이리 와보쇼. 나가 아주 찬찬히 설명해 줄랑게. 요 보쇼. 요 역에서 요짝을 보면 오른쪽 길 있지라. 이 길을 쭉 따라 내려가면 삼거리가 나올 것이요. 그 삼거리에서 위짝으로 올라가다 보면 젤루 큰 집이 나와라. 그가 김장성 댁이요."

역무원은 손짓 발짓을 해가며 아주 친절하고 상세하게 우진의 집으로 가는 길을 설명해 주었다. 그러고도 끝내 상철이 오해할까 봐 걱정되었는지 역무원은 상철에게 기대하지 않았던 정보를 추가로 더 주기까지 했다.

"친구헌티 이런 말하믄 안되지만 여그 사람들 맴이 다 맴이 아니라 그라요. 아들놈이 썩을 놈이제. 어째 부모 맴에 그리 대못을 박아야. 여그 사람들은 다 기가차당께. 김장성 겉은 양반헌티 어째 그리 모지란 놈이 나왔으까 싶어서잉. 너무 속이 상헌게 나가 아까 좀 과격했소잉. 여그 사람들 마음은 다 똑같아부러. 저짝 집 일이 내 일잉께. 괜히 상한 집에 소금 뿌릴라고 온 사람잉가 걱정이 돼서 그래부렀소잉. 나가 실수해서 미안허요. 마음에 담아두지 마쇼잉."

"괜찮습니다."

"이 난리 통에 친구 하나 안 오나 혔는디 이제라도 온 거 보믄 영 썩을 놈은 아니었는갑네. 가서 좀 잘 위로해 주쇼잉. 줄초상이나 안 나야 쓰는디 으짜고 있는가 모르것네."

"네."

목포에서 우진은 존재감이 없었다. 우진의 집 역시 그 아버지의 이름으로 불렸고, 목포 사람들은 우진을 이해하기보단 그 부친을 위로하기 바빠 보였다. 전혀 예상치 못한 상황에 상철이 고개를 갸웃했다. 우진의 아버지가 유명할 거라곤 생각지 못했기에 당황스러웠다.

우진의 집, 그러니까 목포 사람들이 김장성 댁으로 부르는 우진의 본가는 위치상으로 북교동 산자락 아래 자리하고 있었다. 우진의 집까지 평평한 평지였고, 그 뒤는 바로 산이었다. 바닷가로부터 멀리 떨어진 가택은 파도 소리도 들리지 않고 바람조차 잔잔해서 목포라는 항구 도시에 있다고 믿기 어려울 정도로 고요하고 아늑했다. 게다가 대문에서부터 집의 크기가 보는 사람을 압도하는 데다 새하얗게 빛나며 서 있는 백수제는 그야말로 장관이라, 상철은 입을 딱 벌린 채 뒤로 두어 걸음 물러서서 감탄하고 말았다.

우진이 목포 유지의 아들이라는 건 이미 경성에 소문이 나 알고 있었으나 그 정도를 눈으로 직접 확인하자 꽤 놀라웠다. 그 당당한 집의 풍채에 상철은 다시 한번 우진과 심덕이 연인이 아니었다고 확신했다. 아무리 지방이라도 이 정도 재력이면 경성에 있는 이용문의 집과 견주어도 부족하지 않을 성싶었다. 이런 애인을 두고 심덕이 돈을 구하기 위해 이용문과 관계를 맺었을 리 없었다.

집 위치를 확인한 뒤 상철이 다시 항구로 향했다. 아까 잠시 역 앞을 구경했을 때 식당에서 나오는 생선구이 냄새를 맡은 까닭인지 배에서 밥을 내놓으라고 난리였다. 항구로 향하면서 상철이 수첩을 꺼냈다. 목포항 근처에는 성규가 세웠고 우진이 가출하기 전까지 운영했던 상성합명회사 사무실이 있었다. 일단 그곳에 먼저 들러야겠다 생각하며 상철이 걸음을 재촉했다.

목포항 근처에 있는 우진의 회사 사무실 문은 굳게 닫혀 있었다.

문을 흔들고 두드려봤으나 안에선 조금의 기척도 없었다. 발길을 돌려 나온 상철이 항구 앞의 백반집에 자리를 잡았다. 식당 안에는 뱃사람들이 바글바글했으나. 상철이 들어가고 얼마 지나지 않아 뱃고동 소리가 울리자 그들은 썰물처럼 순식간에 자리를 빠져나갔다. 텅 빈 식당에는 이제 아주머니와 상철 단둘뿐이었다.

"다 나갔응께, 조용히 드시것네."

아주머니가 백반 한 상을 가져다주며 사람 좋게 웃었다. 넉넉한 풍채처럼 인심이 썩 괜찮아 꾸려진 한 상이 꽤 풍성했다. 감사한 마음에 상철이 꾸벅 인사를 한 후 수저를 들며 여상히 말을 꺼냈다.

"그런데 요 옆에 회사는 안 하나 봅니다? 일이 있어 왔는데 문이 잠겨 있네요."

"워디 말이요?"

"상성합명회사요."

"아따, 거그가 지금 문 열게 생겼는가. 난리가 나부렸는디."

"무슨 일이 있습니까?"

"신문 안 봤소잉? 그 난리 난 김우진이 이 회사 사장인디."

"무슨 난리요?"

상철이 전혀 모른다는 얼굴로 아주머니를 빤히 쳐다보았다. 때마침 한가하던 차에 이야기할 거리가 생겨 신이 난 아주머니가 상철 앞에 아예 자리를 잡고 앉았다.

"김우진이랑 윤심덕, 그 바다에 빠져 죽은 연놈들 말이요. 그 김우진이 여 회사 사장이랑께."

"아, 그렇군요."

상철이 전혀 몰랐다는 듯 크게 고개를 끄덕이며 호응했다.

"신문은 봤는데 사장님이 그분일 줄은 몰랐습니다. 근데 이렇게 큰 회사 사장님이 왜 그런 짓을 했대요?"

"아따 내 말이 그 말 아니요. 태어나믄서부터 금수저 문 팔자믄 그저 감사합니다, 하믄 될 것을 고생을 안 해봤응께 그게 좋은지도 모른 거여. 아, 지가 뭐 할 일이나 있간디? 가만 앉아서 도장이나 딱딱 찍으믄 돈이 나오는 집인디 너모 할 일이 없응께 머리가 미쳐부렀는갑소. 세상에 그 자리가 싫다고 기어 나가서는 생때겉은 자식이랑 마누라를 두고 웬 기집년이랑 바다에 빠져 죽어부렀응께. 썩을 놈이재."

아주머니는 혀를 끌끌 찼다.

"사장이란 놈이 그라고 뒈져부렀는디 회사가 문을 열었겠소."

"그렇군요. 땅이나 좀 팔려고 왔는데."

"김장성은 지금 여그 있다고 하는디 거가 지금 땅 살 정신이 있을랑가 모르것네."

아주머니가 혀를 끌끌 찼다. 상철이 밥을 먹는 내내 아주머니는 김장성 집에 관한 이런저런 이야기를 털어놓았다. 어디까지가 사실이고 어디까지가 과장일지 알 수 없었으나 이것 하나만큼은 확실했다.

"그리 부자입니까?"

"부자재. 이 목포 바닥에서 젤루가는 부자요. 목포 바닥이 뭐시당가. 이 근방에서 제일이재. 아따 왜놈들도 함부로 못 건드린당께."

김우진 집은 엄청난 자산가였다. 경성에 난 소문보다 훨씬 더 대단한 부자였다. 그리고 우진은 그 부를 이어받을 확실한 후계자였다. 우진의 혼인과 동시에 성규는 일선에서 물러나 우진에게 모든 일을 위임하고 장성과 목포를 오가며 여생을 즐겼다고 했다. 위협하는 형제에게서 제 몫을 지키기 위해 고군분투해야 하는 이용문과 달리 우진은 입지가 확실한 적장자였다. 그리고 아주머니의 말이 맞는다면 상성합명회사는 부동산 매입에 경영 및 매매, 농업, 임업, 잠업까지 손을 대는 알짜배기 회사라 말 그대로 황금알을 낳는 거위라 할 만했다. 우진에 비하면 오히려 이용문은 빛 좋은 개살구에 불과했다. 다시 생각해도 우진과 같은 연인을 두고 용문과 관계를 맺어 심덕이 남동생의 유학비용을 마련했다는 건 말도 안 되는 이야기였다. 이런 연인이 있었다면 심덕은 최선을 다해 그 연인을 활용했을 여자였다.

　마지막 밥술을 뜨는 상철의 입이 소태처럼 썼다. 우진과 심덕이 연인이 아니었다는 건 점점 더 확실해졌지만 그로 인한 결론은 상철의 입장에선 유쾌하지 않았다. 우진이 용문보다 더 큰 부자였기에 우진과 관계가 있었다면 용문과 관계를 가졌을 리 없다는 결말은 상철에겐 너무나 쓰라린 것이었다. 이 결론은 제가 심덕에게 왜 고백조차 할 수 없었는지 너무나 명확하게 그 이유를 보여주고 있었다.

　용문은 부자였다. 우진은 더 큰 부자였다. 그러니까 심덕과 관계된 모든 남자들은 다 부자였다. 창녕에서 농사 좀 짓는다는 집에서 태어나 아무 모자람 없이 살았으나 아무리 그래도 고작 농군의 자식에 불과한 상철은 그들 사이에선 명함도 들이밀 수 없었다. 그러니까 윤심덕의 남자는 그런 인물들이었다. 늘 그랬다. 그래서 상철은 심덕에게 제 마음을 조금도 표현할 수 없었다. 밥은 먹여줄 수 있어, 라는 말은 통하지 않는 여인이었다. 그래서 고백조차 못 했다. 살아서도 가까이할 수 없었던 여자가 죽어서 스캔들이 난 상대조차도 유지의 아들이라는 것은 상철을 더 비참하게 만들었다. 대충 밥을 삼킨 상철이 물로 입안을 헹궜다. 달짝지근하게 입 안에 남은 쌀의 단맛이 불쾌했다.

목포항을 정면으로 바라보는 빛 잘 드는 양지엔 일본인들의 주거주지인 만호동이 있었다. 일본인 거주지인 만큼 만호동엔 일본인들의 주택이 많았다. 그들은 만호동을 목포대라 불렀는데, 그들이 목포대라 부른 그 만호동 정 가운데에는 동양척식 주식회사와 일본 영사관이 위압적으로 자리하고 있었다. 상철의 선배가 말했던, 어쩔 수 없이 밀려나야만 했던 조선인들의 삶이 눈앞에 그려지는 것처럼 생생해서 상철은 인상을 찌푸리며 고개를 돌렸다.

만호동을 왼편에 두고 온금동 고갯길을 넘어 오른쪽 길을 따라 위로 올라가면 유달산 아래 입지한 쌍교리가 나왔다. 쌍교리는 유달산 산록에 있어 목포 지역 내에서 유일하게 바닷물이 닿지 않았다. 한눈에 봐도 목포 토박이들이 바닷바람을 피해 주거지로 자리 잡을 위치라는 것을 알 수 있었다. 쌍교리를 사이에 두고 윗마을은 북교동, 아랫마을은 남교동이라 불렀다. 북교동은 바다를 정면으로 보지 않고 약간 비스듬히 비껴 서 있었는데, 그 북교동에서 보이는 바다를 목포 사람들은 '뒷개'라고 불렀다. 북교동보다 더 위쪽엔 일본인에게 밀려난 가난한 조선인들이 유달산 산기슭에 다닥다닥 붙어 살고 있었다.

상철은 부러 산동네를 빙 둘러 우진의 집으로 향했다. 가까워질수록 압도적인 존재감을 뿜내는 그 거대한 건물의 기운에 눌리지 않기 위한 자기 나름의 방편이었다. 하지만 애를 썼음에도 막상 집 앞에 도착하자 숨이 턱 막혔다. 북교동 산자락 아래 위치한 우진의 집 솟을대문은 크기와 모양이 참으로 장관이라 그저 보는 것만으로도 기가 꺾일 정도였다. 경성에 있는 신흥 부잣집은 대부분 정원이 딸린 양옥으로 지은 이층집이었다. 전통 있는 한옥집이래 봤자 한양에 있는 왕의 눈치를 보느라 생각보다 칸수가 넓지 않았고 그나마 남아 있던 것마저도 상당수가 파괴되었다. 그래서 상철은 여태껏 이렇게 대궐과 같은 솟을대문을 가진 집을 본 적이 없었다. 게다가 심지어 2층 양옥을 품은 한옥이라니. 아무리 봐도 이용문은 가져다 댈 것도 아니라고 상철은 혀를 내둘렀다. 대체 이런 집은 어떻게 사람을 불러야 하는지도 모를 일이었다. 진짜 옛날에 그러했듯이 '이리 오너라'를 해야 하는 건지 어떤 건지 당황스러워 상철은 일없이 그 집 앞을 서성였다.

한참을 왔다 갔다 하며 까치발로 집 안을 들여다보려 애쓰던 상철이 한숨을 쉬며 뒤로 물러났다. 대문은 굳게 닫혀 열릴 생각이 없어 보였고, 이미 날은 저물었으며 저 문을 열고 들어가 뭐라고 해야 할지 아직까지도 정리하지 못한 상태였다. 일단은 후퇴해야 했다.

대문만 보고도 질려서 돌아서는 스스로를 자조하며 상철이 쓰게 웃었다. 애초에 남과 무엇을 비교하는 성미도 아니었고 무엇인가에 위축되는 기질도 아니었다. 남의 말을 신경 쓰거나 사소한 일들에 일희일비하지도 않았다. 당연히 돈에 대해서도 그러했다. 그리 부족하다고 할 수도 없는 집에서 태어났고 막내라 아낌없이 혜택을 받으며 자랐다. 부산으로 유학을 가면서 저보다 더 부자인 이들이 세상엔 셀 수도 없이 많다는 것을 깨닫긴 했으나 그것을 부러워해 본 적은 단 한 번도 없었다. 제게 주어진 몫으로 꾸려지는 삶에 만족했다. 사회의 부조리에 대해 비분강개하긴 했으나 이미 제 몫으로 주어진 것에 대해서는 불만을 품거나 남과 비교하며 불평하지 않았다. 상철이 돈의 위력을 실감하고 그것에 위축되기 시작한 것은 심덕을 사랑하게 되면서부터였다.

    심덕은 부자가 아니었으나 심덕 주변에 모여든 남자들은 다 부자였다. 그리고 그들은 최선을 다해 자신의 부를 자랑했다. 그것은 수컷 공작새가 화려한 제 날개로 암컷을 유혹하는 것과 닮아 있었다. 그들은 하나같이 수컷 공작새처럼 자신들이 가진 돈을 활짝 펴 들고 심덕의 앞에서 얼쩡거렸다. 앞다투어 옆에 있는 이보다 내가 돈이 더 많다고 잘난 척했다. 그 모습이 역겨웠다. 하지만 역겨운 와중에도 위축되는 것은 어쩔 수 없었다. 자신은 가난했다. 애초에 펼칠 날개 따윈 없었다.

    "그걸 이제야 알았냐? 등신. 원래 계집은 인물이고 사내는 돈인 거야. 왜? 보기만 해도 오금이 지려서 없는 좃도 쪼그라들든? 야 돈만 있어봐라. 사내구실 못하는 팔십 노인네도 몸 덥혀주는 열댓 먹은 기생년 끼고 산다. 돈이면 다 쪼그라든 할배 것도 세우는 법이거든. 돈 없는 변강쇠는 마님의 마당쇠밖에는 못 돼. 돈이 그렇게 무서운 거라고."

    고민을 토로하는 상철을 앞에 두고 석구는 낄낄거리며 비웃었다. 심덕을 통해서 상철은 남녀의 짝짓기라는 게 매우 동물적이라는 것을 깨달았다. 암컷이 힘세고 화려한 수컷에게 몸을 의탁해 먹이를 구하는 것처럼 인간 역시 그러했다. 다만 인간 사이에서는 그 힘이 돈이라는 물체로 구체화될 뿐이었다.

심덕은 모든 수컷이 탐내는 암컷이었고, 상철은 애초에 그 경쟁에서 밀려나 버린 비참한 수컷이었다. 주제 파악을 했으면 일찌감치 마음을 접고 제 수준에 맞는 짝을 찾아야 하는데 상철은 그러질 못했나. 제 주제에 감히 손끝도 닿을 수 없다는 걸 알면서도 상철은 미련을 버리지 못한 채 시체라도 갖고 싶어 하는 하이에나처럼 심덕의 주변을 서성였다.

하지만 죽어서도 심덕은 감히 상철이 범접할 수 없는 여자였다. 거대한 집을 등 뒤에 두고 돌아서면서 상철은 다시 한번 저와 심덕 사이의 거리를 실감했다.

상철이 항구 근처 어시장에 도착했을 때는 해가 떨어져 이미 어둑어둑해진 무렵이었다. 이곳에서 상철은 우진과 문학 동인회 '오월회(Societe Mai)'를 함께 창간했던 멤버를 만나기로 했다. 목포에 내려오기 전 경성에서 이미 약속한 만남이었다. 인터뷰의 조건은 익명이었다. 그뿐만 아니라 사람들 속에서 만나는 것도 거절했고 상철에게 이름 대신 '박형'이라고 부르라고 요구했다. 상철이 자신의 이름을 기억하는 것조차 내키지 않는 듯했다. 상철은 까다로운 그의 요구 조건을 모두 수용했다. 인터뷰를 요청했을 때 오월회의 다른 멤버들은 모두 단호히 거절했다. 그만이 인터뷰를 하겠다고 나섰다. 그마저 인터뷰를 거절했다면 외지인을 대단히 경계하는 이곳에서 상철이 우진에 대해 건질 수 있는 정보는 대단히 제한적이었을 것이다. 그러니 그가 죽으라면 죽는시늉이라도 해야 할 판이었다.

상철은 품이 커서 꼭 포대 자루 같은 검은색 잠바를 입고 모자를 깊게 눌러쓴 채 시장 입구에서 서성이는 '박형'을 한눈에 알아보았다. 그 역시 상철을 손쉽게 알아차렸다. 아는 체하려는 상철에게 그는 가까이 오지 말라고 눈짓했다. 시키는 대로 상철은 적당히 거리를 두고 그의 뒤를 따라갔다. 겉으로 보기에 둘은 아무 상관 없는 사람들처럼 보였다. 아마도 그는 사람들에게 상철과 잠깐이라도 함께 있는 모습을 보이는 것조차 꺼리는 모양이었다.

앞서 걷는 그를 따라 상철은 온금동의 좁고 습한 골목길 사이로 들어갔다. 온금동은 바로 옆에 붙은 만호동과 전혀 다른 분위기였다. 만호동이 밝고 환하고 넓었다면 온금동은 어둡고 습하고 좁았다. 사람 하나가 겨우 들어가는 좁디좁은 골목길들을 뺑뺑이 돌아 그는 한 허름한 집 앞에 서서 상철에게 손짓했다. 상철이 가까이 다가가자 그가 삐걱거리는 낡은 문을 연 뒤 상철의 등을 떠밀었다.

"여 잠깐만 계시우. 내 찬 좀 사 올 테니."

그는 이내 문을 닫고 사라졌다. 천장이 낮고 빛이 들어오지 않는 집은 상철이 허리를 다 펼 수도 없을 만큼 좁았다. 주인 없는 집에 들어가는 것이 망설여졌으나 허리를 굽힌 채 문 앞에 계속 서 있는 것도 못 할 짓이었다. 상철은 신을 벗고 들어가 구석에 엉덩이를 붙이고 앉았다. 방 한편에는 책이 수북하게 쌓여 있었다. 군데군데 곰팡이가 선 낡은 방과 어울리지 않게 쌓인 책들은 깨끗하게 관리가 잘되어 있었다. 꼭 새 책 같았다.

고개를 옆으로 기울여 책 제목을 읽던 상철이 그중 한 권을 빼냈다. 『젊은 베르테르의 슬픔』이었다. 처음 이 책을 읽었던 18살의 상철은 베르테르를 이해할 수 없었다. 당시 상철이 보기에 베르테르는 미친놈이었다. 베르테르가 하는 사랑을 조금도 공감하지 못하면서도 읽기 시작한 게 아까워서 끝까지 꾸역꾸역 읽었다. 마지막 장을 덮을 땐 더 이상 이 책을 안 봐도 된다는 생각에 속이 다 시원할 정도였다. 하지만 시간이 흐르고 상철이 '사랑'을 하게 된 뒤 『젊은 베르테르의 슬픔』을 다시 읽게 되자 어느새 상철은 소설 속 어떤 구절도 쉬이 넘길 수 없었다. 상철은 책을 뒤적여 자신이 가장 좋아하는 구절을 찾았다.

'내가 지닌 것은 많으나, 그녀를 연모하는 마음이 모든 것을 한 입에 집어삼켜 버렸네. 아무리 가진 것이 많더라도 그녀 없이는 모든 것이 무로 돌아가는 걸세.'

상철이 눈으로 읽은 구절을 손으로 다시 더듬었다. 꼭 이와 같은 마음으로 심덕을 사랑했다. 낮은 신음을 내며 상철이 눈을 감았다.

"불을 켜고 있으시지."

상철이 황급히 책을 내려놓으며 막 신을 벗는 박형을 바라보았다. 허리를 굽히며 안에 들어온 그는 불을 켠 뒤 작은 교자상을 꺼내 방 가운데 폈다. 노란 전구에 들어온 불이 어두웠던 방을 순식간에 환하게 밝혔다. 갑작스러운 환한 빛이 낯설어 상철이 인상을 찌푸렸다.

"요즘 민어가 제철이라 사 왔소. 회 먹지요?"

"네. 좋아합니다."

자르르 윤기가 흐르는 불그스름한 살을 보자 입에서 군침이 돌았다. 점심때 푸짐하게 먹었던 백반은 이미 소화된 지 오래였다.

막걸리 주전자와 회 한 접시, 초장과 된장으로 단출한 상이 차려졌다. 그가 노란 대접이 찰랑거릴 정도로 막걸리를 따라 상철에게 건넨 뒤 자신의 잔 역시 가득 채웠다.

"반갑소."

"네. 만나주셔서 감사합니다."

깍듯한 상철의 인사에 그가 조금 웃었다. 첫 잔을 모두 비운 뒤 두 사람은 너나 할 것 없이 젓가락을 들어 회를 집었다. 제철인 민어는 입에 착 붙었다.

"내가 우진이 동생 철진이 익진이랑 모두 친하오. 김장성 어르신께서 내 학비를 대주셨거든. 일종의 후원자라고나 할까. 고마운 분이지. 김장성은 목포 출신이 아니지만, 여기 토박이 중에 그 댁 덕 한 번 안 본 사람은 드물어서, 여기 태생보다 훨씬 더 대접받으신다오. 여튼 그래서 지금 동네 분위기가 아주 숭숭하오. 내가 오늘 어디서 방귀 뀌었는지도 사람들이 다 알 정도인 이 손바닥만 한 동네에서 내가 기자랑 이야기했다고 소문이라도 나면 골 아파서 이러는 거니 이해 좀 해주시오. 아마 다른 멤버들도 다 나 같은 마음이라 할 말이 많아도 아무도 선뜻 말하겠다고 못 나서는 걸 거요. 경성처럼 큰 도시에 사는 분은 이런 거 이해하기 어려우려나."

"아닙니다. 저도 고향은 시골이라 무슨 말씀하시는지 압니다. 그런데 토박이시라면서 사투리는 안 쓰시는군요."

"일본 유학 때 고쳤지. 동네 사람들과 말할 때는 쓰는데, 낯선 이 앞에서는 안 쓰오. 내가 사투리를 심하게 쓰면 어차피 그쪽은 못 알아들을 거잖소?"

그의 가벼운 농에 상철이 웃음을 터뜨리면서 내내 무겁던 분위기가 조금 풀렸다. 빈 잔에 술을 채우며 그가 한숨을 길게 내쉬었다.

"이제 와 뭔 소리를 해봤자 다 죽은 자식 불알 만지기밖에 더 되겠나 싶어서 나도 입 다물고 있으려고 했는데, 기사 나는 꼬라지들이 참 갈수록 가관이라 답답해서 말이오. 게다가 그쪽은 윤심덕이랑 김우진 관계를 안 믿는다고 하니 좀 다른 이야기를 서로 할 수 있지 않을까 해서 만나자고 했소."

"선생님도 김우진과 윤심덕이 연인이 아니었을 거라고 생각하십니까?"

"그렇지."

"왜 그렇게 생각하십니까?"

상철의 질문에 그는 대답 없이 술로 입술을 축였다.

"잘 데는 정했소?"

"네?"

"오늘 밤 잘 곳 말이오. 정했소?"

"아니요. 아직. 항구 도시라 근처에 잘 곳은 많다고 하기에."

"그럼 오늘 우리 집에서 자고 가시오."

"네?"

"긴 이야기거든. 술도 있고 안주도 있고 시간도 많으니 천천히 한번 해봅시다."

상철이 홀린 듯이 고개를 끄덕였다. 잔을 내려놓은 그가 손으로 마른세수를 했다. 손바닥이 거친 탓인지 술기운 탓인지 그의 얼굴이 금세 붉게 달아올랐다. 초점 없이 충혈된 눈이 허공을 한참 동안 응시했다.

"우진이 얘기하려면 김장성 얘기부터 알아야 할 거요. 그래야 우진이를 알 수 있으니."

그는 우진의 삶과 죽음을 이야기할 때 가장 중요한 인물이 부친 김성규라고 했다. 서얼 출신인 성규는 신동 소리를 듣고 자라 25세에 첫 관직에 진출한 뒤 18년간 관직에 있었다. 고향은 경상북도 문경이었으나 본가와의 갈등으로 인해 고향을 떠났다. 장성 군수 때부터 전남 장성을 제2의 고향으로 삼으며 전라도에 자리 잡았다. 목포로 온 것은 우진이 11살이 되던 때였다. 목포는 성규가 무안감리를 지내며 인연을 맺은 땅이었다. 그때 일제에 맞서 대단히 공명정대하게 조선인들을 대우한 까닭에 목포 사람들은 외지인이지만 성규를 존경하고 따랐다. 그가 전통적인 목포인들의 거주지인 북교동에 큰 집을 지을 수 있었던 것은 그러한 토착민들의 호감이 있었기에 가능한 일이었다.

서자 출신이라는 콤플렉스 때문인지 성규는 핏줄에 대한 애착이 대단했다. 아내를 다섯 명이나 두면서까지 자식을 보려 애썼고, 모친에게는 끔찍할 정도로 효자였다. 근본 없는 삶에서 제 나름의 뿌리를 찾기 위한 노력이었을 것이다. 자신을 태어나게 해준 어머니, 그리고 자신이 낳은 자식은 성규의 삶을 지탱하는 두 축이었다.

우진은 성규가 35세란 늦은 나이에 본 첫아들이었다. 첫아들이 탄생하자 성규는 정말 뛸 듯이 기뻐했다. 이후 철진과 익진도 태어났지만 첫정인지라 우진에 대한 애정이 제일 깊었다.

관직을 관두고 목포로 이주한 뒤부터 성규는 모든 관심을 농업에 쏟았다. 성규는 농업이 조선의 근간이며 조선을 살리는 업이 될 것임을 믿어 의심치 않았다. 맥이 끊긴 실학사상을 잇는 것이 자신이 할 일이라 생각했다. 그리고 그 누구도 아닌 장남 우진이 자신의 가업과 정신을 계승해 주길 바랐다.

하지만 우진은 태생부터 성규와 달랐다. 성규는 서얼이란 출신의 한계에서 느낀 열등감을 자신의 성장 동력으로 삼았으나 우진은 정반대였다. 사내답고 호기로워 누구나와 스스럼없이 어울리는 성규와 달리 우진은 대단히 섬세하고 소심했다. 낯을 가려 사람들과 쉬이 말을 섞는 법이 없었을 뿐 아니라 마르고 까다로운 데다 감정 기복이 심했다. 게다가 우울하고 예민하며 자기만의 세계가 강한 까닭에 우진은 타인과 어울리기 쉽지 않은 사내였다. 그랬기에 우진은 천재라는 부친의 기세에 맞서거나 그것을 발판 삼지 못하고 그것에 눌려버리고 말았다.

"두 사람 성격이 정반대였으니, 부자간 갈등이 심했겠군요."

"처음부터 그랬던 건 아니오. 우진이 성격상 반항하거나 맞서기보단 그냥 수용했으니까. 아버지 그늘에 있을 땐 아버지를 좋아하고 따랐지. 가장 존경하는 인물이 아버지라고 늘 말했으니까. 또 김장성도 우진을 그 어떤 자식보다 아끼고 사랑했거든. 정말 사랑했소. 조금 덜 사랑했다면 괜찮았을 텐데, 너무 사랑해서 끝내 문제가 되고 말았다오."

두 사람의 갈등이 본격화된 것은 우진이 성규의 품을 떠나 일본으로 유학을 가면서부터였다. 처음으로 외지에 혼자 남게 되자 우진은 성규가 제 눈 옆에 씌웠던 가리개를 벗어던질 수 있게 되었다. 넓어진 시야에는 이제껏 알지 못했던 다른 세상이 보였다. 강제로 주입된 것이 아닌, 스스로 몸 안에서 끓어오르는 열정을 느꼈다. 농업보다 다른 공부가 더 재밌다는 것을, 자신에겐 다른 재주가 있다는 것을 깨닫기 시작했다.

"큰 소리가 난 건 그때부터였지. 나라를 일으키라고 일본까지 보내 공부를 시켰는데 거기서 영 쓸데없는 걸 배워 왔다고 김장성께서 화를 많이 내셨지."

말을 잘 듣던 순종적인 아들 우진의 첫 번째 반항은 웅본 농업학교를 졸업한 뒤 귀국하지 않고 와세다대학 예과로의 진학을 강행한 것이었다. 성규는 예과와 같은 뜬구름 잡는 학문을 싫어했다. 그러한 허례허식이 조선을 망쳐 일본에게 나라를 내주었다고 생각했다. 그에게는 격식 있는 양반네들처럼 살고 싶어 하면서 동시에 그 격식을 증오하는 모순이 있었다.

우진은 몰랐겠지만 성규는 우진이 자신의 삶을 일정 부분 비웃는 것처럼 느꼈다. 성규는 당장 귀국하라며 호통을 쳤다. 지원을 끊겠다는 초강수까지 뒀다. 하지만 그해 첫 손녀가 태어나면서 성규의 태도는 한풀 꺾였다. 아들보다 더 예뻐하는 며느리 점효가 중재에 나서면서 성규는 한걸음 뒤로 물러났다. 대신 와세다대학까지만 다니고 방학마다 와서 회사 일을 도맡아 해야 한다는 두 가지 조건이 붙었다. 그때만 해도 우진은 부친의 조건부 수락조차도 감사히 받아들였다.

"우진인 지가 학교 다니면서 한 순회극단 같은 공연을 김장성께서 흐뭇해한다고 믿었지만, 아니었소. 쓸데없는 짓이라고 했지. 쌀한 톨 안 나오는데 사람들 모아놓고 저것 좀 보여주는 게 무슨 독립에 도움이 되겠느냐고, 그 시간에 베라도 짜서 돈을 버는 게 나을 거라고 말이오. 그 부자는 그렇게 달랐소. 김장성은 우진이 어렸을 때 그 고사리 같은 손이 다 트도록 농사를 가르쳐가며 애를 강하게 키우려 했지만 헛짓이었지. 타고난 출생이 하나는 서얼이고 하나는 부잣집 도련님인데 흉내 좀 낸다고 해서 그 아들이 아비와 같아질 수 있었겠소? 말도 안 되는 소리."

"그래도 귀국한 뒤에 회사 일도 하고 문예지도 했던 거 보면 맘잡고 산 거 아닙니까?"

"발악이었지, 발악. 자식이 있었으니까 그 자식 놈들 때문에 어떻게든 살려고 한 거요. 부친이 여자 갈아 치우는 걸 징글징글하게 보면서 컸거든. 자식한테 번듯한 가정을 주고 싶은 욕심이 컸어. 그래서 산 거요."

"계집질 같은 건 전혀 안 했겠군요."

"안 했지. 그럴 그릇이 아니었는데. 기생집 가는 것도 눈 찌푸리며 싫어했소. 우진이 김장성을 싫어하는 유일한 부분이 그거였지. 자신도 서얼 출신이면서 어떻게 첩을 둘 수 있느냐고 우진은 끝까지 이해하지 못했소."

"그래서 윤심덕과 김우진의 정사를 안 믿으시는 거군요."

"당연하지. 있을 수 없는 일이오."

"목포에서 주로 뭘 하며 시간을 보냈습니까? 회사 일도 단조로웠던 거 같은데."

"책을 읽었지. 책. 그것도 원서."

"원서요?"

"목포에서 물 건너온 책을 읽는 유일한 놈이었소. 허허."

공허한 웃음소리였다. 어느새 술 주전자는 다 비어 있었다. 목덜미가 얼룩덜룩하게 붉어진 그가 벌렁 대자로 드러누웠다.

"그거 읽는 재미로 살았소, 그 자식."

"가출은 정확히 언제쯤 한 겁니까?"

"몰라. 망할 놈의 집구석에서 한동안 숨겼으니까. 오뉴월경일 거요. 제수씨가 얼굴이 반쪽이 되어 나타난 게 유월이니 그 전에 했겠구나, 그렇게 짐작할밖에는. 한동안은 그냥 아프다고 했거든. 거뻑하면 아프다고 집구석에 처박히는 놈이라 그런 줄로만 알았지."

잔 밑바닥에 한 모금쯤 남은 술을 상철이 제 입에 털어 넣었다. 푸스스, 누워 있던 그가 길게 한숨을 내쉬었다.

"이럴 줄 알았으면 일본에 있을 때 한번 찾아나 가볼걸. 지랄병이 도졌구나, 곧 돌아오겠지, 그러고 말았지. 이럴 줄 알았나, 망할 자식."

그가 두 손으로 얼굴을 거칠게 비볐다. 짧은 수염이 손바닥을 서걱거리며 스쳤다.

"이런 얘기가 어쩌면 집안 망신이고 죽은 그에게도 살아 있는 아비에게도 좋을 건 없을지도 모르겠소. 아마 그걸 다 알아서 괜히 입 잘못 놀렸다가 온 사람한테 욕 처먹을 걸 알아서 다른 사람들은 입 다물고 있는 걸 거요. 나같이 물색없는 인간이나 씨불이는 거지. 근데 난 말이오. 그래도 어쨌거나 한 사람이 죽은 건데 그 죽음이 이렇게 말도 안 되는 가십이 되는 건 못 견디겠소. 그의 삶이 그렇게 가

법진 않았소이다. 오히려 너무 복잡해서 문제였지. 그놈이 고작 계집 때문에 바다에 빠져 죽을 만큼 단순한 놈이면 얼마나 좋았겠소? 걱정도 없지 그랬으면. 안 그런 놈이었단 말이오. 안 그런 놈이어서 그렇게 괴로워했는데 죽고 나니 그 자식은 마누라고 애고 다 내팽개친 사랑에 미친 단순해 빠진 놈이 되었소. 이게 말이 되오? 나는 이런 걸 견딜 수가 없소이다."

"이해합니다."

"잘 써주시오. 나인 거 티 안 나게 조사 썩 잘한 것처럼."

"네. 걱정 마십시오."

예술가를 꿈꾸는 아들과 실용 학문을 선호하는 아버지 사이는 아무리 애를 써도 좁혀지지 않았을 것이다. 아버지에게서 인정받고 싶은 욕구와 아버지에게서 벗어나고 싶은 욕구 사이를 괴롭게 오가면서 우진의 신경이 얼마나 갉아먹혔을지는 충분히 상상되는 일이었다. 상철 역시 꼭 같다고는 할 수 없지만 비슷한 처지여서 어떤 상황인지 그림이 그려졌다. 다른 점이 있다면 상철은 막내여서 별다른 어려움 없이 그 그늘을 벗어날 수 있었다는 것이다.

"저도 아버지가 농사꾼입니다. 형들은 다 농꾼이에요. 아버지는 제가 공부하는 걸 기특해하면서도 한편으론 쓸데없는 걸 배워와서 집안을 말아먹지나 않을까 대단히 걱정하셨죠."

누운 그가 고개를 옆으로 기울여 상철을 보았다.

"그나마 막내아들인 데다 공부를 어지간히 한 덕분에 이웃 사람들에게 그게 자랑거리가 되자 저런 자식 하나쯤 있는 거 뭐 나쁘진 않지, 그리 생각해 주셨던 거 같습니다. 그래도 여전히 쓸데없는 짓하지는 않을까 대단히 걱정스럽게 보십니다. 한 일도 없는데 엄청 단속하시고요. 그것마저도 가끔은 꽤 괴롭거든요. 꼭 같지는 않지만, 다 이해할 순 없지만 어떤 느낌이었을지는 알 것 같습니다."

"그럼 잘 쓰겠구먼. 다행이네. 죽은 놈한테 빚질까 봐 걱정했는데."

안심한 듯 반듯하게 누운 그가 눈을 감았다. 벽에 등을 기댄 상철의 눈도 스르르 감겼다. 잠시 후 낮게 코 고는 소리가 좁은 방 안을 채웠다.

보글보글 찌개 끓는 소리에 상철이 눈을 가늘게 떴다. 어느새 자신은 베개를 베고 이불을 덮은 채 누워 있었다. 후다닥 자리에서 일어나자 숟가락으로 냄비를 휘휘 저으며 박형이 상철을 돌아보았다.

"다 됐수다."

"해장국은 제가 사드리려고 했는데."

"나가서 우리 둘이 얼굴 맞대고 뭐 먹을 상황 아니잖소."

잠시 후 어제 술상을 차렸던 그곳에 아침 밥상이 차려졌다.

"복국이요. 독은 안 들었으니 걱정 마슈."

"잘 먹겠습니다."

뽀얗게 우러난 국물이 시원했다. 상철이 정신없이 퍼먹는 동안 상대는 조용했다. 반쯤 밥공기가 비워지고 나서야 상철이 고개를 들어 눈치를 살폈다.

"안 드십니까?"

대꾸 없이 한동안 숟가락으로 국그릇만 휘휘 젓던 박형이 결심한 듯 한숨을 내쉬며 상철을 보았다.

"우체국 가보오. 김우진이 소포 받은 목록은 알 수 있을 테니까. 다 영어이긴 해도 기자 양반이니 보면 뭔지 알지 않겠소?"

망설이다 겨우 작정하여 우다다 쏟아낸 말에 상철의 입이 벌어졌다.

"저한테 그 목록을 보여주겠습니까?"

"우체국에 들어가면 맨 구석 자리에 메기처럼 생긴 놈이 있소. 돈 좀 찔러주면 다 보여줄 거요."

"혹시, 윤심덕과 편지를 주고받기도 했을까요?"

상철의 질문에 잠시 생각하던 그가 고개를 저었다.

"손바닥만 한 곳이라 그랬으면 벌써 소문이 났지. 김장성댁 아들이 웬 계집년이랑 연서를 주고받는다고 동네가 뒤집혔을 거요. 뭐 계집이 다른 인물인 척 편지를 보냈다면 모르겠지만 윤심덕이라는 이름으로는 안 보냈을 거요."

그럼 두 사람은 서편을 주고받은 적도 없을 것이다. 상철이 아는 심덕은 굳이 다른 사람인 척 자기 존재를 숨기면서까지 사내에게 연애편지를 보낼 여자가 아니었다.

"그리고."

말을 꺼낸 뒤 그가 국을 휘적휘적 저으며 또다시 한참을 망설였다. 상철은 재촉하지 않고 끈기 있게 기다렸다.

"말 안 하려 했는데 그쪽은 다른 기자들이랑 좀 달라 보이기도 하고 그래서. 이게 잘하는 짓인지 아닌지 모르겠는데."

다시 또 그는 입을 다물고 침묵했다. 꽤 시간이 흐른 뒤 그가 고개를 들어 상철을 보았다.

"이따 저물녘에 김장성 댁에 가보오. 제수씨가 친정에 간다더군. 아침 장 보러 갔다가 들었소. 애들 데리러 간다고 합디다."

"감사합니다."

"붙잡고 괴롭히진 말고."

"압니다."

못내 불안해하는 그를 보며 상철이 위로하듯 미소 지었다. 그제야 그가 고개를 숙이고 밥을 먹기 시작했다. 상철 역시 놓았던 수저를 다시 들었다. 어느새 국이 식어 미지근했다.

우체국은 오거리를 지나 일본 영사관 앞에 위치해 있었다. 상철은 고향 집으로 편지를 썼다. 박형의 주소로 쌀과 채소 등을 좀 보내 달라는 내용이었다. 큰 은혜를 입은 사이니 잘 부탁한다고 쓴 뒤 편지를 동봉하면서 천천히 주변을 둘러보았다. 정말 메기를 꼭 닮은 직원이 뚱한 얼굴로 구석에 앉아 있었다. 상철이 그 직원 앞으로 갔다.

"이 편지 좀 부쳐주십시오."

"네."

"그리고."

상철이 제 명함을 꺼내 직원에게 건넸다. 미리 준비해 둔 지폐가 곱게 접힌 채 명함 뒤에 숨겨져 있었다. 상철의 명함을 받은 그가 슬쩍 주변 눈치를 살핀 뒤 재빨리 그것을 주머니에 집어넣었다.

"김우진에게 온 우편물을 좀 보고 싶습니다만."

상철이 낮은 목소리로 속삭였다. 들었는지 못 들었는지 조금의 내색도 없이 태연하게 상철의 편지를 처리한 그가 자연스럽게 자리에서 일어나 안쪽으로 사라졌다. 잠시 후 서류철 하나가 상철의 눈앞에 내밀어졌다. 소포 검열 목록이었다.

"혹시 이 중에 발신인이 윤심덕인 건 없습니까?"

목록을 눈으로 훑으며 상철이 조용히 질문했다. 그가 고개를 저은 뒤 작은 목소리로 속삭였다.

"그른 거까진 몰라야. 발신인꺼정 일일이 다 어찌 확인하간디. 머, 문필하시는 분잉께 여그 계시는 동안 편지, 소포가 숱하게 오고 가긴 혔지요. 그분은 일은 안 허구 왼종일 편지만 쓰고 책만 읽는갑다, 그래 생각헐 정도루다가. 경성에 동경에 구마모토에 난리도 아니재. 아 글고, 저그 영국에서 소포가 허벌나게 왔어야. 전부 꼬부랑 글씨로 된 책이었는디, 아따 이 목포 땅에 구라파에서 소포받으시는 분은 그분밖에 없었지라."

소포 목록에서 특이한 점은 찾아볼 수 없었다. 박형 말대로 부친이 창업한 물산 회사의 관리자로 일하면서 영국에 직접 주문한 연극 관련 원서들을 탐독하는 것으로 예술에 대한 갈증을 식혀왔다는 것을 확인했을 뿐이었다. 상철이 짧은 영어 실력으로 소포 검열 목록을 건성으로 훑었다. 우진이 주문한 원서들 반 이상이 나라 이름부터 생소한 아일랜드 연극에 관한 저서들이었다. 학예 담당 기자이긴 해도 연극에 대한 전문적인 식견이 없는 상철은 고개를 갸웃거리며 인상적인 것 몇 개만 재빨리 메모했다.

"고맙습니다."

그가 목록을 건네자 직원이 그것을 받아 다시 안쪽으로 사라졌다. 인사를 하지 않고 조용히 떠나주는 게 오히려 예의인 것 같아 상철이 서둘러 걸음을 옮겼다.

우진에 대해서 알면 알수록 상철은 심덕이 우진과 연인이 아니었으리라는 확신은 더 단단해졌다. 심지어 우진의 성격조차도 심덕이 평소 좋아하는 스타일이 아니었다. 심덕이 예술가들과 어울렸던 것은 젊은 시절 한때였다. 사회생활을 하면서 심덕이 만난 사내들은 좋은 집안의 호기로운 한량들이었다. 우진처럼 세상의 모든 걱정과 근심을 껴안은 사내를 심덕이 사랑했다고는 도저히 상상되지 않았다. 타인이 보기엔 충분히 버거워 보였던 스스로의 삶의 무게도 웃으며 툭툭 털어냈던 게 심덕이었다. 그런 여자가 우진과 같이 별것 아닌 일도 별것으로 만드는 사내를 사랑했을 리 없었다. 또 우진과 같은 사내가 자유분방해서 온갖 남자들과 염문설을 뿌리는 심덕과 같은 여자를 연인으로 뒀다고 생각하기도 어려웠다. 우진은 다른 사내와 놀아나는 여자를 곁에 두고 볼 수 있는 사내가 아니었다. 우진의 약하디약한 신경이 그것을 견뎠을 리 없었다.

이런저런 생각을 하며 걷다 보니 어느새 우진의 집 앞이었다. 그래도 두 번째 보는 거라고 처음보다는 그 집이 덜 부담스러웠다. 상철은 대문이 잘 보이는 근처 골목길의 어둠 속에 몸을 숨긴 채 굳게 닫힌 문이 열리기만을 기다렸다.

해가 떨어지자 잿빛 한복을 입은 한 여인이 문 사이로 모습을 드러냈다. 단아한 쪽머리에 작고 아담한 몸매, 오목조목한 이목구비와 흰 피부가 꼭 옛 그림 속의 여인 같았다. 우습게도 우진의 부인 점효는 외모만 봤을 땐 심덕과 무엇 하나 닮은 점이 없는 여자였다. 밖으로 나온 점효가 조용히 문을 닫은 뒤 장옷을 머리에 뒤집어썼다. 상철이 재빨리 점효의 뒤를 따라갔다.

"동아일보 기자 남상철입니다."

상철의 접근에 점효는 화들짝 놀라며 몸을 피했다. 상철이 집요하게 뒤를 따라가며 필사적으로 도망치는 점효의 등 뒤에 대고 고함을 질렀다.

"나는 당신 남편이 심덕 씨와 연인도 아니었고 함께 자살하지도 않았다고 생각합니다. 당신 남편은 심덕 씨와 아무 관계가 없습니다. 나는 압니다. 내가 심덕 씨를 사랑하니까요."

장옷을 걸친 채 바쁘게 걸어가던 점효가 그 순간 걸음을 멈췄다. 그리고 아주 천천히 뒤를 돌아보았다. 허공에서 점효와 상철이 두 눈이 마주쳤다. 같은 상처를 가진 두 사람의 눈빛이 서로를 알아보았다. 멍하니 서 있는 점효에게 다가간 상철이 점효의 손에 제 연락처를 쥐여준 뒤 돌아섰다. 긴말은 서로 필요치 않았다.

다시 박형 집을 찾았을 때 집은 비어 있었고 문은 굳게 닫혀 있었다. 상철은 메모지에 짧은 감사와 함께 제 연락처를 적은 뒤 문틈 사이로 밀어 넣었다.

처음 목포역에 내렸을 때와 똑같은 모습으로 상철이 다시 목포역에 섰다. 이번엔 떠나기 위함이었다. 귀가 따가울 정도로 시끄러운 경적 소리를 내며 기차가 도착했다. 마지막으로 짠 바다 내음을 깊이

들이마신 상철이 기차에 몸을 실었다.

　메모지를 꺼내 상철이 목포에서 조사한 내용을 체계적으로 정리하기 시작했다. 상철은 이 순간을 제일 좋아했다. 석구는 조사한 자료를 정리하며 좋아하는 상철을 보고 변태라고 놀리곤 했다. 그 시간에 차라리 기사 하나를 더 쓰라고 닦달하기 일쑤였다. 하지만 상철은 형태 없이 두루뭉술하던 자료들이 이 분류와 정리의 과정을 통해 제 모양을 찾아가는 이 시간을 가장 중요하게 생각했다. 모든 것을 제 자리에 놓으면 비로소 상철이 써야 하는 기사가 드러났다. 기자가 써야 하는 기사란, 기자가 알아야 하는 진실이란, 억지로 찾아내거나 만들어내는 것이 아니었다. 그것들은 늘 그 자리에 있었다. 다만 가려져 있거나 흐트러져 있을 뿐이었다. 상철이 할 일은 그러한 사실들이 있어야 하는 자리를 찾아주는 일이었다. 그게 기자라고 생각했다.

　가지고 왔던 메모지를 다 쓰자 비로소 작업이 끝났다. 상철이 피로한 눈을 비볐다. 얼마나 집중했던지 고개를 들자 목뒤가 뻐근했다. 상철이 눈을 감으며 의자에 몸을 기댔다. 귓가로 규칙적으로 움직이는 기차의 바퀴 소리가 들렸다. 평소라면 시끄럽다고 질색을 했을 그 소리에 집중해서 귀를 기울이자 그것도 나름 리듬과 박자를 가지고 있다는 것을 깨달았다. 음악 같다, 라고 생각하는 순간 심덕이 떠올랐다. 이런 데서도 심덕을 떠올리다니 정말 중증이 아닐 수 없었다. 하지만 이제 그런 것들을 가지고 불평하기엔 이미 늦었다. 산발적으로 떠오르는 심덕에 대한 기억들을 더듬어 내려갔다. 방금 메모 정리를 한 것처럼 눈을 감은 채 제 머릿속에서 마구잡이로 돌아다니는 윤심덕들을 정리했다. 그 정리의 끝에는 상철과 처음 만났던 윤심덕이 있었다. 지금처럼 무더운 여름날이었다. 그해 경성을 뜨겁게 달군 것은 작열하는 태양과 윤심덕이었다. 아니 그해엔 태양보다 윤심덕이 더 빛났다. 1923년은 누가 뭐래도 단연 심덕의 해였다.

3장
1923년, 여름

　1923년 6월은 무더웠다. 때 이른 더위에 사람들은 아직 한참 남은 여름날을 걱정하며 신경질적으로 부채질을 해댔고 농부들은 더위가 일찍 왔으니 장마가 길 것 같다며 하늘을 보며 긴 한숨을 내쉬었다. 하지만 입사한 지 서너 달이 겨우 지난 상철은 아직 익숙지 않은 환경에 적응하느라 더위를 느낄 새도 없었다. 정신을 차려보면 와이셔츠가 흠뻑 젖어 있거나 관자놀이에서 땀이 뚝뚝 흘러내려 뒤늦게 덥구나, 자각하곤 했지만 막상 이리 뛰고 저리 뛰는 동안에는 더운 줄 몰랐다.
　"이걸 왜 저 애송이가 합니까?"
　"그럼 이런 걸 학예부 신입이 하지, 누가 하냐?"
　"이거 완전 꿀보직 아니오. 그걸 왜 신입이 해요, 신입은 더 굴려야지."
　"꿀보직 같은 소리 하고 자빠졌네. 이런 게 언제 꿀보직이었냐? 딴따라들 쫓아다니는 거 자존심 상해서 안 한다고 개지랄할 때는 언제고 왜 이제 와서 이게 꿀보직이래?"

"아, 저 촌놈이 뭘 안다고 그런 걸 취재해요?"

"지랄을 한다, 지랄을 해. 야, 그냥 까고 말해라. 윤심덕 한번 보고 싶다고. 그년이면 쫓아다니면서 밑 닦아도 될 거 같다고. 그러다가 운 좋아 한번 자게 될까 싶어 벌써부터 설렌다고!"

석구의 고함에 이어 여기저기서 킥킥거리는 숨죽인 웃음소리가 뒤따랐다. 귓등이 벌게진 강 기자는 그게 아니라고 항변했으나 석구가 눈을 크게 부릅뜨자 금세 꼬리를 내리고 내뺐다.

"야, 남상철. 이리 와."

강 기자가 사라진 뒤에도 한참을 씨발 씨발 거리던 석구가 박스를 나르느라 땀을 뻘뻘 흘리고 있는 상철을 불렀다.

"네?"

"너는 새끼야, 짐꾼이냐? 왜 그걸 네가 하고 있어?"

"아, 도와달라셔서."

"얘한테 그런 거 시키지 마십쇼. 얘 기자예요, 기자!"

짐을 나르느라 정신이 없는 인부들에게 석구가 고함을 빽 질렀다. 다시 낮은 웃음소리가 여기저기서 새어 나왔다. 상철은 뭐가 문제인지 모르겠다는 듯 소처럼 커다란 눈을 꿈뻑거렸다. 한숨을 푹 쉰 석구가 상철을 툭툭 밀어 밖으로 데리고 나갔다.

"새끼야, 옷 좀 제대로 입고. 아우, 땀 냄새. 이런 거 관리 좀 하라고. 인터뷰할 때 이렇게 땀 냄새 풀풀 풍기는 기자를 누가 좋아하겠냐?"

"오늘 인터뷰 없는데요."

"언제 잡힐지 알고?"

"인터뷰를 그렇게 당일에 막 잡으면 안 되지 않습니까?"

"인터뷰가 없어도 그렇지 네가 잡역부도 아닌데 뭐 하러 그런 일을 해."

"도와달라시는데 그럼 어쩝니까?"

"아오, 네가 그러니까 다들!"

석구가 마지막 남은 이성으로 홧김에 튀어나오려는 말을 목구멍 뒤로 눌렀다.

"다들 뭐요?"

"아니다."

"할 말 다 하셨으면."

"할 말 아직 시작도 안 했다, 새끼야."

"뭔데요?"

"기다려. 담배 한 대 피우고. 피우고 얘기하자."

그제야 상철이 입을 다물었다. 담배에 불을 붙이며 석구가 뻐근한 목덜미를 주물렀다.

하고 싶은 대로 말하자면 '새끼야, 그러니까 다들 널 좆밥으로 아는 거 아냐'쯤 됐을 거다. 비록 얼기설기 엮은 가택에서 시작한 신문사지만 동아일보 기자들은 건물은 후져도 사람은 일류라는 그들만의 자부심을 가지고 있었다. 유일하게 동아일보만이 현직 기자 대부분이 유학파 출신의 최고급 엘리트였기 때문이다. 당연히 집도 잘 살았고, 이름만 대면 알만한 부친이나 조부를 둔 이들도 여럿이었다. 그래서 그들은 돈이나 권력에 굴하지 않는 자신들만의 펜대를 가지고 있다고 큰소리칠 수 있었다. 바로 그런 점이 다른 언론사와는 차별되는 점이었다. 그러니 동아일보 기자들의 자긍심은 대단했다.

그 백조들 속에서 경상도 시골 출신에 농부인 아버지, 동래고등보통학교와 보성전문학교를 졸업한 것이 학벌의 전부인 상철은 단연 미운 오리 새끼였다.

"내일은 옷 좀 제대로 갖춰 입고 와라. 넥타이까지."

"왜요?"

"내일 저녁에 음악회 있다고 했잖아. 거기에 그러고 갈래?"

"이러고 가면 안 됩니까?"

"고급 음악회라고! 아무거나 걸치면 다 되는 줄 아냐?"

"노래 듣는데 고급이 있고 저급이 있습니까?"

"아, 새끼 진짜! 야, 너 말대꾸 따박따박 할래? 이게 풀어줬더니 빠져가지고."

석구의 윽박지름에 그제야 상철이 불퉁한 표정으로 입을 다물었다. 석구가 신경질적으로 머리를 헝클어뜨렸다.

이 미운 오리 새끼를 이 바닥으로 끌어들인 인물이 바로 석구였다. 부산 유지의 아들로 태어나 동래보통고등학교를 졸업하고 동경 유학까지 한 석구는 상철의 선배이긴 했으나 나이 차이가 많이 나서 같이 학교를 다니진 않았다. 오히려 석구가 상철에 대해 알게 된 것은 친구 정한 때문이었다.

손병희의 사위인 방정한과 석구는 절친한 사이였다. 어느 날엔가 글을 잘 쓰는 놈이 없다며 투덜거리는 석구에게 정한은 장

인어른이 학교장으로 있던 보성에 아주 글을 잘 쓰는 친구가 들어왔다며 상철을 소개했다. 소개받고 보니 동향인 데다 같은 학교 동문이라 순식간에 친해졌다. 거기다 정한의 말대로 상철의 글은 까다로운 석구가 흡족해할 만큼 썩 훌륭했다.

    내가 글을 좀 쓰네, 하고 쓸데없이 자신의 문장력을 뽐내거나 지신만의 감상에 젖은 이들의 글과 상철의 글은 달랐다. 상철이 쓴 글은 쉽고 간결했다. 문학적으로는 다소 부족할 수 있으나 기사문이나 비평문으로는 완벽한 문체였다. 게다가 상철은 한글을 읽을 수만 있는 사람이면 그 누구라도 이해할 수 있게 글을 써야 한다고 생각하는 인물이었다. 따라서 단문을 선호했고 문장을 쓸데없이 꼬는 법도 없었다. 상철은 글을 통해 자기 자신의 실력을 뽐내기보다는 글 자체의 본연의 목적에 충실한 '글'을 쓸 줄 알았다. 석구 역시 어려운 내용을 쉽게 이해할 수 있도록 쓰는 게 진짜 능력이라고 생각했기에 상철이 쓴 글이 매우 마음에 들었다.

    학교를 졸업하면 곧장 고향으로 내려가기로 아버지와 약속했다는 상철을 꼬드기느라 석구는 술값 꽤나 써야 했다. 겨우 어르고 달래 하겠다는 허락을 받고도 마음이 놓이지 않아 상철이 학교를 졸업하기 무섭게 처녀 보쌈하는 홀아비처럼 홀라당 데려오기까지 했더랬다. 그런데 막상 상철을 신문사에 데려다 놓고 보니 한심한 것이 한두 가지가 아니었다.

    물론 상철의 글은 변함없이 훌륭했다. 나이가 들고 아는 게 많아질수록 더 간결하고 군더더기 없이 깔끔해졌다. 흠잡을 데 없는 문체 하나만큼은 석구의 마음에 아주 쏙 들었다. 하지만 문제는 상철의 그 쉬운 글을 다른 이들은 별로 대단하게 생각하지 않았다는 거였다. 사람들은 쉽게 읽히는 글을 실력이 없다고 여기고, 어렵게 꼰 글을 뭔가 있어 보인다고 생각했다. 따라서 상철의 글은 석구를 제외한 다른 기자들에겐 그다지 대단하다고 평가되지 않았다. 저런 애를 왜 굳이, 라는 게 대다수의 의견이었다. 그래, 그런 반응을 석구도 어느 정도는 예상한 바였다. 하지만 시간이 조금만 지나면 상철의 가치는 점점 더 올라갈 거라고 석구는 자신했다. 그래서 지금 당장 평가가 박한 것쯤은 한 귀로 듣고 흘릴 수 있었다. 석구가 미처 예상치 못한 문제는 따로 있었다. 상철이 정말 놀라울 정도로 촌놈이라는 것이었다.

시골 촌놈 남상철, 신문사에서 불리는 상철의 공식 별명이었다. 상철의 글과 상철의 태도는 닮아 있었다. 상철은 모든 번잡스러운 것과 모든 허례허식을 싫어했다. 좋은 다방이나 비싼 요리점에 가는 것보다 시장통 국밥집을 더 좋아했고, 유명한 이를 인터뷰하러 가는 것 보다 길바닥의 장사꾼과 이야기하는 것을 더 즐거워했다. 이런 판이니 '내가 기자요'라는 프라이드가 머리끝까지 차 있는 다른 이들과 상철이 어울릴 수 있을 리 만무했다. 그들은 조금도 서로를 이해하지 못했고 이해할 생각도 없었다.

상황이 이리되자 이제 머리가 아픈 건 석구였다. 자신이 끌어들인 놈이 모두의 눈엣가시가 되자 석구의 신경이 곤두섰다. 정작 상철은 무덤덤한데 석구는 날이 갈수록 예민해졌다. 나름대로 상황을 좀 무마해 보겠다고 좋은 옷을 사 입혀도 보고, 문화생활을 권해보기도 했으나 씨알도 먹히지 않았다. 혹시나 웬 팔자 좋은 계집이라도 만나면 저 촌티가 빠질까 싶어 선을 주선한 적도 여러 번이었다. 하지만 석구의 속내를 알 리 없는 상철은 뚱한 얼굴로 선 자리를 파투 내기 일쑤였다. 그러더니 종내는 더 이상 선을 보지 않겠다고 일방적으로 선언해 버렸다. 화도 내보고 설득도 해보고 달래도 봤으나 상철은 요지부동이었다. 신경 쓸 가치도 없는 평판에 왜 귀를 기울이냐며 상철은 끝내 제 태도를 꺾지 않았고, 결국 석구가 항복할 수밖에 없었다. 하지만 아무리 손을 털려 해도 이상하게 석구는 상철에게 계속 마음이 쓰였다. 어디 내놔도 빠지는 것 없는 저 멀쩡한 놈이 제가 데려온 곳에서 조리돌림을 당한다는 게 미안해 견딜 수 없었기 때문이다.

"윤 양 관련 자료 조사는 좀 했냐?"

"하긴 했는데."

"가서 또 시큰둥한 얼굴로 헛소리하지 말고! 조선 최초의 소프라노야. 현재 문화계에서 가장 주목하는 인물이고. 아마 이걸 시작으로 인터뷰 꽤 해야 할 테니 안면도 좀 터놓고."

심덕은 이런 상황에서 석구에게 나타난 마리아였다. 동경을 휩쓴 여자, 제 입으로 자유연애주의자라고 선언한 여자를 노리는 기자들은 주변에 넘쳐났으나 편집장의 권한으로 다 잘라내고 그 자리에 상철을 밀어 넣었다. 제아무리 목석같은 놈이라도 심덕을 만나면, 심덕과 그 주변 사내들을 보면 뭔가 깨닫는 게 있겠지 하며 기대하고 있었다. 그래서 이 자식에게 최소한의 허영심이 좀 깃들기를, 그래서 좀 더 고급문화에 눈을 돌리고 그것을 동경해서 따라 하려는 시도라도 해보기를 석구는 바랐다.

스크랩한 자료를 바닥에 아무렇게나 내던진 상철이 이불에 벌러덩 드러누웠다. 선배 기자들은 상철의 얼굴을 보기만 하면 윤심덕 이야기를 꺼내며 부러워 죽겠다고 난리였으나 상철은 정말 아무런 감흥이 없었다. 입에 침이 마르도록 부럽다는 말을 하고 또 하는 선배에게 그럼 선배가 하시라, 라고 했다가 석구에게 불려가 작살나게 깨진 이후로 더 이상 그런 말을 내뱉지는 않지만, 상철은 지금도 여전히 이 일을 자신 말고 부러워하는 다른 기자가 하면 좋겠다고 생각하고 있었다.

무엇보다 상철이 가장 이해하기 어려운 것은 경성에 있는 사내라면 윤심덕을 좋아하는 것이 당연하다고 여기는 분위기였다. 대체 그 여자가 뭐라고? 아무리 살펴봐도 윤심덕이 그만한 가치가 있는 여자라는 생각이 안 들었다. 그도 그럴 것이 '윤심덕'이라는 이름 석 자 앞에 붙는, 심덕을 묘사하는 표현들 중 무엇 하나도 상철이 호감을 느낄 만한 게 없었기 때문이다.

일단 가수라는 직업부터가 그러했다. 상철은 수많은 자극 중 유독 청각 자극에 둔감했다. 타고나길 섬세하지 못하면 훈련을 통해 발달이라도 시켜야 하는데 상철은 제가 둔하다는 것조차 모를 정도로 둔했다. 그런 주제에 시끄러운 건 또 대단히 싫어했다.

이러니 음악에 관심이 없었고, 지식도 부족했다. 윤심덕 앞에 붙은 '소프라노'가 뭔지도 모를 정도로 무지했다. 여자가 노래를 부른다는 말에 판소리와 같은 거 아니냐고 물었다가 다른 기자들에게 미친놈 취급을 당했다. 사람들에게 묻기를 포기한 뒤 상철이 책을 찾아보니 소프라노란 여성의 목소리 중 가장 높은 성역대를 표현하는 가수를 일컫는 말이라고 적혀 있었다. 한데 도대체 그게 뭔지 적혀진 글만 봐서는 도통 알 수 없었다. 뭘 들어봤어야 알지, 대체 목소리가 내는 음 중 가장 높은 음이 어떤 소리인지 상상하기조차 어려울 만큼 상철은 아무것도 몰랐다. '소프라노 윤심덕'은 현재 상철의 지식수준으로는 이해 불가능한 영역이었다.

직업 다음으로 심덕을 표현하는 유명한 수식어는 '자유연애주의자'였다. 교사를 관두고 전업 가수로 전향하는 인터뷰 자리에서 심덕이 스스로를 설명하면서 한 말이었다. 언제쯤 결혼할 생각이냐는 질문에 심덕이 답한 '나는 자유연애주의자다'라는 한 문장은 경성 일대를 뒤흔들었다. 기사를 읽은 사내들은 하나같이 이루어질 가능성이 지극히 낮은 허황된 상상을 하며 황홀해했다. 결국 이 수식어 때문에 모든 기자들이 상철을 부러워한다고 해도 과언이 아니었다. 잘 보여서 총각 딱지 떼보라고 낄낄거리며 짓궂게 놀리는 이들도 여럿이었다. 하나 상철은 놀라울 정도로 그것에 흥미가 없었다. 그건 그냥 사람들의 호기심을 끌기 위한 객기라고 생각되었고, 그러한 객기를 부려 모두의 이목을 붙잡으려는 그녀가 철없게 느껴질 뿐이었다. 나이도 적지 않은데 고작 이런 식으로밖에 사람들의 호기심을 이끌어내지 못하는 것만 봐도 노래 실력은 형편없는 게 분명하다고 상철은 이미 속으로 단정 짓고 있었다. 자유연애주의자라니. 상철에게 그건 기생집을 돌아다니며 도장 깨기를 하는 한량들만큼이나 한심해 보이는 단어의 나열에 불과했다.

마지막으로 사람들은 그녀를 똑똑하고 재주 많은 여자라고 칭했다. 상철은 이것도 역시 이해할 수 없었다. 물론 그녀가 살면서 획득한 객관적인 결과물들을 따져본다면 그녀는 똑똑한 게 맞았다. 그녀는 경성여고보를 졸업한 뒤 국비 장학생 시험에서 1등을 해 전액 장학금을 지원받으며 동경으로 유학을 갔다. 동경음악학원을 다니는 동안에도 내지인들을 제치고 수석을 도맡아 했다고 한다. 보통 똑똑하지 않고는 할 수 없는 일들이긴 했다. 하지만 그러한 것들은 상철에겐 아무런 감흥을 불러일으키지 못했다. 상철은 살면서 정말 딱 공부만 잘하는 바보를 수없이 봤다. 그리고 그러한 공부만 잘하는 바보는 상철이 제일 경멸하는 부류였다.

공부를 하는 이유는 생각하는 힘을 기르기 위해서다. 특히 작금과 같은 조선의 현실에서 조선의 지식인들이 학문을 배워야만 하는 이유는 너무나 분명했다. 상철은 현재 조선인들에겐 수치적인 성적표나 자기만족이 학문의 목적이 될 순 없고, 되어서도 안 된다고 생각했다. 하나 윤심덕이 유학 시절 쓴 글을 보면 그녀가 어떤 식으로 학문을 대했는지, 그녀의 성적표가 어떤 식의 과정을 통해 도출된 것인지 너무나 분명해 보였다. 그녀의 글 실력은 정말 형편없었다. 그 화려했다는 연애 편력이 혹시 그녀의 성적에 어떤 불공정한 이득을 가져다준 것은 아닐까 의심스러울 정도로 그녀의 글은 수준 미달이었다. 이런 여자가 똑똑하고 재주 많다는 걸 상철은 납득하기 어려웠다.

그리하여 상철이 결론 내린 윤심덕이란 여자는 그저 젊음과 외모를 무기로 남자를 후리는 게 유일한 재주인데 그것을 그럴싸하게 포장하는 데 능숙한 인간, 그 이상도 이하도 아니었다. 그런 그녀를 높게 평가하고 그녀 곁에 꼬여드는 대부분의 남자들은 그저 그녀와 하룻밤을 보내기 위해 혈안이 된 미친놈들에 불과했다. 이런 여자를 왜 굳이 쫓아다니면서 지속적으로 취재하라는 건지 상철은 석구의 지시를 이해할 수 없었다.

졸음이 밀려온 상철이 하품을 하며 볼을 긁적였다. 흐릿한 시야 사이로 빳빳하게 다려진 바지가 보였다. 석구가 후줄근하게 입고 오면 죽여버릴 거라고 귀에 인이 박이게 잔소리하는 바람에 저녁 내내 공들여 다린 바지였다. 고작 심덕과 같은 여자를 만나러 가는 자리에 저 고운 바지를 입고 가야 하다니, 옷이 아깝다는 생각이 들었다. 궁금한 게 단 하나도 없었다. 분명 멍청하게 웃는 것 외엔 할 줄 아는 게 아무것도 없을 여자에게는 대체 무슨 질문을 해야 하나 걱정하며 상철이 잠에 빠져들었다.

'자유연애가 윤심덕의 독창회'라는 소문이 퍼지면서 한양 바닥에서 윤심덕의 얼굴이 궁금한 한량들은 다 몰려들었다. 그런 까닭에 경성공회당 500석의 티켓은 일찌감치 매진되었다. 하지만 정확히 말하자면 '윤심덕 독창회'가 아니라 '윤심덕과 한기주의 귀국 연주회'였다. 동경에 있는 음악학교를 같이 다녔던 윤심덕과 한기주가 함께 하는 귀국 연주회로 한기주의 피아노 독주와 윤심덕의 독창이 어우러진 공연이었다. 본인 개인 독주에 윤심덕 반주까지 겸해야 했기 때문에 실상 두 시간 내내 공연하는 것은 윤심덕이 아닌 한기주였다. 하지만 사내들의 윤심덕에 대한 관심이 지극했기 때문에 한양 바닥에는 윤심덕의 개인 공연이라고 소문났다.

상철은 한기주가 불쾌하지 않을까 걱정했으나 당일 밤 공연장 근처의 풍경을 보고 자신의 걱정은 하등 쓸모없는 기우에 불과하다는 것을 깨달았다. 경성공회당 주변에 사람이 그리 많이 몰려든 것은 처음 봤다. 몰려든 인파에 밀려 공회당 맞은편 조선호텔까지 북적일 정도였다. 이 정도 흥행이라면 아무리 '윤심덕 독창회'로 소문이 나도 한기주가 불만스럽지 않겠구나 싶었다.

"너 내가 왜 옷 제대로 입고 오라고 했는지 이제 알겠지?"

상철의 어깨를 툭 치며 석구가 주변 사람들을 턱짓으로 가리켰다. 정말 몰려든 사람들은 하나같이 대단히 꾸민 모양새였다. 여자고 남자고, 애고 어른이고 할 것 없이 다 머리끝부터 발끝까지 신경 쓴 차림새를 한 이들이 턱을 도도하게 쳐든 채 상대를 내려다보고 있었다. 상철이 싫어하는 유형의 사람들이 오늘 여기 다 모인 것 같았다. 상철이 인상을 찌푸렸다. 역겨웠다. 석구는 이 모습을 보고 상철이 무엇인가 다른 것을 깨닫기를 바라는 듯했지만 상철은 그들을 보는 순간 제가 입고 있는 옷이 싫어졌을 뿐 아니라 이 자리가 더 끔찍하게 느껴지기까지 했다.

"윤심덕은 어디 있습니까?"

"대기실에 있겠지."

"대기실은 어딘데요?"

"왜?"

"인터뷰하게요."

"그걸 왜 지금 해?"

"그럼 언제 합니까?"

"공연 끝나고 해야지. 공연 준비에 정신이 없을 텐데 그런 사람을 붙잡고 인터뷰를 하자고? 너 제정신이냐?"

"그럼 두 시간이나 기다려야 합니까?"

"기다리긴 뭘 기다려. 공연 보는 거지."

"네?"

"뭐 너 공연 안 볼 생각이었냐?"

"봐야 합니까?"

"당연하지! 그럼 너 기사를 뭐라고 쓸 생각이었냐? 야, 이 정도 행사면 정치, 사회, 학예 면에 다 실릴 일이라고. 당연히 식순부터 시작해서 관객들이 공연 중 어떤 무대를 제일 좋아했고, 언제 가장 지루해했는지, 네가 듣기에 공연의 완성도는 어느 정도였는지 다 적어 가야지."

"그럼 두 시간을 다 봐야 한다고요?"

"당연하지. 너 뭐 그럼 오늘 뭐 하러 여기 온 거냐?"

"인터뷰하라매요."

"이 미친놈 좀 보소. 공연 인터뷰면 당연히 공연을 보고 따는 거지! 인터뷰만 따고 공연을 안 보는 기자가 어딨냐?"

"그럼, 제가 윤심덕 담당이면 이렇게 매번 공연장 쫓아다니면서 공연 보고 인터뷰 따고 그래야 합니까?"

"그걸 이제 알았냐?"

상철이 마른세수를 했다. 생각지도 못한 일이었다. 너무 황당해서 이걸 어디서부터 어떻게 따져서 이 일을 물려야 할지 감도 안 왔다.

"야, 공연 시작하겠다. 들어가자."

이 자리에서 석구의 손을 뿌리치고 세 살짜리 아이처럼 두 다리를 뻗고 주저앉아 못한다고 떼를 쓰면 어떨까, 잠깐이나마 상철은 진지하게 고민했다. 하지만 정신을 차렸을 때 이미 상철은 석구와 함께 공연장에 앉아 있었다. 기막혀하며 주변을 둘러보는 사이 공연을 시작한다는 안내 방송과 함께 곧 불이 꺼졌다.

잠시 후 어두운 무대 위에 동그란 핀 조명이 떨어지고, 새하얀 드레스를 입은 한기주가 모습을 드러냈다. 사람들이 박수를 치자 기주가 활짝 웃으며 인사한 뒤 피아노 앞에 앉았다. 잠시 후 피아노 연주가 시작되었다. 생각보다 듣기가 썩 괜찮았다. 곡명이 궁금한 상철이 공연 안내서를 꺼냈다. 하지만 객석엔 빛 하나 없이 어두워 도통 읽을 수가 없었다. 무대에서 새어 나오는 빛으로 읽으려는 노력도 해봤으나 역부족이었다.

"곡명이 뭐요?"

실례를 무릅쓰고 상철이 석구의 귀에 속삭였다. 어둠 속에서도 석구가 째려보는 것은 느껴졌다.

"슈만, 트로이메라이."

작게 속삭인 석구가 곧장 무대를 향해 고개를 돌렸다. 상철이 인상을 찌푸렸다. 너무 낯선 단어라 들어도 무슨 말인지 이해할 수 없었다. 잠시 고민하던 상철이 의자에 몸을 기댄 채 연주에 집중했다. 제목이야 기사 쓸 때나 필요하지 감상엔 필요 있나, 라고 생각하며 일단 공연을 보기로 마음먹은 것이다.

겉으로 보기에 비슷하게 생겼기에 상철은 피아노 소리가 풍금과 비슷할 줄 알았다. 그래서 첫 음을 듣자마자 상철은 대단히 놀랐다. 피아노 소리는 풍금과 달리 맑고 깨끗했으며 울림이 컸다. 게다가 느리고 단조로운 선율은 따뜻하고 다정한 느낌을 주기까지 했다. 슬픈 듯도 하고 그리운 듯도 한 연주에 푹 빠지려는 순간 아쉽게도 곡이 끝났다.

너무 짧아 서운한 상철이 입맛을 다시는 사이, 사람들이 열정적으로 박수를 치기 시작했다. 그러자 기주가 자리에서 일어나 인사했다. 사람들이 더 크게 박수를 쳤다. 기주가 안으로 들어갔다. 무대 위에서 기주가 사라지자 놀란 상철이 주변을 두리번거리며 눈치를 살폈다. 하지만 놀란 것은 상철뿐 자리에 앉은 사람들은 동요 없이 계속해서 박수를 치고 있었다. 어떻게 된 일이냐고 옆에 앉은 석구에게 막 물으려는 순간 안으로 들어갔던 기주가 나왔다. 그리고 처음에 그랬던 것처럼 사람들에게 인사했다. 박수는 단 한 순간도 멈추지 않고 쉴 새 없이 쏟아졌다. 기주가 다시 피아노 앞에 앉았다.

짧은 시간에 일어난 반복적인 일련의 과정들을 지켜본 상철은 이게 대체 뭐 하는 짓인가 싶어 황당했다. 저 인사하고 앉고 일어서고 들어가고 나오며 박수를 받는 시간이 피아노 연주 시간보다 더 길게 느껴졌다. 참으로 쓸데없는 일이 아니냔 말이다. 왜 저런 짓을 할까, 이해할 수 없었다. 하지만 모두가 당황하지 않고 침착하게 각자가 주어진 역할에 몰입했던 것을 보면 이것 역시 공연 문화 중 하나인 모양이다. 아무리 생각해도 제 취향은 아니라고 생각하며 상철이 고개를 절레절레 흔들었다.

"모차르트, 론도."

곡이 시작되기 전 석구가 재빨리 상철의 귀에 속삭였다. 아무리 들어도 익숙해질 것 같지 않은 그 낯선 단어를 석구는 익숙하게 내뱉고 있었다. 생각해 보니 방금도 석구는 아무런 동요 없이 박수를 계속 쳤다. 상철과 달리 석구에겐 이 모든 것들이 익숙한 듯했다.

새삼 상철은 석구와 자신 사이에 놓인 거리를 느꼈다. 동향인데다 같은 학교를 나왔고 기자라는 동일한 직업명을 이름 앞에 달고 같은 신문사에 처박혀 있어서 여태까지 상철은 석구와 자신이 별 다를 바 없다고 생각했다. 하나 아니었다. 석구는 이러한 공연 문화가 몸에 밴 유학파 출신의 부잣집 도련님이었고 자신은 피아노 소리를 오늘 처음 들어보는 시골 촌놈이었다. 왜 신문사의 다른 기자들이 자신만 보면 그리 비웃는지 이제야 조금 이해할 수 있을 것 같았다. 허하고 쓸쓸한 기분에 상철이 목덜미를 문질렀다.

그사이 새로운 곡이 시작되었다. 앞의 곡과는 달리 이번 곡은 아주 가볍고 경쾌했다. 아까와 같은 소리를 낸 악기라고는 믿기지 않을 정도로 발랄한 연주였다. 악기 소리가 아니라 빗방울 소리나 지저귀는 새소리처럼 들렸다. 하지만 밝게 시작했던 곡은 이내 다시 우울해졌다 다시 발랄해졌고 또다시 우울해지기를 반복했다. 비슷한 구절이 리듬과 박자를 달리하며 조금씩 다른 느낌으로 반복되고 있었다. 한 곡 내에서 같은 음이 다른 분위기로 계속 변주되는 것이 흥미로웠다. 상철은 점점 피아노 연주에 빠져들기 시작했다.

두 번째 연주가 끝났을 땐 이제 눈도 어둠에 익숙해졌다. 안내서에 적힌 글씨를 읽을 수 있을 정도였다. 세 번째 곡은 베토벤의 '비창 제2악장'이라고 소개되어 있었다. 2악장의 의미는 뭘까. 궁금한 것이 더 늘어났다. 당장에라도 석구에게 묻고 싶은 마음을 누르며 상철이 입술을 물었다.

세 번째 곡은 아주 느렸다. 첫 번째 곡보다도 훨씬 느렸고, 고요했다. 그리고 대단히 슬펐다. 그제야 상철은 비창의 '비' 자가 '슬플 비' 자라는 것을 떠올렸다. 그러니까 이건 슬픈 곡이었다. 그리고 놀랍게도 피아노는 제목의 느낌을 정확히 표현해 내고 있었다. 신기한 일이 아닐 수 없었다. 노래를 불러 가사를 들은 것도 아니고 누가 상철에게 곡을 설명해 준 것도 아닌데 그저 연주를 듣는 것만으로도 그 곡은 상철에게 자신이 무엇을 표현하고자 하는지 정확하게 전달해 주고 있으니 말이다.

진심으로 감탄한 까닭에 세 번째 연주가 끝난 뒤 상철은 마음에서 우러나온 박수를 보냈다. 어떻게 공연장을 매번 쫓아다니냐

따졌던 건 벌써 잊은 지 오래였다. 상철은 이제 다른 곡을 더 듣고 싶었다. 저 악기가 대체 무엇을 얼마나 어디까지 표현할 수 있는지 궁금했다. 하지만 아쉽게도 다음 순서는 윤심덕이었다. 실망한 상철이 입을 삐죽였다. 윤심덕이란 여자는 결코 저 악기보다 뛰어날 수 없을 것이라 확신하며 상철이 삐딱한 자세로 앉아 팔짱을 꼈다.

세 번째 연주를 마친 기주가 무대 뒤로 사라진 뒤 불이 꺼지자 지금까지 내내 조용하던 객석이 작게 술렁이기 시작했다. 시작될 공연에 대한 기대감이라기보단 이제 곧 등장할 누군가에 대한 호기심을 품은 수군거림이었다. 그러나 그들과 달리 김이 팍 빠진 상철은 시큰둥하게 의자에 몸을 파묻었다. 피아노 연주를 더 듣고 싶었다. 그 연주를 뚫고 나올, 별로 좋지 않을 게 분명한 여자 목소리 따위는 조금도 궁금하지 않았다.

잠시 후 불이 켜졌다. 먼저 기주가 나와 인사한 뒤 피아노 앞에 앉았다. 기주가 피아노 앞에 단정히 자리하고 나자 잠시 후 붉은 드레스를 입은 여자가 무대 뒤편에서 천천히 걸어 나왔다. 아까와는 비교할 수도 없을 정도로 큰 박수 소리가 터져 나왔다. 조명에 반사되어 빛나는 새빨간 드레스만큼이나 눈부시게 환한 미소를 지은 여자가 객석을 향해 인사한 후 마이크 앞에 멈춰 섰다. 생각보다 꽤 키가 컸고, 소문처럼 미인은 아니었다. 아주 요염하고 교태 어린 여자를 예상했던 상철은 당황했다. '대체 저 여자가 왜?'라는 물음표가 상철의 머릿속을 동동 떠다니기 시작했다.

하지만 공연이 시작되자마자 상철은 자신이 완벽하게 패배했다는 것을 인정해야만 했다. 상철이 심덕에 대해 했던 모든 예측은 다 빗나갔다. 그녀는 공연을 통해 스스로 자신이 왜 당당하게 자유연애를 선언할 수 있었는지, 왜 모든 남자들이 자신 앞에서 길가의 개가 되기를 망설이지 않는지를 증명해 냈다.

심덕이 부른 첫 번째 곡은 슈베르트의 가곡 '들장미'였다. 원곡 그대로 부른 까닭에 상철은 당연히 가사를 단 한 마디도 알아들을 수 없었다. 하지만 피아노에 대해서 아무것도 몰라도 음악 감상엔 아무 무리가 없었던 것처럼, 심덕의 노래에 매혹되는 데 가사를 모르는 것은 아무런 문제도 되지 않았다. 아주 높게 시작되는 첫 음부터 심덕은 공연장을 가득 채운 500여 명을 순식간에 사로잡았다. 목소리가 아름다웠다. '소프라노'가 뭔지 잘 모름에도 상철은 심덕의 목소리가 대단히 우아하고, 아름다우며 동시에 힘이 있다고 느꼈다. 특히 고음으로 갈수록 심덕의 목소리가 가진 장점은 극대화되었다. 곡의 클라이맥스에선 등 뒤로 소름이 돋을 정도였다.

심덕의 목소리가 상철에게 준 충격은 일곱 살 때 처음 할아버지 손에 이끌려 판소리를 봤을 때의 그것과 비슷했다. 어떻게 사람의 몸에서 저런 소리가 날까, 어린 마음에 도무지 믿기지 않아 할아버지에게 몇 번이나 진짜 사람 목소리냐고 물었다. 저런 소리라면 도깨비를 홀려 방망이를 얻어낼 수도 있겠구나 싶었다. 억센 전라도 사투리였기에 무슨 내용인지 도무지 알 수가 없었으나 목소리에 홀려 긴 시간이 지루하지 않았다. 판소리 완창을 들은 것은 그 어린 날 단 한 번뿐이었지만 그때 받은 강렬한 충격은 여전히 상철의 기억 속에 생생하게 살아 있었다.

아마 오늘 심덕의 노래 역시 그때처럼 기억되리라 상철은 확신했다. 입을 헤 벌린 채 넋을 놓은 사이 두 곡이 지나갔다. 첫 번째 곡보다는 그나마 익숙했던 두 번째 곡 '매기의 추억'이 끝날 때가 되어서야 비로소 박수를 칠 정신 정도는 다시 불러올 수 있었다.

"침 떨어지겠다, 새끼야."

석구가 상철을 보며 낄낄거렸다. 놀림당하는 걸 알면서도 발끈할 수조차 없었다.

반했다. 인정할 수밖에 없었다. 아무것도 아닐 거라고, 아무것도 아닌 게 분명하다고 생각했는데 심덕은 그런 상철의 기대를 가볍게 비웃으며 자신의 존재를 뚜렷하게 각인시켰다. 아무것도 아닌 여자가 아니었다. 이 여자가 아무것도 아닌 여자일 거라 장담한 스스로가 부끄러워 쥐구멍에라도 숨고 싶은 심정이었다.

심덕의 세 번째 곡은 '망향가'였다. 아는 노래가 나오자 그제야 상철은 심덕을 자세하게 관찰할 수 있을 만큼의 여유를 찾을 수 있었다. 그녀의 손짓, 몸짓, 표정을 상철은 홀린 듯이 바라보았다. 희고 긴 목은 꼭 사슴 같았고 가늘고 긴 손의 움직임은 마치 춤을 추는 것처럼 우아했다. 곡이 끝난 뒤 스스로 만족한 듯 활짝 웃는 미소는 너무나 청량했다. 그 순간 상철의 손끝이 저릿하게 아려왔다.

사랑하는구나, 사랑하게 되었구나, 탄식과 같은 한숨이 상철의 입가에서 새어 나왔다.

그 후 기주의 피아노 독주와 심덕의 독창이 반복되었다. 이미 자기 감상에 젖은 상철은 나머지 공연에 집중하지 못해 박수를 치는 것조차 잊어버리고 멀거니 보기만 했다. 뛰는 제 심장이 제 것이 아닌 것 같았다. 낯설었다. 이렇게 한순간에 사랑에 빠진다는 건 생각지도 못한 일이었다. 상철이 생각하는 사랑이란 감정은 익숙한 편안함이었다. 많이 아는 만큼 많이 사랑할 수 있을 줄 알았다. 책 읽기를, 글쓰기를 좋아하는 것처럼 사람도 그랬다. 많이 아는 사람, 자신과 잘 맞는 사람이 좋았다. 언젠가는 제게 찾아올 여자도 그런 사람일 거라 생각했다. 자신이 잘 아는 사람, 자신과 닮은 사람, 편안하고 익숙한 사람이 제게 스며들 줄 알았다. 상철이 생각하는 이상적인 사랑은 그랬다. 예측할 수 없는 여름날 소나기처럼 찾아와 순식간에 온몸을 흠뻑 적시는, 이런 사랑도 있다는 걸 몰랐다. 이런 사랑이 제게 올 줄 몰랐다.

심덕의 마지막 곡은 카르멘의 '하바네라'였다. 귀 옆에 장미꽃을 꽂고 새로이 립스틱을 새빨갛게 바른 심덕은 오늘 무대 중 가장 화려한 모습이었다. 가볍게 눈웃음 지으며 심덕이 새 노래를 시작했다. 노래가 절정으로 치달을수록 상철의 심장이 점점 더 아프게 뛰고 손끝이 저렸다. 자신과 전혀 다른, 자신이 꿈꾸던 것과 조금도 닮지 않은 저 여자가 좋았다. 좋아져 버렸다. 주먹을 쥐었다 폈다 반복하며 상철은 어렵게 제 감정을 인정했다.

"여기, 내 후배 남상철이야. 앞으로 이 친구가 윤 양 담당 기자야. 인사하라구."

공연이 끝나고 관객들이 한바탕 빠져나간 뒤 석구는 상철을 무대 뒤 대기실로 데려갔다. 대기실에는 사람들로 가득 차 복작였다. 그들을 뚫고 심덕에게 가까이 갈 생각도 못 하는 상철을 대신해 석구가 사람들을 헤치고 심덕 앞으로 가 상철을 소개했다.

"우와 키가 엄청 크시네요. 제가 올려다보는 남자는 흔치 않은데 말이에요."

힐을 신은 심덕의 눈망울이 상철의 시선 바로 아래에 놓였다. 코끝에 풍기는 가벼운 분내가 왠지 근지러워 상철이 코를 세게 문질렀다. 가까이서 보는 심덕은 멀리서 볼 때보다 한층 더 반짝반짝 빛났다. 훤칠하게 큰 키, 늘씬하게 마른 몸매에 목젖을 보일 정도로 크게 웃는 웃음은 보는 사람마저 싱그럽게 했다. 총명하게 반짝이는 두 눈은 사내와 눈을 마주치는 것을 두려워하지 않았다. 먼저 악수를 청한 것도 수줍게 붙잡은 상철의 손을 단단히 붙들고 크게 흔든 것도 모두 심덕이었다. 눈앞이 흐릿해질 정도로 심장이 먹먹하게 뛰는 까닭에 참을 수 없이 수줍어진 상철이 끝내 화가 난 사람처럼 심덕의 손을 뿌리쳤음에도 심덕은 크게 상관하지 않았다.

"불쾌하셨나 봐요."

심덕은 크게 웃었다. 불쾌해서가 아니라 심장이 터질 것 같아서 그랬다는 말을 상철은 절대 할 수 없었다. 웃는 게 아름답다는 말도, 무대 위에서 노래 부르는 모습이 너무나 매혹적이라는 말도, 따로 만나보고 싶다는 말도, 첫눈에 반했다는 말도 못 했다. 심덕에 대해 떠오르는 모든 생각들을 다 말하고 싶었으나 상철은 아무 말도 할 수 없었다. 그저 무뚝뚝한 얼굴로 고개를 꾸벅 숙이는 게 상철이 한 전부였다.

"윤 양, 인터뷰를 해야 하는데."

"어떡하죠? 저녁에 곧장 파티가 있어서 지금은 시간 빼기가 곤란할 거 같아요."

"안 되는데. 내일 신문에 당장 기사가 나갈 거라고."

"그럼 파티에 함께 가시겠어요?"

심덕의 제안에 석구가 흘깃 상철을 돌아보았다. 상철은 여전히 목석처럼 굳은 채 서 있을 뿐이었다. 파티에 따라간다고 해서 심덕이 인터뷰 시간을 따로 빼줄 리 없으니 그저 자연스럽게 어울리며 질문을 던지고 답을 얻어내야 할 것이다. 한데 이 자식이 그런 일을 능숙하게 해낼 리 만무했다. 석구가 아쉬운 듯 입맛을 다셨다.

"그럴 순 없고."

"그럼 저도 어쩔 순 없죠."

"뭐 긴 인터뷰도 아니고 한 10분이면 될 텐데, 윤 양 해주지 그래."

순회극단을 동아일보가 후원할 당시 담당자가 석구였다. 심덕이 그저 어린 학생이던 시절부터 몇 년에 걸친 인연인데 이리 야속하게 구는 것이 석구는 섭섭했다. 그때 어디선가 불쑥 튀어나온 기세가 그들 사이에 끼어들었다.

"오, 이 친구야? 자네가 아낀다는 그 똘똘한 후배가?"

과장되게 몸짓하며 기세가 상철의 어깨를 격려하듯 두드렸다. 기세의 반응에 심덕이 몸을 돌려 상철을 새삼스럽게 바라보았다. 상철의 귓등으로 열이 오르기 시작했다.

"이 친구가 말야. 그 유명한 이석구가 끼고 다니는 기자라고. 동아일보 내에서 글을 제일 잘 쓴다지 아마?"

그런 얘기는 금시초문이었다. 상철이 의아한 시선으로 석구를 쳐다봤다. 석구 역시 당황한 듯 눈을 끔뻑거렸다. 물론 석구가 상철을 아끼는 것도 맞았고, 그가 제일 글을 잘 쓴다고 생각하기도 했지만 그런 이야기를 기세에게 한 적은 단 한 번도 없었다. 두 사람을 보고 심덕을 등진 채 서 있던 기세가 눈썹을 까딱했다. 그제야 뒤늦게 기세의 뜻을 알아차린 석구가 고개를 크게 끄덕이며 동의했다.

"아, 그래. 내가 형한테 전에 말했던 개가 얘예요. 얘가 쓰면 글이 딱 튀어서 거의 기명 기사 수준이라니까."

석구가 말을 다 끝내기도 전에 돌아섰던 심덕이 다시 돌아와 상철의 앞에 마주 섰다.

"10분이면 될까요?"

"아, 그럼. 그 정도면 충분하지. 오늘 공연 아주 멋졌어, 윤 양."

석구가 반색했다. 기세가 지나가던 보이에게 눈짓하자마자 금세 의자 네 개가 대기실 가운데 놓였다. 얼결에 의자에 앉은 상철이 얼떨떨한 표정으로 기세를 보았다. 윤기 나는 콧수염을 쓰다듬으며 기세가 미소 지었다.

"다음에 따로 술 한잔하지. 나 이 친구 아주 마음에 드는데."

그런 말을 들으면서도 상철은 기세에게 제대로 된 인사를 하지도 못했다. 낯선 이가 자신을 도와준 게 분명한데 그날 상철은 기세가 자신들을 도와줬다는 걸 인지조차 하지 못할 정도로 넋이 나가 있었다. 멍한 눈으로 홀린 듯이 심덕만을 좇는 상철을 기세가 애잔한 시선으로 바라보았다는 걸 안 건 아주 오랜 시간이 지난 뒤의 일이었다.

〜

　상철이 공들여 쓴 기사는 심덕을 일약 국민 스타로 만들었다. 상철은 심덕이 누군지도 모르고, 클래식이 뭔지 단 한 번도 들어보지 못한 사람도 이해할 수 있는 기사를 썼다. 곡마다 붙은 설명도 친절했고 그에 따른 감상 역시 더할 것도 덜할 것도 없이 완벽해서 누구라도 상철의 기사를 읽으면 심덕의 공연을 직접 보고 싶을 정도였다. 뒤에 붙은 짧은 인터뷰 역시 심덕이 가진 재기 발랄함을 보여주기엔 부족함이 없었다. '자유연애주의자'에 불과했던 윤심덕은 상철의 기사 덕분에 '음악가'로 인식되었다.

　상철을 잘 아는 석구는 기사를 보고 공개적인 연서를 썼다며 상철을 놀려댔다. 맞는 말이었다. 심덕의 기사는 상철이 지금까지 썼던 그 어떤 글보다 심혈을 기울여서 쓴 것이었다. 조사 하나까지도 고심에 고심을 거듭해서 썼을 정도였다. 그녀는 단순히 경성 양아치들의 수다거리에 머물 여자가 아니었다. 그녀는 그것보다 훨씬 가치 있는 여자였다. 그녀의 가치를 모두에게 알려주고 싶어 상철은 애가 달았다.

하지만 모두가 입을 모아 칭찬하는 기사를 썼음에도 내가 당신 기사를 썼으니 좀 보라고 찾아갈 생각도 못 할 정도로 상철은 숙맥이었다. 여자와 교제라는 것을 해본 적이 없는 상철은 제가 가진 호감을 어떻게 여자에게 전달해야 하는지 도통 몰랐다. 그렇다고 어떻게 해야 하느냐고 주변에 묻는 성격도 아니었다. 우직하게 상철은 심덕의 다음 공연만을 기다렸다. 다행히 첫 공연이 성공적이었던 데다 상철의 기사가 모두의 호기심을 자극했던 까닭에 여기저기서 심덕을 초대하고 싶어 난리였다. 얼마 지나지 않아 파고다공원에서 열리는 경성악대 음악회에 심덕이 초청 가수로 온다는 소문이 퍼졌다. 고대하던 공연 소식을 들었을 때 상철은 좋아서 자신도 모르게 고함을 지를 뻔했다.

달력에 정성스럽게 심덕의 공연 날을 체크해 둔 뒤 상철은 퇴근길에 곧장 양복점으로 달려가 옷을 맞추었다. 평소에 입던 값싼 양복이 아니라 경성 멋쟁이들만 입는다는 최고급 원단에 최신 디자인이었다.

당시 기자 월급은 한 달 생활비로 쓰기에도 빠듯한 수준이라 다들 집에서 용돈을 받았다. 상철 역시 본가에서 늘 쓰고도 남을 만큼 넉넉한 액수의 생활비가 올라오곤 했다. 언제나 다 못 써서 남겨두었던 것을 상철은 이번 참에 몽땅 다 털었다. 치장에 돈을 쓰는 건 바보짓이라고 늘 생각했으나 지금은 그보다 더 돈을 쓰지 못하는 자신의 처지가 짜증스러웠다. 그녀 곁에서 함께 빛나기 위해선 이 정도 투자는 당연했다.

양복에 어울리는 셔츠, 넥타이, 구두, 손수건까지 구입했다.

백화점에 가 머리털 나고 처음으로 얼굴에 바르는 '크림'이라는 것도 샀다. 조선시대부터 이성을 유혹하는 향으로 유명해서 기생들이 즐겨 썼다던 사향과 향이 흡사하다는 향수까지 사고 나자 대체 이게 뭐 하는 짓인가 어이가 없어 피식피식 웃음이 샜다. 스스로를 황당해하면서도 상철은 더 빠진 게 없나 머릿속으로 쉼없이 생각하고 또 생각했다. 무엇 하나 부족해 보이고 싶지 않았다. 나란히 섰을 때 그림같이 어울린다는 말을 사람들에게 듣고 싶었다. 히죽거리며 상철이 걸음을 옮겼다.

공연 당일 아침, 상철이 출근했을 때 신문사 안의 모든 기자들은 자신들의 눈을 비비거나 볼을 꼬집으며 제 눈을 의심했다. 단정하게 정리된 머리, 푸르른 기 하나 없이 깔끔하게 면도된 턱, 지나갈 때마다 풍기는 은은한 향도 놀라울 지경인데 머리끝부터 발끝까지 빼입은 옷매무새는 지금 당장 연회장에 세워두고 그 누구랑 비교해도 부족하지 않을 정도로 근사했다.

"야, 너 꽤 괜찮다."

상철의 평소 모습을 생각하면 딴 사람이 왔다고 해도 믿을 정도로 놀라운 변신이었다. 일단 상철이 제대로 된 양복을 입었다는 것이 가장 놀라웠다. 언제나 상철의 옷은 낡아 바스락거리는 데다 다리미질도 제대로 되어 있지 않기 일쑤였으니 말이다. 거기다 큰 덩치가 어깨를 언제나 구부정하게 굽히고 다니니 하고 있는 꼬라지가 더 없어 보였다. 보다 못한 석구가 주변 정리 정돈 하는 것의 반만 네 외모에 투자하라며 잔소리를 해댈 정도였다.

하지만 상철은 오래된 옷이라 편하기 그지없다며, 제대로 세탁해서 깨끗하기만 한데 대체 뭐가 문제냐고 반박하며 자신의 평소 모습을 고수했다.

한데 오늘은 달랐다. 경성에서 손꼽히는 부잣집의 도련님이라고 해도 믿을 정도로 상철은 멀끔했다. 구부정하게 다닐 때는 그저 둔하다고만 생각했던 덩치였으나 어깨를 펴고 자세를 반듯이 하자 이보다 더 허우대가 훌륭할 수가 없었다. 평소 상철에게 툭툭 장난을 치며 무시하던 선배들까지도 슬금슬금 눈치를 보며 피할 정도로 제대로 갖춰 입은 상철은 남자다웠다. 알고 지낸 지 10년이 넘은 석구조차 처음 보는 상철의 모습에 놀라 입을 딱 벌릴 정도였다. 이렇게 꾸밀 줄도 알고 심지어 바탕도 나쁘지 않은 애가 지금까지 선 자리를 그따위로 파투 놓았다고 생각하자 괘씸하기까지 했다.

"사랑의 힘이다, 사랑의 힘이야. 윤 양한테 고맙다고 전해주라."

이죽거리는 석구의 말에 상철의 목이 벌게졌다.

"취재 다녀오겠습니다."

무슨 말이 더 나올까 겁이 나는지 황급히 뺑소니를 치는 상철의 뒷모습을 보며 석구가 혀를 끌끌 찼다. 제가 원한 일이긴 했으나 상철이 이 정도로 변할 줄은 몰랐다. 하지만 아무리 애를 써본들 상철이 심덕의 마음에 찰 리가 없었다. 저 철없는 막냇동생 같은 맹추가 후에 크게 상처 입지나 않을까 싶어 슬슬 걱정되기 시작했다.

"그러면서 크는 거지, 뭐."

석구가 툭툭 담뱃갑을 두드려 담배를 꺼내 들었다. 복잡해지려는 머릿속의 생각들을 지우기 위해 서둘러 담배를 입에 물었다.

𝄎

파고다공원에서 열리는 경성악대 음악회의 초청 가수는 윤심덕과 임배세 두 명이었다. '꾀꼬리 같은 목소리'로 유명한 임배세는 이화 출신 소프라노로 학생 때 '금주가'를 지어 이미 재주를 사람들에게 널리 알린 스타였으나 유학을 다녀오지 않은 국내파라 사람들에게 심덕만큼 폭발적인 관심을 받지는 못하고 있었다. 하지만 학교를 졸업한 뒤 '소프라노'로서 조선에서 활동을 먼저 시작한 것은 분명 임배세라, 나이는 네 살 어리지만 임배세가 선배라면 선배라고 볼 수 있었다.

음악회 측에서는 악대의 공연만 두 시간 넘게 계속하기엔 지루하니 국내에서 가장 유명한 여자 소프라노 두 명을 초청한 것이다. 임배세는 정사인의 '내 고향을 이별하고'를, 심덕은 '제비들은 강남에'를 부르기로 되어 있었다.

임배세와 심덕은 거의 비슷하게 공연장에 도착했다. 둘은 앞에선 웃으며 인사하고 서로를 칭찬했으나 돌아서는 순간부터 기 싸움을 시작했다. 과연 누가 엔딩을 할 것이냐, 가 문제였던 것이다.

주최 측에서는 심덕을 엔딩으로 정했으나 임배세 측에서는 활동한 것으로 치자면 자신이 엄연한 선배이니 그것은 예의가 아니라고 주장했다. 임배세가 이렇게 나오자 임배세와 더 오랜 시린 시선으로 바라보았다. 역시 '내 고향을 이별하고' 만큼은 임배세가 부르는 게 최고라고 감탄하며 기세가 관객들을 둘러보았다. 그때 장미 꽃다발을 품에 안은 채 발을 동동 굴리며 앉아 있는 상철이 보였다. 첫 만남과 달리 말쑥해진 상철의 모습에 기세가 너털웃음을 터뜨렸다.

"이런. 뱁새들 속에 황새 한 마리가 섞여 들었구만. 이러면 안 되는데."

기세가 혀를 끌끌 차며 낮게 탄식했다.

오늘 심덕이 입은 것은 샛노란 드레스였다. 햇빛 아래서 노란 드레스는 황금처럼 빛났다. 주위를 둘러보며 인사를 마친 뒤 우아하게 턱을 치켜든 심덕이 노래를 시작했다.

심덕의 목소리만 들었던 첫 공연과 달리 임배세의 목소리를 들은 후 심덕의 목소리를 듣는 건 상철에겐 또 다른 느낌이었다. 지난 공연에서 머리털 나고 처음 들어보는 노래들에 경탄했다면, 이번엔 소프라노 윤심덕이 얼마나 대단한지 깨달았기 때문이다.

같은 소프라노지만 심덕은 임배세와 확실히 달랐다. 임배세가 가냘프고 여린 '여자'의 목소리였다면 심덕은 분명 아름다운 목소리였으나 그보다 목소리에 힘이 있었다. 당연히 심덕이 노래 전달력이 더 좋았고 호소력도 더 짙었다. 그도 그럴 것이 가녀린 임배세의 목소리는 고음으로 갈수록 끊어질 것처럼 위태로워 멀리 있는 이에겐 잘 들리지 않았으나 심덕은 고음으로 가도 여전히 힘이 있어 멀리까지 잘 들렸던 것이다. 이미 사랑에 빠진 상철간 함께 일했던 주최 측에서는 그 의견을 완전히 묵살하기 어려웠다. 결국 주최 측은 심덕의 양해를 구하려 했으나, 심덕은 우아하게 웃으며 원칙대로 해야 함을 강조했다. 가운데 끼인 연출자는 이러지도 저러지도 못해 발만 동동 굴렸다. 그러는 사이 어느새 1부의 초청 가수 무대 시간이 점점 다가오고 있었다.

"거 일을 그렇게밖에 못하나."

상황을 지켜보던 기세가 혀를 끌끌 차며 자리에서 일어났다. 발만 구르는 연출자의 어깨를 툭툭 친 뒤 기세가 제 이름처럼 기세 좋게 임배세의 대기실의 문을 두드렸다. 그리고 얼마 지나지 않아 여전히 조금은 뾰루퉁한 얼굴의 임배세와 함께 대기실에서 나왔다.

"거 빨리 준비하라고. 임 양 무대에 올라간다고 하니까."

어디 아픈 사람처럼 식은땀을 뻘뻘 흘리고 있던 연출자의 얼굴에 그제야 화색이 돌았다. 임배세를 무대에 올린 후 겨우 한숨을 돌린 연출자가 기세에게 어찌 된 일이냐 물었다.

"노래라곤 쥐뿔도 모르면서 윤 양 얼굴 한번 보자고 온 경성의 날라리들이 꽤 자리를 차지하고 있으니 윤 양이 1부에 나가고 나면 그 자리가 다 빌 거라고 했지. 빈 좌석을 보며 노래를 부르는 것보단 차라리 먼저 나가서 그 사내들에게 자신이 얼마나 매력적인 여자인지 보여주는 게 장기적으로 봤을 때 더 낫지 않겠냐고 말이야. 그 속에서 후원자를 찾을 수도 있잖아. 그런 작자들이 돈은 또 많으니까."

별일 아니라는 듯 어깨를 으쓱하는 기세를 연출자가 감탄 어에겐 심덕의 그러한 능력이 훨씬 더 크게 와닿았다. 역시 저 여자는 특별해, 상철은 다시 한번 그녀에게 진심으로 감탄했다.

공연이 끝난 뒤 힘껏 박수를 쳐 그녀에게 경의를 표한 상철이 허둥거리며 자리에서 일어나 황급히 무대 뒤로 향했다. 가슴에 품은 장미의 향이 아찔하게 코를 자극했다. 잔뜩 긴장해 자신도 모르는 사이 온몸에 지나치게 힘이 들어간 까닭에 손에 든 꽃다발이 파르르 떨렸다.

"윤 양, 대단해."

"역시 윤 양이 최고야."

"어째 오늘 더 실력이 늘어난 것 같아, 윤 양."

심덕의 대기실 문은 활짝 열려있었다. 그럴 수밖에 없었다. 대기실 안이 온갖 사내들로 가득 차서 문밖까지 사람들이 밀려나오는 판이었으니 말이다. 그 사내들은 경성에서 이름만 대면 알 만한 인물들이었다. 기자인 상철이 아는 인물만도 여럿이었다. 그들은 하나같이 부자거나, 권력자거나, 부자면서 권력자였다. 그들은 상철이 오랫동안 모은 돈을 모두 털어 산 양복이 초라하게 보일 정도로, 하나같이 좋은 옷을 걸친 이들은 흔해빠진 장미 꽃다발이 아닌 작고 반짝이는 것들을 양손 가득 들고 심덕의 앞에 모여 있었다.

"실례합니다."

그 모습을 망연자실하게 보고 있던 상철을 누군가가 툭 치고 지나갔다. 저를 스쳐 지나가는 그를 멀거니 쳐다보며 상철은 그가 이 중에서 제일 잘 차려입은 것 같다고 생각했다. 누굴까. 궁금증은 오래지 않아 풀렸다. 경성 최고의 한량, 이용문이었다. 사람들을 차마 뚫고 들어가지 못하고 입구에 멈춰 선 용문이 안에 있는 누군가에게 손짓했다.

"이 선생님."

그러자 안에서 기세가 사람들을 헤치고 나와 이용문에게 깍듯하게 인사했다. 용문을 아는 체하던 기세의 시선이 그 뒤에 장승처럼 선 상철에게 가서 멈췄다. 잠시 상철을 보던 기세가 이내 고개를 돌려 용문을 안으로 안내했다.

"윤 양, 내가 전에 말했던 이용문 선생님이오."

"안녕하세요."

상철에게 그러했듯이 심덕이 활짝 웃으며 용문에게 손을 내밀었다. 더하지도 덜하지도 않은 매너로 용문이 단정하게 심덕의 손을 잡았다가 내려놓으며 미소 지었다. 기름을 발라 단 한 올의 흐트러짐도 없이 뒤로 넘긴 머리에 네모나게 정리된 이마, 계집애처럼 곱상한 손에 눈처럼 새하얀 셔츠 카라와 소매 끝은 그의 삶이 지금까지 어떠했고 지금 어떠하며 앞으로도 어떠할 것인지 너무나 선명하게 보여주고 있었다. 그것은 상철이 하루 이틀 흉내 낸다고 해서 따라갈 수 있는 종류의 것이 아니었다. 아니 용문뿐 아니라 그 안에 있던 사내들이 모두 그러했다.

그제야 상철은 너무나 뼈저리게 자신의 처지를 자각했다. 상철은 절대 그들이 될 수 없었다. 비슷해질 수조차 없었다. 그런 자신의 처지를 잊은 채 저들과 닮으려 애쓴 스스로가 초라해 쥐구멍에라도 숨고 싶었다. 툭, 꽃다발을 든 상철이 손을 떨어뜨렸다. 그리고 천천히 뒷걸음질 쳐 그곳을 빠져나왔다. 돌아서서 걷는 상철의 얼굴이 딱딱하게 굳어 있었다.

이건 아니었다. 자신이 잘못 생각했다. 이런 건 자신에게 어울리는 방식이 아니었다. 그리고 이런 건 그녀에게 적합한 방식도 아니었다. 저치들과 같아 보이긴 싫었다. 저치들처럼 보이고 싶지 않았다. 자신과 저들은 달랐다. 달라야만 했다. 자신은 그저 어떻게 하면 그녀와 한 번 자볼까, 하는 사내가 아니었다. 저 무식한 이들은 그녀의 가치를 알 리 없었다. 그저 그들에게 그녀는 치마 두른 계집에 불과했다. 하지만 상철은 달랐다. 상철은 심덕을 알아보았다. 그 여자가 어떤 여자인지, 얼마나 가치 있는 여자인지 상철은 알았다. 그랬기에 사랑에 빠졌다. 상철과 저들은 분명 달랐다. 그러니 심덕에게 저들과 비슷해 보여선 안 될 일이었다.

상철이 쥐고 있던 꽃다발을 쓰레기통에 처박았다. 걸음을 옮기며 신경질적으로 정리된 머리를 헝클었다. 멀리서 상철의 뒷모습을 바라보던 기세가 한숨을 내쉬었다.

〜

파티션 너머로 상철을 흘깃거리며 석구가 고개를 절레절레 내저었다. 상철의 변신은 하루를 못 넘겼다. 다음날부터 다시 원래대로 후줄근한 옷차림에 덥수룩한 머리로 출근한 상철의 모습에 다들 그럼 그렇지, 라며 은근히 안도했다. 석구만이 대체 하루만에 뭔 일이 있었던 걸까, 하며 고민했으나 제출해 낸 기사가 너무나 평화로워 캐물을 수도 없었다. 기사를 보면 아직 심덕에 대한 상철의 호감이 사라졌다고 생각되지 않았다. 파고다공원에서의 공연을 소재로 하여 상철은 임배세와 심덕을 비교했는데 표면적으로는 각자가 가진 장점을 칭찬하고 있으나 자세히 보면 묘하게 심덕을 조금 더 추켜올리고 있었다. 하나 딱히 임배세 측에서 반박할 수도 없는 것이, 어디서 찾았는지 꽤 전문적인 근거를 끌고 와 심덕의 재능을 높게 평가했다. 카스트라토(castrato: 남성 거세 가수)의 창법과 심덕의 창법을 비교하며 성을 넘어서는 소프라노라고 심덕을 극찬했다. 음악에 대해 쥐뿔도 모르는 애가 썼다기에는 제법 전문가의 냄새를 짙게 풍기고 있어서 석구는 꽤 놀랐다.

아니나 다를까 그건 적당히 조사해서 나온 내용이 아니었다. 석구는 상철의 책상 위에 가득 쌓인 음악 관련 서적을 보고서 이 미친놈이 제대로 일을 벌이고 있구나, 깨닫고 좌절했다. 외골수라 고집이 더럽게 세서 부모 형제조차 두 손을 들게 만드는 놈이었다. 그런 놈이 머리털 나고 처음으로 여자에게 반했다. 그것도 외모에 좀 홀린 수준이 아니라 제대로 꽂혔다. 이러면 단순히 옷 좀 빼입는 것과는 다른 문제였다.

"내가 미쳤지, 미쳤어. 내 무덤을 팠지."

석구가 책상 위에 머리를 쿵쿵 찧었다. 좀 사내다워지고 세련되길 바란 거지 저딴 꼴을 보고 싶었던 게 아니었다. 하긴 애초에 '적당히'란 게 없는 놈인 것을 잠시 망각한 자신이 문제였다. 더럽게 여자한테 관심이 없어서 덩치는 멀쩡한데 어디 하자 있는 놈 아닌가 걱정하게 하더니, 한번 시작하니 또 땅굴을 파다 못해 아주 지하로 가 염라대왕이라도 만나고 돌아올 기세로 사람을 식겁하게 만들고 있다. 멀쩡한 여자여도 사내놈이 저러고 있는 걸 보면 기함할 판에 하필이면 상대가 윤심덕이라니, 석구는 잠시나마 상철과 심덕을 상대로 어리석은 헛꿈을 꾼 자기 자신이 한심했다.

"애초에 저 자식을 이리 데려오는 게 아니었어."

아무래도 지금보다 더 피곤한 일이 생길 것 같은, 등 뒤가 서늘해질 정도로 오싹한 예감이 들었다. 대체 어디서부터 제 팔자가 이리 꼬인 걸까 고민하던 석구가 앓는 소리를 내며 눈을 감았다. 새빨갛게 부어오른 이마가 열이 올라 후끈거렸다.

이렇게 열심히 공부한 것은 태어나 처음이었다. 보고 있던 책에서 눈을 든 상철이 뻐근한 목덜미와 어깨를 주무르며 시간을 확인했다. 새벽 세 시였다. 어제도 두어 시간밖에 못 자고 출근했는데 오늘도 그럴 판이다. 상철은 읽어야 하는 책들을 눈으로 훑어보며 머릿속으로 심덕의 공연 날짜를 계산했다.

심덕의 다음 공연은 3일 뒤 남산공원에서 열리는 동경 유학생 음악 발표회였다. 그러니까 상철에게 남은 시간은 단 3일이었다. 그 3일 동안 상철은 자신이 찾아놓은 모든 책을 다 읽고 중요한 것은 달달 외울 셈이었다. 그래서 이번 인터뷰는 정말 작정하고 전문적으로 해볼 참이었다. 첫 번째처럼 누구나 할 수 있는, 누구나 물을 수 있는 지루한 인터뷰가 아니라 진짜 음악적인 이야기를 심덕과 나누고 싶었다. 그래서 심덕에게 나는 당신을 이해하는 사람이라고, 나는 그저 당신을 어떻게 해볼까 하는 여느 사내와 다르다고 이야기하고 싶었다. 예술가는 자신을 알아주는 이를 가장 중요하게 여긴다고 했다. 심덕과 같은 예술가라면 단순히 돈 많은 한량이 아닌 자신의 음악을 진심으로 이해하고 예술을 사랑하는 사내에게 더 마음을 빼앗길 거라고 상철은 확신했다.

진작 이랬어야 했다. 어리석게 겉모습이나 좀 꾸미면 심덕과 어울릴 줄 알았다니 상철답지 않은 생각이었다. 진작 이랬다면 몇 달 치 월급을 아낄 수 있었을 텐데. 새벽 찬 기운에 몸을 부르르 떨며 상철이 잠시나마 어리석었던 자신을 책망했다.

창밖으로 매미가 시끄럽게 울고 있었다. 짝짓기를 위해 긴 시간 홀로 버틴 이들이 애타게 제 연인을 부르는 소리였다. 지금 제 처지가 바깥에서 목청 높여 노래를 부르는 매미와 비슷하다 생각하며 상철이 피곤한 몸을 이불에 뉘었다. 졸음이 쏟아졌다.

공연 당일 상철은 멋을 부리기보단 깔끔하고 단정하게 보이려 애를 썼다. 옷은 평소 상철이 입던 것을 입었으나 대신 주름 하나 없이 단정히 다림질했다. 머리는 굳이 포마드로 넘기지 않았으나 부스스하게 보이지 않게 정리했다. 상철이 원한 것은 지적이고 반듯해 보이는, 제 신문사에 있는 다른 '기자'들과 같은 모습이었다.

"좋은 아침입니다."

몇 번이고 살펴본 제 모습이 썩 마음에 들어 아침부터 상철은 기분이 좋았다. 평소보다 크게 인사한 상철이 막 자리에 앉으려는 순간 평소와 달리 꽤 멋을 부린 차림새의 박 기자가 불쑥 고개를 들이밀며 의아한 표정으로 상철의 모습을 훑어보았다.

"너 왜 오늘은 이러고 왔냐? 음악회인데. 저번처럼 좀 빼입고 오지. 나 봐라. 괜찮지 않냐?"

박 기자가 상철을 툭 치며 잔소리했다. 상철이 당황스러운 표정을 숨기지 못하고 벙찐 얼굴로 박 기자를 돌아보았다.

"음악회 인터뷰를 오늘 박 선배님이 가십니까?"

"아니? 내가 왜 인터뷰를 해? 네가 담당이잖아."

"그런데 왜?"

상철이 대체 뭘 묻는 건지 몰라 잠시 당황하던 박 기자가 이내 알아차린 듯 아, 하며 웃었다.

"야, 오늘 동경 유학생 음악 발표회잖아. 우리 다 가지. 너까지 가니까 거기 우리 신문사 사람들 다 간다고 할 수 있지."

박 기자가 껄껄 웃었다. 그제야 상철은 자신을 빼고 신문사 식구들 모두가 동경 유학생 출신이라는 것을 깨달았다.

"그럼 오늘 유학생들이 모두 모이는 겁니까?"

"그럼. 야, 너는 담당 기자가 음악회 명도 제대로 체크 안 한 거냐? 이게 빠져가지고."

사실 음악회 명칭 따위를 신경 쓸 이유가 없었다. 상철에겐 심덕이 나오는 음악회라는 게 중요했기 때문이다.

"오늘 그래서 본의 아니게 회식 아니냐. 퇴근 뒤 다 같이 밥 먹고 곧장 남산공원으로 갈 거야."

꽤 들뜬 듯 박 기자가 엉덩이를 실룩거리며 걸어 자신의 자리로 돌아갔다. 상철이 새삼스러운 표정으로 제 주변을 둘러보았다. 박 기자뿐 아니라 다들 한껏 꾸민 차림새였다. 하나같이 집에 있는 가장 좋은 옷들을 입고 온 듯했다.

신문사 안을 모두 둘러본 상철의 기분은 좋아졌다. 아마 지난 공연 때였다면 자괴감을 느꼈을지도 모른다. 왜 더 꾸미지 못했나 좌절했을지도 모른다. 하지만 지금 상철은 그때와 달랐다. 오히려 이들 덕분에 수수하게 하고 온 자신이 더 두드러져 보일 수 있다. 심덕은 다른 이들과 다른 상철의 모습에 호기심을 보일지도 모른다.

자리에 앉은 상철이 며칠 동안 고민해서 만든 인터뷰 질문을 다시 한번 검토했다. 놀라워할 심덕의 표정을 상상하자 너무 기뻐 콧노래가 절로 나왔다. 상철은 어서 퇴근 시간이 다가오기를 기다렸다.

때 이른 더위 탓에 낮엔 한여름처럼 무더웠으나 밤엔 아직 열대야가 찾아오지 않아 선선했다. 때마침 보름달이 뜬 데다 조명까지 넉넉히 켠 덕분에 공연이 이루어지는 남산 앞 너른 터는 야외임에도 불구하고 대낮처럼 환했다. 그래서인지 은사가 뿌려진 것처럼 반짝거리는 새하얀 드레스를 입은 심덕은 오늘 밤 유난히 더 선녀처럼 고왔다.

심덕이 몸을 움직일 때마다 불빛이 드레스를 타고 흘러내렸다. 저 혼자 조명을 독차지한 것처럼 심덕은 반짝반짝 빛이 났다. 빛 하나 없는 밤, 산골 숲속에서 선녀를 만난 나무꾼이 된 것 같았다. 상철은 경이로운 시선으로 심덕을 홀린 듯 바라보았다.

    낯익은 이들 앞에서 하는 공연이라서인지 심덕은 유독 많이 웃었고, 다른 때보다 한층 더 여유로워 보였다. 관람객들 역시 자연스러운 웃음과 환호로 심덕을 반겼다. 객석 곳곳에 앉아 있는 아는 이들에게 다정한 눈빛을 보내며 심덕은 첫 곡을 부르기 시작했다.

    몇 주간 공부한 것이 무색하게, 심덕의 첫 곡은 상철이 모르는 것이었다. 하나 모르는 것은 상철뿐인 듯, 거기 앉은 이들은 익숙하게 고개를 까딱이며 음악을 감상하고 있었다. 옆에 있는 석구도 잘 아는 노래인 듯 정확하게 리듬에 맞춰 손바닥으로 제 다리를 두드리며 박자를 타고 있었다.

    "이거 번안곡이요?"

    결국 궁금증을 참지 못한 상철이 석구의 귀에 속삭였다. 아무리 봐도 낯선 이름, 낯선 곡이었다. 일단 작사, 작곡가 모두 조선 이름이라는 게 이해가 되지 않았다. 몇 주간 해외 유명 음악가들만 머리 터지게 공부했는데 갑자기 낯선 조선인들의 이름이 튀어나오자 상철은 당황스러웠다.

    "너 홍난파 모르냐?"

    "그게 누군데요?"

    하지만 상철의 질문에 더 당황한 것은 석구였다. 원래도 책 읽는 것 외의 문화생활에 깜깜이인 줄은 익히 알고 있었으나 천하의 홍난파도 모를 줄이야! 혹시나 제가 잘못 들은 건 아닐까, 석구는 제 귀를 의심했다.

"난파 홍영후. 바이올리니스트이자 음악가. 모르냐?"

"이걸 그 사람이 지은 겁니까?"

유학파라면 다 아는 유명한 홍난파, 아니 유학파가 아니어도 젊은이들 사이에서 이미 톱스타인 홍영후를 모르다니! 하긴 윤심덕에게 아무런 감흥도 보이지 않았던 남상철이라면 가능한 이야기였다. 기막혀하던 석구가 금세 수긍하며 혼자 고개를 끄덕거렸다.

"난파 홍영후. 윤 양과 같이 일본에서 유학했어. 바이올린 전공인데 작곡 능력도 좋고 뭐 천재라고 하는 사람들도 있지. 내 생각엔 그 정도는 아니지만 하여튼 뛰어난 작곡가야. 이 노래 덕분에 일약 스타가 되었지."

석구의 설명을 들으며 주위를 둘러보니 앉은 이들 중 몇몇은 노래를 입으로 조용히 따라 부르고 있었다. 상철은 '유학생'이라는 출신 성분을 가진 이들이 형성한 그들만의 카르텔을 새삼 실감했다. 이미 '지식인들'이라고 자부하는 계층 사이에서 먼저 유행이 형성되고 그게 대중들에게 전파되는 식으로 문화의 흐름이 흘러가고 있었다. 오히려 조선시대엔 '민중 문화'라는 게 있었으나 그것은 일제강점기가 되면서 박살 났다. 이제 철저하게 문화는 위에서 아래로만 흐르는 중이었다. 실제 그 인물이 천재인지 아닌지, 그 작품이 훌륭한지 아닌지는 중요치 않았다. 그가 '그들' 사이에서 유명하고 그 작품이 '그들' 사이에서 유행한다면 그는 유명인이 될 수 있었고 그 작품은 좋은 평가를 받을 수 있었다. 하긴 생각해 보면 윤심덕 역시 그러한 '유학생들'이 만든 스타였다. 그제야 상철은 지난번 공연장에서 만난 임배세가 왜 그토록 히스테릭하게 윤심덕에게 거부 반응을 보였는지 이해할 수 있었다.

"물론 홍영후가 유명해진 데는 윤 양이 큰 역할을 하기도 했지."

제가 말을 해놓고선 대체 뭐가 그리 신나는지 석구가 어깨를 옹그린 채 킥킥거렸다. 상철의 짙은 눈썹이 위로 치켜 올라갔다.

"무슨 말입니까?"

"둘이 연애했거든. 아주 찐하고 뜨겁게."

더 캐물으려는 순간, 노래가 끝나면서 함성과 함께 박수 소리가 공연장을 뒤덮었다. 상철이 마뜩잖은 얼굴로 박수를 쳤다. 우아하게 인사한 뒤 심덕이 곧장 두 번째 노래를 시작했다. 다행히 이번 곡은 상철이 공부한 베토벤의 가곡 '그대를 사랑해(Ich Liebe dich)'였다.

책으로만 읽던 것과 실제 노래가 주는 느낌은 달랐다. 또 전혀 모른 채 듣던 때보다 조금이나마 작곡가와 곡에 대해 알고 들을 때 노래가 주는 감동은 확실히 더 특별했다.

상철이 공부한 베토벤은 대기만성형의 천재였다. 아주 재기발랄해서 타오르는 불꽃과도 같은 삶을 살았던 모차르트와 달리 베토벤은 뜨거운 불에서 오랫동안 제련된 단단한 금속 같은 느낌을 주는 인물이었다.

그러한 인물의 곡답게 '그대를 사랑해'는 사랑을 고백하는 세레나데임에도 불구하고 대단히 깊이 있었다. 정중하다는 느낌까지 주는 그 곡을 소프라노치곤 묵직한 무게감을 가진 심덕이 부르자 노래의 장점이 극대화되었다. 심덕이 부르는 '그대를 사랑해'는 매우 애절했고 격조 있었다. 마치 수절 과부가 정절을 지키며 떠나보낸 서방님에게 바치는 단심가 같은 느낌을 주기까지 했다. 중요한 것은 관객이 그러한 느낌을 받을 수 있도록 윤심덕이 손끝부터 발끝까지 다 꾸며냈다는 사실이었다. 타고난, 탁월한 성악가가 아닐 수 없었다. 평소의 모습이라면 상상할 수 없는, 자신에게 절대 어울리지 않는 느낌과 분위기까지 만들어내어 단 몇 분 안에 관객의 감동을 최고로 끌어올릴 수 있다니, 감탄이 절로 나왔다. 첫 번째 공연에서 요염하게 하바네라를 부르던 모습과 비교해 보면 지금 무대 위의 모습은 전혀 딴 사람 같았다. 상철은 새삼 그녀가 가진 가치와 능력에 감동했다. 그리고 나중에 인터뷰할 때 자연스럽게 베토벤에 대한 이야기를 꺼내며 오늘 무대를 칭찬해 주기로 결심했다. 나중에 심덕과 함께 음악 이야기를 나누며 웃고 떠들 생각을 하자 기대감에 가슴이 뛰기 시작했다.

"오늘 바이올리니스트가 기성이었지?"
"아, 걔가 기성이었어? 몰라보게 컸던걸."
"그 나이 때 남자들은 하루가 다르게 크잖아. 자기 순회극단 이후로 기성이 처음 보는 거 아냐?"
"그렇지."
"그게 벌써 몇 년이야."
"그 집은 대체 뭘 먹었길래 하나같이 그리 다 체격이 좋아?"

"그런 말 하지 마. 성덕인 작잖아. 성덕이 그 소리 되게 싫어해."

"기성인 너랑 많이 닮았더라."

"바이올린 실력이 수준급이야. 영후가 울고 가겠던걸."

"에이, 그건 너무 허풍이다. 그래도 듣기 싫진 않네. 기성이가 들으면 좋아하겠어. 갠 영후가 신인 줄 알아."

"꿈이 너무 소박한데, 고작 홍영후라니."

"내 말이. 이왕 목표를 세울 거라면 좀 크게 잡는 게 좋잖아? 파가니니라든지."

"와우, 그건 목표로 세우기 겁날 정도 아냐?"

"파가니니가 되라고 푸시하는 누나라니. 언제 한번 만나면 기성이한테 술 사줘야겠는걸."

"초인을 요구하는군. 윤심덕다워."

"왜 이러실까. 우리 다 그런 거 아냐? 우린 특별하잖아. 보통 사람들과는 다르다구."

심덕이 까르르 웃자 뒤이어 주변에 있는 이들도 웃음을 터뜨렸다. 심덕을 가운데 두고 둘러앉은 이들은 오랜만의 만남이 지나치게 기쁜 모양인지 그들만의 세계에 푹 빠져 있었다. 너무나 친숙한 그 모습에 상철은 차마 그 사이에 끼어들어 인터뷰하자고 요청할 수가 없었다. 심덕은 평소보다 더 많이 웃었고 더 많이 떠들었으며 더 스스럼없이 사람들을 대했다. 그러한 심덕의 모습을 보는 것도 흥미로워서 상철은 근처 벽에 기대선 채 그들의 대화를 엿들었다.

"네가 영후 노래 불렀다는 걸 알면, 영후가 놀라겠어."

"뭘 놀라? 성악가가 좋은 노래를 부르는 건 당연한 거 아냐?"

"역시 여자들이 더 냉정하다니까. 영후는 아직 시련의 상처를 극복하지 못한 모양새던데."

"왜 이래. 차인 건 나야. 영후 결혼한 거 까먹었니?"

"네가 끝까지 안 받아준 거잖아. 영후는 이혼도 불사할 수 있었는데 네가 싫다고 했다던데?"

"남자들은 치사해. 꼭 그렇게 자기를 피해자로 만들더라? 이혼을 하고 오는 것도 아니고 내가 받아주면 이혼을 하겠다고? 그걸 말이라고 하는 거야?"

"아까워. 우리는 영후랑 네가 슈만이랑 클라라처럼 될 줄 알았다고."

"클라라라니! 생각만 해도 끔찍해."

"왜? 세기의 커플을 보고 끔찍하다니!"

"바보 같아. 그게 어떻게 세기의 사랑이야? 남자는 정신병에 걸려 자살했고 여자는 애 키우다 인생을 다 허비했는데."

"뭐야, 아름다운 낭만을 그렇게 말하지 마. 난 클라라 같은 여자와 결혼하는 게 꿈이라고. 얼마나 멋져? 자기도 능력이 차고 넘치는데 일생을 한 남자만 사랑하고, 죽은 뒤에도 그 남자의 작품을 세상에 널리 알리고. 이 시대의 새로운 여인상이라고 봐, 나는."

"남자들의 로망은 이렇게 촌스럽다니까. 클라라는 정말 멍청한 고집불통이야."

"왜 브람스랑 재혼을 안 해서? 하긴 너라면 재혼이 아니라 바람을 피웠을 수도 있겠다."

"아니. 난 애초에 슈만 같은 나약한 남자랑은 결혼도 안 했어. 그 여자는 바보야. 그런데 더 심각한 문제는 자기가 바보라는 걸 인정 못 했다는 거지. 똑똑하고 재능 많은 여자라고 추앙받아서 자기가 진짜 그런 줄 알잖아. 실상은 슈만 같은 명청이에게 속은 바보인데! 클라라가 왜 그렇게 결사적으로 슈만의 작품을 발굴해 낸 줄 알아? 자기가 고른 남자가 미친놈이란 걸 인정하고 싶지 않아서 발악한 거야. 그건 사랑도 뭣도 아니라구."

"독한 윤심덕. 나의 클라라를 산산조각 내다니."

"왜 그렇게 클라라에 집착하는 거야?"

"클라라가 있었기에 슈만이 있는 거니까! 그녀를 만나고 그의 작품은 좋아졌고, 죽은 후에도 작품이 세상에 드러날 수 있었잖아. 나 역시 클라라 같은 뮤즈를 만나 내 인생이 꽃피길 바란다고."

"살아서 잘하면 되잖아."

"안 돼. 진짜 명성은 죽어서 나는 거야. 죽은 뒤에 빛나야 더 오래 가는 법이야. 동시대에 유명한 건 아무 소용이 없어. 모차르트와 살리에리를 봐. 동시대에 살리에리가 아무리 잘나갔던들, 그게 무슨 소용이야? 지금 살리에리 작품 중 연주되는 게 있어? 다들 모차르트에 열광하잖아."

"하긴 베토벤 교향곡 9번도 베토벤이 죽은 뒤 바그너 덕분에 더 유명해졌죠."

모두의 시선이 상철에게 향했다. 대화를 엿들으며 호시탐탐 끼어들 기회만을 노리던 상철은 드디어 제가 아는 내용이 나오자 그들 사이로 파고들 수 있었다. 순식간에 수십 개의 눈들이 상철을 향했다. 갑작스러운 주목에 속이 홧홧해지는 기분이었으나 상철은 애써 태연함을 가장한 얼굴로 느긋하게 그들을 둘러보았다.

"아, 이분은 동아일보 남상철 기자야. 문예부 담당 내 전담 기자님."

의아한 듯 상철을 훑어보는 주변의 시선에 심덕이 상철을 소개했다. 그제야 다들 상철에게 악수를 청하며 인사를 건넸다.

"맞는 말이에요. 바그너가 주목하지 않았다면 우린 베토벤 9번 교향곡의 제4악장을 모른 채 살았을 수도 있어요."

"그러니까 비단 예술가뿐 아니라 작품도, 긴 세월 생명력을 가지려면 작가가 죽은 뒤 그걸 알아봐 주는 누군가가 있어야 한단 거야. 슈만에게 클라라가 있었던 것처럼!"

"그래서 너도 네 마누라 될 사람에게 그런 걸 기대한단 거야?"

"당연하지."

"왜 그게 꼭 마누라여야 해? 베토벤을 바그너가 알아본 것처럼 네가 죽은 다음에 누군가가 알아볼 수도 있는 거잖아?"

"맞아. 추사 김정희와 이상적처럼 제자일 수도 있지."

"우리가 못할 건 뭐야? 걱정 마. 너 죽으면 우리가 세한도처럼 네 작품 뒤에 글 적어서 길이길이 남겨줄게."

"근데 우리가 한 일들이 후대에 남을 정도라면 저 자식만 유명해져선 될 일이 아니잖아. 우리도 유명해져야 하는 거 아냐?"

"우리도 유명해지겠지! 끼리끼리라고 했는데. 조르주 상드, 리스트, 파가니니, 들라크루아가 친구였던 것처럼, 우리도 후대에 당연히 이름이 남지 않겠어?"

"끝내주는데. 그럼 심덕은 뭐야?"

"심덕은 제럴딘 패러 아니야?"

"그럼 푸치니랑 토스카니니도 우리 중에서 나오는 거야?"

"아, 영후가 딱인데."

"뭐야, 그렇게 홍영후가 아까우면 네가 사귀어."

"뭐?"

"원래 위대한 인물들은 다 남색가였어. 그러니 네가 영후랑 사귀면 완벽하게 위대해지는 거지. 비르투오소(virtuoso)에게 필요한 요소 아닐까?"

"너야말로 나혜석이랑 영혼의 단짝이 되어보는 건 어때? 원래 다 그렇게 싸우다가 정드는 거야."

"나는 랭보에 비견될 만하지만 나혜석이 베를렌 같은 안목이 없어서 안 돼. 안목이 있다면 내게 혹평을 하는 게 아니라 날 신봉했을 거야. 하지만 그 여자는 날 보면 으르렁대기 바쁘잖아? 나에 대해 치졸한 질투밖에 못 품는 것만 봐도 그 여자의 한계는 명확하지."

"나혜석이 이 얘길 들으면 뒤로 넘어가겠군."

"지 그릇이 그것밖에 안 되는걸? 분해해도 소용없어."

상철이 운 좋게 끼어든 건 그 단 한 순간뿐이었다. 끊이지 않는 그들이 대화 속에서 상철이 알 만한 이야기가 나온 것도 그때뿐이었기 때문이다. 그들의 대화 대부분은 문예부 기자인 상철조차 낯선 최신 문화거나 결코 상철이 읽은 재미없고 지루한 책에서는 알려주지 않는 문화의 뒷얘기들이었다. 그들은 즐겁게, 자유로이 모든 영역을 넘나들며 이야기 나누었다. 대놓고 잘난 척하거나 뽐냈다면 차라리 비웃었을 터인데, 그들은 자연스러운 일상을 이야기하듯이 문화를, 예술을 이야기했다. 아무리 애써봐도 상철은 더 이상 그들의 대화에 끼어들 수 없었다. 그리고 심덕에게 인터뷰를 하잔 말도 할 수 없었다. 며칠 밤을 지새우며 야심차게 준비했던 질문들이었으나 그들 앞에선 내놓기엔 한없이 부끄러웠다. 애써서 노력한 티가 나면 얼마나 창피할까, 얼마나 비웃을까. 상상만 해도 아찔했다. 상철은 결코 그것들을 입 밖에 낼 수 없었다.

상철은 아주 조용히, 아무도 모르게, 숨소리마저 죽여가며 그 자리에서 도망쳤다. 누구도 상철이 그들로부터 멀어져 가고 있다는 것을 알아차리지 못했다. 거북이처럼 느리게 움직여서 상철은 겨우 어둠 속에 몸을 숨길 수 있었다. 그들의 대화는 들리지만 자신의 모습은 드러나지 않는 기둥 뒤에 숨고 나서야 상철은 참았던 숨을 내쉴 수 있었다.

"종우가 나 모델로 그림 그리고 싶다고 했어."

"초상화가 아니라 모델로?"

"응."

"주제가 뭔데?"

"글쎄. 안 물어봤어."

"La Liberté guidant le peuple 같은 작품 아냐?"

"아냐. 그런 투사적인 건 안 어울려."

"알아서 잘 그려주겠지. 난 걱정 안 해."

"대단한 작품이 탄생할지도 몰라. '카르멘'도 비제가 모가도르를 만난 덕분에 나온 작품이잖아. 예술가들에게 아름다운 여인이란 너무나 중요하다고."

"내가 종우한테 모가도르라는 거야?"

"왜 모가도르는 싫어."

"모가도르라, 흠. 아냐. 괜찮아. 클라라보단 차라리 모가도르를 택하겠어."

"윤심덕다워."

"하지만 모가도르의 끝은 그다지 마음에 들지 않아. 전원생활이라니. 그런 엔딩은 그 여자에게 어울리지 않아."

"그럼 어떤 엔딩이 어울리는데?"

"화려한 죽음?"

"뭐야."

"클레오파트라처럼 말야. 그런 게 그 여자에게 어울리지 않아? 나는 시골에 처박혀 자서전이나 쓰는 말년은 절대 싫어. 그렇게는 안 늙을 거야."

"우린 그럼 너 늙어가는 모습은 못 보는 거야?"

"난 늙어도 예쁠 테지만, 그걸 보여주는 건 생각해 봐야겠는걸?"

"참 재수 없지. 안 그런가?"

가까이서 들리는 말소리에 화들짝 놀란 상철이 뒤를 돌아보자 기세가 사람 좋게 웃으며 서 있었다. 인사를 해야 한다는 걸 또 까먹은 상철이 바보 같은 얼굴로 기세를 쳐다보았다. 하지만 기세는 그런 것 따위는 아무 상관 없다는 듯 상철을 보며 싱긋 미소 지었다.

"우리 구면이지? 기억하나? 지난 경성공회당 심덕의 공연에서 처음 만났는데. 하긴 그날 사람도 많고 정신없었을 테니 잊어버렸겠지?"

기세가 손을 내밀어 악수를 청하자 그제야 상철은 굳어있던 몸을 애써 움직여 어색하게 기세의 손을 잡았다. 마치 멈춰버린 인형의 태엽을 감는 것처럼 기세가 힘차게 상철의 손을 흔들었다. 그건 꽤 효과가 있어서 몸을 움직이자 굳어 있던 상철의 머리가 삐걱이며 돌아가기 시작했다. 그제야 상철은 겨우 꽉 메인 목소리로 기세의 물음에 답할 수 있었다.

"압니다. 그때 경성공회당에서 뵈었던."

"오오, 역시 머리가 좋은 친구구만."

기세가 호탕하게 웃으며 격려하듯 상철의 어깨를 두드렸다.

"그러고도 난 자네를 한 번 더 봤지. 파고다공원에서 있었던 경성악대 음악회에서 말야. 자넨 날 못 봤지?"

"먼발치서 그곳에 계신 모습을 보긴 했습니다만."

"오, 그랬나? 그럼 와서 아는 체 좀 하지 그랬어. 내 자네가 아주 마음에 들었는데."

썩 친근하게 구는 기세를 상철이 멀뚱히 쳐다보았다. 그러거나 말거나 기세는 넉살 좋게 웃으며 아주 오래된 사이처럼 친근하게 상철의 어깨를 툭 쳤다.

"내 안 그래도 자네와 술 한잔 같이 마시고 싶었는데 말이야.

오늘 어떤가? 이상하게 오늘은 저 뒤풀이에 끼고 싶지가 않아서 말이야."

기세가 가리키는 방향으로 고개를 돌려보면 그들은 여전히 아까와 같은 모양새로 앉아서 이야기를 나누는 중이었다. 그들을 보며 상철은 다시 한번 제 가방 안에 들어 있는, 오늘을 위해 야심 차게 준비한 인터뷰 질문들을 떠올렸다. 헛웃음이 절로 났다. 더 이상 아무것도 안 한다면 아까 끼어들어 한마디 건넨 게 그들이 기억하는 상철의 마지막이 될 것이다. 나쁘지 않았다. 결론을 내린 상철이 미련 없이 돌아섰다.

"가시죠."

그 순간 등 뒤에서 심덕의 높은 웃음소리가 들려왔다. 아마 목젖이 다 보일 정도로 크게 웃고 있을 것이다. 눈이 접히면서 인디언 보조개까지 생겨가며 마치 우는 듯 찡그려지는 심덕의 웃는 얼굴을 상철은 무척이나 좋아했다. 돌아서서 보고 싶었다. 하나 돌아볼 수 없었다. 힘겹게 걸음을 옮기며 상철이 주먹을 불끈 쥐었다.

오늘 다시 한번 확인했다. 시골 촌놈 남상철은 아무리 애를 써도 따라갈 수 없는 게 존재한다는 걸 말이다. 아니 어쩌면 애를 쓰는 이런 시도조차 '시골 촌놈'이라 할 수 있었던 일일 것이다. 그녀가 절대 상철의 손에 닿을 수도 없는 별이라는 걸 이제서야 깨달은 것 자체가 상철이 물정 모르는 인간이라는 걸 방증하는 거다. 스스로가 한심해 상철의 입가로 자꾸만 실없는 웃음이 샜다.

막걸리 세 주전자를 비우고 나자 상철의 얼굴에 그제야 붉은 기가 돌았다. 상철이 마른세수를 하는 사이 기세가 주인을 불러 막걸리 한 주전자와 파전을 추가 주문했다.

"어, 내가 요릿집에 데려가야 하는데 말야. 이 보기와 달리 나도 개털이라. 미안해."

뜨끈한 아랫목에 노곤하니 온몸이 풀려 푹 퍼져버린 기세는 풍 걸린 노인네처럼 발음이 줄줄 샜다.

"아닙니다, 형님."

상철이 두 손을 내저었다. 어느새 두 사람의 말투와 호칭이 바뀌어 있었다. 술기운 덕인지 아니면 정말 마음이 열린 건지 어느새 친근하게 자신에게 엉겨 붙는 상철을 기세가 흐뭇한 표정으로 바라보았다. 금세 새 술 주전자와 따끈한 새 안주가 놓였다. 상철이 주전자를 들어 기세와 자신의 잔을 채웠다.

"거 편하게 말 놓으라니까."

"말요?"

"그래. 너무 깍듯한 존대 아냐. 형님 동생 사이면 말도 놓아야지."

"그래도 됩니까?"

"되지, 그럼."

기세가 잔을 들자 상철이 뒤따라 잔을 들었다.

"그러겠습니다, 아니 그러겠수, 형님."

"좋군. 자, 짠 하자구."

벌써 몇 번째인지 모를 잔이 부딪쳤다. 출렁거리며 금세라도 넘칠 것처럼 가득 찼던 잔은 이내 깨끗이 비워졌다. 술기운에 서툴게 젓가락질을 하는 상철을 물끄러미 보던 기세가 갑자기 무슨 생각이 난 건지 발딱 일어나 몸을 곧추세웠다.

"쫄았지?"

"네?"

"심덕 주변에 있는 사내놈들한테, 쫄았잖아? 아주 오금이 저리지 않아? 자넨 좆도 아니잖아. 돈도 없고 아는 것도 없고, 아무것도 아닌데 시빠, 그 새끼들은 너무 다르니까, 응?"

기세의 농에 꿀 먹은 벙어리가 된 상철의 눈가가 이내 붉그스름해졌다. 상철은 신경질적으로 잔을 채운 뒤 쉬지 않고 들이켜길 반복했다.

"고만해. 술 아깝다."

기세가 상철의 손목을 붙잡았다. 씩씩거리는 상철의 얼굴엔 억울함과 서러움이 가득했다. 가지고 놀던 인형을 빼앗긴 어린아이 같았다. 애초에 제 것도 아니었는데 무에가 저리 서러울까. 기세의 머리와 가슴으론 도무지 상철을 이해할 수 없었다. 이미 닳다 못해 해진 기세가 상철처럼 순도 높은 순애보의 마음을 짐작하는 건 불가능한 일이었다.

기세가 담배를 꺼내 상철에게 건넨 뒤 자신도 입에 물었다. 담배 한 대를 다 피우는 동안 둘은 아무런 말이 없었다. 알코올로 흐려졌던 머릿속이 좀 선명해지자 기세가 담배를 아무렇게나 바닥에 내던진 뒤 상철을 보았다.

"콩나물 집 딸이야."

"에?"

"윤 양 말야. 평양에서 콩나물 장사하는 집 딸이라고. 교회 후원으로 겨우 중학교까지 공부한 거야. 그 뒤론 성적이 우수한 게 눈에 띄어서 개인 후원자로부터 장학금을 탔고."

처음 듣는 이야기였다. 당연히 부잣집 딸일 거라고 생각했다. 예술가이지 않은가. 먹고 사는 게 보장되지 않는 한 이 시대에 예술은 사치였다. 그 사치를 업으로 삼았으니 당연히 돈 걱정이 없는 집안의 영양일 거라 생각했다.

"윤 양의 가정 형편에 대해선 전혀 모르는군."

"몰라요."

"일 없으면 한번 알아봐. 재밌을 거야. 윤 양이 말야. 일본에서 몇 년 있는 동안 완전 딴사람이 됐거든. 여기서 학교 다니고 교사 생활 할 때는 뭐 재능 있기는 해도 확실히 가난한 집 딸내미였는데 무슨 일이 있었던 건지 일본에서 몇 년 있는 동안 아주 귀족같이 변했단 말야. 그러고 보면 사람이 참 노력하면 못할 게 없어. 안 그래? 모르긴 몰라도 윤 양도 찌든 때 빼내느라 고생 꽤나 했을 거야."

각자의 빈 잔에 술을 채운 기세가 자신의 잔을 들고 건배를 하자는 듯 고갯짓했다. 멍하니 있던 상철이 황급히 기세를 따라 잔을 들었다.

"그러니까 말야. 노력하면 안 될 게 없어. 아 콩나물 집 딸이 저렇게 변했는데, 안 그래?"

그러니 쫄지 말라고, 라는 뒷말은 생략했다. 하지만 상철은 알아들은 듯했다. 처음 술집에 데리고 들어왔을 때는 방금 초상을 치른 분위기였는데 빈 잔을 내려놓는 지금은 내일에 대한 새로운 희망이 가득 찬 청년처럼 눈을 초롱초롱 빛내고 있었다. 확실히 이편이 좀 더 마음에 든다고 생각하며 기세가 씩 웃었다. 상철은 정말 제 속을 하나도 숨길 줄 모르는 바보였다. 오랜만에 만난 기세의 마음에 쏙 드는 바보였다.

　기세의 말이 맞았다. 심덕은 콩나물 집 딸이었다. 정확히는 콩나물 장수를 하는 아버지와 병원 허드렛일을 하는 어머니 사이에서 태어난 1남 3녀 중 둘째였다. 상철이 경상도 촌놈이라면 심덕은 평양 촌년이었다. 생각지도 못한 이력을 확인한 상철이 입을 딱 벌렸다. 대단히 세련되고 쾌활한 심덕의 모습과 전혀 어울리지 않는 배경이었다. 심덕에게서 가난의 그늘 같은 건 찾아볼 수가 없었다. 조금도 부족함 없는 집에서 넘치는 사랑만 받고 자란 사람처럼 밝았고 누군가의 눈치를 보거나 거리낄 것이 없는 사람처럼 당당했다. 사람의 성장 과정에서 가정 환경은 분명 가장 큰 영향을 미치는 중요한 요소였다. 그렇다면 심덕의 어디에 이 심덕의 배경이 숨어 있는 걸까. 의문이 솟았다.
　다시 만나면 성장 과정에 대해서 인터뷰를 해야 하나, 상철은 고민했으나 안타깝게도 세 번째 공연 이후 상철은 공식적으로 심덕을 꽤 오랫동안 볼 수 없었고 인터뷰를 할 수도 없었다.
　9월 관동에서 대학살의 참극이 벌어졌기 때문이다. 일본의 입장에선 지진이고 우리의 입장에선 학살이었던 사건이었다. 처음 동경대지진이 조선에 알려졌을 땐 조선인을 향한 학살의 참극이 벌어지고 있는 줄은 꿈에도 몰랐다. 동아일보에서 9월 2일에 석구를 특파원으로 파견할 때만 해도 지진으로 인한 참상을 조사하고 고통받는 동포들에게 도움을 주는 것이 목적이었다. 학살이라는 것을 알게 된 것은 석구가 5일에 대판에 도착하고 나서였다. 예상치 못한 사태에 경악한 석구는 10일 오후 다른 통신사 대표들과 함께 수상 관저로 대신들까지 방문하며 상황을 파악하려 애썼다. 그리고 현지의 상황을 자세히 알리는 기사를 송신했다.

하지만 9월 동아일보엔 동경대학살과 관련된 기사는 단 하나도 실릴 수 없었다. 동경으로 직접 특파원을 보낸 동아일보가 그러했으니 다른 신문사의 사정 역시 알 만했다. 송진우 사장이 직접 총독부까지 방문해 진재에 대한 보도관제를 해제하도록 요청하였으나 받아들여지지 않았다. 10월이 되어서야 학살과 관련된 일련의 기사들이 신문에 게재될 수 있었다.

동경 대진재, 아니 동경대학살의 여파는 11월까지 이어져 온 나라를 들썩이게 했다. 당연히 느긋하게 문화 따위를 논할 형편이 아니었다. 특파를 마치고 귀국한 석구는 상철에게 당분간은 심덕의 공연에 대한 기사를 싣는 것은 관두라고 지시했다. 학살 사건이 그 이유의 전부는 아니었다. 사실상 대중들이 더 이상 그것을 보고 싶어 하지 않는다는 것이 가장 큰 이유였다. 사실 심덕에 대한 사람들의 관심은 놀랄 정도로 빠르게 식어가고 있었다. 일본으로 가기 전부터 석구는 날 선 감각으로 그것을 이미 눈치채고 있었다.

아직 조선엔 '클래식'이란 음악 장르가 낯설었다. '성악가'란 직업은 더더욱 그러했다. 오페라가 수입되지 않은 상황이었으니 소프라노가 독창회를 하거나 초청받아 가수로서 노래하는 것 외에 다르게 할 수 있는 일이라곤 없었다. 클래식이 익숙지 않은 대중들이 소프라노 성악가에 익숙할 리 만무했다. 다수의 사람들은 소프라노와 다른 가수와의 차이점을 알지 못했다. 너무나 당연하게 그들은 '소프라노' 윤심덕을 초대해 놓고 그녀에게 엔카(일본의 대중가요 장르 중 하나)를 요구했다. 심덕이 화를 내며 거절하면 왜 화를 내는지 아무도 이해하지 못했다. 그런 시대였다.

듣기 좋은 꽃 노래도 한두 번이라고, 상철이 기사로 심덕을 칭찬하는 것에 대중들이 호기심을 보인 것은 잠시였다. 자신들에겐 와닿지도 않는 것에 대해 자꾸 설득시키려 해봤자 역효과만 불러 일으킬 뿐이었다. 신문의 귀재라 불렸던 석구는 더해야 하는 순간과 멈춰야 하는 순간을 기가 막히게 잘 알아서 몰락하는 배에서 재빨리 발을 뺐다. 상철에겐 당연히 자세한 이유를 굳이 설명해 주지 않았다. 이 모든 것을 알았다면 상철은 더 기를 써서 글을 쓰려 했을 것이나 다행인지 불행인지 상철은 돌아가는 판세를 읽는 데 둔했다. 동경대학살 때문에 분위기가 숭숭하기도 하고, 이제 곧 수확의 계절 가을이니 농촌 특집을 해야 하지 않겠냐고 둘러대는 석구의 변명을 상철은 순진하게도 곧이곧대로 믿었다.

하지만 공식적으로 만나지 못한다고 해서 비공식적인 상철의 관심과 감정마저 식은 것은 아니었다. 상철은 몰래 심덕의 개인적인 정보를 더 깊이 조사하는 것으로 제 감정의 목마름을 충족시켰다. 심덕이 어디서 태어나 어떻게 자랐는지, 어느 학교를 나왔고 유학은 언제 갔는지, 교사 생활은 어디서 어떻게 했고 친한 친구는 누구인지 조사하기 시작했다. 순전히 개인적인 관심이었다. 이러면 안 된다고 자책하면서도 한발 더 나아가 상철은 심덕의 현재에까지 손을 뻗었다. 어디에 사는지, 어디를 즐겨 가는지, 주로 누구를 만나는지 등등 상철은 제가 함께할 수 없는 심덕의 일상에 대한 궁금증을 채워나갔다.

그때 상철의 정보통이 되어준 것이 기세였다. 동경 유학생 음악 발표회 때 같이 술을 마시며 호형호제한 뒤 둘은 아주 가까워졌다. 기세는 상철을 인간적으로 아꼈고, 상철은 기세를 인간적으로 그리 좋아하진 않았으나, 그에게서만 얻을 수 있는 심덕에 대한 정보 때문에 그와 자주 보았다. 아이러니하게도 문화와 관련된 취재를 할 때보다 잠시 그 분야의 취재를 쉬고 있던 그때, 상철과 기세는 더 자주 만났던 것이다.

"형님, 9월엔 안 보이더오. 어디 갔었수?"

"네가 웬일로 내 행적을 다 궁금해하냐? 내가 궁금한 게 아니지? 내가 없으니 김홍기랑 윤심덕이 어찌 된 일인지 물어볼 사람이 없어 답답했던 게지?"

차마 그렇다 대답은 못 하고 얼굴이 벌게진 채 술만 벌컥벌컥 마시는 상철을 보며 기세가 끌끌 혀를 찼다.

"또 김홍기 뒷조사했냐? 읊어봐라. 얼마나 했냐?"

"뭘, 내가 뭘 해요?"

"함경도 부자라며?"

"갑부라고 합디다."

"알아봤네!"

그것 보라는 듯이 웃음을 터뜨리는 기세를 보며 상철이 한숨을 푹 내쉬었다. 비웃음을 당하는 게 당연했다. 당시 상철은 제정신이 아니었다.

"소문만 거창하게 났지, 별 사이 아니라더라. 윤 양 남자 소문이야 뭐 하루 이틀인가."

"별거 아닌 거 나도 압니다."

"아는데? 아는데 왜 그렇게 쫓아다니는 거냐? 너 윤 양 뒤꽁무니만 쫓아다닌다고 경성 바닥에 소문 다 났더라."

미친 짓이라는 걸 알고 있다. 누구보다 잘 알고 있다. 하지만 스스로에게 등신, 미친놈, 또라이라고 온갖 욕을 퍼부으면서도 정신을 차려보면 어느새 상철은 심덕의 뒤를 밟고 있었다. 그녀가 웬 낯선 사내와 함께 술에 취해 걷는 것을 본 날이면 밤새 잠을 이루지 못했다. 그래서 끝내는 그 사내가 누군지 아주 상세히 알아내야 직성이 풀렸다. 그가 어디 출신이고 재산이 얼만지, 어떤 놈인지 알아야 했다. 누구보다 자신이 상세히 알아야 했다. 대체 이게 뭔지, 스스로도 납득하지 못하는 감정이었다.

결국 이렇게 해도 저렇게 해도 안 되는 애정이 가장 삐뚤게 풀려나가고 있었던 것이다. 아닌 척했지만, 좀 다른 척, 그럴싸한 척했지만 생각해 보면 상철의 욕심 역시 심덕 주변을 맴도는 다른 놈들과 하나 다를 게 없었다. 그 하나 다를 바 없는 놈들과 좀 다르게 보여 심덕의 눈에 들고 싶었을 따름이었다.

유감스럽게도 상철이 다른 놈들과 하나 달랐던 것은 가진 게 없다는 것뿐이었다. 심덕의 주변에 모여드는 놈들은 무언가 하나쯤은 내가 남보다 잘난 게 있다고 가슴을 펴는 치들이었다. 하지만 상철은 그럴 수가 없었다. 사랑하는데, 마음 하나만큼은 그 누구랑 비교해도 뒤지지 않는데 그것은 보여줄 수가 없었다. 구체적으로 형상화되지 않는, 누군가에게 말할 수도 증명할 수도 없는 마음이란 것이 상철의 안에서 점점 제 몸집을 불렸다. 이러다가 팡 터지지 않을까 걱정스러워 상철은 때때로 제 가슴을 지그시 눌러보곤 했다. 그럼 어린아이처럼 삐죽이 눈물이 솟는 날도 있었다.

어떤 날은 심덕에게 달려가 콩나물 집 딸에게 어울리는 건 저런 놈이 아니라 나라고 고함지르고 싶은 것을 참기 위해 애를 써야 하기도 했다. 가끔은 너한테는 나조차도 과분한 거 아니냐고 화를 내고 싶었다. 차라리 심덕이 한 남자에게 순정을 바치는 스타일이었다면 상철은 더 쉽게 제 마음을 정리했을지도 모른다. 하지만 심덕의 남자는 끊임없이 바뀌었고 그것을 지켜보는 상철의 마음은 매 순간 괴롭게 흔들렸다. '어쩌면 나도'라는 욕심과 기대를 저버릴 수 없기에 더 괴로웠다는 게 솔직한 심정이었다.

성악가라는 자신의 직업적 정체성을 대중들에게 제대로 인정받지 못할수록 심덕은 잘난 사내와 어울리는 것으로 자신의 존재 가치를 증명받으려 했다. 조선에서 난다 긴다 하는 사내들이 제게 매달리는 것이 당시 심덕에겐 자신이 얼마나 멋진 여자인지 보여주는 지표였다. 대중들이 자신을 찾지 않을수록 심덕은 남자를 더 빨리 갈아치웠다. 그리고 멀리서 그것을 지켜보는 상철의 마음은 흉년에 가문 논처럼 버석거리며 갈라졌다.

"YMCA 추계 음악회는 기사 써야지. 갔다 와라."

이제 정말 그만둬야 하나, 고민할 때, 딱 그때였다. 몇 달 만에 공식적으로 심덕을 만나야 하는 일정이 잡혔다. YMCA 추계 음악회에 윤심덕이 초청 가수로 온다고 했다. 스케줄을 확인하는 상철의 손끝이 바르르 떨렸다.

확실히 몇 달 전과 심덕의 위상은 달라져 있었다. 이전이었다면 석구는 YMCA 추계 음악회에 오는 '윤심덕'을 취재하러 다녀오라고 했을 테지만 지금은 YMCA 추계 음악회에 대한 기사를 쓰기 위해 가라고 했다. 이제 심덕은 거기에 오는 김영환, 한기주, 임배세 등과 같은 일개 음악가에 불과했다. 이제 더 이상 사람들은 오로지 심덕만을 보기 위해 공연장을 찾지 않았다.

심덕을 만나러 가는 상철의 마음 역시 이전과 달라져 있었다. 되돌아오지 않는 애정은 쓸쓸했고 상대가 알지도 못하는 짝사랑은 비참했다. 차라리 산에서 메아리를 찾는 게 훨씬 더 낫겠다는 생각이 들 정도였다. 이런 소모적인 일에 더 이상 에너지를 쏟고 싶지 않았다. 오늘을 마지막으로, 정말 마지막으로 정리하고 싶었다. 진심이었다.

공연장에 도착해 공연 안내서를 받은 상철이 놀라 제 눈을 의심했다. 당연히 마지막 공연이 심덕일 줄 알았는데 아니었다. 2부 마지막 공연은 임배세가 가져갔다. 심덕은 1부 마지막도 아니고 심지어 2부 오프닝이었다. 그녀가 처한 현실이 와닿았다. 순식간에 소태를 머금은 것처럼 입에 쓴맛이 번졌다.

게다가 심덕이 오늘 부르는 노래에 전통 클래식은 단 하나도 찾아볼 수가 없었다. '일요일가'와 '금주가'라는 찬송가 두 곡에 '카추샤' '장한몽가'가 심덕이 오늘 부를 노래였다. 클래식이 아니면 부르지 않겠다고 주최 측과 실랑이를 벌이던 게 엊그제 같은데 벌써 이렇게까지 되어버렸단 말인가. 상철의 손안에서 바스락거리며 공연 안내서가 구겨졌다.

그녀가 완전히 나락에 떨어지면 그땐 제게 기회가 올까, 라고 생각한 적도 있었다. 너무나 못난 생각이라고 스스로를 자책하면서도 심덕에 대한 소유욕은 상철을 그렇게까지 치사하게 만들었다.

하지만 상상과 현실은 달랐다. 정말로 추락하고 있는 것을 눈으로 확인하자 상철의 마음은 좋지 못했다. 속상했다.

아예 자신이 손도 닿지 못하는 곳에서 계속 머물렀다면 차라리 포기가 빨랐을 수도 있는데, 오르지 못하는 나무는 쳐다보지도 않는 법이라고 쓰린 가슴으로 쉽게 고개 돌릴 수 있었을 텐데, 대체 이 여자는 내게 왜 이러는 걸까.

심덕의 행보 하나하나가 상철을 시험에 들게 했다. 첫사랑이었다. 처음으로 진심을 다해 마음에 담은 여자였다. 불행해지는 꼴을 보고 마음이 편할 리 없었다. 정말 불행해진 여자를 갖는다 한들 행복할 리 없었다. 돌덩어리를 올려놓은 것처럼 상철의 가슴이 답답했다.

오프닝 무대는 윤기성이었다. 심덕의 동생인 기성은 떠오르는 음악계의 신동이었다. 피아노를 전공하는 바로 아래 동생 성덕보다 기성의 재능을 훨씬 높이 사서 심덕이 자주 데리고 다니는 것으로 유명했다. 형제들 중 가장 심덕과 닮은 기성은 훤칠한 키에 어깨가 다부지게 딱 벌어져 나이보다 훨씬 성숙해 보였다. 젊은 만큼 에너지 넘치는 기성의 공연에 관객들은 감탄하며 집중했으나 머릿속이 이미 복잡하기 짝이 없는 상철은 그 어떤 무대에도 주의를 기울일 수 없었다.

멍청하게 앉아서 박수를 몇 번 치고 나자 어느새 시간이 흘러 1부가 끝났다. 잠시 쉬는 동안 상철은 도망갈까 고민했다. 2부에 심덕이 어떤 모습으로 무대에 설지 상상도 되지 않았다. 만약 그녀가 이전처럼 반짝이지 않는다면, 조금이라도 위축된 모습을 보이거나 조금이라도 쓸쓸해 보인다면 상철은 견딜 수 없을 것 같았다. 그녀는 빛나야 했다. 빛나는 게 어울리는 여자였다. 그녀의 다른 모습을 아직은 볼 자신이 없었다. 무대 뒤 일상의 공간에서 심덕이 비틀거리며 다른 사내의 품에 안기는 것은 볼 수 있었다. 하지만 무대 위에서 무너지는 심덕은 두고 볼 수 없었다. 상철이 바싹 마른 입술을 잘근잘근 씹었다. 혀끝에 비릿한 피 맛이 감돌았다.

그사이 2부가 시작된다는 안내 방송이 나오더니 이내 불이 꺼졌다. 상철이 초조하게 손톱을 씹었다. 불이 켜지고 잠시 후 김영환이 나와 인사했다. 박수가 터져 나왔다. 박수 소리에 맞추어 상철의 심장이 쿵쿵 뛰었다. 김영환이 피아노 앞에 앉고 난 뒤 심덕이 나왔다. 몸에 착 붙는 검은 드레스를 입은 심덕은 그 어느 때보다 우아해 보였다. 턱을 치켜들고 좌중을 둘러본 심덕이 가슴에 손을 얹고 무릎을 굽혀 까딱 인사했다. 그제야 상철이 안도의 한숨을 내쉬며 의자에 몸을 기댔다. 그 짧은 시간 어찌나 긴장했던지 어깨가 다 욱신거릴 정도였다.

윤심덕은, 윤심덕이었다. 엔카를 불러야 하는 순간이 와도, 더 이상 사람들이 '클래식'에 관심을 가지지 않아도, 이제 더 이상 엔딩이 아닌 오프닝 무대를 해야 해도 심덕은 무대 위에서 여전히 빛났다. 그녀는 여전히 오만했고, 여전히 우아했으며 여전히 노래를 기가 막히게 잘 불렀다. 찬송가도 엔카도 내가 부르면 다르지 않니, 라고 심덕은 말하는 듯했다. 간드러지는 심덕의 노랫소리에 관객석 곳곳에서 감탄이 흘러나왔다.

나는 저 여자를 앞으로도 계속 사랑하겠구나, 씁쓸하게 미래를 예언하며 상철이 더 깊숙이 의자에 몸을 기댔다. 조명 때문인지 심덕 때문인지 눈이 부셨다. 상철이 벅벅 손으로 눈을 비볐다. 순식간에 눈에 벌겋게 핏줄이 서더니 이내 눈물이 맺혔다. 재빨리 그것을 손으로 훔쳐내며 상철이 그녀를 향해 힘껏 박수를 보냈다.

공연이 끝난 후 벌어진 파티에서 심덕은 다른 때보다 훨씬 더 많이 취했다. 은근히 추파를 던지는 사내들의 손길을 모두 뿌리친 심덕이 비틀거리며 파티장을 빠져나왔다. 멀리서 걱정스러운 시선으로 심덕을 내내 주시하던 상철이 심덕을 따라와 어느 정도 사이를 둔 채 뒤따라갔다.

"괜찮아요?"

비틀거리던 심덕의 몸이 푹 꺾였다. 놀란 상철이 황급히 앞으로 뛰어나가 심덕을 붙잡았다. 지독한 술 냄새가 상철을 덮쳤다. 냄새만으로도 취할 수 있을 것 같았다. 대체 얼마나 마신 건가 싶어 걱정스러웠다.

"어? 누구더라? 아, 기자. 기자다. 뭐였지? 나, 나."

"남상철입니다."

"아, 맞다."

손뼉을 치며 심덕이 아이처럼 웃었다. 심덕이 환하게 웃을수록 상철은 왠지 울고 싶었다. 상철이 심덕을 붙잡아 일으켜 세웠다. 여전히 몸에 힘이 들어가지 않는 듯 심덕이 비틀거렸다. 잠시 망설이던 상철이 심덕 앞에 주저앉았다.

"업혀요."

벽에 기대선 채 물끄러미 상철의 너른 등을 한참 동안 쳐다보던 심덕이 풀썩 그 위로 엎어졌다. 상철이 심덕의 몸을 제대로 추켜올린 뒤 자리에서 일어났다.

"오늘 공연 좋았어요. 심덕 씨가 부르니 찬송가도 엔카도 특별했어요."

상철의 말에 심덕이 흐흐흐거리며 소년처럼 개구지게 웃었다.

"지랄하네."

툭 튀어나온 욕설에 놀라 잠시 멈칫하던 상철이 이내 가볍게 웃었다.

"그딴 위로 필요 엄써요. 거짓부렁인 거 다 알거등. 좋긴 개뿔. 소프라노가 엔카를 부르능 게 말이 되나. 미친놈들."

발음은 형편없이 꼬여 축축 늘어졌으나 성질을 내는 목소리는 앙칼졌다. 자꾸만 아래로 쳐지는 몸을 상철이 다시 한번 추켜올렸다.

"웃기다고 해요. 내가 웃기죠? 우습죠?"

"아니, 아니요. 아니에요."

상철이 고개를 저으며 부인했으나 그 말이 믿기지 않는 건지 맘에 안 든 건지 심덕이 상철의 뒤에서 몸부림쳤다. 잘못하면 뒤로 넘어갈 것 같아 상철이 황급히 심덕을 내려주었다. 자꾸만 감기려는 눈을 부릅뜨며 심덕이 비틀거리는 몸을 추슬러 똑바로 서려고 노력했다. 그러나 취한 몸에 힘이 들어가지 않아 심덕의 몸은 여전히 흔들거렸다. 그 모습이 걱정스러워 상철이 심덕을 부축하려 하자 심덕이 신경질적으로 상철의 팔을 쳐냈다.

"두고 봐. 두고 봐요. 나 다시 할 거야. 이대로는 안 죽어. 나중에, 나중에 나한테 굽신거릴걸? 반했다고 쫓아다닐 거라고. 당신도."

휘청대면서도 상철의 눈을 쳐다보는 심덕의 시선은 곧았다.

"소프라노가 뭔지, 클래식이 뭔지, 내가, 이 윤심덕이, 제대로 보여줄 거라고. 어?"

비틀거리며 허공을 향해 삿대질하는 모습은 영락없는 술주정뱅이였으나 심덕의 표정과 말투는 꽤 단호했다. 상철은 심덕에게 나는 이미 당신 덕분에 소프라노가 뭔지 클래식이 뭔지 알았다고 말해주고 싶었다.

더 이상 한기주의 피아노 연주에 대단히 감탄하지 않는다. 이젠 잘하는 연주와 못하는 연주를 구분할 수도 있게 되었기 때문이다. 책을 읽고 공연을 본 덕분에 클래식이 주는 감동을 어렴풋이 깨닫게 되었다. 상철은 심덕이 그토록 바라는 클래식 관객이 되었다. 그 말을 건네며 제 마음을 고백하고 싶었다. 하지만 지금은 적절한 때가 아니었다.

눈에 힘을 준 채 상철을 노려보던 심덕이 얼마 지나지 않아 뒤로 넘어갔다. 상철이 황급히 심덕을 붙잡아 제 쪽으로 끌어당겼다. 정신을 잃은 심덕이 풀썩 상철의 품에 안겼다. 창백한 심덕의 얼굴을 물끄러미 보던 상철이 심덕을 품에 안아 들었다. 기운 없이 늘어진 몸은 작고 가벼웠다. 무대 위에서 관객들을 호령하고 무대 밑에서 사내들을 농락하던 여자라고 믿기지 않았다.

어쩌면 자신도 다른 사내들과 별다를 바 없이 이 여자를 오해했을지도 모른다. 상철이 좋은 기사를 쓰고 싶은 것처럼 심덕 역시 많은 사람 앞에 좋은 노래를 들려주고, 어떻게든 사람을 많이 불러들여 클래식을 알리고 싶었던 거다. 한데 심덕이 가진 개인적 매력 때문에 그러한 노력을 빛을 발할 수 없었다. 오해는 오해를 낳고, 그 오해는 심덕의 음악적 가치까지 훼손시켰다. 심덕이 얼마나 서러울지 생각하자 누가 창자를 쥐고 비트는 것처럼 속이 아렸다. 상철이 숨을 몰아쉬었다.

그날 밤 상철은 심덕을 사랑하지 않기를 포기했다. 이런 여자를 두고 절대로 제가 먼저 돌아설 수 없었다. 모두가 손가락질해도, 이보다 더 나락으로 떨어져도, 제 가슴에 못을 박는 그 어떤 짓을 해도 상철은 심덕을 사랑하기로 결심했다. 일생 동안 단 한 번도 뒤돌아보지 않아도 상관없었다. 그저 이 여자 가까이 서 있고 싶었다. 뒤에서 서성이다 가끔 제게 심덕이 이리 기대주면 그것으로 충분했다. 위로해 주고 싶었다. 위로가 필요한 여자였다. 아무도 모르는 심덕의 맨얼굴을 이렇게 가끔 볼 수 있다면 그것만으로도 괜찮았다. 상철의 애정은 오늘 이 밤에 응답받았다.

    심덕을 품에 안은 상철이 가로등 불도 없는 골목길을 천천히 걸어갔다. 흐린 달빛이 좁은 골목길에 두 사람의 그림자를 길게 만들어주었다.

4장
독창회

다섯 번째 거절이었다.

"그럼 또 봅시다."

눈앞에 내밀어진 손은 희고 두툼하며 손마디가 짧았다. 심덕의 모친이 봤다면 '일해본 적 없는 게으른 손'이라며 혀를 찼을 손이었다. 중지 끝에 굳은살이 없는 것을 보면 공부하지도 않은 손이었고 손가락 끝이 야물지 못한 것을 보면 악기를 다뤄본 적도 없는 손이었다. 살면서 단 한 번도 무엇인가를 위해 노력해 본 적이 없다는 걸 여실히 보여주는 손이었다. 그 손을 보는 순간 사내의 일생이 그림처럼 눈앞에 펼쳐졌다. 그러자 심덕은 손가락 끝 하나 까딱할 수 없을 만큼 허탈해졌다.

"네. 연락드릴게요."

한없이 복잡한 마음을 숨기기 위해서 심덕은 어느 때보다 더 환하게 웃었다. 돼지비계처럼 희고 두툼한 손을 붙잡자, 사내는 부끄러운 줄도 모르고 슬금슬금 심덕의 손을 어루만졌다. 조금의 굳은살도 없이 지나치게 부드러운 손바닥이 주는 느낌이 역겨워 심덕은 황급히 제 손을 빼냈다.

살아남기 위해, 살기 위해, 살아가기 위해 매 순간 최선을 다했다. 늘 턱 끝까지 숨이 차는 것 같은 기분을 느껴가며 살았다. 한데 그 결과가 고작 단 한 번도 열심히 산 적이 없는 한량에게 고개를 숙이고 자신을 도와달라 부탁해야 하는 것이란 말인가. 허탈하고 서글펐다. 아무리 애를 써도 타고난 것을 넘어설 순 없는 것일까. 대체 얼마나 노력해야 저 작자가 가진 것을 손안에 움켜쥘 수 있을까.

발끝에서부터 스며드는 좌절감을 떨쳐내기 위해 심덕은 이를 악문 채 돌아섰다. 자신은 저 놈팡이와는 질적으로 달랐다. 생각 없이 돈만 많은 이들과 자신은 차원이 달랐다. 저들의 눈먼 돈으로 화려하게 비상할 것이다. 그리고 나면 저들을 하염없이 내려다보며 비웃어줄 것이다. 자신에게 저들은 그저 물주일 뿐이다. 저들이 아무 노력도 하지 않고 얻은 저 돈을 제대로 쓰면 어떤 결과가 나오는지 자신이 몸소 증명할 것이다. 고작 다섯 번의 거절에 주저앉을 수는 없었다. 자신은 윤심덕이었다.

용문의 집 앞에 선 심덕의 심경은 복잡했다. 용문은 심덕이 가장 일대일로 만나고 싶지 않은 상대였다. 기세는 처음부터 심덕에게 용문을 찾아가라고 적극 권했으나 심덕은 용문을 찾아가기 이전에 일이 해결되길 바랐다. 하지만 한 명씩 한 명씩 기대했던 이들을 지워내고 나자 마지막엔 끝내 용문을 찾을 수밖에 없었다. 심덕이 무거운 마음으로 용문의 집 문을 두드렸다.

"여기서 잠시 기다리시랍니다."

그저 돈이 많아 그 돈을 천박하게 뿌리며 심덕에게 지저분한 속내를 서슴지 않고 드러내는 부류와 용문은 좀 달랐다. 본질적으로는 같은 부류였으나 용문은 그것을 꽤 세련되게 포장할 줄 알았다. '문화 후원자'라는 그럴싸한 명칭이 용문의 본성을 숨기는 데 한층 도움을 주었다. 용문은 심덕 주위에 있는 사내들 중 가장 노골적으로 심덕을 훑어보면서도 가장 심덕 가까이 다가오지 않는 이상한 사내였다. 그래서 심덕은 용문이 어려웠다. 차라리 대놓고 더듬으면 거절을 할 테고, 기세처럼 다가오면 친구가 될 텐데 용문은 대여섯 걸음쯤 떨어진 곳에 서서 은근히 훑어보기만 할 뿐이었다. 안경 뒤에 숨겨놓은 용문의 날카로운 눈빛을 볼 때면 심덕은 오랫동안 잊고 있었던 누군가가 떠올랐다. 그래서일까. 정말인지 가까이하고 싶지 않았다. 기세는 그래도 용문이 경성의 놈팡이들 중에선 제일 낫다고 평했으나 심덕은 차라리 대놓고 껄렁거리는 날건달이 백배는 낫다고 생각했다. 속을 알 수 없는 사람은 정말이지 질색이었다.

"오래 기다리게 해서 미안합니다."

지금도 그렇다. 심덕이 후원자를 찾아다니고 있다는 게 소문이 난 지 오래라 심덕이 자신을 왜 찾아왔는지 이미 알고 있을 게 분명한데 용문은 심덕을 사랑채에 한참 동안 내버려 두었다. 솔직하고 급한 성격의 심덕에게 용문의 이러한 꼴같잖은 양반 놀음은 불쾌하기만 할 따름이었다.

"바쁘신데 찾아왔나 봐요."

"아닙니다. 갑자기 급히 처리할 일이 생겨서요. 제가 감히 바쁜 윤 양을 기다리게 하다니, 정말 죄송합니다."

깍듯하게 예의를 차리며 용문이 허리 숙여 사과했다. 용문 특유의 지나치게 격식을 차리는 태도 역시 심덕을 불편하게 하는 요소 중 하나였다. 우스운 건 그런 용문의 격식에 질려 심덕이 멀어지려 하면 용문은 소탈한 모습을 내세우며 다가온다는 것이었다. 지금도 용문은 종을 물리고 손수 심덕의 차 시중을 들고 있었다. 방금까지 깍듯한 예의를 갖추며 거리를 두던 사람답지 않은 친근하고 살가운 태도였다.

고개를 돌릴 때마다 눈이 마주치는데 막상 그를 쳐다보면 시선을 피한다. 어디에나 쫓아오지만 먼저 말을 걸지는 않는다. 대놓고 아는 체를 하진 않지만 위기에 처하면 늘 도움을 주었다. 바라보는 눈빛에서 욕정을 숨기진 않지만 단 한 번도 직접적인 속내를 드러내는 그 어떤 제스처도 취한 적이 없었다. 모든 사내가 제 손안에 있다고 자신하는 심덕이었으나 용문은 예측이 불가능한 사내였다. 그래서 심덕은 용문이 편치 않았다. 아마 이런 일만 아니었다면 심덕은 결코 용문을 가까이 두지 않았을 것이다. 의뭉스러운 사내는 딱 질색이었다. 그런 사내는 제 인생에 단 한 명으로 족했다.

"박하차입니다. 서양에선 이걸 페퍼민트라고 한다더군요. 영국 수입품인데 우리나라와 차와는 어떻게 다른지 한번 비교해 보세요."

"감사합니다."

알싸한 향이 코를 자극했다. 입에 머금자 개운하고 상쾌한 느낌에 기분이 한결 가벼워졌다. 꽉 막혀 있던 답답한 속이 조금 내려가는 것 같았다.

"맛있네요."

"다행입니다. 취향을 타는 차라, 입에 맞지 않으면 어떨까 걱정했습니다."

"아니에요. 아주 좋아요."

"한 통 챙겨뒀으니 가실 때 가져가세요."

"감사해요."

용문이 활짝 웃으며 제 찻잔을 들었다. 자세가 꽤 단정했다. 중년의 사내답지 않게 몸이 무너지지 않아 배도 나오지 않았고 허리도 꼿꼿했으며 어깨도 단단했다. 피둥피둥 살찌지 않았기에 용문은 경성 최고의 멋쟁이라는 별명을 유지할 수 있었다. 어쩌면 그 별명을 위해 몸을 관리하는지도 모를 일이었다.

"헌데 윤 양께서 저를 무슨 일로 찾아오셨나요?"

이런 점만 없다면 꽤 괜찮은 사내인데. 방금 마신 차 맛이 무색하게 순식간에 소태를 머금은 듯 쓴 물이 올라왔다. 용문의 이러한 예의 차림은 정말 심덕의 취향이 아니었다. 나이답지 않은 댄디함을 추구하는 사내가 대체 왜 이런 고루한 예의범절에 집착하는지 모를 일이었다.

"소문을 들으셨을 텐데요?"

저도 모르게 꽤 뾰족한 말투가 튀어 나갔다. 불편한 속내를 별로 숨기고 싶지 않았다. 용문은 정말이지 가장 찾아오고 싶지 않은 상대였다. 그에게 부탁을 하고 싶지도 않았고, 부탁을 들어주는 조건으로 그가 내미는 제안을 듣고 싶지도 않았다. 그럼에도 찾아올 수밖에 없었다. 내키지 않지만 용문을 찾아가 부탁하면 두말없이 자신을 도와줄 것이라는 묘한 확신이 있었다. 그러니까 용문이 심덕에겐 마지막 보루였던 셈이다. 그럼에도 결코 상냥한 태도를 취할 수 없는 건 분명 심덕이 현재 어떤 상황에 처했는지, 지금 어떤 처지인지 다 알고 있을 게 뻔하면서 이런 질문을 하는 그가 짜증스러웠기 때문이었다. 유감스럽게도 그의 장단에 맞춰서 예의를 차릴 에너지가 지금 심덕에겐 남아 있지 않았다. 여기서 그의 페이스에 휘말릴 생각은 없었다. 이젠 제 식대로 밀고 나가볼 생각이었다. 허리를 곧추세운 심덕이 꽤 도전적인 시선을 용문에게 던졌다.

"다 아시면서 이렇게 묻는 거 재미없어요. 제 취향 아니에요."

심덕의 도발적인 응수에 용문이 무안한 듯 웃으며 찻잔을 내려놓았다. 느린 움직임이었다. 아주 천천히 자세를 고치면서 당황한 속내를 숨기고 생각을 정리하는 것처럼 보였다. 심덕은 용문에게 여유를 주고 싶지 않아 빠르게 말을 이었다.

"독창회를 할 생각이에요. 이제 더 이상 초청받아 불려 다니면서 엔카나 부르는 거 못 견디겠어요. 성악가는 엔카 가수가 아니잖아요? 제가 뭐 하는 사람인지 대중들에게 제대로 보여주고 싶어요. 이왕 하는 거 꽤 크게 하려구요. 그러기 위해선 도움이 필요해요. 도와주실 거죠?"

쉬지 않고 내뱉은 뒤 심덕이 턱을 치켜든 채 활짝 웃으며 용문을 바라보았다. 용문이 잠시 얼떨떨한 얼굴로 심덕을 보다 크게 웃었다. 진심으로 즐거운 얼굴이었다.

"윤 양, 참 재밌군요. 재밌어요."

"크리스마스이브에 할 거예요. 장소는 제가 처음 귀국 공연을 했던 경성공회당이 좋을 거 같아요. 반주는 성덕이를 시킬 거고 중간에 기성이가 한두 곡 정도 특별 무대를 해도 괜찮겠죠. 기주도 와달라고 하면 기꺼이 와서 무대에 서줄 거 같구요."

"멋지군요."

"그렇죠?"

"비용이 꽤 들겠어요."

"아무래도 대관료가 제일 비싸지 않을까 해요."

"제 생각엔 대관료보단 무대를 얼마나 욕심내어 꾸미느냐가 더 관건일 거 같은데요."

"예를 들면요?"

"나라면 오케스트라를 꾸리겠어요. 클래식 독창회라면 피아노 반주가 아니라 오케스트라가 있어야 하는 거 아니겠어요? 제대로 된 오케스트라 연주를 할 수 있게 미리 단원들을 모아 연습시켜야죠. 곡을 정하자마자 오케스트라 팀부터 만들어야겠군요."

"역시 이 선생님은 뭘 좀 아시네요."

"윤 양이 가장 빛나야 할 테지만, 공연은 듣는 것만큼이나 보는 것도 중요하니 무대 장식도 소홀히 할 순 없죠. 날짜도 크리스마스이브라 하니 성탄 분위기가 물씬 날 수 있도록 입구에 트리도 세워두고 조명 장식도 넉넉히 하면 좋겠어요."

"또요?"

심덕의 몸이 자연스레 용문 가까이 기울었다. 하나 용문은 제 아이디어에 대단히 심취한 듯 심덕에게 시선조차 주지 않고 이야기를 이어가기 바빴다.

"윤 양 드레스도 여러 벌 맞춰야죠. 윤 양 단독 공연인데, 평소보다 훨씬 화려해야죠. 그게 관객에 대한 예의지요."

심덕의 가슴이 기대감으로 뛰기 시작했다. 왜 이 남자를 이제야 찾아왔을까, 심덕은 지금까지 제가 용문을 오해한 것이 미안했다.

"그렇게까지 생각해 주시다니."

"당연한 거죠."

"정말 고맙습니다."

"도움이 되셨다니 제가 더 영광입니다. 혹시 가능하시다면 공연이 확정된 뒤 제게 초청장 하나 보내주실 수 있으신가요?"

"네?"

당황하는 심덕의 얼굴을 빤히 쳐다보며 용문이 몸을 뒤로 뺐다.

"제 미천한 조언이 도움이 되셨다면 초청장 하나 정도 보내주실 수 있지 않은가 해서요. 아니, 아니에요. 초청장 보내주지 않으셔도 됩니다. 윤 양 공연은 충분히 가치 있으니 제가 직접 티켓을 사서 보러 가겠어요. 크리스마스이브라니, 여러 장 사서 지인들에게 선물로 돌려도 좋겠군요. 정말 벌써부터 기대가 되는데요."

심덕은 잠시 제가 무슨 말을 들은 것인지 이해하지 못했다.

당황한 심덕을 보며 용문이 느긋하게 의자에 몸을 기댔다. 잠깐 어색한 침묵이 두 사람 사이를 휩쓸고 지나간 후, 이내 상황을 파악한 심덕이 경악한 얼굴로 용문을 쳐다봤다. 용문이 웃으며 차를 들었다.

"제 부족한 아이디어가 윤 양의 독창회에 도움이 되었다니 기쁘군요."

"아, 네."

심덕이 무너진 표정을 수습하기 위해 재빨리 찻잔을 집어 든 뒤 고개를 숙였다. 차를 마시는 척하며 심덕이 혼란스러운 제 머릿속을 정리했다. 철저하게 농락당했다. 용문에게 완벽히 놀아났다. 치솟는 분노와 수치심을 숨기기 위해선 웃어야 했다. 심덕은 미소를 짓기 위해 제가 할 수 있는 모든 노력을 다했다. 양 볼 끝에 경련이 날 것 같았지만 계속 웃었다. 웃지 않으면 얼굴에 열이 오를 것이고, 그럼 목과 볼이 얼룩덜룩해질 거다. 그런 모습을 용문에게 보여주고 싶지 않았다. 더 이상 비웃음당할 수는 없었다.

"정말 안목 있으세요. 하지만 깊이는 없으시군요."

우아한 몸짓으로 찻잔을 내려놓은 심덕이 자리에서 일어섰다.

"조언은 감사히 받겠습니다. 하지만 역시나였어요, 제게 이 선생님은."

까딱, 목례를 한 심덕이 용문에게서 등을 돌렸다. 그리고 평소보다 더 꼿꼿이 몸을 곤추세웠다. 한 치의 흐트러짐 없는 몸짓으로 심덕이 천천히 걸음을 옮겼다.

"그냥 차라리 돈을 달라고 하지!"

안타까워하는 기세를 노려보며 심덕이 잔에 가득 찬 술을 단번에 들이켰다.

"그러고 그냥 나왔단 말야?"

"거기서 돈을 달라고 하면 후원이 아니라 거래가 시작되었을 거예요. 나를 팔아야 했을 거라구요. 그 남자는 그 대화를 거래로 끌고 가기 위해 약을 쳤는데 내가 바보예요? 거기 걸려들게?"

"그냥 제 뜻을 오해한 거 같다, 난 후원을 받으러 온 거다, 후원을 좀 해줄 수 없냐, 그렇게 말갛게 물었으면 될 게 아냐? 아무것도 모르는 것처럼, 그 작자 속내는 전혀 눈치 채지 못한 것처럼 굴었으면 그자가 오히려 할 말이 없었을 거 아냐. 오히려 이용문 같은 작자에겐 그런 게 먹힌다고!"

"난 그런 멍청한 짓은 대놓고 안 해요. 차라리 한 번 자주고 돈을 받으면 받았지, 역겨운 아양을 떨면서 남자에게 돈을 구걸할 생각은 없어요."

"그럼 다른 놈들이 몸을 주면 돈을 주겠다고 대놓고 말할 때 그 제안을 받지 그랬나."

"내가 기생이에요?"

날카로운 심덕의 반응에 기세가 혀를 끌끌 찼다. 심덕은 언제나 사내에게 다 줄 것처럼 굴었지만 사실은 그들에게 단 하나도 내어줄 생각이 없는 계집이었다. 대단히 천박하게 굴지만 실상 누구에게도, 쉬이 그 무엇도 허락하지 않았다. 모두에게 상냥했지만 누구도 가까이 두지 않았다. 모두가 심덕이 아슬하게 제 손을 빠져나간다고 생각하며 얄미워했지만, 심덕은 그들이 원하는 곳 근처에도 가본 적이 없었다. 그저 착각하게 만들 뿐이었다. 심덕은 아무것도 내놓지 않고서 모든 것을 얻길 바랐다. 대부분의 바보 같은 사내들은 심덕의 손에 놀아났으나 계집질이라면 아랫도리에 진물이 나게 한 용문은 심덕이 어떤 여자인지 단번에 알아챘다.

그래서 다른 사내처럼 구걸하는 대신, 심덕이 스스로 무엇인가 내놓기를 기다리는 중이었다. 기세는 용문의 속셈을 알아차린 지 오래였다. 하나 용문이 보통의 사내가 아니었던 것처럼 심덕도 보통의 여자는 아니어서 결코 호락호락하지 않았다. 자신이 가진 것은 아무것도 주지 않으면서 상대의 것은 모두 빼앗고 싶어 하는 치사한 둘의 치열한 수 싸움은 지켜보는 것만으로 피곤해서 기세는 벌써 질린 지 오래였다.

"이도 저도 싫다면 간단한 일 아닌가. 독창회를 하지 마. 그럼 될 일이잖아. 왜 그리 복잡해?"

"독창회는 할 거예요. 꼭."

"아니 대체 그걸 왜 굳이 한단 거야?"

"나, 더 이상 초청받아 가서 엔카 따위는 부르고 싶지 않아요. 이 상태로 가다간 성악 발성도 까먹을 판이란 말이에요. 사람들에게 내가 뭐 하는 사람인지 다시 한번 똑똑히 알려줘야겠어. 다들 잊어먹었나 봐. 내가 첫 공연 때 얼마나 대단했는지를. 하긴 클래식이 한 번 들어서 다 알 수 있는 장르는 아니죠. 알다시피 원래 클래식은 감상하는 데도 훈련이 필요하잖아. 사람들이 클래식에 익숙해질 수 있도록 훈련을 시켜줘야겠어요. 그래서 조선에 클래식이 뿌리내리게 하는 게 내가 해야 할 일이라고 생각해요. 나 아니면 누가 그 일을 하겠어요?"

심덕은 신이 나서 제 원대한 계획을 설명했으나, 들으면 들을수록 답답한 마음에 기세는 대꾸 없이 술만 들이켰다. 대체 어디서부터 어떻게 설명해서 이 일을 포기시켜야 할지 암담하기만 했다. 심덕은 대단히 똑똑하고 재능이 많은 여자였으나 가끔 어떤 부분은 놀라울 정도로 바보 같았다. 그 사이 간극은 하늘과 땅만큼 차이가 나서 대체 어디에 맞춰서 이 여자에게 현실을 파악시켜야 할지 기세는 종잡을 수가 없었다.

"윤 양 생각은 알겠어. 헌데 당장은 후원자가 없잖아. 하지 말라는 게 아니야. 급한 일 아니니 좀 미루라는 거지. 그걸 꼭 올해 할 필요는 없는 거잖아?"

"아니, 이런 일은 맘먹었을 때 해야 해요. 게다가 이미 소문이 다 난 판에 내가 미루면 정말 영락없이 돈이 없어 미룬 꼴밖에 안 돼. 그럴 순 없어요."

"그럼 어쩔 셈이야?"

"내 돈으로라도 해야죠."

자신을 둘러싼 일상에는 놀랍도록 현실적인 여자가 예술적인 영역 앞에서는 경악할 정도로 꿈속을 살았다. 단 한 푼도 허투루 쓰는 여자가 아니었다. 옷을 맞추는 돈이 아까워 재봉질을 배워 옷을 만들어 입는 여자였고, 기숙사에서 지낼 때 식비를 아끼기 위해 직접 밥을 해 먹은 여자였다. 사 남매 중 둘째로 태어났으나 일찍 시집간 언니를 대신해 집안의 가장 역할을 한 까닭에 잡초보다 더 질긴 생활력을 가진 여자였다. 그래서 팔자 좋은 집안에서 말 그대로 돈이 넘쳐나서 예술을 하는 대부분의 여류 예술가들과 심덕은 달랐다. 심덕이 다른 이들보다 더 사람의 심금을 울리는 노래를 부를 수 있는 건 그 다름에서 표현되는 심덕만의 감수성 때문이었다. 그뿐만 아니라 심덕은 기가 막히게 사내들의 호감을 샀고 그것을 적당히 이용할 줄도 알았다. 부잣집에서 곱게 자란 여류 예술가들이 사내를 너무 몰라서 호구 잡히거나 지나치게 공주처럼 대접받길 원해 인기가 없는 것과는 대조적인 모습이었다. 그것 역시 심덕의 가정 형편으로 인해 생긴 재주일 거라고 기세는 생각했다.

"윤 양, 그건 아냐."

그런 여자가 대체 왜 이토록 예술적인 측면에만 들어가면 바보 같을 만큼 백치가 되는지 기세는 이해할 수 없었다. 순진하달지, 순수하달지, 아니면 멍청하다고 해야 하는 건지 모를 일이었다. 심덕은 예술적인 측면에서 자신을 지나치게 높게 생각했고, 과할 정도로 예술가로서의 제 미래를 낙관했다. 게다가 상식적으로 이해되지 않을 수준으로 대중들을 과대평가했다.

조선의 현실에서 클래식이 대중화되는 것은 불가능한 일이었다. 아니 역사적으로 문화적으로 그 어떤 나라에서도 클래식이 '대중화'된 적은 없었다. 언제나 클래식은 상류층들만이 향유하는 고급문화였다. 하류층들만의 문화가 없고 상류층들의 문화가 문화의 전부였을 때, 그래서 클래식이 음악적으로 유일했을 때, 클래식은 대중화된 것처럼 '보였'지만 따져보면 그건 대중화된 것이 아니었다. 클래식은 감상조차 쉽지 않은 장르였다. 이토록 까다로운 음악 장르가 대중화되는 것은 불가능했다.

하지만 심덕은 그런 일이 가능하리라 생각했고 무려 자신으로 인해 클래식의 대중화가 시작되리라 확신했다. 대체 어디서 근거한 자신감인지 모를 일이었다. 처음엔 막 귀국했을 때 쏟아진 폭발적인 관심 때문에 아직 꿈에서 깨어나지 못한 모양이라고 생각했다. 하지만 심덕의 말에 따르면 이러한 심덕의 원대한 꿈은 귀국하기 훨씬 전부터 완성된 것이었다. 그 꿈을 이루기 위해서 일본 극단에서 대단히 좋은 조건으로 제안한 연극배우 제의도 거절하고 귀국한 것이라고 했다. 척박한 조선의 현실보다 이미 탄탄한 문화로 자리 잡은 일본 연극배우가 미래가 보장되는 훨씬 좋은 조건임에도 불구하고 심덕은 고국에 클래식을 알리기 위해 조선행을 택한 것이었다.

"기성이 미국 대학 입학 허가 기다리는 중이라며?"

"네."

"부모님도 곧 올라오시려고 하고?"

"그런데요?"

"그런데 독창회를 하는데 돈을 다 쓰면 어쩌냐구. 집안 생각해야지. 안 그래? 독창회 당장 안 한다고 해서 윤 양 명성에 흠가는 거 아니잖아. 왜 그리 마음이 급해. 윤 양 말대로 아직 우리나라 토양에 클래식이 자리 잡기에는 힘들다고."

모차르트도, 베토벤도 그러한 역사를 새로 쓰진 못했다. 한데 고작 윤심덕이 대체 무슨 재주로 조선에 클래식을 뿌리내리게 할 수 있단 말인가. 기세는 심덕이 꾸는 허황된 꿈을 이해할 수 없었다. 대체 이 여자의 가슴에 찾을 수 없는 파라다이스를 그려놓은 이가 누구인지 궁금했다. 아무리 생각해 봐도 스스로 생각해 낸 것이라기엔 과했다. 지극히 현실적인 평양 여자에겐 어울리지 않는 환상이었다. 교사를 하다 돈을 더 벌고 싶고, 더 성공하고 싶어 택한 유학이었다. 한데 일본에서 지내는 몇 년 동안 대체 무슨 일이 있었기에 귀국한 뒤엔 멀쩡한 직업조차 때려치우고 난데없는 음악계의 투사가 되겠다고 이러고 있는 건지 도무지 모를 일이었다.

"윤 양 독창회 한 번으로 그게 되는 일이 아니야. 천천히 가자고, 천천히. 응?"

이미 심덕의 인기는 귀국 직후와 비교할 수 없을 정도로 식은 상태였다. 과연 제 돈을 주고 윤심덕 독창회의 티켓을 살 사람이 몇 사람이나 될까. 기세는 대단히 부정적이었다. 이런 상황을 파악하지 못한 채 제 돈을 끌어박아 가면서 독창회를 하겠다고 고집부리는 심덕이 기세는 답답하기만 했다. 자존심을 세우기 위해 하는 일이라면 멍청했고, 본인 말대로 진짜 조선 문화를 위해서 하는 일이라면 바보 같은 짓거리였다. 평소엔 그토록 총명하고 영리한 여자가 왜 이리 불 보듯 뻔한 일은 조금도 예측하지 못하고 고집을 피우는 건지 이해할 수 없었다.

"아니, 난 할 거예요."

"윤 양!"

"난 엔카 따위나 부를 여자가 아니에요. 내가 어떤 여자인지 다시 한번 모두에게 똑똑히 보여줘야겠다구요. 사람들이 내 가치를 아직 제대로 모른다면, 내가 스스로 증명해 내야 하지 않겠어요? 난 늘 그렇게 살았어요. 모두가 안 된다고 할 때, 그때가 나한텐 기회였어요. 그러니 지금 해야 해요. 난 할 수 있어요. 분명 성공할 거예요."

심덕에게 스스로의 가치를 이토록이나 과장해서 알려준 사람은 대체 누굴까. 기세는 진심으로 궁금해졌다. 망상증 환자가 아니라면 저 정도의 과대한 자기 확신은 분명 누군가가 심어준 것이다. 다른 모든 부분에서 지극히 현실적인 심덕이 유독 직업적인 면에서만 저렇게 비현실적인 건 심덕 자체의 문제라기보단 외부적인 요인으로 인한 것일 가능성이 높았다. 저 대단한 믿음은 대체 어디서 시작된 것일까. 그 사람은 자기가 심어준 그 희망이라는 독주 때문에 심덕이 끝내 자멸하게 되리란 걸 알고는 있을까. 술에 취해 비틀거리며 자리에서 일어서는 심덕을 부축하며 기세가 긴 한숨을 내쉬었다.

목이 타는 듯한 갈증을 느끼며 심덕이 잠에서 깼다. 머리맡을 더듬거려 보았으나 자리끼는 손에 잡히지 않았다. 순간 짜증이 확 치솟았다.

"성덕아! 물!"

문 너머 들리는 움직임이 느긋했다. 복장이 뒤집어졌으나 더 고함을 질렀다간 성대가 상할 것 같아서 대신 손바닥으로 미친 듯이 바닥을 두드려댔다. 심덕의 양 손바닥이 시뻘겋게 되고 나서야 방문이 열리더니 뚱한 얼굴의 성덕이 물그릇을 내밀었다. 낚아채듯 받아든 심덕이 단숨에 물을 들이켠 후 성덕을 노려보았다.

"넌 왜 매번 말하는데도 대체 시키는 대로 하질 않는 거이가? 자리끼 챙기라고 몇 번을 말하지 않았어? 눈 뜨자마자 물을 마셔야 한다고. 성대가 마른 상태에서 목을 쓰면 상한다고 했잖어."

"그렇게 중요하면 언니 니가 챙기면 되자네. 왜 매번 나를 시키나?"

"다른 날은 그렇다 처도 술 먹고 들어온 날은 내가 챙길래야 챙길 수가 없으니 그러잖어. 그런 날은 너이가 챙겨줘야지."

"언니가 술 마시고 들어오는 날은 시간이 늦어서 내가 자고 있으니 챙길 수 없다고 나도 몇 번이나 말하지 않았어? 잊어버렸나?"

"술 마시고 늦는다 싶으면 미리 챙겨놓고 자면 되는 거 아이가? 그게 뭐이가 어렵니? 머리가 그렇게 나쁘나?"

"뭐?"

성덕이 발끈하며 심덕을 노려보았다. 다른 사람 앞에서는 바보 같을 정도로 유순한 '척' 굴면서 성덕은 심덕 앞에서는 살쾡이처럼 제 본성을 드러냈다. 그게 얄미워서 심덕도 단둘이 있을 땐 유독 더 성덕을 긁었다. 실제 성격은 지독히 나쁘면서 다른 사람들 앞에선 세상 둘도 없는 착한 여자인 척하는 게 같잖았다. 그런 식으로 자신과 차별을 두어 우위를 선점하려 애쓰는 꼴이 보기 싫었다.

"머리가 나쁜 게 아니면 그걸 와이 못 하나?"

"못 하는 게 아니라 안 하는 거이지. 해주기 싫으니까."

"뭐이가 해주기 싫어? 니가 집에서 하는 일이 뭐이가 있어서? 내 돈으로 먹고살면 그 정도는 해야 하는 거 아이가?"

"그래서 집안일하지 않아!"

"자리끼 떠다 놓는 것도 집안일이야."

"그건 하기 싫어. 기생 잠자리 봐주는 느낌이라."

"뭐이라? 기생?"

"사내들이랑 매일 밤 어울려서 술 마시잖아. 기생이랑 뭐이가 달라?"

"멍청한 년. 너 기생이 뭐인지 몰라? 몸시중을 들어야 기생이지, 내가 하는 건 파티야. 너야 가본 적이 없으니 모르겠지만. 하긴 넌 평생 모르겠다. 초대받을 일이 없을 테니."

"나도 크면 초대받겠지. 아직 학생이잖아."

"아니. 아무리 커도 넌 아무도 아니 부를걸. 너처럼 재미없는 계집애를 어느 사내가 좋아한다니? 그러니 무대 위에 서도 아무도 주목하질 않지. 너는 이미 그 자체만으로 음악가로서 실격이야. 음악가는 무대 위에서 사람들을 홀릴 수 있어야 해. 하지만 아무도 네 무대를 보고 홀리지 않잖아? 그건 음악가가 아니라 반주자지. 넌 기생보다도 못해. 기생은 적어도 사내를 홀리잖아. 네 무대를 보고 홀린 것처럼 좋아 죽겠다는 사람, 지금까지 있었니? 한 명도 없었지? 그러니 넌 기생도 못 된다는 거야."

결국 성덕의 두 눈에 눈물이 그득 찼다. 그 꼴이 보기 싫어 심덕이 돌아섰다. 책상 위엔 부모님이 보내신 편지가 놓여 있었다.

편지를 보는 순간 숙취로 인한 두통이 밀려왔다. 머리가 깨질 듯이 아팠다.

편지엔 하루빨리 상경하고 싶다는, 평양에서 부부만 생활하는 게 힘들다는 내용이 구구절절 적혀 있었다. 심덕이 한숨을 쉬며 편지를 내려놓았다. 대체 어떻게 해야 좋을지, 알 수 없었다.

심덕의 부모는 동경 유학을 다녀와 성악가로 활동하는 딸이 대단한 부를 이루고 있는 줄 알았다. 그래서 자신들에게 하루빨리 경성으로 오라고 하지 않는 것을 매우 서운해했다. 정말 속 모르는 소리가 아닐 수 없었다. 유감스럽게도 심덕의 부모가 생각하는 것처럼 심덕이 부자가 된 적은 단 한 번도 없었다. 그 부자들의 파티에 몰려가 노래를 불러주는 게 고작 심덕이 하는 일의 전부였다. 부자들 근처를 얼쩡거린다고 해서 심덕이 부자가 된 게 아닌데, 물색없는 심덕의 부모는 부자와 어울리는 딸을 보고 부자가 됐다고 생각했다. 답답한 노릇이었다.

물론 심덕 역시 과거엔 그리 생각했다. 귀국해서 성악가로 활동하면 대단한 사람이 될 줄 알았다. 부와 명예를 단숨에 움켜쥐리라 확신하고 꿈에 부풀었다. 하지만 그건 말처럼 쉬운 일이 아니었다. 해야 할 일은 많고 갈 길은 요원한데 벌써 숨이 차서 헐떡이는 기분이었다.

책상 앞에 단정히 앉은 심덕이 펜을 들었다. 크리스마스이브에 독창회를 열 예정이니 그때쯤 경성으로 올라오라는 내용이었다. 그 전엔 독창회 준비로 바쁠듯하니 더 이상 연락하지 않았으면 좋겠다는 말도 함께 덧붙인 뒤 간단한 안부 인사로 편지를 마무리했다.

"성덕아!"

동생으로서는 망할 년이었지만 성덕은 반주자로는 더할 나위 없이 훌륭했다. 기성이에 대한 사람들의 관심이 모이고 있으니 기성이의 공연만으로 특별 무대를 꾸며도 부족하지 않을 것이다. 목포 김우진 집에 초청받아 갔을 때 가족 음악회를 한 이력이 있으니 다시 한번 가족 음악회를 한대도 이상할 건 없었다. 크리스마스이브에 가족들이 와서 볼 만한 윤심덕 가족이 꾸미는 가족 음악회, 그럴싸한 타이틀이었다.

데뷔 무대보다 더 성공할 것이다. 이 무대를 통해 심덕과 형제들은 진짜 부와 명예를 움켜쥐게 될 것이다. 반드시 그렇게 되어야만 했다. 내키지 않는 걸음으로 느적느적 오는 성덕을 노려보며 심덕이 숨을 골랐다.

♪

무려 꼬박 1년을 준비한 독창회였다. 1924년 내내 심덕은 이 공연만을 위해 살았다. 전반기엔 부자들을 만나 돈을 투자하라고 설득하러 쫓아다니느라 정신이 없었고 하반기엔 무대를 준비하느라 바빴다. 연습에 연습을 거듭하는 와중에도 심덕은 무대에 올리는 리본 장식 하나도 모두 제 손으로 확인했다. 무대 위에 올라가는 것 중 심덕의 손을 거치지 않은 것이 없을 만큼 모든 것을 다 꼼꼼하게 살폈다. 가지고 있던 모든 돈을 다 털어 준비한, 제 이름을 건 단독 공연이었다. 역시 윤심덕, 이란 말이 나오도록 만들어야 했다. 공연을 보고 돌아가면서 모두 감탄을 금치 못할 것이다. 심덕은 자신 있었다.

"고작 이러려고 이걸 한 거이가?"

하지만 문제는 공연을 보러 온 이가 없다는 거였다. 공연을 보러 와야 반하게 만들든 감탄하게 만들든 할 텐데, 심덕의 공연을 아무도 보러 오지 않았다. 그게 문제였다.

"정말 쓸데없는 짓을 벌인 거 아니냔 말이지."

"뭐이야?"

"에이, 왜들 이러나?"

홱 하니 고개를 돌린 심덕이 죽일 듯이 성덕을 노려보았다. 심상치 않은 분위기에 기성이 중재에 나섰으나 생애 최고의 호기를 잡아챈 성덕은 물러서려 하지 않았다.

"저렇게 텅 빈 객석을 두고 반주한 적은 한 번도 없었어. 반주가 제대로 될지 모르겠네. 너무 썰렁해서. 아, 언니 노래는 별 문제 없것다. 원래 소프라노들은 아무도 없는 데서 벽 보고 노래 연습하지 않아? 오늘도 연습한다고 생각하면 되겠어. 썰렁해서 메아리도 잘 울리겠고, 아주 좋겠네."

전혀 다른 외모, 다른 성격에, 다른 재능을 지닌 자매가 같은 분야에 몸을 담기 시작하면서부터 단 하루도 조용할 날이 없었다. 화려하고 돋보이는 언니에 비해 수수하고 소박한 성덕은 어딜 가나 언니보다 못하다고 비교당했다. 아무리 애를 써도 따라잡을 수 없었다. 제 노력이 더 이상 소용없어지면, 상대가 굴러떨어지기를 바라는 게 인간의 심리였다. 피를 나눈 자매라도 예외는 아니었다. 심덕의 실패가 성덕에겐 바라마지않던 일이었다. 성덕이 아무리 독한 말을 하고 난리를 쳐도 눈 하나 깜짝하지 않고 세 배, 네 배로 갚아주는 심덕이었기에 성덕은 말싸움에서조차 단 한 번도 이겨본 적이 없었다. 어쩌면 오늘이 성덕이 우위를 점할 수 있는 유일무이한 기회일지도 모를 일이었다. 성덕은 이 순간을 놓치고 싶지 않았다.

"멍청한 년."

"뭐?"

"니가 그러니까 안 되는 거이야. 너는 이게 실패 같니?"

"실패지, 아니란 거야? 객석이 반도 안 찼는데, 저렇게 텅텅 비었는데 성공이란 거이야? 너무 망해서 미친 거 아니가? 혹시 객석에 사람들이 다 있는 것처럼 막 헛것이 보이고 그러나?"

성덕이 신이 나서 한껏 깐족거렸으나 심덕은 눈 하나 깜짝하지 않았다. 오히려 성덕이 건드리면 건드릴수록 심덕은 더 침착해지고 있었다.

"넌 조선에서 단독 공연을 할 수 있는 가수가 나 말고 누가 또 있을 거 같으니? 단독 공연을 한다고 했을 때 이렇게 번듯한 공연장을 빌릴 수 있다는 거 자체가 이미 절반의 성공이야. 너 나중에 단독 공연 한다고 해봐. 단 한 칸이라도 널 위해 내주는 공연장이 있나."

"뭐야?"

"이미 공연장을 빌려서 단독 공연을 한다고 한 것만으로도 내가 어떤 위치인지 난 증명했어. 그런데 심지어 그 티켓이 팔렸어. 오로지 내 이름밖에 안 적힌 그 티켓을 사람들이 샀단 말이다! 이런 가수가 조선에 나 말고 또 있니?"

"다른 사람은 못 하는 게 아니라 안 하는 거이지. 실패할 게 뻔하니까. 이런 미친 짓을 굳이 한 언니 니가 멍청하지. 그딴 식으로 자위하지 말라. 더 구차하니까."

"실패할 게 뻔하다고 아무도 시도하지 못하는 일을 해서 티켓을 반이나 팔지 않았어? 클래식 공연 티켓이 반이나 팔렸다는 건 대단한 성공이야. 인정하기 싫으니?"

대단한 자기변명이었으나 또 딱히 틀린 말은 아니었다. 여기서 더 따지고 들면 이제 더 구차해질 쪽은 자신이라는 것을 알아챈 성덕이 분한 얼굴로 입을 다물었다.

"할 말 끝났으면 닥치고 무대 위로 나가서 네 할 일이나 똑바로 하라. 연습 때보다 못하면 가만 안 둘 테니."

문을 부술 기세로 세게 여닫은 성덕이 사라진 뒤에야 심덕은 대기실 의자에 앉아 숨을 골랐다. 그때 기성이 조용히 심덕 앞에 마주 앉았다.

"할 말 있어."

"너도 성공이니 실패니 할 거면 관두라."

"나 미국에서 어드미션받았어."

심덕이 놀라 기성을 보았다.

"두 사람 연습하느라 계속 붙어 있는 바람에 작은 누나한테 말할 시간이 없었어. 막내 누나가 알면 난리 칠 거 같아서 작은 누나한테 먼저 알리고 싶었거든. 심지어 장학생이야. 학비 걱정 안 해도 돼."

"축하해! 정말 축하한다. 넌 할 줄 알았어."

심덕이 웃으며 기성을 향해 두 팔을 뻗었다. 하나 기성은 심덕을 마주 안아주지 않고 고개를 비스듬히 옆으로 기울인 채 빙긋 웃기만 했다.

"왜 그러나?"

"이 공연 정말 성공이가?"

기성의 물음에 심덕이 움찔했다. 저와 가장 닮은 남동생이었다. 성덕이 아무리 작정하고 화살을 쏘아도 단 하나도 심덕을 상처 입힐 순 없었으나 무심히 던지는 기성의 돌은 의외로 적중률이 꽤 높아 심덕을 아프게 했다.

"성공이지. 왜 너도 성덕이와 같은 생각이 드나?"

"차비가 필요해. 이 공연이 누나 말대로 성공이라면 내 차비 정도는 대줄 수 있지 않아? 나 미국 꼭 가야 하거든."

쭉 뻗은 심덕의 두 팔이 기운 없이 아래로 떨어졌다. 기성이 자리에서 일어났다.

"누나가 알아서 해주리라 믿고 있을 테니 다음 주까지 준비해 주라."

연미복의 옷매무새를 단장하며 기성은 심덕에게서 무심히 등을 돌렸다. 금세라도 울 것 같은 얼굴로 제 등을 바라보고 있을 심덕의 얼굴은 전혀 궁금하지도, 알고 싶지도 않다는 듯한 단호한 태도였다. 기성의 단단한 등을 바라보며 심덕은 눈물을 참기 위해 눈을 크게 치켜떴다. 그 순간 곧 무대가 시작한다는 것을 알리는 차임벨이 울리기 시작했다.

〜

어디서부터 어떻게 잘못된 것일까. 그냥 교사를 해야 했을까. 교사를 할 기회는 여러 번 있었다. 그럼에도 늘 그 직업은 제 인생에 없는 일인 양 힘껏 고개를 돌렸다. 하지만 이리될 거였다면. 눈을 질끈 감은 심덕이 고개를 저었다. 그렇게 거슬러 올라가기 시작하면 한도 끝도 없었다. 의사라는 훌륭한 직업을 후원해 주겠다는 호의도 내던지고 혈혈단신 홀몸으로 경성여고에 입학했을 때부터 이미 거센 파도에 몸을 맡긴 것이나 진배없었다.

덜컹거리며 전차가 움직이기 시작했다. 심덕이 멍한 눈길로 창밖을 내다보았다. 교복을 입은 여학생들이 꺄르르 웃으며 무리 지어 걸어가고 있었다. 심덕이 졸업한 경성여고보 학생들이었다. 떨어지는 낙엽만 봐도 즐거운 나이답게 아이들은 웃음이 헤펐다. 소녀들의 웃는 얼굴 위로 심덕의 얼굴이 겹쳐졌다. 주마등처럼 학창 시절이 심덕의 머릿속을 스치고 지나갔다. 당시엔 대단히 힘들었으나 지나고 보니 가장 행복했던 시절이 바로 그때였다. 적어도 그때는 미래를 낙관하며 현실의 고단함을 씻어낼 수 있었다. 다가오는 내일을 두려움이 아닌 희망과 설렘으로 기대하던 때였다.

아직 볼이 발갛고 부모님의 손이 필요한 열여섯의 나이에 심덕은 혈혈단신으로 아는 사람이 단 한 명도 없는 경성에 올라왔다. 낯선 경성에서 심덕은 만약 여기서 사고를 당한대도 평양에 있는 가족은 소식조차 듣지 못할 수도 있다는 섬뜩한 고독감을 느꼈다. 그 정도로 경성에서 심덕은 철저히 혼자였다. 삭막한 도시에서 사투리조차 아직 고치지 못한 평양 촌년 심덕이 적응하는 것은 결코 쉬운 일이 아니었다. 가장 먼저 경성에서 심덕이 부딪힌 것은 생활고였다.

평양에서는 다들 생활 수준이 고만고만했으나 경성은 그렇지 않았다. 난다 긴다 하는, 이름만 들어도 고개를 숙여야 하는 집안의 여식들이 학교엔 넘쳐났다. 그 속에서 심덕은 집에서 올라오는 돈이 없어서 제 용돈을 벌어야만 학업을 할 수 있는 고학생이었다. 매일매일이 심덕에겐 전쟁 같았다. 하지만 제가 고집부려 올라온 경성이었기에 부모에게조차 힘들다고 투정 부릴 수 없었다. 부모님은 힘들다고 하면 당장 '그놈의 것'을 그만두고 의사 공부를 하라고 할 게 뻔했다. 부모님은 똑똑한 딸이 출세의 길이 확보된 의사가 아닌, 뭐가 될지도 불확실한 음악가가 되겠다는 걸 이해하지 못했다. 반대를 무릅쓰고 시작한 공부였기에 심덕은 제 선택을 스스로 증명해 내야 했다. 그러기 위해 악착같이 공부에 매달렸다. 자는 시간을 줄여가면서 노력한 끝에 심덕은 첫 시험에서 전체 수석으로 장학금을 탔다. 비로소 학생들과 교사들이 심덕에게 주목하기 시작했다.

"오늘 저녁에 파티가 있어. 같이 가지 않을래?"

"아니, 난 안 돼. 못 가."

"아깝다. 오늘 미국에서 온 연주자들이 직접 공연한다는데."

"맞아. 직접 보면 좋을 텐데."

하지만 단지 공부를 잘하는 것만으로는 음악을 하기 어렵다는 걸 깨닫는 데는 오래 걸리지 않았다.

"경숙이 집에 축음기가 오늘 들어온대."

"축음기? 우와. 거기서 음악이 나온다는 거야?"

"그렇다니까."

"학교 마치고 구경 가자."

"그래."

"심덕이 너는 또 안 돼?"

아무리 애를 써도 심덕은 그들보다 훨씬 뒤처졌다. 그들이 이미 알고 있는 것들, 그들이 자연스레 누리는 것들을 심덕은 알지 못했고 누릴 수 없었으니 어찌 보면 당연한 결과였다. 노력으로 기술적인 면은 따라잡을 수 있었으나 기술이 뛰어난 이는 기술자일 뿐 예술가가 될 수는 없었다.

"이번 선배들 졸업 무대는 심덕이가 선다며?"

"기말 실기에서 일등 했으니까."

"그런데 너 무대 의상은 있니?"

심덕이 꿈꾸는 미래는 화려했으나 그건 결코 지금 이뤄질 수 없는 꿈이었다. 평소에 입는 제 옷은 낡은 싱거 미싱을 돌려 초라

하지 않게 만들 수 있었으나 무대 의상을 만들 재주까지는 어린 심덕에겐 없었다. 심덕은 졸업 무대를 포기했다. 그리고 당장 전업 예술가가 되겠다는 꿈도 접었다.

"음악 선생님이 되겠습니다."

자신에게 주어진 건 이게 최선이라고, 그래도 이런 식으로라도 음악을 할 수 있으니 다행 아니냐고 심덕은 자신의 선택을 정당화했다. 그렇게라도 스스로를 위로해야 했다. 그래야만 졸업 뒤 곧장 화려한 예술가의 삶을 위해 유학 가는 동창들을 보며 느끼는 자괴감으로부터 자유로울 수 있었다.

만약 경성에서 심덕이 첫 교사 생활을 시작했다면, 심덕의 인생은 지금과 꽤 많이 달라졌을지도 모른다. 당시 심덕은 예술 영역의 실체를 마주한 뒤 많이 좌절한 상태였다. 그때 제 언니처럼 집안 좋은 도련님이 청혼했다면 미련 없이 그것을 받아들여 얌전한 전업주부 생활을 했을 수도 있다. 그 정도로 그때 심덕은 많이 지쳐 결혼으로라도 도피하고 싶은 상태였다.

한데 대체 어찌 된 영문인지 졸업생들 모두가 경성으로 발령이 났는데 심덕만 원주로 발령이 났다. 정말 뜬금없는 발령지였다. 심덕은 자신이 배경이 없기에 시골구석으로 튕긴 거라고 확신하고 다시 한번 크게 실망했다.

"슨상님, 이거 좀 드셔보시래요. 참외가 아주 달드래요."

큰 실망을 안고서 내려온 시골이었으나 경성과 달리 후한 인심은 외롭고 삭막했던 심덕을 위로해 주기에 충분했다. 이곳에서 반짝이는 아이들의 눈망울을 보면서 살아도 크게 나쁘지 않으리라 생각했다. 크고 화려하진 않아도 작고 소박하고 알차게, 그런 삶도 좋지 않을까. 심덕은 지친 제 마음을 그렇게 달랬다.

"슨상님, 주무세요?"

"무슨 일이세요?"

"이것 좀 드셔보시라구 이장댁네 덕쇠가 심부름을 왔드래요."

"네. 감사합니다."

"슨상님이 덕쇠 차 한 잔 주시면 안 돼요?"

"저 자려고 누웠는데. 지금 너무 늦은 시간이라서."

"덕쇠가 슨상님께 긴히 드릴 말씀이 있다고 하는데 잠깐만 방에 들어가면 안 돼요?"

낯선 시골에 경성에서 교육받은 세련된 여교사가 홀몸으로 왔을 때, 끔찍한 꼴을 당해도 모두가 입을 맞춰 그 여교사 하나를 매장하기에 충분할 만큼 그네들끼리의 인심이 넘쳐난다는 것을 알아차리기까지는 오래 걸리지 않았다. 그들은 그것을 몹쓸 짓이라고 생각하지 않았다. 그게 그네들이 심덕을 좋아하는 방식이었다. 예쁜 여자가 시골에서 떠나지 않고 오래 머물기 위해선 자기들과 혼인을 해야 한다고 그들은 확신했다. 그래서 사지가 멀쩡하기만 하면 어느 사내라도 심덕 곁에 갖다 붙이기에 여념이 없었다. 덕쇠가 순돌이로, 순돌이가 칠성이로 바뀌었을 때, 심덕은 어떻게든 원주를 떠나야 했다. 생각 없이 더 머물다간 어느 비 오는 날 물레방앗간으로 끌려들어 가는 일이 없으리라 보장할 수 없었다.

탈출을 결심하자 처음엔 좋다고 생각했던 원주로의 발령 자체에 분노하게 되었다. 평양 촌구석에서 겨우 벗어나서 고작 자리 잡은 곳이 원주라니 생각해 보면 이건 말도 안 되는 처사였다. 아무리 배경이 없대도 사람을 이리 홀대하는 건 옳지 않았다. 심덕은 정중하게 항의했다. 자신이 처한 부정의 한 상황을 설득시키기 위해 애를 썼다. 몇 달에 걸친 노력 끝에 드디어 심덕은 원주에서 벗어날 수 있었다. 한데 설상가상이라고, 다음 발령지는 횡성이었다. 여우 피하려다 범 만난 격이었다. 다시 한번 정중하게 항의했다. 그러자 이젠 춘천으로 가라고 했다.

"이게 우리가 할 수 있는 최선입니다. 윤 선생이 안돼서 나도 과하게 애써준 거예요. 원래 발령은 윗선 일이라 우리 같은 사람들이 관여 못 해요. 더 높은 사람을 찾아가지 그랬수."

결국 이 정도가 배경 없는 여자에게 주어지는 최선의 혜택이었다. 더 이상 인간답게, 상식적인 수준에서 자신의 상황이 나아지길 기대할 수 없었다. 높은 사람의 한두 마디면 바뀔 일인데 심덕은 몇 달간 학무국 말단에서 일하는 조선인들 외엔 누구도 만나지 못했다. 그 조선인들이 심덕의 처지를 딱하게 여겨 최선을 다해 도와준 수준이 '춘천'이었던 것이다. 더 이상 그네들에게 더 도움을 청해봤자 나아질 게 없었다. 다른 수가 필요했다.

벼르고 있던 심덕에게 기회가 주어진 것은 평양여고보 동창회에 관옥 학무국장이 온다는 소식이었다. 원래 심덕은 평양여고보를 졸업하지 않았기에 동창회에 참석할 일이 없었으나 학무국장이 온단 소식에 당장 평양행을 결정했다. 심덕은 하루 결석계를 내면서까지 평양으로 달려가 제가 할 수 있는 최선을 다해 몸을 치장한 뒤 동창회에 참석했다. 그리고 동창회장에서 학무국장을 보자마자 심덕은 무리를 헤치고 그 속으로 뛰어들어 학무국장의 멱살을 잡았다.

"나를 무슨 죄로 시골구석에 보낸 게요? 나는 그곳에 정말 있기 싫단 말야!"

행동은 대담했으나 말투와 표정은 애교스러워 영락없이 아양을 떠는 모양새였다. 앙탈이라도 부리는 듯한 그 태도에 학무국장은 웃음을 터뜨렸다. 심덕은 교태를 부리듯 학무국장의 소매 끝에 매달렸다.

"무례를 용서해 주세요. 경성여고보를 졸업한 후 음악가를 꿈꿨는데 시골구석에 처박히게 되어 답답한 마음에 이런 짓을 저지르고 말았습니다."

모두의 시선을 끌기 위한, 다분히 의도된 쇼였다. 그리고 심덕의 연출은 완벽하게 성공했다. 이 대담한 심덕의 행동을 학무국장이 좋게 본 것이다. 많은 사람들 앞에서 이 정도 일을 벌이는 담대함을 가졌다면 당연히 재능 있고 영리한 여자일 거라고, 학무국장은 심덕을 아주 높게 평가했다. 심덕 인생의 전환은 바로 거기서 이뤄졌다.

"조만간 경성에서 관비 유학생을 뽑는 시험을 치를 것이오. 시험에 합격하면 국가 장학생으로 동경 유학을 가는 거지. 괜찮지 않나? 시험을 치러 오게. 내 윤 양을 특별히 기대하고 있겠네."

그저 경성이나 하다못해 평양으로라도 발령 나면 좋겠다고 소박하게 소망하던 심덕에게 전혀 뜻하지 않은 길이 열린 것이다. 대단히 감사할 일이었으나 심덕은 끝까지 평정을 유지했다.

"한번 쳐보지요. 좋은 기회이니."

속내를 들키지 않으려 애쓰는 그 깜찍한 모습을 보며 학무국장은 호쾌하게 웃었다. 심덕이 최초로 중앙 무대로 데뷔하게 되는 순간이었다.

그날 이후로 밤을 새워가며 준비한 끝에, 심덕은 관비 유학생 시험에서 당당히 1등으로 합격했다. 학무국장은 손수 시상하며 매우 뿌듯해했다.

"내 사람 보는 눈 하나는 끝내주지. 틀린 적이 없다고."

심지어 학무국장은 심덕을 데리고 다니며 총독부에 있는 사람들에게 인사시키기까지 했다. 학무국장은 심덕이 제 먹살을 잡은 당돌한 계집이라고 소개하며 껄껄 웃었다. 심덕은 낯빛 하나 변하지 않고 학무국장이 시키는 대로 사람들에게 태연히 인사했다. 학무국장은 심덕이 그 뻔뻔함을 더 기꺼워했다.

"혹시 동경에서 급한 일이 있으면 연락해. 내 윤 양 일이라면 뭐든 도와주지. 윤 양은 크게 될 인재야. 작은 것에 위축되지 말라고."

"감사합니다. 정말 감사합니다."

"무얼, 꼭 연락해."

"네. 연락드리겠습니다."

경성을 떠날 때만 해도 심덕은 학무국장이 제가 만난 최고의 인연이리라 생각했다. 그 이상의 인물은 제 인생에서 없을 줄 알았다. 당연히 여러 번 학무국장에게 도움을 청할 일이 있을 줄 알았다. 하지만 동경에서 펼쳐진 심덕의 삶은 심덕의 모든 예측을 빗나갔다. 심덕은 그날 이후로 단 한 번도 학무국장에게 연락하지 않았다. 심덕은 아주 빠르게 학무국장을 잊어버렸다.

⸸

이젠 그 학무국장의 이름도, 얼굴도 모두 생각나지 않았다. 총독부를 지나가면서 심덕은 오랜만에 떠오른 옛 기억에 씁쓸한 미소를 지었다. 생각해 보면 아무것도 몰랐기에 겁도 없었다. 학무국장의 멱살을 잡을 생각을 하다니. 그 학무국장이 만약 대인배가 아니었다면 꼼짝없이 끌려가 몹쓸 짓을 당했을 수도 있는 위험한 짓거리였다. 한데 그때는 그게 위험한 줄도 몰랐다. 지금 생각해 보면 참 대책 없고 맹목적인 어린아이였다.

전차에서 내리자 심덕이 귀국한 뒤 잠깐 교사 생활을 했던 이화여고보의 건물이 보였다. 관비 장학생이었던 만큼, 귀국한 뒤 총독부가 지정한 곳에서 교사 생활을 해야 했으나 심덕은 채 한 달도 다니지 않고 학교를 그만뒀다. 권고 사항이지 의무 사항은 아니어서 사표를 낼 수 있었다. 동경에서 돌아온 심덕에게 학교는 너무 작았다. 그게 경성 가운데 있는 최고의 여학교여도 심덕에겐 고루하게 느껴지기만 할 뿐이었다. 고작 교사를 할 거였다면 동경에서 돌아오지도 않았을 거다, 라는 말로 심덕은 교장에게 사직서를 내밀었다. 교장은 교사 생활을 하면서 음악을 계속하라며 끝까지 만류했으나 심덕은 단칼에 거절했다. 이리될 줄 모르고 그땐 그리 건방을 떨었다.

이화여고보 돌담길을 따라 걸어 내려가자 골목 끝에 자리한 이용문의 집이 보였다. 이상하게 오히려 집이 보이기 시작하자 두근거리던 심장이 차분해지고 정신이 더 또렷해졌다. 이젠 거래를 해야 할 시간이었다.

"잠시 기다리시면 곧 오신답니다."

이번엔 용문은 심덕을 기다리게 하지 않았다. 마치 기다리고 있었다는 듯이 곧장 사랑채로 오는 그 모습이 심덕으로 하여금 닥친 현실을 한 번 더 깨닫게 했다. 그 사내가 무엇을 바라는지 너무나 노골적으로 티가 나서 오히려 심덕의 피는 더 차게 식었다.

"공연 이후로 처음 뵙는군요."

"네."

"길이 얼었는데 오시는 데 불편하진 않으셨습니까."

"네. 괜찮았어요. 잘 지내셨죠?"

"그럼요. 공연이 마치고 인사를 제대로 나누지 못해 아쉬웠습니다."

"그날 제가 좀 정신이 없었네요. 죄송해요."

독창회가 끝난 후 심덕은 몰려온 이들의 입 떼는 소리조차 듣기 싫어 부러 바쁜 척하며 기세를 시켜 찾아온 이들을 모두 돌려보냈다. 꽃과 선물을 남긴 이들에게 후에 감사의 답장을 보내는 것으로 인사를 갈음했다.

"그날 드리지 못한 말씀을 지금에라도 드리고 싶군요. 윤 양의 독창회는 정말 대단했습니다. 훌륭했어요. 어느 누가 혼자서 두 시간 동안 그리 무대를 꽉 채울 수 있었겠습니까. 윤 양 아니면 못할 일이지요. 진심으로 감탄했습니다."

"감사합니다."

입바른 인사치레라는 걸 알면서도 기분이 나쁘진 않았다. 빤한 인사치레라도 해주는 게 고마웠다. 나혜석이 보란 듯이 기사를 통해 혹평을 퍼부은 독창회였다. 성덕에겐 성공한 것이라고 우겼으나 사실 누가 봐도 실패한 공연이었다. 공연 뒤 모두가 혹평을 쏟아냈을 뿐만 아니라 독창회 이후 더 이상 심덕을 찾는 곳이 없는 것만 봐도 공연이 얼마나 참담했는지를 말해주고 있었다. 결국 크게 적자가 나 쥐고 있던 돈을 모두 쏟아부어 겨우 뒷수습을 한 까닭에 지금 심덕은 말 그대로 개털이었다.

처음 서울에 올라와 생활고에 찌들었던 고학생 시절보다 지금 상황이 더 나빴다. 당장 기성의 유학비를 마련해 줘야 하는데 수중에 돈은 한 푼도 없었고 돈이 나올 구멍도 없었다. 지금은 10년 전처럼 양장점에서 일할 수도 없고 어린 애들을 가르칠 수도 없는 처지였다. 이제 팔 건 자기 자신밖에 없었다. 인기가 떨어지자 사내들도 이내 시큰둥해졌다. 이제 남은 것은 이용문뿐이었다. 위기였으나 궁지에 몰린 게 아니라고 스스로를 달래가며 심덕은 여기까지 왔다. 겨우 자존심을 붙들고 있는 상황이라 빈말이나마 심덕의 독창회를 칭찬해 주는 용문의 말은 차게 식어 있는 심덕의 가슴에 조금이지만 훈기를 돌게 했다. 한결 긴장이 풀린 심덕이 싱긋 웃으며 용문을 보았다. 목구멍에서 맴맴 돌던 말을 이제 꺼낼 수 있을 것 같았다.

"부탁드릴 게 있어 왔어요."

"뭔가요?"

"제 동생 기성이가 미국 대학에 어드미션을 받았어요. 학비 전액을 지원해 주는 조건으로요. 장학생이 된 거죠."

"오, 정말 축하할 일이군요. 기성 군은 그리될 줄 알았습니다. 그날 공연에서도 아주 근사했어요. 정말 기대되는 청년입니다. 이건 제 개인적인 의견입니다만, 저는 기성 군이 홍영후보다 더 대단한 음악가가 될 거라 확신합니다. 훨씬 재능 있어요."

"과찬이세요."

"아니요, 아닙니다. 제가 음악에 대한 조예는 깊지 않지만 사람 볼 줄은 압니다. 기성 군은 사람들의 시선을 잡아끄는 반짝임이 있어요. 윤 양과 닮았죠. 나는 기성 군이 조선 클래식의 거장이 될 거라 믿습니다."

이미 이전에 한 번 겪었던 화법이었다. 심덕은 처음보다 좀 더 시큰둥한 기분으로 용문의 칭찬을 흘려들으며 어떻게 제 목적을 제대로 꺼내서 용문을 옴짝달싹 못 하게 해야 할지 고민했다.

"그리 말씀해 주시니 제가 오늘 이 선생님을 찾아뵙길 잘했네요. 사실 기성이 문제 때문에 의논드릴 게 있어서 왔어요."

어울리지도 않는 격식을 차린, 에두른 대화를 하며 시간을 낭비하고 싶진 않았다. 거래는 간결할수록 좋았다. 흥정이 길어질

수록 값은 떨어지기 마련이었다.

"뭔가요?"

"기성이가 미국 갈 차비가 필요해요. 그런데 전 최근에 독창회에 투자하느라 당장 그런 목돈이 없어요. 도와주실 수 있으세요?"

심덕은 이런 식의 화법에 용문이 당황할 줄 알았다. 아니 사실은 놀라고 당황하길 바라면서 정공법을 택한 거였다. 한데 심덕의 예상과 달리 용문은 놀라지도, 당황하지도 않았다.

"당연히 도와드려야죠. 필요한 금액이 얼마입니까?"

용문은 망설이지도, 머뭇거리지도, 장황한 설명을 늘어놓지도 않았다. 심덕의 요구를 용문은 아무 조건 없이 곧장 받아들였다. 그러자 이제 당황한 것은 심덕이었다.

"네?"

"얼마냐고 물었습니다."

"오백, 오백 원이요. 오백 원이면 넉넉할 거예요."

"다행히 어제 은행에 다녀온 덕에 수중에 여윳돈이 있어요. 잠시 기다리세요."

용문이 잠시 사라진 사랑채에서 심덕은 이게 어떤 상황인지 파악하지 못해 얼떨떨하기만 했다. 심덕의 예상을 완벽하게 빗나가는 전개였다. 이걸 어떻게 받아들여야 하는 건지 알 수 없었다. 해석되지 않았다. 용문의 속셈이 대체 뭔지 모를 일이었다.

"여기 있습니다."

잠시 후 용문이 돈을 가져와 심덕에게 건넸다. 심덕은 그것을 받지 않고 물끄러미 보기만 했다. 용문이 고개를 갸웃거렸다.

"윤 양?"

용문의 부름에 심덕이 고개를 들어 용문을 보았다. 질문에 대한 답을 찾지 못한 심덕의 커다란 두 눈은 불안하게 흔들리고 있었다.

"혹시 부족한가요?"

"그게 아니라."

"그럼 무슨?"

시작할 말을 찾지 못해 머뭇거리던 심덕이 크게 심호흡한 뒤 용문을 곧게 쳐다봤다. 흔들림 없는 시선이 단정했다. 툭 털어놓고 말을 하기로 결심하자 오히려 마음이 편해졌다.

"이 선생님은 독창회 문제로 지난번에 제가 찾아왔을 때, 목적을 뻔히 아시면서 절 놀리셨어요. 아니라고 하지 마세요. 분명 절 놀리셨어요. 그래서 제가 말을 꺼내지 못하게 만드셨어요. 아마 제 입에서 선생님이 원하는 말이 안 나왔기 때문이라고, 저는 짐작했어요."

"그래서요?"

"그래서 오늘 저는 거래를 하기 위해 왔어요. 선생님께 원하는 말씀을 들려드리고 제가 원하는 걸 받으려구요. 그런데 선생님은 이번엔 아무 조건 없이 돈을 융통해 주시네요. 지난번엔 안 됐던 게 왜 이번엔 되는 건지 납득이 안 가요. 제게 원하는 게 있지 않으신가요?"

용문이 웃음을 터뜨렸다. 꽤 즐거워 보이는 얼굴을 숨기지 않은 채 용문이 심덕을 비스듬히 바라봤다.

"내가 뭘 원한다고 생각하죠?"

"저랑 자고 싶으시잖아요."

잠시의 망설임도 없이 곧장 튀어나오는 대답에 용문은 조금 놀란 듯했다.

"윤 양은 그럼 지난번엔 내가 윤 양과 자지 않아서 돈을 융통해 주지 않았다고 생각했겠군요."

"맞아요."

"이번엔 역시 자주지 않는데 왜 돈을 주는지 궁금한 거고."

"네."

"재밌네요, 윤 양. 윤 양, 정말 재밌어요."

용문은 진심으로 즐거워 보였다. 그 얼굴을 보자 심덕은 약이 올랐다.

"윤 양의 예측은 반은 맞고 반은 틀렸어요. 일단 지난번에 윤 양을 놀린 건 맞아요. 미안합니다. 대놓고 거절하면 관계가 불편해질까 봐 그런 건데 그게 오히려 더 불쾌했을 수도 있겠군요. 내 생각이 짧았어요. 하지만 그때의 거절과 이번의 수락은 궤를 같이해요. 별개의 건이 아닙니다."

"무슨 뜻이죠?"

"윤 양, 나는 문화 후원자이지만 동시에 사업가예요. 나는 돈이 되는 일에만 투자합니다. 미안하지만 윤 양의 지난번 독창회는, 한 사람의 팬의 입장에선 대단히 좋았습니다만 투자 가치는 없었어요. 실패할 게 뻔한 기획이었죠. 그래서 나는 투자하고 싶지 않았습니다. 하지만 기성 군의 유학비는 달라요. 기성 군은 장래가 촉망되는 학생입니다. 충분히 투자 가치가 있는 일이죠. 그래서 나는 이번엔 투자하기로 결정한 것입니다."

졌다. 심덕은 자신의 패배를 재빠르게 인정했다. 얼굴에 화끈 열이 올랐다.

"윤 양에게 내가 관심이 많은 것도 사실입니다. 맞아요. 사내로서의 욕망이 있어요. 하지만 치졸하게 그 욕망을 충족시키기 위해 그걸 조건으로 거래하는 비열한 짓 따윈 안 합니다. 고작 그 정도밖에 안 되는 사내처럼 보였다면, 오히려 내가 유감이군요."

"아니에요. 제가 실례를 범했어요. 오해했습니다. 죄송해요."

"아니에요. 충분히 오해할 만한 일이죠. 괜찮습니다. 사과하지 말아요."

용문은 끝까지 예의 발랐다. 심덕은 부끄러워 쥐구멍에라도 숨고 싶었다.

대체 무슨 정신으로 헤어져서 집으로 돌아왔는지 심덕은 기억나지 않았다. 정신을 차려보니 심덕은 집 마루에 멍청하게 앉아 있었다.

"누나?"

늦은 오후 기성이 집에 돌아와서 부를 때까지 심덕은 넋이 나가 있었다.

"어?"

"왜 그러나? 무슨 일 있나?"

"아냐. 마침 잘 왔다. 찾으려던 참이었어."

심덕이 기성에게 돈을 건넸다. 방금 용문에게서 받은 500원이었다.

"어디서 났어?"

"어디서 났어. 유학 준비 착실히 하라."

"고마워."

기성은 더 이상 묻지 않았다. 어디서 났는지 모르지만, 돈이 생겼다. 기성에겐 그것만 중요한 듯했다.

"참 부모님 내일 올라오신다네."

"뭐? 내가 좀 늦추라고 하지 않았어."

"나 유학 가면 한동안 못 보신다고 그동안 같이 있고 싶으시다는데 어쩌나. 벌써 기차표를 사셨대."

"너이가 말렸어야지! 지금 상황이……."

"왜? 돈이 없어?"

언제 나타난 건지 기성의 뒤에서 불쑥 고개를 들이민 성덕이 얄밉게 물었다.

"누가 돈이 없다나? 겨울에 노친네들 올라오면 귀찮으니 그러지."

"집에만 계시라고 하지, 뭐."

무심히 대꾸하며 기성이 나갔다. 성덕은 여전히 무엇인가 맘에 안 드는 듯 입을 삐쭉거렸다.

"참 남보다 못하다."

속이 상한 심덕이 성덕을 노려보며 혼잣말처럼 내뱉었다.

"넌 그렇게 내가 망했으면 좋겠니? 내가 잘돼야지, 내가 망해서 너한테 좋을 게 무어야?"

"내가 언제 언니가 망했으면 좋겠대?"

"아니면?"

"난 언니가 나랑 비슷해졌으면 좋겠어."

"뭐?"

"나랑 비슷해지는 게 언니 입장에선 망하는 거이가? 언니야말로 참 재수 없다."

"나랑 비슷해지고 싶으면 심술부리지 말구 니가 노력하면 되지 않아."

"내가 노력하는 것보다 그 사람을 끌어내리는 게 더 쉽지 않아."

"못된 심보다. 그렇게 마음먹으면 너한테 뭐 좋을 줄 아니?"

버럭 고함을 지른 뒤 심덕이 방문을 닫았다. 평정심을 잃었다. 성덕이 저러는 건 하루 이틀이 아니었다. 평소엔 성덕이 아무리 시비를 걸어도 그 모습이 재능 있는 언니에게 치여서 삐뚤어져 버린 불쌍한 동생처럼 보여서 짜증은 좀 나도 마음이 상하진 않았다. 하지만 이젠 정말 서운하고 화가 났다. 그 정도로 심덕은 약해져 있었다.

내일 부모님이 오신다. 홀로 지고 있는 삶의 무게만으로도 충분히 무거워서 숨이 턱턱 막히는데 거기에 더한 무게가 얹어진다니 갑갑했다. 수중엔 돈이 한 푼도 없는데 네 식구를 책임져야 했다. 이젠 정말 구걸을 하러 나가야 할 판이었다.

밤사이 내린 눈으로 이용문의 집으로 가는 길은 꽁꽁 얼어 있었다. 어제보다 한층 더 비참한 기분으로 심덕은 그 길을 조심히 걸었다. 오늘은 가서 또 무슨 말을 해야 하나, 암담했다. 하지만 다른 이를 찾아가는 건 더 자존심이 상했다. 다 놓아버리자 가장 불편했던 상대가 이젠 가장 믿음직해졌다. 우스운 일이었다.

"어, 어어어!"

조심히 걷기 위해 애썼으나 빙판길 위에서 하이힐은 역시 무리였다. 심덕은 결국 균형을 잃고 비틀거렸다. 미끄러지지 않으려고 온몸을 버둥거렸으나, 노력이 무색하게 쌓인 눈 위로 처박히고 말았다. 애써 차려입은 옷에 온통 지저분한 흙과 눈이 묻어 엉망진창이 되고 말았다. 제 꼴이 기가 막혀 심덕은 미친년처럼 헛웃음이 새어 나왔다.

이런 꼴로 용문을 찾아간다면 정말 거지로 보일 게 틀림없었다. 가서 각설이 타령을 해야 할 판이었다. 이 상태에서 용문에게 돈을 받는다면 그건 정말 구걸이 될 것이다. 참담했다.

"아이고, 괜찮응교?"

그때 지나가던 사내가 눈덩이에 처박힌 심덕에게 다가왔다. 혼자 일어서기가 어려워 심덕은 어쩔 수 없이 사내의 손을 붙들고 일어섰다.

"감사합니다."

"아이고, 눈 오는 날 이래 입고 다니니 엎어진다 아이가. 이래가꼬 계속 가겠나? 요 앞이 우리 집인데 잠시 들러서 거 먼지라도 털고 가소."

몸에 묻었던 눈이 녹으면서 얇은 코트를 걸친 심덕의 실루엣이 고스란히 드러났다. 사내는 부끄러운 줄도 모르고 심덕의 몸을 눈으로 더듬었다. 심덕이 황급히 사내에게서 손을 빼냈다.

"괜찮습니다. 요 앞이 집이에요."

"요 앞 어데?"

"저기요."

심덕이 당당히 용문의 집을 가리켰다. 사내가 입맛을 다시며 물러났다.

"고마 조심해서 가소."

"네. 감사합니다."

계속 하이힐을 신고 걸었다간 더 못 볼 꼴을 당할 것 같아 일단 심덕이 구두를 벗었다. 발바닥에 차가운 얼음이 닿자 온몸이 부르르 떨렸다. 넘어지지 않도록 조심하며 천천히 걸어가던 심덕이 갑자기 우뚝 자리에서 멈춰 섰다.

"구걸이 아니면 되잖아."

용문의 돈이 필요했다. 하지만 구걸하고 싶진 않았다. 동정을 받는 건 질색이었다. 그런 식으로 용문이 우위에 있게 만들긴 싫었다. 그 남자가 자신을 통해 자신을 괜찮은 사내로 자위하는 건 끔찍했다. 호의는 곧 권리가 될 것이고, 그 남자는 심덕에게 제 지분이 있다 생각하고 마음대로 휘두르려 할 것이다. 그리되도록 내버려 둘 순 없었다.

그래, 그렇다면 구걸이 아니게 만들면 될 일이다. 성덕의 말대로 아무리 애를 써도 같아질 수 없다면, 끌어내리면 된다. 상대를 끌어내리는 건 내가 올라가는 것보단 훨씬 쉬우니까 말이다.

심덕이 주변을 두리번거렸다. 담장 위에 깨끗한 흰 눈이 소복하게 쌓여 있었다. 심덕이 그 눈을 한 움큼 쥐었다. 그리고 코트 깃을 열어 블라우스 속으로 눈을 집어넣었다. 갑작스럽게 찬 얼음이 가슴에 닿자 심장이 찌르르 울렸다. 이를 악물고 참으며 두 번, 세 번, 얼음을 옷 속에 집어넣었다. 블라우스가 이내 흠뻑 젖어 몸에 달라붙었다. 누가 봐도 눈길을 심하게 뒹군 사람이었다. 새하얗게 질린 입술로 심덕이 온몸을 덜덜 떨며 용문의 집을 향해 걷기 시작했다.

"아니, 대체 이게 무슨 일입니까?"
"죄송해요. 오다가 빙판길에 크게 넘어져서."
말하는 동안에도 덜덜 떠느라 이가 몇 번이나 딱딱 부딪혔다. 용문이 다급히 담요로 심덕의 온몸을 감싼 뒤 거실 가운데 놓인 난로 앞으로 데려갔다.
"다친 곳은 없어요?"
"발목이 좀 욱신거리긴 하는데."
"일단 여기 앉아요. 이봐, 따뜻한 물수건 최대한 많이 만들어 와."
"네."
심덕은 난로 앞에 앉아서도 계속 덜덜 떨었다. 점점 핏기를 잃어 창백해져 가는 심덕의 얼굴을 보며 용문은 진심으로 어쩔 줄 몰라 했다.
"병원 가야 하는 거 아닙니까?"
"추워요."

"몸이 아직 안 말라서 그래요. 담요를 더 가져올까요?"

용문이 열을 내기 위해 심덕의 팔을 세게 비볐다. 두 사람의 숨결이 마주쳤다. 심덕이 제 이마를 용문의 어깨에 기댄 채 아이처럼 비비며 슬그머니 움켜쥔 담요를 놓았다. 담요가 흘러내려가며 심덕의 젖은 어깨가 드러났다. 흠뻑 젖은 블라우스는 이미 옷으로서의 기능을 하지 못하고, 드러내선 안 될 심덕의 속살을 고스란히 보여주고 있었다. 심덕의 양팔을 쥔 용문의 손이 바르르 떨렸다. 용문의 심장이 뛰고 있는 게 느껴졌다. 잔뜩 긴장했던 마음이 그제야 놓이면서 심덕의 몸이 나른하게 풀렸다. 자연스레 심덕이 제 체중을 용문에게 실으며 기대자, 용문이 심덕을 껴안듯이 붙잡았다.

"이 선생님."

언제쯤일까, 언제쯤이 가장 좋을까, 쉼 없이 계산하며 가늠하고 있던 사내였다. 찰랑거리는 잔이 넘치는 데는 단 하나의 물방울이면 충분했다. 심덕의 숨결이 목에 닿자 용문이 몸을 부르르 떨었다. 이내 용문이 심덕을 거세게 껴안았다.

"윤 양, 나는!"

떨리는 손이 심덕의 흰 목을 감싸 쥐었다. 심덕이 낭창하게 용문의 품에 안겼다. 용문이 다급하게 심덕의 입술에 제 입을 비볐다. 몸에 착 달라붙은 심덕의 블라우스가 용문의 손에서 찢기듯 벗겨졌다. 드디어 동정이 아닌 거래가 두 사람 사이에서 이루어지기 시작한 순간이었다.

5장
평양, 그리고

상철이 경성역에 도착했을 땐 시원스레 비가 내리고 있었다. 늦여름 밤을 식혀주는 소나기였다. 비 때문에 발이 묶인 이들은 역 근처에 삼삼오오 모여 담배를 피우는 중이었다. 상철이 그들 틈에 섞여 들었다.

빗소리를 음악 삼아 담배를 태우면서 상철은 기사로 쓸 내용을 머릿속으로 정리했다. 충분한 자료 조사를 근거로 하여 나온 결론은 상철의 마음에 쏙 들었다. 어느 것 하나 억지스럽지 않게 딱 떨어졌다. 다만 과연 석구가 이것을 쓰라고 허락해 줄 것인가가 걱정될 뿐이었다. 석구는 심덕과 우진이 연인이라 믿고 있었다. 내려간다고 우기니 우는 아이에게 떡 하나 주는 심정으로 그러라, 허락하며 뭐든 조사해 오라고 했지만 속으로는 아직 밝혀지지 않은, 아무도 모르는 그들의 이야기를 상철이 찾아오길 기대하고 있을지도 모른다. 상철이 실망해서 '형 말이 맞았어요'라고 하기를 기다리는 중일 수도 있다. 그런 석구에게 둘이 연인이 아니라는 기사를 쓰겠다고 하면 뭐라고 할까. 정신병원에나 가라며 쌍욕을 퍼부을 가능성이 농후했다. 담배를 비벼 끄며 상철이 머리를 벅벅 긁었다. 한바탕 석구와 언쟁을 벌일 생각을 하니 벌써부터 피로했다.

누가 양동이로 퍼붓는 것처럼 비를 쏟아내던 하늘은 얼마 지나지 않아 언제 그랬냐는 듯이 말갛게 갰다. 열기가 식은 밤공기는 서늘했다. 상철은 비 온 뒤 팬 땅에서 올라오는 흙냄새와 거리 곳곳에 생긴 물웅덩이에서 나는 물비린내를 좋아했다. 집으로 가려던 발걸음을 돌려 신문사 앞의 단골 선술집으로 향했다. 이런 날엔 따끈하게 데운 정종이 당겼다.

마감이 끝나는 시간이면 신문사 앞 선술집엔 기자들로 북적였다. 집으로 가기 전 한잔 마시고 가는 게 관례였다. 하지만 오늘은 어쩐 일인지 선술집이 한산했다. 석구만이 구부정하게 앉아 홀로 술잔을 기울이고 있었다.

"왜 혼자 이러고 있수?"

고개를 숙이고 있던 석구가 눈만 들어 제 앞에 앉은 이를 확인했다.

"넌 이제 올라왔냐."

"네, 방금요."

"비 와서 다 일찍 집에 갔다. 여기, 이 바닥 질척한 게 싫댄다. 부르주아들."

배수 시설이 좋지 않은 데다 지붕도 헐거운 선술집은 비 오는 날이면 위에선 비가 샜고 바닥엔 홍건히 물이 고였다. 하긴 생각해 보면 하나같이 부잣집 도련님들이니, 이런 것이 익숙지 않은 게 당연했다. 몇 년 전 동경 유학생 음악회에서의 기억이 떠오른 상철이 쓰게 웃었다.

"저녁은? 못 먹었지? 끼니 될 만한 거 시켜라."

"형님은 왜 집에 안 가요?"

"애새끼가 감기야. 쪼꼬만 게 밤새 운다."

"그럼 얼른 가봐야 하는 거 아니오?"

"내가 간다고 애가 낫냐? 애 하나에 어른 둘이나 붙어 있어서 뭐하게. 그냥 퍼마시고 들어가서 고꾸라져 자주는 게 도와주는 거야."

"아비가 되어서는 그게 할 말이요?"

"이게 연애도 제대로 못 해본 놈이 어디서 훈수야. 니가 결혼이 뭔지 알기나 하냐?"

불퉁해진 상철의 입이 매기처럼 툭 튀어나왔다.

"뭐? 안 시켜? 그럼 내 맘대로 시킨다? 아줌마, 여기 파전이랑 막걸리……."

"구운 명란이랑 정종이요. 따끈하게 데워서."

제 말을 가로채 주문하는 상철을 석구가 제법 의외라는 듯이 쳐다보았다.

"새끼, 넌 흙이나 퍼먹게 생긴 게 꼴에 꽤 먹을 줄 안단 말이지. 어째 이런 날 데운 정종을 찾냐. 용하네."

"뭐 연애도 제대로 못 해본 놈은 먹을 줄도 모른대요?"

퉁명스러운 상철의 대꾸에 석구가 키들거렸다. 의외로 덩칫값 못하고 소심한 것도 나름 매력이라면 매력이었다. 그사이 따끈하게 데운 정종 한 주전자와 고소한 참기름 냄새가 코끝을 자극하는 구운 명란이 나왔다. 석구가 잔에 술을 따라주었다.

"그래, 목포에서 뭐 좀 찾았냐?"

"찾긴 했는데 그게 형님이 원하는 건지는 모르겠습니다."

"내가 원하는 게 뭔데?"

"윤 양이랑 김우진이 연인이었다는 증거요."

"난 그거 원한다고 너한테 말한 적 없다."

"네?"

"니가 무작정 취재하겠다고 내려갔지, 내가 보냈냐? 시키지도 않는 일을 하겠다고 했으면 니가 조사해 온 걸 나한테 브리핑해야지 뭘 내가 원하고 말고를 찾아? 난 그냥 제대로 조사해 오라고만 했다."

제 예상이 그저 제 발 저린 도둑놈의 지레짐작에 불과했다는 것이 기뻐서 상철은 바보처럼 입을 헤 벌리고 웃었다. 그 꼴을 제대로 봤다면 틀림없이 한 소리를 했을 텐데, 안타깝게도 석구는 구운 명란을 먹기 바빠 상철의 반쯤 풀어진 얼굴을 보지 못했다. 어금니로 명란을 터뜨리느라 석구의 발음이 뭉개졌다.

"그리고 너 없는 동안 경성 바닥이 몇 번이나 뒤집어져서 이젠 윤 양 죽음에 대해 단언할 수 있는 건 아무것도 없어진 지 오래야."

"그게 무슨 말입니까?"

"아, 그러고 보니 너 김철진 취재했냐? 김우진 동생."

"아니요."

"뭐야, 목포까지 내려갔는데 김철진을 못 잡았어? 그럼 부인은? 김우진 부인은 만났지?"

"김우진 가족은 접근 불가였어요. 동네 사람들이 외지인이라고 김우진 집도 안 가르쳐 주려고 합디다. 고향 사람들이. 분위기가 얼마나 살벌했는데 거기서 가족 취재한다고 나섰다간 나 얻어맞고 쫓겨났을 거요."

이빨에 눌어붙은 명란 찌꺼기를 혀끝으로 떼어내며 석구가 신경질을 냈다.

"아씨, 어찌나 귀신같이 움직이는지 경성에 올라온 김철진을 모든 신문사 기자들이 다 놓쳤다고. 너는 목포까지 갔으니 잡을 줄 알았는데, 네가 인터뷰해 올 거라고 내가 다른 기자들한테 얼마나 큰소리를 쳤는데 니가 놓치면 어떡하냐. 조선 팔도를 다 뒤집은 주인공인데, 아씨."

"조선 팔도가 왜 뒤집혔대요?"

"김철진이 총독부에 올라와서 그 죽은 사람이 제 형일 리가 없다고 한바탕 난리를 치고 나서는 제 형 시체에 현상금을 무려 오백 원이나 걸었어. 오백 원. 그래서 부산 일대 어부들이 근처를 싹 다 훑고 아주 난리가 났다고."

석구는 손가락 다섯 개를 쫙 펴서 상철의 눈앞에 흔들며 놀라워했지만 이미 우진의 본가를 보고 온 상철은 별로 놀랍지 않았다.

"안 놀랍냐?"

"놀랄 일도 썠다. 그래서 시체는 찾았어요?"

"못 찾았지. 아직도 못 찾고 있지. 현상금에 눈먼 어민들이 생업을 작파하고서 그 근처 바다를 다 뒤지고 다니는데도 없댄다. 정체불명 신원 미상 시체들만 수두룩이 건지고 있다더라."

"계속 못 찾으면 어쩐대요? 현상금을 그보다 더 올릴 수도 없을 테고."

"이런 멍청한 놈. 야, 김철진은 제 형이 절대 죽었을 리가 없다고 단언하면서 그 현상금을 건 거야. 총독부에 간 것도 뭔가 잘못됐으니 재조사해 달라고 하러 간 거라고. 아주 확신에 차 있어, 자기 형은 죽었을 리 없다고. 대체 무슨 근거로 저리 자신하나 궁금해서 기자들이 걜 잡으려고 한 건데 아깝게 놓쳤지."

그리 먼 형제 사이는 아니었나 보다. 형이 죽었을 리 없다고 자신할 정도면 제 형의 성정에 대해서 잘 아는, 우애가 도타운 관계였던 모양이다. 상철이 무심히 고개를 끄덕이며 정종을 홀짝였다. 시큰둥한 상대의 반응에 약이 오른 석구가 버럭 성질을 냈다.

"너 진짜 왜 안 놀래나?"

"나 목포에 놀러 갔다 왔수? 다 알고 있는 거라 하나도 안 놀랍수다."

"너 김철진 인터뷰 못 했다며?"

"김철진 인터뷰 못 해도 그 정도는 다 아는 수가 있어요."

그제야 석구의 눈이 휘둥그레졌다.

"너 뭐야, 너 뭐 가져왔어?"

몸을 바싹 당겨 앉아 코앞에 제 얼굴을 들이미는 석구를 피해 상철이 몸을 뒤로 쭉 뺐다.

"일면, 묻지도 따지지도 않고 나한테 줍니까?"

"뭐?"

"준다고 하면 말해주고요. 되게 재밌는데."

제법 배짱을 튕기는 상철을 석구가 팔짱을 낀 채 눈을 가늘게 뜨고 노려봤다. 진짜인지 구라인지 구분하려는 모습이었다. 여유롭게 석구의 시선을 받으며 상철이 마지막 잔을 채웠다.

"진짜 제대로 찾은 거야?"

"월척이에요."

석구가 다리를 달달 떨기 시작했다. 긴장하면 나오는 특유의 버릇이었다. 상철이 술이 가득 찬 잔을 내밀었다. 잔을 받아든 석구가 단숨에 들이켰다.

"말해봐."

"일면."

"야, 이 씨. 약장사도 물건이 뭔지 보여는 주고 약을 판다. 냄새라도 풍겨야 흥정을 해서 값을 매기지. 아무것도 없는데 돈을 내놓으라니, 날강도냐? 어?"

상철이 입을 삐죽였다.

"듣기만 하고 튀려고."

"내가 너냐? 이게 사람을 어디에다가 취직시켜? 아 싫음 말고."

아쉬운 사람이 지는 게 아니라 기세에서 밀리는 게 진짜 지는 거라는 걸 석구는 알고 있었고, 상철은 몰랐다. 그래서 늘 아쉬운 쪽은 석구이었으나 지는 쪽은 상철인 우스운 결과가 나오곤 했다.

"김우진, 이용문이랑 비교도 안 되는 갑부예요."

"뭐?"

"김우진 본가 완전 대궐이에요. 현금이 넘쳐나는 알짜배기 알부자인 데다가 김우진은 그 재산을 고스란히 물려받을 적장자였구요. 다들 지껄이는 것처럼 심덕 씨랑 김우진이 순회극단이나 혹은 가족 음악회부터 사귄 연인이었다면, 심덕 씨가 뭣 하러 이용문과 위험한 거래를 했겠어요? 그런 부자 애인을 두고."

"뭐 적장자여도 여윳돈이 없을 수 있잖아. 부자 애인인데 돈을 안 주니까 빡쳐서 보란 듯이 이용문이랑 놀아났을 수도 있지."

"완전 현금박치기로 땅 장사하는 집이에요. 김우진 취미가 뭐였는지 알아요? 물 건너 아일랜드 소설 사보는 거였어요. 그게 여윳돈이 없는 사내가 가질 만한 취밉니까? 애초에 그 부친은 아들에게 경제권 다 넘긴 채 느긋하게 여행이나 다니며 노후를 즐겼다고 합디다. 그러니까 그 재산이 다 김우진 거였다구요. 근데 자기 애인을 그렇게 됐겠습니까? 심덕 씨 성격에 그런 애인을 써먹지 않았을라구요?"

수긍한 듯 고개를 끄덕이면서도 석구는 여전히 좀 미심쩍은 얼굴이었다.

"그것뿐이야?"

"심덕 씨와 김우진은 공식적으로 딱 두 번 만났어요. 순회극단과 가족 음악회, 맞죠?"

"그렇지."

"김우진은 사업에 바빠 경성에 올라오지 못했어요. 윤 양 역시 목포에 갈 여유가 없었구요. 그래서 다들 편지를 주고받으며 두 사람이 사랑을 키웠을 거라고 하죠."

"그렇지."

"그거 아니에요."

"뭐가 아니야?"

"두 사람이 주고받은 편지 같은 거 하나도 없다구요."

"야, 그걸 니가 어떻게 알아? 누가 연애편지를 동네방네 소문내면서 주고받냐?"

"김우진이 사는 동네는 마을 사람들끼리 유대감이 고송보다 깊고 소문은 바람보다 빠른 시골이에요. 제가 그런 데서 자라서 잘 압니다. 그런 동네 최고 유지의 일거수일투족은 공공재예요. 마누라랑 싸운 거는 물론이거니와 어디서 방귀 뀌었는지까지 소문이 퍼진다구요. 길 지나가다 기생이랑 눈만 마주쳐도 사람들 입에 오르내려요. 그런 곳에서 김우진이 꾸준히 외지에 있는 어떤 여자와 편지를 주고받았다면, 우체국에서부터 말이 새서 온 동네에 소문이 열 바퀴는 돌고도 남았을 겁니다. 그런데 그런 이야기 전혀 없었어요. 혹시나 해서 우체국에 가서 우편물 열람까지 해봤어요. 기록된 것들 중에 심덕 씨와 관련된 거 전혀 없었습니다. 다 그놈의 아일랜드 소설, 희곡을 받은 기록뿐이었어요. 뭐 하긴 난 애초에 심덕 씨가 편지로 사랑을 주고받았다는 것도 안 믿었수. 말도 안 되잖아요. 심덕 씨 글솜씨, 알잖아요? 글을 그것밖에 못 쓰는 여자가 연애편지를 주고받으며 사랑을 키웠다구요? 그래도 그 남자 명색이 작가인데? 김우진이 심덕 씨 글을 읽었다면 만정이 떨어졌을걸."

"그럴싸하다."

고개를 끄덕이던 석구가 좋은 생각이 난 듯 손뼉을 마주쳤다.

"이거 지금 도는 풍문이랑 엮으면 아주 기가 막히겠다."

"무슨 풍문이요?"

"김철진이 내려간 뒤에 연이어 조명희가 명치정 다방에 나타났거든."

"조명희면……."

"김우진이랑 제일 친한 친구. 가장 마지막까지 연락을 주고받은 인물이래. 가출한 김우진이 죽기 직전까지 서찰을 써서 보냈을 정도니까 김우진의 마지막을 아는 인물 중 하나라고 할 수 있지. 그런 중요한 인간이 부고를 듣자마자 곧장 달려와서 한 첫마디가 뭔 줄 아냐?"

"뭡니까?"

"김우진은 자살했을 리 없다. 그리고 김우진과 심덕은 연인 사이가 아니었다."

상철이 입을 딱 벌렸다. 상철의 주장에 힘을 실어주는 인물이 최초로 나타난 것이다. 게다가 같이 동거했던 인물의 증언이니 신뢰할 만했다.

"그러면서 여기도 분위기가 좀 바뀌었지."

"어떻게요?"

"뭐, 아직 대세는 아니지만 그래도 조금씩 사람들 사이에서 이게 다 윤심덕이 짠 판 아니냐는 이야기가 나오고 있어."

두근두근, 기대감을 품은 상철의 가슴이 뛰기 시작했다.

"그러니까 니가 조사한 거랑 잘 엮으면 기가 막히지. 쇼의 여왕 윤심덕이 재기를 위해 세상을 놀라게 할 깜짝 쇼를 벌인 거라고 하면, 어떠냐?"

"내가 그 여자 안 죽을 여자라고 하지 않았습니까!"

흥분하여 고함을 지르는 상철의 목덜미가 벌겋게 달아올랐다. 신이 난 상철의 얼굴을 보며 석구가 고개를 삐딱하게 기울였다.

"야, 근데 아직까지는 뭔가 부족해. 단지 재기를 위해서라고 하기엔 좀 미심쩍거든. 윤심덕이 죽었다 살아왔을 때 그로 인한 직접적인 이득이 있으면 딱인데 말야. 아직 결정적인 한 방이 없어. 지금 차라리 백조회를 하고 있다고 하면 티켓을 팔려고 쇼를 벌였다는 게 말이 될 텐데."

입맛을 다시며 석구가 주머니를 뒤적여 담배를 꺼냈다. 막 담배에 불을 붙이려는 순간, 상철이 석구의 손을 붙잡았다.

"음반."

툭, 불이 붙지 않은 담배가 바닥으로 떨어졌다.

"음반이 있잖아요. 음반을 녹음하러 일본에 간 거잖아요. 그 음반 녹음하러 간다고 할 때 사람들이 뭐랬습니까? 기생으로 쳐도 퇴물인 계집이 녹음한 노래를 누가 듣느냐고 하지 않습니까. 하지만 이런 상황이라면 앞으로 나올 심덕 씨 음반은 다들 사서 듣겠죠. 대단히 히트할 겁니다, 그 음반."

"그거다, 그거야! 음반의 히트를 위해서 꾸민 일인 거지!"

흥이 난 석구가 엉덩이를 들썩였다. 그러다 갑자기 인상을 잔뜩 찌푸리며 상철을 보았다.

"그럼 김우진은 왜 엮였지?"

윤심덕의 이유는 그럴싸했다. 한데 김우진은 왜 심덕의 이 깜짝 쇼에 동참하게 된 걸까. 다시 두 사람의 분위기가 가라앉았다. 언제 신났냐는 듯 우거지상이 된 두 사람이 각각 천장과 벽을 바라보며 한동안 말이 없었다. 입술을 잘근잘근 씹으며 고민하던 상철이 좋은 생각이 난 듯 고개를 획 돌렸다.

"김우진은 돈이 필요했을 겁니다."

"김우진이? 왜? 엄청난 부자라며?"

"가출이었어요. 상속을 포기하고 혈혈단신 홀몸으로 가출한 거였어요. 예술을 하고 싶어 했던 김우진은 반대하는 부친과 10년 넘게 갈등 중이었어요. 그러다가 결국 제 길을 가겠다고 집을 나온 겁니다. 그러니 수중에 돈이 있었을 리 없죠. 아마 부친은 아들을 집으로 돌아오게 하기 위해 땡전 한 푼 보내지 않았을 겁니다. 부잣집 도련님 김우진은 난생처음 겪어보는 생활고에 당황했을 거구요."

"그러니까 김우진은 돈이 없어서 자살했다?"

"에이, 그게 아니죠. 돈이 없으니 심덕 씨의 계획에 협조한 거죠. 돈을 받는 대가로. 김우진 입장에서도 나쁠 게 없죠. 쇼가 끝난 뒤 짠, 하고 살아 돌아온다면 김우진 이름 석 자도 유명해지는 거 아닙니까. 소설가로 성공하고 싶어 하는 김우진에게 그러한 유명세가 나쁜 건 아니잖습니까."

"그렇지. 게다가 김우진은 희곡 작가니, 히트를 치기 위해선 더더욱 대중의 관심이 필요하지."

"아다리가 딱 맞아떨어지지 않습니까?"

"그래. 괜찮다. 좋아."

신이 나서 몸을 들썩이며 술잔을 채우려던 석구는 술 주전자가 빈 것을 보고 술과 안주를 추가로 주문했다. 새 술과 안주가 나오는 동안 상철은 머릿속으로 기사문을 썼다. 마치 꿈꾸는 소년과도 같은 상철의 얼굴을 보며 석구가 피식 웃었다.

"정신 차려라. 술 나왔다."

새로 나온 정종으로 잔을 채운 뒤 두 사람은 건배했다.

"축하한다. 소원 성취했네. 윤 양은 절대 죽었을 리가 없다고 하더니."

"내 말이 맞죠? 딱 맞아떨어지잖아요."

"야, 그럭저럭 말이 되긴 하는데 그렇게까지 딱 맞아떨어지는 건 아니다."

"뭐가 아닌데요?"

"관부연락선! 그 증인들은 뭐야?"

"그거야 몇 사람 매수하면 간단한 일 아닙니까. 그게 뭐 어려운 일이라고. 게다가 어두운 밤이었다면서요. 뭐 허수아비 같은 거 만들어서 바다에 빠뜨렸다면 사람처럼 보이지 않았겠어요?"

뭐 그렇게 보자면 그럴 수도 있었다. 석구가 고개를 끄덕이며 수긍하는 것처럼 보이자 상철이 자신만만한 표정으로 말을 이었다.

"내 생각엔 이거 음반 회사가 짠 판이에요. 이 정도 사이즈를 심덕 씨 혼자 했을 리 없잖아요. 김우진까지 엮은 거 보면 이건 밑그림 그린 사람이 따로 있는 게 분명해요."

"그래서 기세 형이 사라졌나?"

"그렇지. 괜히 사람들이 캐물으면 난처해질까 봐 잠적한 거 아니겠수?"

하지만 상철의 말에 맞장구를 치는 와중에도 석구는 좀 불퉁했다. 물론 지나치게 흥에 겨운 상철은 석구의 가라앉은 분위기를 눈치채지 못했지만 말이다.

"이 기사 내보내고 반응 좋으면 후속으로 그 음반 회사 취재하는 거 어때요? 대판에 있댔나?"

"뭘 거기까지 가냐. 그 전에 윤 양이 돌아올 수도 있잖아. 네 말이 맞는다면, 니 기사 보고 찔려서 좀 빨리 돌아올지도 모르지."

자신의 기사 때문에 윤심덕이 돌아온다니. 생각만 해도 짜릿했다. 상철의 얼굴이 상기됐다. 아무도 알아채지 못한 것을 가장 먼저 알아챈 게 상철이라는 걸 알게 된다면 심덕은 어떤 표정을 지을까. 어떻게든 조금이라도 특별해져서 심덕의 눈에 띄고 싶었는데 이런 일로 주목받게 될 줄은 몰랐다.

어느새 상철은 돌아온 심덕과 악수하며 이야기 나누는 것을 상상하고 있었다. 그저 생각만으로도 가슴이 떨렸다. 심덕은 뭐라고 할까. 기자님은 알아맞힐 줄 알았어요, 라고 할까 아니면 기자님이 알아맞힐 줄은 꿈에도 몰랐어요, 라고 할까. 어느 쪽이든 행복하고 유쾌했다.

"이 새끼 또 무슨 생각을 하길래 맛탱이가 간 거야."

신이 난 상철을 보며 석구는 혀를 찼다. 마냥 기쁜 기색을 숨기지 못하는 상철과 달리 석구의 머릿속은 그 어느 때 다 복잡했다.

　상철이 가져온 정보는 그럴싸했고, 이야기의 아귀도 제법 그럴듯한 모양새로 맞아떨어졌으나 그럼에도 석구는 이 내용을 기사화하는 게 과연 옳은 일일까 고민스러웠다. 윤심덕과 김우진, 그들은 '공식적으로' 죽었다. 그리고 그 죽음의 기사를 쓴 건 다름 아닌 본인이다. 한데 며칠 만에 그 죽음을 부인하는 기사를 같은 신문사에서 낸다는 게 과연 괜찮은 걸까 걱정이 되었다. 잘못하면 신문사 자체가 가벼워 보일 수 있었다. 게다가 당사자인 김우진 집안에서 강력히 반발하고 있긴 했으나 두 사람이 죽지 않았다는 '물증'은 아직 없었다. 그저 심증과 주위 사람들의 증언뿐이었다. 단지 이것만으로 '죽지 않았다'는 내용의 기사를 쓴다면 자칫 루머를 공식적으로 인정하는 꼴로 보일 위험이 있었다. 어쨌거나 이 모든 건 그저 이야기하기 좋아하는 사람들의 가십거리에 불과했으니 말이다.

　"기사 언제 낼 겁니까? 나 언제까지 쓸까요?"

　대단히 의욕적으로 눈을 반짝이는 상철을 보던 석구가 머리를 긁적였다. 버리긴 아까운데 선뜻 집기도 겁이 났다. 계륵이었다. 석구가 주머니를 뒤져 담배를 꺼내 입에 물었다.

　"일면은 안 돼."

　성냥불을 키며 석구가 씹듯이 내뱉었다.

　"형!"

　"야, 엊그제 우리 신문사에서 둘이 죽었다고 기사 냈어. 근데 며칠 만에 둘이 사실은 살아 있다는 기사를 일면에 내자고? 그게 좋은 꼬라지겠냐?"

 이번엔 상철이 주머니를 뒤적여 담배를 꺼냈다. 석구가 제 담뱃불을 옮겨주었다.

 "그리고 죽지 않았다던가, 조작된 쇼 같은 내용은 빼자. 음반 회사까지 건드리는 것도 좀 위험해. 둘이 살아 있다는 물증이 없잖아. 아직은 음모론에 불과하다고. 이런 음모론을 우리 같은 정통 신문에서 다루는 건 아니라고 본다."

 "그래서요? 쓰지 말라구요?"

 "누가 쓰지 말쟀냐. 너는 애가 왜 이렇게 극단적이야. 일단은 니가 조사해 온 것만 써. 둘이 연인이 아니었다. 그건 증거도 확실하고 앞뒤도 딱 떨어지게 좋잖아. 그거부터 쓰자. 일단 이슈를 던져보는 거야. 사람들이 거기에 반응하는 걸 보고 후속 기사를 결정하자고. 연인이 아니었단 기사가 나오면 사람들이 그럼 대체 둘은 왜 엮었나, 관심을 가질 거 아냐. 그러다 보면 죽긴 죽었나, 까지 갈 거라고. 여론이 흘러가는 양상을 보면서 거기에 맞추어 새로운 걸 터뜨리는 거지. 그게 더 낫지 않겠냐?"

 상철의 입이 한 일 자로 굳게 다물렸다. 석구가 상철을 살살 달랬다.

 "그리고 너 이렇게 하는 게 결과적으로 윤 양한테도 좋은 거야."

 "뭐가 좋은 건데요?"

 "야, 너 생각해 봐. 우리가 당장 이 모든 게 윤 양이 벌인 쇼다, 라는 기사를 낸다 치자. 그래서 뭐 윤 양이 반응했다 쳐. 그럼 어떻게 되겠냐? 잘못하면 윤 양이 사기꾼으로 보일 수도 있어. 사람들이 어떻게 죽음을 가지고 장난질이냐, 하고 분노하면 어떡할래? 그럼 너 윤 양은 완전 끝이야, 끝. 재기고 뭐고 간에 이 땅에서 발붙이고 살기가 아예 힘들어질 수도 있다고."

상철의 두 눈이 흔들렸다. 석구가 몸을 바싹 붙여 앉으며 목소리를 낮췄다.

"네 주장대로 윤 양이 죽음까지 불사한 쇼를 했다면 그 이유가 뭐겠냐. 절박해서 그랬을 거 아냐. 너 알잖아. 윤 양이 얼마나 위태로웠는지. 그런데 그걸 도와주진 못할망정 우리가 초치면 되겠냐? 여론을 잘 가지고 놀아야 돼요. 우리가 다 안다고 해서 그걸 한꺼번에 확 다 터뜨리면 안 돼. 그럼 대중들은 혼란스러워한다고. 살살 흘리면서 천천히 피치를 올리는 거야. 그래서 윤 양 이야기가 계속 인구에 회자되고, 결과적으로 '아 그 여자 살아 있으면 좋겠다'라는 마음을 사람들이 가지게 되었을 때!"

석구가 상철의 어깨를 툭 쳤다. 놀란 상철이 움찔하며 석구를 보았다.

"그때 터뜨리는 거야. 사실은 살아 있다고. 그럼 사람들은 기뻐하겠지. 윤 양은 말 그대로 인당수에 몸을 던진 심청이가 살아 돌아오는 것마냥 환영을 받으며 컴백할 거고. 아름답지 않냐? 우리, 아니 네가 그렇게 만들어야지. 그럼 윤 양이 얼마나 너한테 고마워하겠니."

상철이 마른침을 꿀꺽 삼켰다.

"그러니까 판을 잘 짜봐. 네 손에 달린 거야. 어?"

상철이 열심히 고개를 끄덕였다. 석구가 만족스럽게 씩 웃었다.

"그럼 모레 문화면에 싣는 걸로 하고 내일까지 써봐. 일단은 '연인이 아니었다'를 주제로 해서."

"네."

어느새 두 주먹을 불끈 쥔 상철이 의욕을 불태웠다. 술잔을 드느라 고개를 숙이는 척하며 석구가 조용히 웃었다.

⸿

"사기꾼!"

석구 앞에 신문을 내던지며 상철이 씨근덕거렸다. 콧김에서 불이라도 뿜을 기세라 석구가 놀라 움찔하며 자신도 모르게 몸을 뒤로 뺐다.

"사기꾼? 이게 이쁘다 이쁘다 하니까 빠져가지고 선배한테 사기꾼?"

"사기꾼이 아니면 뭐요? 솔직히 말 안 하고 거짓말로 사람 뺑이 치게 했으면 그게 사기꾼이지!"

"내가 널 뭘 속였다고 이래?"

억울해하는 석구의 앞에 상철이 신문을 활짝 펼쳤다. 오늘 자 신문이었다. 인쇄소에서 기다리고 있다가 1등으로 받은 것이었다.

"이봐요! 이런 식으로 당사자한테 말도 안 하고 기사 막 빼도 되는 겁니까?"

상철이 펼친 페이지는 신문의 학예면이었다. 예정대로라면 상철이 쓴 심덕과 우진에 대한 기사가 있어야 할 자리에는 홍영후의 귀국 인터뷰가 실려 있었다.

"이게 뭐야?"

몸을 당긴 석구가 신문을 집어 들었다. 석구의 이마에 내 천 자가 깊게 새겨졌다. 페이지를 눈으로 훑어 내려가는 석구의 두 눈이 갈피를 못 잡고 이리저리 흔들리고 있었다. 전혀 예상치 못한 석구의 반응에 이제 당황한 것은 상철이었다.

"뭡니까, 그 반응은? 설마 몰랐다고 할 건 아니죠? 기사 나는 걸 편집장이 모르면 누가 압니까?"

하지만 이미 상철의 말은 귀에 들리지 않는 건지 석구는 딱딱하게 굳은 표정으로 곧장 전화기를 집어 들었다.

"네, 인쇄소죠? 이거 어제 제가 맡긴 거랑 다르게 인쇄가 되었는데, 어떻게 된 겁니까?"

내내 서 있던 상철이 그제야 의자를 당겨 석구 앞에 앉았다.

"네? 언제요? 아니, 전 연락 받은 거 전혀 없습니다. 네, 네, 네. 네? 네, 알겠습니다. 네."

쾅, 전화기를 신경질적으로 내려놓은 석구가 신문을 움켜쥔 채 자리에서 일어섰다.

"형, 선배, 선배님! 편집장님!"

뒤도 한 번 돌아보지 않고 석구가 곧장 사장실로 향했다. 심상치 않은 분위기에 앉아 있던 기자들이 눈치를 살피며 작게 수군거렸다. 두어 번 제자리를 왔다 갔다 하던 상철이 가만히 있지 못하고 석구의 뒤를 쫓아갔다.

상철이 초조한 발걸음으로 사장실 앞을 서성였다. 지금까지 석구가 모르는 기사가 난 적은 단 한 번도 없었다. 그래서 당연히 상철은 제 기사를 깐 게 석구일 거라고 확신하며 대단히 배신감을 느꼈다. 자신의 앞에선 좋다고, 써보라고 하더니 몰래 기사를 삭제한 것이 더할 나위 없이 치사하게 느껴졌던 것이다. 한데 석구의 반응을 보면 그 기사를 뺀 건 석구가 아닌 듯했다. 그렇게 화가 난 석구의 얼굴은 처음이었다. 짜증을 부리거나 욱해서 버럭 하는 얼굴은 본 적이 많았지만 그리 진지하게 굳은 건 처음 봤다.

하긴 화가 날 만한 일이었다. 아니 단순히 화가 나는 게 아니라 모욕적이기까지 했을 것이다. 편집장도 모르게 신문에서 기사가 임의로 삭제되고 대체되는 건 있을 수 없는 일이다. 석구가 바르르 떨며 분노하는 게 당연했다.

신문이 발간되고 나서부터 윤전기를 세우고 기사의 어디부터 어디까지 삭제하라고 총독부에서 연락이 오던 것은 흔히 있는 일 중 하나였다. 그래서 기사 삭제를 피하기 위해 윤전기 세우라는 명을 받고도 세우지 않고 일단 찍어낸 뒤 돌리거나 삭제 전후 신문을 모두 배포하는 등의 꼼수 역시 자주 벌어지는 일이었다. 그러다 끝내 발매 금지를 당하거나 정간 조치를 당한 적도 여러 번이었다. 그걸로도 모자라 사장이나 취체역 중 몇몇이 총독부에 불려간 것도 흔히 있었던 일이었다.

하지만 이렇게 편집국장조차 모르게 기사가 통째로 삭제된 일은 처음이었다. 거기다 상철이 이번에 쓴 기사는 독립군을 찬양하는 내용도 아니고 일제를 비난하는 논설도 아니었다. 오히려 지나친 가십일 수 있다며 석구가 걱정한 내용이었다. 한데 왜 이 기사가 삭제되었단 말인가. 살면서 멍청하단 소리는 들어본 적이 없는데, 지금 상철은 스스로가 진짜 멍청하다고 느꼈다. 아무 생각이 안 났다. 정말 머릿속이 백지장처럼 새하얗기만 했다.

담배라도 피우면 좀 나을까 싶어 주머니를 뒤적거리는데 문이 열리더니 퉁퉁 부은 석구가 나왔다. 문 앞에 선 상철을 흘긋 본 석구가 입맛을 다셨다.

"왜요? 무슨 문제래요?"

상철이 석구 옆에 바싹 따라붙었다. 석구는 아무 대꾸 없이 비상구 계단을 내려갔다. 건물 밖으로 나와 운동장 가운데 있는 둥구나무 아래 벤치에 석구가 털썩 걸터앉았다. 지금 이게 대체 어떤 분위기인지 아직 파악하지 못한 상철이 차마 옆에 앉지 못하고 앞을 서성였다.

"흙먼지 날린다, 앉어."

그제야 상철이 엉거주춤 석구 옆에 엉덩이를 붙였다. 석구가 담배를 꺼내 물었다. 상철이 재빨리 불을 붙여주었다. 담배를 깊이 들이마신 뒤 석구가 긴 한숨과 함께 내보냈다.

"몰라."

"뭘요?"

"어떻게 된 건지 나도 모른다고."

"에?"

"아 씨 사장이 이 말 저 말 둘러대긴 하는데 딱 보니 사장도 어떻게 된 건지 정확히 몰라. 그냥 결론은 쓰지 말란 거야. 이 평계 저 핑계 다 끌어다 대는데, 그냥 결론은 그거야. 그 기사가 싫대. 취체역들이 안 썼으면 한 대, 이런 기사를."

상철이 입을 딱 벌렸다. 아무렇게나 담배를 내던진 석구가 머리를 벅벅 긁었다.

"혹시 3월 사건 때문입니까?"

올 3월, 3·1운동 7주년을 기념해 소련 국제농민회본부로부터 축전이 날아왔다. 동아일보는 그것을 실었다가 한 달간 정간을 당했을 뿐 아니라 주필과 발행인이 기소되기까지 했다. 재판 중이긴 하나 아무래도 몇 달 정도는 옥살이를 해야 하지 않을까, 라는 것이 중론이었다.

"뭐 아무래도 그 일 때문에 몸을 사리는 것도 이유 중 하나인 거 같고."

"또 다른 이유도 있습니까?"

"이건 그냥 내 생각이긴 한데, 위에선 이 일로 재미를 좀 더 보고 싶은 모양이야."

"무슨 재미요?"

"둘의 정사, 우리가 단독 내서 재미 봤잖아. 근데 곧장 찬물 끼얹는 기사 내기 싫은 거지. 아직은 때가 아니라고 생각하나 봐."

"아니 고작 그런 이유로 형한테 연락도 안 하고 기사를 그냥 삭제합니까?"

"자기 말로는 어제 퇴근하고 나서 나한테 연락을 했는데 연락이 안 된 거래. 별 중요한 기사가 아니니까 오히려 별생각 없이 삭제했댄다. 독립군 기사도 아니고 총독부를 비판하는 논설도 아닌데 고작 그 정도 가십 기사 하나 삭제한 걸로 이렇게 난리 칠 일이냐고 오히려 묻더라. 그런데 뉘앙스가 좀 뭐라고 해야 하나. 우리 신사옥 지으면서 여기저기서 돈 좀 끌어왔잖아. 그래서 눈치가 보이나 봐, 그런 게. 뭐 이게 대단히 신문사 위상을 뒤흔들거나 자존심을 세울 문제도 아닌데 이 정도는 좋게 넘어가자고 하더라."

"지금은 이 정도지만 나중엔 다른 걸로 함부로 편집권에 손댈 수도 있잖아요. 이걸 그냥 넘어가요?"

"아, 그래. 나도 그래서 지랄하면서 따졌는데, 그럴 일 절대 없다고 하는데 뭐 어떡하냐. 니 기사도 지금 당장 내는 게 좀 그렇다는 거지 며칠 뒤엔 내자고 하더라. 내가 대판 따지니까 사장도 얼굴이 허옇게 되어서는 미안하다고 미안하다고 하는데 거기가 대고 더 따지기도 뭣 같아서 그냥 나왔다."

기사가 잘린 건 저인데 말을 전하는 석구가 더 고통스러워 보여서 상철 역시 더 따질 수가 없어 입을 다물었다. 의심을 하자면 한도 끝도 없었지만 또 가볍게 넘기자고 들면 별일 아니기도 했다. 차라리 독립군 기사거나 일제를 비난하는 기사를 잘랐다면 제대로 항의를 할 텐데 유명인들 가십성 기사를 자른 거라 반발하기도 영 모양새가 빠지는 게 사실이었다. 다른 기자들에게 억울함을 토로한 데도 자신만큼 크게 분노하지 않을 가능성이 높았다. 어쩌면 속 모르고 입바른 소리 하는 것들은 그러기에 왜 수준 미달의 기사를 굳이 썼냐며 사람 속을 긁어댈 수도 있었다.

"야, 미안하다."

"편집장님이 뭐가 미안합니까."

"아, 새끼. 이럴 땐 또 깍듯하게 굴고 지랄이야. 정떨어지게."

시무룩하게 입을 다문 상철을 보자 석구는 속이 쓰렸다.

"그러지 말고, 어차피 이 기사 며칠만 있다 내준다니까 그냥 후속 기사 취재해라. 출장 또 안 갈래? 내가 보내줄게."

이게 무슨 귀신 씻나락 까먹는 소리인가, 하는 표정으로 상철이 석구를 쳐다보았다.

"지금 니가 조사해 온 건 김우진에 대한 것뿐이잖아. 둘이 연인이 아니었다는 증거를 윤 양 쪽에서도 좀 찾아오면 더 완벽하지 않겠냐? 내가 확실히 며칠 뒤엔 기사 내주는 거 확답받았으니까 그사이 윤 양에 대해 자세히 취재해 와. 어? 김우진 고향에도 갔으니 윤 양 고향에도 가봐야지. 그래, 아예 기획 기사로 이거 연재하자. 괜찮지 않냐?"

"심덕 씨 고향 떠나온 지가 언젠데 거길 뭐하러 가요. 됐어요."

"야, 네 말대로 만약 윤 양이 살아 있다면, 윤 양이 지금 몸을 숨기고 있을 만한 데가 어디겠냐?"

그건 미처 생각해 보지 않은 부분이었다. '죽었을 리 없다'는 것에만 집착해서 이 짜인 판에서 죽지 않았을 증거를 찾으려고만 노력했지 '살아 있다면'에 대한 것까지는 미처 생각하지 못했다.

"전국적으로 난리가 나서 신문에 윤 양 얼굴이 대문짝만하게 도배가 됐어. 네 말대로 살아 있다면 윤 양을 봤다는 목격자가 있어야 할 거 아냐. 근데 없어. 어딘가에 살아 있으면 누군가는 봤을 텐데 말야. 안 그래?"

"조선이 아니라 일본에 있을 수도 있잖아요."

"배를 아예 안 탔다고? 아냐. 배는 탔을 거야. 배 안에 있었던 유서나 짐들 보면 타긴 탔어. 배를 같이 탔다는 목격자들도 있었잖아. 그러니까 배는 탔어. 그리고 당사자들이 배를 탔어야 그런 죽은 척하는 조작도 할 수 있었을 거 아냐."

"그렇긴 한데……."

"생각해 봐. 네 주장대로 윤 양이 죽은 게 아니라 죽은 척한 거라면 아마 변장을 하고 사람들 틈에 숨어 있었을 거야. 혼란스러운 틈을 타 배에서 내린 뒤 어디로 갔겠냐? 경성에 숨을 순 없었을 텐데, 그럼 어디로 갔겠냐고."

"평양이라구요?"

"그렇지. 영 낯선 도시는 불안하고 경성은 위험하고. 그럼 익숙하면서도 아는 사람이 잘 없고, 혹은 누군가 알아봐도 자신을 위해 입을 다물어줄 수 있는 옛 친구가 있는 곳, 그런 곳에 몸을 숨길 생각을 하지 않았겠냐?"

왜 자신이 지금까지 이런 생각은 못 했을까, 한심할 정도로 석구의 추론은 합리적이었다.

"그러니 평양에 가봐. 어쩌면 너 거기서 아예 살아 있는 윤 양을 만날 수도 있어. 못 만나면 또 어때? 거기서 윤 양의 과거를 알아보는 것도 괜찮지 않냐? 너, 윤 양에 대해 잘 안다고 자신하지만 막상 평양에서 윤 양이 어떻게 살았는지는 하나도 모르잖아. 궁금하지 않냐? 윤 양의 어린 시절."

왠지 이대로 넘어가면 지는 것 같은 기분에 상철이 대답을 망설였다.

"이번엔 내가 취재비 더 넉넉히 챙겨줄게."

결국 상철이 불퉁한 얼굴로 고개를 끄덕였다. 한결 마음이 가벼워진 석구가 격려하듯 상철의 어깨를 두드렸다. 상철이 신경질적으로 몸을 흔들어 석구의 팔을 떼어냈다.

§

"여기서 기다리세요."

흰옷의 간호사가 안내해 준 방은 완벽하게 서양식으로 꾸며진 접견실이었다. 열 평 남짓한 방 안의 책상과 책장, 소파 모두 어두운 호두색으로 통일한 까닭에 차분하고 고요한 분위기를 풍겼다.

이런 곳에 오면 상철은 가장 먼저 책장에 꽂힌 책을 통해 주인의 성향을 파악하곤 했다. 하지만 오늘 상철이 걸음 한 곳은 책장이 아니라 그 옆 흰 벽에 붙은 사진들이었다. 벽엔 빈틈없이 학생들의 사진이 빼곡하게 자리하고 있었다. 모두 이 방의 주인과 관계된 학생들인 듯했다. 그 셀 수도 없이 많은 얼굴들 틈에서 상철은 용케도 심덕을 찾아냈다. 사진 아래에는 평양여고보 입학식이라고 적혀 있었다. 열대여섯 살 먹은 어린 소녀는 젖살이 빠지지 않아 아기처럼 볼이 통통했다. 까만 피부에 앳된 얼굴이 지금의 심덕과는 전혀 달랐다. 하나 초롱초롱한 눈과 야무진 입매, 또래보다 머리 하나는 더 큰 키는 지금과 꼭 같았다. 어린 심덕을 보며 상철은 어느새 자신도 모르게 미소를 짓고 있었다.

"심덕은 아주 영롱한 학생이었어요."

유심히 사진을 보는 상철의 등 뒤에서 웃음 섞인 중년 여성의 목소리가 들려왔다. 뒤를 돌아보자 심덕만큼 큰 키의 외국 여인이 서 있었다. 젊어서는 금발이었을 게 분명한 회색 머리는 우아하게 귀밑에서 구불거렸고, 세월이 지나가면서 남긴 눈가의 주름은 그녀가 현명하게 나이 들었음을 보여주고 있었다. 여인이 우아하게 주름진 흰 손을 상철에게 내밀어 악수를 청했다.

"미세스 홀이에요."

서양 여자 특유의 당당하고 우아한 자태였다. 심덕과의 첫 만남이 떠올랐다. 어린 심덕이 처음으로 배운 서양식 애티튜드가 무엇인지 알게 된 순간이었다. 역시 평양에 오길 잘했다. 상철이 손을 마주 잡으며 인사했다.

"동아일보 기자, 남상철입니다."

"어린 심덕을, 내가 소개하기 전에 이미 만났군요. 아주 예쁘죠?"

"네. 많이 변한 것 같으면서도 하나도 안 변했네요. 고대로 자란 것 같습니다. 어릴 적 얼굴이 많이 남아 있어요."

홀 부인이 웃으며 상철에게 손짓으로 앉으라고 자리를 권한 뒤 책장에서 몇 권의 책을 골랐다.

"커피, 괜찮아요?"

"네."

자리에 앉으며 홀 부인이 차임벨을 누르자, 이내 문이 열리더니 메이드가 커피를 들고 들어왔다. 커피 두 잔과 각 설탕 그릇이 책상 위에 놓였다.

"드세요."

"감사합니다."

"조선말을 잘하시네요."

각설탕을 커피에 녹이며 상철이 말을 건넸다.

"벌써 이곳에 온 지 20년이 다 되어가요. 이젠 꿈도 조선어로 꾼답니다. 가끔 영어가 생각이 안 나요."

홀 부인이 유쾌하게 웃었다. 소박하게 꾸며진 접견실이나 흰색의 아무 무늬 없는 커피 잔을 보면 대단히 차분하고 조용한 성품 같은데 막상 이야기하거나 사람을 대하는 태도를 보면 거리낌 없이 담대하고 아주 활발해 보였다. 아마도 허례허식을 싫어하는 소탈한 성정인 듯했다. 그런 성격이니까 오랫동안 아픈 사람들을 치료하고 아이들을 후원하는 일을 기쁘게 할 수 있었을 것이다. 이 여자에게 심덕은 무엇을 배웠을까. 상철은 벌써 머릿속으로 어린 심덕과 미세스 홀의 만남을 상상하고 있었다.

"심덕 씨와의 첫 만남을 기억하시나요?"

"물론이죠. 어떻게 잊을 수 있을까요."

홀 부인이 방금 책장에서 꺼내온 책들을 내려놓았다. 연도별로 정리된 사진첩이었다. 그중 겉에 1910년이라고 적혀 있는 것을 펼치자 거기엔 아까 상철이 본 것보다 훨씬 더 어린 심덕이 있었다. 아직 사춘기를 맞이하지 않은, 눈이 맑은 심덕이 웃고, 울고, 놀고, 책을 읽고 있었다. 상철이 단 한 번도 보지 못한, 감히 상상하지도 못한 어린 심덕이었다.

홀이 처음 조선에 와서 가장 놀란 것은 중년의 여인들을 부를 이름이 없다는 것이었다. 그들은 모두 누구의 부인, 혹은 누구의 엄마로밖에 불리지 않았다. 미국에서도 결혼을 하면 남편을 따라 성을 바꾸긴 하지만 그래도 자기 이름까지 버리진 않았다. 하지만 조선에서 여인들은 자신의 이름이 갖지 못했다. 부러 홀이 몇 번이나 이름을 물어봐도 그네들은 '누구네 엄마'로만 자신을 지칭하곤 했다.

조선 생활에 익숙해진 뒤 홀은 또 하나 재밌는 것을 발견했다. 자식이 여럿이어도 그 '누구네 엄마'라는 명칭에 붙는 자식은 암묵적으로 정해져 있다는 사실이었다. 대부분 여인들은 첫째 아들의 이름을 땄다. 딸만 있고 아들이 없다면 큰딸의 이름이 붙었지만, 아들이 한 명이라도 있다면 그 아들 이름을 붙였다. 늦게 아들을 보는 경우, 그 전까지는 큰딸의 이름을 따서 부르다가 아들을 낳는 순간 명칭이 바뀌곤 했다. 그러한 것이 바로 유교 문화의 전통에 따른 남선호사상으로 인한 관습이라는 것을 홀이 알게 된 건 아주 오랜 세월이 흐른 뒤였다. 이것이 어디서 기인한 것인지 모를 때는 그저 신기하고 독특한 조선의 문화라고만 생각했다.

"저는 심덕이 엄마예요."

그래서 딸의 이름을 붙여 자신을 소개하는 심덕이 엄마를 봤을 땐 당연히 홀은 그녀에게 아들이 없고, 심덕이 첫째 딸일 줄 알았다. 하지만 둘 다 아니었다. 그녀에겐 아들도 있었고, 심덕은 첫째 딸도 아니었다. 하지만 그녀는 자신을 심덕이 엄마라고 소개했다. 다른 사람들도 아무 이질감 없이 그녀를 심덕이 엄마라고 불렀다. 자신이 알아챈 법칙에서 어긋나자 호기심이 생겼다. 홀이 유독 그녀의 가족에게 관심을 가지게 된 이유는 그토록 사소한 것이었다.

그 주 주일, 교회에서 그 가족을 보았을 때 홀은 왜 그녀가 심덕이 엄마로 불리는지 알았다. 성가대원 중 가장 어린 나이였음에도 심덕은 솔리스트였다. 훌쩍하니 큰 키에 마른 몸매를 가진, 아직 사춘기가 지나지 않은 것이 분명한 어린 소녀가 부르는 것이라고는 믿을 수 없을 정도로 심덕의 노래엔 힘이 넘쳤다. 전문적인 음악 교육을 받지 않은 까닭에 대부분의 성가대원들은 찬송가를 부르는 동안 음정과 박자를 조금씩 틀리곤 했으나 심덕만은 음정과 박자가 마치 자로 잰 듯이 정확했다. 조선에 온 뒤 처음으로 듣는 찬송가다운 찬송가였다. 심덕은 제 엄마의 이름을 대신할 충분한 자격이 있었다. 홀은 진심으로 감탄했다.

"잘했어."

예배가 끝난 뒤 홀은 심덕을 찾아가 머리를 쓰다듬으며 칭찬했다. 아직 조선에 온 지 얼마 되지 않았을 때라 홀은 말이 서툴렀다. 심덕은 홀을 빤히 올려다보았다. 당시만 하더라도 외국인이 낯선 조선의 아이들은 대부분 홀을 어려워하거나 무서워해서 도망칠 때였다. 혹여나 마주치게 되더라도 아이들은 홀을 감히 마주 보지 못하고 눈을 피하곤 했다. 하지만 심덕은 달랐다. 유리알처럼 맑은 두 눈이 한참 동안 홀을 쳐다보다 생긋 웃었다.

"땡큐."

심덕의 감사 인사에 홀은 자신도 모르게 웃음을 터뜨렸다. 그때부터 홀에게 심덕은 특별한 아이가 되었다.

그날 이후 심덕은 홀이 책임자로 있고, 제 어미가 허드렛일을 하는 광혜여의원을 제집처럼 드나들었다. 그러면서 자연스레 심덕은 홀에게 영어를 배웠고, 홀은 심덕에게 조선어를 배웠다. 심덕이 대단히 영특한 아이라는 것을 아는 데는 그리 오래 걸리지 않았다. 심덕은 마치 스펀지처럼 가르쳐주는 모든 것을 빠르게 흡수했다. 결혼도 하지 않았고, 자식도 없었던 홀은 심덕을 통해서 아이를 기르는 재미와 기쁨을 알게 되었다. 심덕을 가르치면서 홀은 육영 사업과 장학 사업을 위한 재단을 설립했다. 당연히 첫 번째 수혜자는 심덕이었다.

"의사가 되렴, 심덕아. 너희 조국은 계속해서 독립을 위해 싸워야 하잖니. 우리 역시 독립운동을 해봤기에 알아. 독립은 수많은 이들이 피와 땀을 흘려야만 비로소 얻을 수 있는 거란다. 그 수많은 독립군을 돕기 위해서라도 의사는 꼭 필요해. 너처럼 똑똑한 인재는 조국을 위해 헌신해야 한다. 그것만이 너희가 일본의 식민 통치로부터 벗어날 수 있는 길이야."

홀은 심덕과 같은 총명한 인재가 조선의 미래라고 생각했다. 다행히 심덕의 부모는 일찌감치 개종하여 계몽된 터라 딸이 공부를 많이 하는 것에 조금도 거부감이 없었다. 홀이 심덕을 공부시켜 준다고 하자 양친은 매우 감사해했다. 가난한 집에서 네 아이 모두 공부시키는 것은 쉬운 일이 아니었기에 한 명이라도 짐을 덜어 기뻤던 것이다.

　의사가 된다는 조건으로 홀이 학비를 전액 지원한 덕분에 심덕은 평양여고보에 진학했다. 홀은 본격적으로 심덕에게 병원 일을 가르치기 시작했다. 어느새 홀은 심덕을 차기 광혜여의원 책임자로 마음에 두고 있었다.

"하지만 그 모든 건 나 혼자만의 꿈에 불과했어요. 심덕인 병원 일을 하기 시작하면서 오히려 병원과 더 멀어졌거든요. 아픈 환자들을 보기 힘들다고 했어요. 그들을 치료하면서 느끼는 기쁨보다 아픈 이들을 보며 좌절을 더 크게 느꼈던 거죠. 감수성이 아주 예민한 아이니 당연한 일이었어요. 결국 심덕은 1년 만에 더 이상 못하겠다고 선언하더군요."

"그래서 경성여고보로 진학한 겁니까?"

"네. 음악을 하고 싶다고 했어요. 음악적 재능도 매우 뛰어난 아이였으니까요."

"속상하셨겠습니다."

"아무렇지도 않았다면 거짓말이겠지요. 마음을 돌릴 수 있지 않을까 싶어 설득도 많이 했어요. 하지만 결국 내가 질 수밖에 없었어요. 사춘기가 지나면서 심덕의 목소리는 더 아름다워졌고, 풍부해진 감수성으로 부르는 노래는 누가 들어도 반할 만했으니까요. 낭중지추, 그 사자성어를 배우자마자 심덕을 떠올렸어요.

심덕은 정말 낭중지추였어요. 그런 아이를 내 욕심 때문에 이곳에 잡아둘 수는 없었죠. 똑똑한 아이니 어디서든 빼어나게 잘할 거라 믿었고요."

"심덕 씨가 경성여고보로 진학한 뒤에도 자주 만나셨습니까?"

"방학 때 고향에 왔으니, 그때마다 만났죠. 동경으로 유학 간 뒤엔 그만큼 자주 못 봤지만, 그래도 크리스마스엔 꼭 카드를 보내주었어요. 순회극단 공연할 때도 가서 보았구요. 최근 몇 년은 못 봤어요. 신문을 통해서만 소식을 들었죠. 잘 지냈다면 나를 더 자주 찾아왔을 텐데, 잘 지내지 못하니 찾아오지 않았을 거예요. 심덕은 그런 아이니까요. 자신이 잘나가면 주변을 더 열심히 챙기지만, 못 나갈 땐 오히려 사람을 찾지 않죠. 자존심이 강하니까 자신의 구차함을 들키는 게 내키지도 않을 것이고, 제가 아끼는 사람에게 도움을 주지 못하고 폐를 끼치지나 않을까 걱정스러워서 만나고 싶지 않을 거예요. 나는 그 아이의 마음을 이해해요. 그래서 서운하지 않았어요. 다만 일이 잘 해결된 뒤 다시 만날 수 있기를 기도했죠.

심덕에 대해 이야기하는 홀 부인의 표정은 아련했다. 그녀가 얼마나 심덕을 사랑했는지 그 표정만 봐도 알 수 있었다.

"부친은 몸이 아파서 제대로 된 일을 할 수 없어 콩나물이나 내다 팔았고, 모친은 병원에서 청소와 빨래를 했어요. 그런 집에서 어쩜 자식들은 하나같이 그리 빼어날까, 다들 의아해했죠. 부모가 신앙심이 워낙 좋아서 하느님이 선물을 준 모양이라고, 그렇게 말하곤 했어요. 그리고 그 남매들 중 내게 단연 으뜸은 심덕이었어요."

"부고를 듣고 충격이 크셨겠습니다."

홀 부인은 한동안 말이 없었다. 왠지 그 얼굴을 볼 자신이 없어 상철은 고개를 숙인 채 제 찻잔만 내려다보았다. 긴 침묵의 시간이 지나간 후 상철이 겨우 고개를 들어 부인을 보았다. 부인은 소리 없이 울고 있었다.

"나는 그 아이를 진심으로 사랑했어요. 사랑할 수밖에 없는 아이였으니까요. 그 아이의 웃음소리, 노랫소리가 얼마나 큰 기쁨이었는지 모를 거예요. 그 아이의 노래는 내가 조선에서 적응하는 데 정말 많은 도움을 주었어요. 내게 얼마나 큰 위로를 준 아이였는데, 나는 그 아이가 죽을 만큼 힘들다는 걸 몰랐어요. 그게 너무 미안해요. 얼마나 혼자 외로웠을까요, 그 차가운 바닷속에서 그 아이는 얼마나 추웠을까요. 그 생각만 하면 너무 가슴이 아파요."

상철이 손수건을 꺼내 건넸다. 홀 부인은 손수건에 얼굴을 묻은 채 소리 죽여 울었다. 그 모습을 보며 상철은 홀 부인에게 심덕이 살아 있을지도 모른다는 소리 따위는 할 수 없겠다는 생각이 들었다. 왜 석구가 심덕이 살아 있다는 기사를 섣불리 내는 것을 경계했는지 비로소 알 것 같았다.

"그 아이에 대해 좋은 기사를 써주세요. 정말 예쁜 아이예요."

"최선을 다하겠습니다."

눈과 코가 붉어진 홀 부인이 상철을 보며 웃으려 애쓰다 끝내 다시 울음을 터뜨렸다. 위로하듯 상철이 그녀의 손등을 도닥였다.

"민망하네요. 요 며칠 계속 이래요. 마음이 진정이 안 되네요."

"이해합니다."

바로 그때 유리창이 달가닥거렸다. 홀 부인이 몸을 움츠린 채 공포 어린 시선으로 주변을 둘러보았다. 단지 거센 바람이 지나가며 창문을 건드린 것에 불과했는데, 홀 부인의 반응은 지나치게 예민했다. 상철이 고개를 갸웃했다.

"왜 그러십니까?"

홀 부인의 두 눈이 불안하게 흔들렸다. 다시 휭, 바람이 불었고, 창문이 덜거덕거렸다. 홀 부인은 아까보다 몸을 더 웅크리며 덜덜 떨었다.

"부인."

"차, 창문, 창문에 누가 있나 봐줘요."

공포에 질린 부인은 덜덜 떨고 있었다. 하는 수 없이 상철이 자리에서 일어나 창가로 다가갔다. 하지만 그건 정말 바람 소리에 불과했다. 한바탕 소나기라도 내릴 참인지, 바람이 거셌다. 상철이 커튼을 꼼꼼히 친 뒤 자리로 돌아왔다.

"커튼을 쳤습니다. 부인, 창가에는 아무도 없었어요. 비가 올 모양인지 바람이 세게 불어서 창문을 건드린 것뿐이에요."

그제야 비로소 홀 부인은 긴 한숨을 내쉬며 몸을 바로 했다. 그 짧은 시간 동안 얼마나 긴장한 건지 코끝에 땀이 송송 맺혀 있었다.

"기분 탓이겠죠, 아마 기분 탓일 거예요. 심덕이 죽은 이후로 나는 누군가 나를 지켜보고 있다고 느껴요. 내 뒤를 밟는 것 같고, 집에 누군가 다녀간 거 같고. 정신과 의사인 친구는 수면 부족으로 인한 신경과민이라고 하더군요. 맞아요. 그런데 머리로는 알면서도 이렇게 순간순간 드는 공포는 어쩔 수가 없네요."

상철이 이해한다는 듯 고개를 끄덕였다.

"추태를 보였어요."

"아닙니다. 이해합니다. 저도 가끔 그녀가 살아 있지 않을까, 이 모든 게 쇼는 아닐까 생각하는걸요."

상철의 말에 한결 마음이 가벼워진 듯 홀 부인이 그제야 미소를 보였다.

"제가 뭘 더 도와드릴 건 없나요?"

"아, 혹시 심덕 씨 어린 시절에 아주 가깝게 지낸 친구를 아시나요?"

"그럼요. 어려서부터 심덕이와 가장 친한 친구를 알아요."

"누군가요? 지금 이곳에 있나요?"

"어쩌죠. 그 친구 지금 하얼빈에 있어요."

전혀 예상치 못한 말에 상철이 입을 딱 벌렸다.

"심덕이 어린 시절 내내 다녔던 남산현교회의 담임 목사인 배형식 목사의 딸 일점이가 심덕이의 단짝이었어요. 친자매처럼 지냈답니다. 1년 전쯤인가, 심덕이가 왜 하얼빈에 간 적 있죠?"

"네."

"그때 배 목사네 집에서 지냈다고 들었어요. 과거부터 가장 최근의 심덕까지, 나보다 훨씬 더 잘 아는 사람이 바로 일점이예요. 여력이 된다면 일점이를 만나러 가세요. 주소는 내가 알려줄게요."

이용문과의 스캔들 때문에 경성을 떠나 심덕이 하얼빈으로 떠났다는 것을 알게 되었을 때, 다들 대체 왜 하얼빈이냐며 황당해했다. 상철 역시 심덕이 왜 도피처로 하얼빈을 택했는지 지금까지 그 이유를 모르고 있었다.

"주소 알려주세요. 가보겠습니다."

하얼빈에서 심덕이 몇 달간 무엇을 하며 어떻게 지냈는지 아무도 몰랐다. 상철 역시 너무나 궁금했으나 차마 그것을 심덕에게 물어볼 수 없어 묻어둬야 했다. 영원히 알 수 없을 줄 알았던 그 시간이 드디어 상철에게 허락되었다. 이보다 더 기쁠 수 없었다.

"여기 있어요. 제가 미리 일점이에게 전화해 둘게요."

"정말 감사합니다."

배 목사의 집 주소가 적힌 종이를 받아든 상철의 손이 가늘게 떨렸다. 심덕이 살던 고향 집과 학교를 방문하려던 일정은 모두 취소해야 했다. 당장 하얼빈으로 가야 했다.

평양에서 하얼빈으로 가기 위해선 일단 경의선을 타고 신의주로 가야 했다. 거기서 봉천까지 간 뒤 봉천에서 다시 신경으로, 신경에서 하얼빈으로 가는 복잡한 행로였다.

경성에서 출발한 심덕은 어떻게 갔을까. 기차를 기다리는 사이 열차 노선을 보면서 상철은 심덕의 행로를 머릿속으로 더듬어 보았다. 중간에 어디 내리거나 들르지 않았다는 전제하에 아마도 심덕은 경성발 신경행 특급 노조미를 타고 봉천까지 간 뒤, 봉천에서 다시 신경으로, 신경에서 하얼빈으로 갔을 확률이 가장 높았다. 그러니까 상철과 일정이 겹치는 건 봉천부터였다.

심덕이 갔던 길을 똑같이 따라 움직인다고 생각하자 기분이 이상했다. 아마 이렇게 자신은 평생 심덕의 뒤를 쫓아다닐 팔자인 모양이다. 심덕을 다시 만나게 된다면 나는 당신이 내 눈앞에서 사라진 동안에도 당신의 뒤를 쫓아다녔다고 이야기하고 싶었다. 지금까지는 단 한 번도 심덕에게 제 얘기 같은 걸 해본 적이 없었다. 만약 앞으로 상철에게 기회가 주어진다면, 심덕에게 당신이 사라져도 당신을 찾아다니는 한 사람이 있었노라고, 당신이 누군가에게는 그런 사람인 것을 알아주면 좋겠다는 이야기를 꼭 해주고 싶었다. 그러니 다시는 이런 끔찍한 일을 벌이지 말아 달라는 부탁과 함께.

몇 번 덜커덕거리더니 이내 기차가 느리게 움직이기 시작했다. 창밖으로 평양 시가지가 지나갔다. 목포에 내려갈 때와는 전혀 다른 기분으로 새로운 곳을 향해 떠나는 기차에 몸을 실었다. 심덕은 어땠을까. 문득 궁금해졌다. 심덕은 그 긴 기차 여행을 하는 동안 어떤 생각을 했을까.

〜

기차가 곧 떠난다는 것을 알리는 경적이 울렸다. 창밖에는 아직 작별의 말을 다 나누지 못한 이들이 헤어짐을 아쉬워하고 있었다. 그 모습을 보며 심덕이 쓰게 웃었다. 이렇게 누구의 배웅도 받지 못한 채 기차를 타는 것은 처음이었다. 언제나 심덕은 아쉬움 속에서 배웅을 받으며 떠났고, 환영의 기쁨을 누리며 돌아왔다. 누가 알아볼세라 스카프로 온 얼굴을 가리고 도망치듯 다른 곳으로 가는 것은 심덕답지 않은 일이었다. 불과 얼마 전 거하게 치렀던 기성의 송별회가 떠오르자 한층 더 자신의 처지가 비참하게 다가왔다.

"도대체가 낯부끄러워서 밖을 돌아다닐 수가 없지 않아!"
책가방을 마루에 집어 던지며 성덕이 심덕을 노려보았다.
"지나가다 돌을 맞을 뻔했다고. 아나? 학교에서 애들이 뭐라고 수군거리는지는 아나?"
고함을 지르며 악을 쓰는 소리를 못들은 체하며 심덕이 읽는 책에서 눈을 떼지 않았다. 단 한 글자도 눈에 들어오지 않았지만, 대단히 집중해서 읽는 척했다. 그렇게라도 하지 않으면 무너지는 스스로를 감당할 자신이 없었다.
"너 조용히 안 하나?"
"내가 왜 조용히 해야 하나? 왜 잘못한 년은 따로 있고 욕 듣는 년은 따로 있는 거인데?"
보다 못한 모친이 나와 고함지르는 성덕을 끌고 부엌으로 들어갔다. 책을 덮으며 자리에서 일어난 심덕이 한 치의 흐트러짐도 없는 꼿꼿한 자세로 천천히 걸어 제방으로 들어갔다. 파르르 떨리는 손끝을 숨기기 위해 치맛단을 세게 잡는 것을 본 사람은 다행히 아무도 없었다.

용문의 사랑채에서 시작된 만남이 어느새 내실로 넘어가면서 스캔들이 날지도 모른다는 생각을 아니한 것은 아니었다. 소문이 났을 때 사람들이 뭐라 지껄일지 걱정하면서도 그것을 대수롭지 않게 생각했다. 사내들의 축첩이 여전히 허용되던 시대였다. 게다가 심덕은 스스로 자유연애를 표방한 신여성이었다. 신여성의 연애 상대가 유부남이라 한들 그게 무에 그리 큰일일까 싶었다. 부모가 정해준 처를 내버려 두고 신여성과 버젓이 살림을 차리는 신지식인들이 넘쳐나는 시대에 자신과 이용문과의 일이 세간의 입방아에 오르내릴 수는 있지만 그게 설마 여론의 손가락질을 받으리란 생각은 꿈에도 하지 못했다. 심덕이 조선 사회를 너무 무르게 본 것이다.

개화가 되었다고 하나 여전히 조선은 유부남이 처녀와 놀아나는 것은 괜찮아도 처녀가 유부남과 노는 것은 용납하지 않았다. 대중의 비난은 심덕의 상상을 초월했다. 신문은 앞다투어 심덕과 용문의 스캔들을 다루며 심덕이 기생과 다를 바 없다고 비웃었다. 심덕으로서는 참으로 참기 힘든 비난이 아닐 수 없었다.

"모과차다. 올해는 모과 향이 유난히 더 좋더라. 마셔봐라."

조용히 방문을 열고 들어온 모친이 김이 모락모락 나는 따뜻한 차를 건넸다. 심덕은 유자보다 모과를 더 좋아했다. 달콤하면서도 새콤해서 혀 밑에 침을 돌게 하는 것이 좋았다. 그래서 겨울이면 심덕은 늘 모과차를 달고 살았다.

"깨끗한 유리병에 두 통 담아뒀으니 가져가라."

차를 마시던 심덕이 놀라 모친을 바라보았다.

"배 목사님도 모과차 좋아하지 않니."

"어머니!"

잔을 세게 내려놓는 바람에 차가 넘쳐흘러 심덕의 손을 적셨다. 순간 찻물의 뜨거움에 손이 화끈했으나 그것을 신경 쓸 여력이 없었다. 제 어미에게서 나온 말이 너무나 기막혔기 때문이다.

"잠깐만 쉬다 오는 것도 괜찮지 않니."

"제가 뭘 잘못해서요?"

"잘못한 건 없지. 그래두 어쩌니, 사람들이 다 뭐라고 하는데."

"뭐라고 하는 사람들이 이상한 거이지. 제가 도망칠 일은 아니지 않아요."

"성덕이가 학교를 못 다니겠다지 않니."

"그거야 저년이 나 약 올리려고 부러 더 난리 치는 거이지, 실제론 안 그래요. 내가 나갈 땐 아무도 나한테 뭐라고 안 해요."

"나두 어제 시장 갔다가 한 소리 들었다."

고개를 숙인 채 치마 끝을 매만지며 모친이 웅얼거렸다. 빼꼼히 눈만 들어 제 눈치를 살피는 모친을 보자 심덕의 속이 뒤집혔다.

"내가 누구 때문에 그런 꼴을 당했는데! 어머니가 어찌 나한테 이럴 수가 있어요? 가족이 어떻게 이래요? 내가 나 살려고, 나 좋자고 그런 거예요? 소문에 제일 괴로운 사람이 누굴 거 같아요? 그런 사람에게 뭐이요? 배 목사? 일점이네 가라는 말이 나와요? 일점이가 어딨는지 몰라요? 하얼빈이에요! 만주라구요! 이 겨울에 나한테 만주로 가란 거예요?"

고개를 흔들며 심덕이 미친년처럼 고함을 질러댔다. 제 팔자가 불쌍해서 눈물이 날 지경이었다. 어떻게 자신에게 잠시 도망가란 소리를 이렇게 아무렇지도 않게 할 수 있는지, 심덕은 제 부모를 이해할 수 없었다. 도움을 청할 땐 세상에 자식이 자기 하나밖에 없는 것처럼 굴면서 문제가 생기면 모른 척 외면하기 바빴다. 언제나 모든 사람에게 자랑하는 가장 잘난 자식 윤심덕은, 잘난 자식으로 있을 때만 자랑스러운 자식이었다. 조금이라도 못나지는 순간 그 자식은 자식으로서 가질 수 있는 최소한의 권리조차 누릴 수 없었다. 차라리 애초에 못난 자식이라면 불쌍해서 동정이라도 받았을 텐데 지나치게 잘난 자식이어서 심덕은 제 부모에게 연민을 구할 수도 없었다. 성덕은 부모가 심덕만을 특별 대우한다고 늘 불만이었으나 심덕은 언제나 성덕이 부러웠다. 심덕도 성덕처럼 한정 없이 어리광 부릴 수 있는 자식이고 싶었다. 부족해도, 못나도, 실수해도 엄마 치마폭에 숨으면 다 해결되는 그런 자식이고 싶었다. 하지만 그건 심덕의 이번 생애에서는 절대 구할 수 없는 가장 사치스러운 바람이었다.

"네 마음을 어떻게 내가 모르겠니. 다 안다. 하지만 어차피 너 밖에 나가지도 못하고 집에 있기만 하지 않니. 그럴 바에는 차라리 바람이라도 쐬고 오는 게 너한테도 더 좋지 않아. 그사이 좀 잠잠해지면 다시 돌아와서 화려하게 복귀하면 되지. 우리 딸이 누군데. 천하의 윤심덕이지 않아."

당장 딸이 비난받는 걸 견딜 수 없어서 등 떠밀어 다른 곳으로 보내려는 부모가 임기응변으로 둘러대는 사탕발림에 심덕은 코웃음을 쳤다. 대체 내가 왜 이런 가족을 위해서 그런 짓을 했나, 생각하면 기가 차고 코가 막혔다. 주먹을 불끈 쥔 채 부들부들 떨던 심덕이 자리를 박차고 일어났다.

"알았어요. 당장 내일이라도 떠날 겁니다. 떠나는 건 어머니가 등 떠밀어 보냈지만 돌아오는 건 내 맘이야요. 평생 안 올 수도 있어요. 오늘이 내 얼굴 보는 마지막인 줄 아시라요."

"그런 무서운 말을 하면 쓰니."

분노에 찬 심덕의 말을 들으면서도 모친은 눈 하나 깜짝하지 않았다. 심덕은 씩씩거리며 큰 가방을 꺼내 제 짐을 쓸어 담았다.

"그런데 심덕아."

그 꼴을 가만히 보고 있던 모친이 심덕의 치맛자락을 붙잡았다. 휙 고개를 돌려 매섭게 노려보자 모친이 무안한 듯 웃었다.

"너 없는 동안 생활비는 그 사람, 이용문에게 부탁하면 되겠지?"

"어머니!"

창밖으로 진눈깨비가 흩날렸다. 스산스러운 풍경이었다. 심덕이 옷깃을 여몄다.

결국 심덕은 떠나기 전 이용문을 만나 여행 경비와 생활비를 요청해야 했다. 용문과의 마지막 만남은 참으로 치욕스러웠다. 용문은 심덕의 요구에 묻지도 따지지도 않고 요청한 돈보다 배는 더 많은 돈을 건넸다. 그게 훨씬 더 모욕적이었다. 심덕은 참지 못하고 용문에게 왜 자신만 도망쳐야 하느냐고, 당신은 여전히 머리를 빳빳하게 쳐들고 명동 거리를 쏘다니는데 왜 나는 도피를 해야 하느냐고 울분을 토하고 말았다. 끝내 울음을 터뜨리는 심덕을 용문이 위로하며 남은 가족들을 책임져 주겠노라 약속했다.

그 말에 심덕은 더 이상 비참해질 수 없을 정도로 비참해졌다.

눈발은 점점 더 거세졌다. 기분 탓인지 기차 역시 평소보다 더 덜컹거리는 것 같았다. 차가운 창가에 이마를 기댄 채 심덕이 눈을 감았다. 기차는 평양을 막 지나가고 있었다.

하얼빈의 겨울은 조선의 겨울과는 비교도 되지 않을 정도로 추웠다. 심덕은 급하게 가방에서 코트를 꺼내 위에 덧입었다. 목도리에 귀마개까지 했지만 살을 아릴 정도로 아프게 하는 칼바람이 새털만큼의 작은 틈도 놓치지 않고 파고들었다. 평양에서 나고 자라 제법 추위에 강하다고 자신하는 심덕이었으나 하얼빈에 비하면 평양은 여름 날씨라고 할 만했다. 매서운 바람에 눈을 제대로 뜨기도 어려울 지경이었다.

"윤심덕!"

그때 누군가 다가오더니 심덕을 와락 안았다. 밖에서 오래 서 있었는지 제게 다가온 사람에게선 거친 바람 냄새가 났다.

"일점아."

"야, 이게 얼마 만이가?"

일점이 활짝 웃으며 심덕을 보았다. 추운 겨울바람에 볼과 손이 다 튼 일점이었지만 그녀의 웃음은 봄처럼 상큼했다. 일점의 웃음소리는 외롭고 서러워서 꽁꽁 얼어 있던 심덕의 마음을 녹여주었다. 오래된 친구만이 줄 수 있는 위로였다. 코끝이 찡해진 심덕이 일점의 털 코트에 제 코를 비볐다.

"간지러워, 이년아."

"보고 싶었어."

"그럼 좀 빨리 보러 오지! 왜 이제야 왔나?"

일점이 목젖을 드러내며 호탕하게 웃었다. 원래도 사내보다 더 괄괄했던 일점의 성정은 하얼빈의 칼바람 속에서 더 단단해진 듯했다.

"춥다. 길바닥에서 이러지 말고 어서 가자. 아버지가 너 얼른 데리고 오라고 하셨어."

"역에서 머나?"

"조금. 걸어갈 만해."

일점이 씩씩하게 심덕의 짐을 받아들며 씩 웃었다. 심덕이 일점을 따라 웃었다. 오길 잘했다는 생각이 들었다. 일점에게서 큰 위로를 얻을 수 있을 것 같았다. 일점이 심덕에게 손을 내밀었다. 눈보라가 휘날리고 있었지만 일점의 손은 놀랍도록 따뜻했다. 심덕이 일점의 손을 꼭 붙잡았다. 그 순간 심덕의 차가운 몸에 훈기가 돌기 시작했다.

6장
하얼빈

한겨울의 하얼빈은 조선과는 비교가 되지 않을 정도로 춥단 말을 많이 들었다. 그래서 어쩌면 여름도 기온이 좀 낮아 서늘하지 않을까 했다. 기대가 야속하게도 하얼빈의 여름은 조선과 똑같이 더웠다. 다행히 인근에 큰 강이 있는 덕분에 선선한 바람이 불어 조금은 청량한 느낌이 들었다. 상대적으로 덜 후덥지근해서인지 더위가 그리 불쾌하게 느껴지지 않아 그나마 숨통이 트였다.

기사로만 접했던 하얼빈역에 처음 발을 디딘 상철은 감격에 겨운 표정으로 주변을 둘러보았다. 이 역은 조선인들이라면 잊을 수 없는 역사적인 사건이 벌어진 곳이었다. 안중근 선생이 이토 히로부미를 저격한 곳이 이 하얼빈역이었기 때문이다.

언젠가 하얼빈에 와서 안중근 선생의 발자취를 직접 조사해보고 싶다고 생각했는데, 이런 일로 이렇게 오게 될 줄은 꿈에도 몰랐다. 심덕 때문에 오긴 했지만 한 번은 꼭 와보고 싶던 하얼빈이었다. 이왕 여기까지 온 거 이참에 심덕에 대한 것뿐 아니라 평소에 관심 있었던 안중근 선생에 대한 것까지 다 조사하고 가야겠단 생각이 들었다. 그러기 위해선 일단 석구에게 전보를 쳐 일정이 변경된 것을 보고한 뒤 형식적으로나마 뒤늦은 허락을 구해야 했다. 아니다, 석구에게 제가 앞으로 머물 곳이 어디인지도 알려주는 게 우선이었다. 그러니 전보를 치기 전 먼저 숙소부터 잡아야 했다.

숙소를 잡고, 전보를 치고, 일점을 찾아가는 것으로 제 할 일을 머릿속에서 정리한 상철이 비로소 걸음을 옮겼다. 역 근처 호텔을 잡아야지, 라고 생각하며 역사 밖으로 나가려던 상철은 눈앞에 펼쳐진 풍경에 놀라 자리에 우뚝 멈춰 섰다. 신문 기사 속 흑백 사진으로 봤던 하얼빈과 실제 자신의 두 눈으로 보는 하얼빈은 완전히 다른 느낌이었다.

하얼빈은 러시아에 의해 개발된 계획도시였기에 동방의 모스크바라 불렸다. 본래는 '그물을 말리는 곳'이라는 뜻을 가진 자그마한 어촌에 불과했으나, 러시아가 만주를 관통하는 동청철도의 기점을 하얼빈으로 삼으면서 순식간에 거대 도시로 발전하였다. 철도가 개발되면서 각종 이권에 눈독을 들인 열강들이 너나 할 것 없이 하얼빈에 진출하면서 도시 자체가 대단히 세계적인 색채를 띠게 되었다.

이 정도는 상식인지라 상철 역시 이미 알고 있는 사실들이었으나 글로 읽는 것과 실제로 보는 것은 전혀 달랐다. '세계적인 도시' '동양의 파리' '동방의 모스크바'라는 게 무엇을 뜻하는 말이었는지 눈앞에 펼쳐진 풍경을 보고서야 비로소 온전히 이해할 수 있었다.

그러니까 이곳은 조금도 동양적이지 않았다. 지역적으로 동양으로 분류될 뿐 속 알맹이는 완벽하게 서양식으로 꾸며져 있었다. 그것도 현대적인 서양식이 아니라 고전적인 서양식으로 말이다. 하얼빈에 있는 건물 중 상당수는 상철이 책으로만 봤던 옛날 서양의 건축 양식을 그대로 본떠서 만들어진 것들이었다. 분명 근래에 의도적으로 만든 계획도시인데 우습게도 그 거리가 주는 느낌은 아주 예스러웠다. 파리나 모스크바에는 가본 적이 없지만, 아마 이곳이 파리나 모스크바와 아주 비슷할 거란 생각이 들었다. 그들은 만주 끝의 한 작은 어촌에 그들의 옛 도시를 완벽하게 재현해 놓았다.

그래서인지 거리에는 검은 머리보다 코 높고, 눈 파랗고 머리가 노란 외국인이 더 많았다. 그들을 보자 상철은 잠시 제가 만주의 하얼빈에 온 것인지 아니면 프랑스 파리나 러시아의 모스크바에 온 것인지 헷갈렸다. 이곳에서는 동양인이 이방인이었다. 그림처럼 잘 어울리는 고풍스러운 서양식 건물과 완벽한 예복을 갖춰 입은 서양인들에 반해 검은 머리에 남루한 옷차림을 한 동양인들은 여기선 매우 이질적인 존재들로 보였다.

낯선 풍광에 대한 놀라움이 지나간 뒤엔 씁쓸함이 남았다. 이런 꼴을 보고 온 몇몇 인간들이 어차피 먹힐 거라면 같은 검은 머리를 한 일본에게 먹힌 게 낫지 않겠냐는 멍청한 소리를 지껄이는 이유를 알 것도 같았다. 여긴 동양이 아니었다. 동양의 색채는 아무리 눈을 씻고 봐도 찾을 수가 없었다. 낯설었다. 동양의 한 작은 어촌이 순식간에 이국의 도시가 되었다. 이 모습을 보고 분명 어떤 이들은 두려움을 느꼈을 것이다. 서양에 의해 동양이 모두 사라지지 않을까 염려했을지도 모른다. 그들의 마음을 이해할 수 있었다. 하지만 그러한 여러 생각과 감정 이전에 상철을 압도한 것은 서글픔이었다.

목포에 일본인들이 들어오면서 현지인들이 떠밀려 난 것처럼, 이곳의 현지인들은 또 어디 상상도 못 할 곳으로 밀려가 있을까. 화려한 도시 뒤의 풍경을 생각하자 아찔해졌다. 목포의 남루한 산동네와 뒷골목들이 떠올랐다. 그 굽이굽이 골목 끝에 있던 박형의 작은 집도 생각났다. 제 나라에서 타인에게 떠밀려 나도 그 꼴인데 이 낯설디낯선 곳에서 이방인 중의 이방인일 수밖에 없었던 심덕은 대체 어떤 시간을 보냈을지 상상도 되지 않았다. 추운 겨울에서 늦여름까지, 심덕은 세 계절을 이곳에서 보냈다. 대체 그녀는 여기서 무엇을 하며 보냈을까.

상철이 급하게 주머니를 뒤져 일점의 주소와 연락처가 적힌 종이를 꺼냈다. 숙소고 전보고 다 중요치 않았다. 일점부터 만나야 했다.

"배일점이에요."

까무잡잡한 얼굴에 두 눈이 별처럼 빛났다. 상철을 쳐다보는 시선이 곧았다. 대단히 단단해 보이는 여자였다. 그녀는 자신감이 넘쳤고 거리낌이 없었으나 무례하지 않았다. 언제나 세상에 환영받으며 자란 사람만이 가질 수 있는 안정적이면서도 자신감

넘치는 분위기가 일점을 감싸고 있었다.

　일점과 심덕은 같은 듯 달랐다. 아마도 일점은 가족과 주변인들에게 한결같은 애정과 지지를 받으며 자랐을 것이다. 타인을 대하는 그녀의 태도에서 그러한 것을 느낄 수 있었다. 중심이 잘 잡힌 여자였다. 순간순간 자신을 둘러싼 이들로 인해 비틀거려야 했던, 그래서 어디에도 마음 두지 못하고 부표처럼 떠돌면서도 그것을 내색할 수 없어 애써 아무렇지 않은 척 무장했던 심덕과는 달랐다. 겉으로 드러나는 건 비슷해서 어쩌면 쉬이 친해졌을지도 모르지만 두 사람은 깊이 마음을 나누진 못했을 것이다. 아마 심덕은 일점에게서 대단히 큰 위로를 얻으면서도 동시에 대단히 일점을 질투했으리라, 상철은 두 사람의 관계를 어림짐작했다.

　"홀 선생님께 연락받고 기다리고 있었어요. 선생님은 잘 계시죠?"

　"네. 괜찮으시긴 한데."

　상철이 잠깐 머뭇거렸다. 일점의 얼굴 가득 순식간에 근심이 번졌다.

　"왜요? 혹시 심덕이 때문에 몸져눕기라도 하셨어요? 워낙에 아끼셔서 충격이 크실 거란 생각은 했는데."

　"아뇨. 그런 건 아니고, 심리적으로 좀 불안하신 거 같아요."

　"불안하다는 건?"

　"자꾸 누가 지켜보는 것 같고, 뒤를 밟는 것 같다고 하세요."

　일점이 이해한다는 듯 고개를 끄덕였다.

　"건강상의 문제는 없어 보이셨습니다. 걱정 마세요. 일점 씨는 괜찮으세요?"

일점이 가볍게 미소 지었다.

"그런 거야 뭐. 나는 늘 누군가가 내 뒤를 밟거나 나를 쫓고 있다고 생각하며 사는걸요. 내가 여기 왜 왔는지 선생님이 말씀 안 해주셨나요?"

"그런 말씀은 안 하셨습니다. 그냥 심덕 씨와 가장 친한 친구 분이라고만 하셨어요."

"천천히 하죠. 바쁘세요?"

"괜찮습니다."

"숙소는 정하셨나요?"

"아니요. 도착하자마자 일점 씨에게 연락드린 겁니다."

"어머, 그러셨구나. 혹시 저희 집에서 묵으실 생각이신 건가요?"

"그런 폐를 끼칠 순 없죠. 근처 호텔에서 지내겠습니다."

"적당한 곳이 있어요. 일단 숙소부터 정하고 움직이시죠."

싱긋 웃은 일점이 앞장서서 걷기 시작했다. 상철이 일점의 뒤를 따랐다. 이국적인 풍경 속 낯선 사람들 속으로 뛰어드는 기분이 묘했다.

"동청철도가 완공되면서 러시아는 남강구, 도리구, 향방구를 차지했죠. 그리고는 이곳을 하얼빈이라고 정해버렸어요. 아주 작은 어촌이 순식간에 거대 도시가 된 거죠."

"지금 여긴 정확히 어디인가요?"

"여긴 도리구에요. 송화강을 끼고 있는 데다 러시아 거리의 중심이라고 할 수 있는 키타이스카야가 있어서 세 구 중 가장 번

화가라 할 수 있죠. 그래서 이렇게 다 건물도 외국풍이고, 외국인들도 이곳에 가장 많이 살아요. 이 근처에만 영사관이 수십 개예요. 그 서양 영사관의 덕을 보려고 여기로 오는 독립군들이 점점 늘어나는 추세구요. 영사 안으로 숨어들면 일본 놈들이 더 어쩌지는 못하니까요. 언제까지 양놈들이 우리 처지를 봐줄지 모르겠어요. 지금은 일본이 혹시나 만주를 먹을까, 그걸 견제하느라 우리를 도와주는 척하고는 있지만, 잇속이 달라지면 금세 낯짝을 바꿀 거예요. 아마."

"지금 이곳 분위기만 보면 일본이 이곳에 진출하기는 어려워 보입니다."

"지금으로선, 그래요. 보시는 것처럼 여기 일본인들 수는 적은 편이에요. 일본 정부는 이곳에 진출하기 위해 애를 쓰지만, 일본인들이 여기를 별로 안 좋아해서 오려고 하질 않아요. 일단 기후가 나쁘니까요. 물 좋고 공기 좋고 날씨 좋은 조선을 이미 차지했는데, 굳이 말도 못 하게 추운 만주까지 올라올 생각이 없는 거죠. 일본인들에게 떠밀린 우리나라 사람들 숫자는 점점 늘어나는 추세구요. 이곳에 조선인들이 점점 늘어나니 일본은 더 애가 타서 난리에요. 아마 조만간 뭔 수를 쓸 거 같긴 해요. 일본이 가만히 있지는 않을 테니까요."

이야기하며 걷는 사이 두 사람은 어느새 시내 중심가에 도착했다. 이곳엔 아까와 비교도 되지 않을 만큼 화려한 건물들이 즐비했다. 눈이 휘둥그레진 상철이 주변을 두리번거렸다.

"이곳에서 그 위쪽을 보는 건 바보예요."

일점이 웃으며 발로 바닥을 굴렸다. 그제야 상철이 아래를 내려다보았다. 아, 상철의 입에서 자신도 모르게 감탄사가 새어 나왔다. 발아래 정방형 돌이 다닥다닥 깔려 있었다. 도로 전체를 돌로 포장한 것이다.

"이게 다 화강암이에요. 이 돌 하나가 무려 은화 일 행이나 한대요. 가난한 사람의 한 달 식비에 해당하는 돌을 바닥에 이렇게 수없이 깐 거예요. 말 그대로 정말 돈지랄이죠."

손바닥만 한 돌이 은화 일 행이나 한다는 것도 놀라웠지만, 그 은화 일 행이나 한다는 돌이 넓은 길에 빼곡하게 깔려 있는 모습은 가히 충격적이었다.

"러시아 출신 엔지니어가 설계 및 감리를 한 거예요. 우리끼린 우스갯소리로 이 돌 까는 데 돈을 다 써서 러시아가 일본에 전쟁을 진 거라고 해요."

"러시아가 얼마나 이곳에 공들였는지 알겠군요."

"동청철도가 베를린까지 연결된대요. 러시아는 지금 상하이보다 하얼빈을 더 중요하게 생각하고 있어요."

일점은 상철을 거리 가운데 있는 호텔로 안내했다. 3층짜리 호텔은 당시 서양에서 유행하던 아르누보 스타일로 지어진 것이었다. 호텔 가운데는 러시아 국기가 꽂혀 있었다.

"러시아계 유대인이 지은 거예요. 제대로 읽자면 모던이지만, 여기 사람들은 다 모테른호텔이라고 불러요. 근방에선 이 호텔 시설이 제일 좋아요."

일점의 설명을 들으며 상철이 호텔을 찬찬히 훑어보았다. 노란빛이 도는 갈색 외벽이 햇빛을 받자 황금색으로 번쩍였다. 심덕이 떠올랐다. 심덕이 좋아했을 법한 화려함이었다.

"혹시 심덕 씨도 이곳에서 머물렀습니까?"

일점이 선뜻 대답하지 못한 채 망설이는 시선으로 상철을 보았다. 무언가 이상한 느낌이 들었다. 어쩌면 심덕이 이곳에서 보낸 몇 달이 상철의 예상보다 훨씬 더 참혹했을지도 모른다는 불길한 예감이 머릿속을 스치고 지나갔다.

"심덕인 우리 집에서 지냈어요. 하지만 이 거리에 자주 오긴 했죠. 정확히는 이 호텔 때문이 아니라."

다시 일점이 말을 멈추었다. 상철은 재촉하지 않고 일점의 말을 기다렸다.

"저 살롱에 자주 갔어요."

한참의 시간이 흐른 뒤 일점이 손가락질하여 가리킨 곳은 호텔 맞은편에 있는 레스토랑이었다.

"밤이 되면 저곳은 연회장이 돼요. 온갖 나라에서 온 오만 사람들이 다 모여들곤 하죠."

"심덕 씨는 저곳에 혼자 갔습니까, 아니면 누가 초대를 해서 간 겁니까? 초대받아서 간 거라면 누가 심덕 씨를 초대했습니까?"

"단순한 기자분, 아니시죠?"

인상을 찌푸린 채 레스토랑을 노려보는 상철에게 일점이 한 걸음 성큼 다가섰다. 상철을 보는 일점의 두 눈이 날카로웠다.

"처음부터 오로지 심덕이에 대한 기삿거리만을 찾기 위해 이곳까지 기자가 올 리 없다고 생각했어요. 기자들의 속성을 잘 알아요. 그들은 당장 사람들의 흥미를 자아낼 수 있는 화젯거리를 찾아다니죠. 하얼빈에서의 심덕이는, 지금 이슈가 되고 있는 심덕이와는 하등 상관이 없어요. 기삿거리가 될 만한 일 같은 거 여기엔 없다는 말이에요. 기자가 그런 것도 모르고 여기까지 왔을까요? 아무 기삿감이 없는데 부득불 하얼빈까지 왔다는 건 곧 직업적인 이유를 핑계 삼은 개인적인 관심이란 거죠. 두 사람 어떤 사이였나요?"

이 여자를 속일 순 없으리라. 그리고 이 여자를 조금이라도 속인다면 하얼빈까지 온 목적 역시 달성할 수 없을 거다. 상철은 제가 가진 모든 패를 일점에게 숨김없이 보여줘야 한다는 걸 깨달았다.

"제가 좋아했습니다. 일방적인 짝사랑이었습니다. 심덕 씨에게 고백한 적은 없지만, 곁을 서성였으니 짐작은 했을 겁니다. 심덕 씨가 알든 말든 상관없이 좋아했습니다. 제 마음이 그랬어요."

일점이 관찰하는 시선으로 상철을 찬찬히 훑어보았다. 사실인지 아닌지 확인하는 눈빛이었다. 상철은 피하지 않았다.

"뭘 알고 싶어서 절 찾아오신 건가요?"

"여러 가지가 있죠. 가장 큰 이유는 예전에 심덕 씨가 하얼빈에서 어떻게 지냈나 궁금해서 왔습니다. 그리고."

"그리고?"

이 말을 해도 될까, 상철이 머뭇거리다 피식 웃었다. 어차피 물러설 곳이 없었다.

"미친놈이라고 생각하셔도 좋아요."

예상치 못한 말에 일점이 미간을 찌푸렸다.

"저는 심덕 씨가 죽지 않았다고 생각합니다. 죽을 리 없어요. 그럴 수 없는 여자예요. 가까이 지내는 분들에게 몸을 의탁한 채 숨어 있는 건 아닐까 생각했습니다. 찾을 수 있을까 해서, 아니 여기 없더라도 혹시 일점 씨라면 심덕 씨가 있을 만한 곳을 알지 않을까 해서 왔습니다."

그 순간 일점의 두 눈이 흔들렸다. 흔들리는 일점의 시선을 따라 상철의 가슴도 떨렸다. 혹시, 정말 이곳에 그녀가 있는 건 아닐까. 초조함에 혀가 말렸다. 상철이 주먹을 쥐었다 폈다 반복하며 침착하기 위해 애를 썼다.

"여기 다 그럴싸해 보이죠? 잘 꾸며진 거리, 멋진 건물, 좋은 옷을 입고 매너가 좋은 서양인. 멋있죠?"

갑자기 무슨 말을 하는 걸까. 예상치 못한 질문에 당황한 상철이 대답하는 것조차 잊은 채 멍하니 일점을 보았다. 대답을 기대한 질문이 아닌 모양인지 일점이 계속해서 말을 이었다.

"그런데 사실 여기 있는 서양인들 다 날건달들이에요. 생각해 보면 당연한 일이죠. 자국에서 아무 문제 없이 잘 사는 사람들은 굳이 제 살던 곳을 버리고 이 먼 곳까지 올 리 없죠. 그러니까 여기까지 왔다는 건, 어느 나라에서 왔건 간에 자신의 조국에서는 제대로 살 수 없는 사람들이란 거죠. 뭐 떠나온 이유는 물론 사람마다 다를 테지만요."

"일점 씨."

"이걸 아셔야 해요. 그래야 심덕이가 여기서 지낸 시간들을 이해하실 수 있을 테니까요."

〰

　사랑하는 남자는 독립운동가였다. 이 시대 조선인들 중 일제의 횡포에 분노하지 않은 사람이 누가 있겠냐마는 적극적으로 저항하기로 결심하는 것은 또 다른 문제였다. 하지만 일점이 사랑한 사내는 제 목숨을 모두 바쳐 일제에 저항하겠노라, 작정한 이였다.

　일점은 그와의 만남을 운명이라 생각했다. 어느 날 밤 일본군의 눈을 피해 교회로 숨어들어 온 이였다. 심각한 부상을 입은 그를 교회 다락방에 숨긴 채 치료해 주다 사랑에 빠졌다. 치료가 끝난 뒤 상해로 떠나겠다는 그를 혼자 보낼 수가 없어서 짐을 싸 야반도주했다. 상해에서 임시정부 요원이 된 그가 군사 훈련을 받으러 떠나면서 일점에게 하얼빈에 가 있으라고 했다.

　"거긴 아직 일본이 손을 뻗치지 못한 곳이야. 상해보다 오히려 하얼빈이 안전할 거야. 거기 있어. 만나러 갈게."

　그가 올 날을 기다리며 하얼빈에 정착하기로 결심했다. 그 뜻을 아비에게 알렸을 때 일점의 부친인 배 목사는 딸을 위해 미련 없이 평양을 정리하고 하얼빈으로 와주었다. 부녀는 개척교회를 하며 하얼빈에 자리 잡았다.

　겉으로 보이는 화려함과 달리 하얼빈에서의 삶은 녹록지 않았다. 짧지만 그래도 몇 달이나마 상해에서도 지내본 적 있는 일점은 오히려 상해보다 하얼빈의 수준을 더 낮게 평가했다. 적어도 상해는 오랜 세월 역사가 만들어낸 전통이 굳건했다. 당연히 외국인들이 들어오기도 쉽지 않았고, 들어오는 외국인들 역시 함부로 활개 치고 다니지 못했다. 긴 역사와 문화가 주는 위압감이었다. 청나라에 나라를 빼앗기고도 그들을 오랑캐라고 무시했던 한족의 자존심은 양놈들에게도 똑같았다. 그들은 여전히 고고했다. 그 기상에는 콧대 높은 백인들도 기가 눌렸다.

하지만 하얼빈의 처지는 상해와 달랐다. 하얼빈은 애초에 어디에서도 제대로 뿌리내리고 살지 못한 유민들의 도시였다. 뿌리를 내리지 못한 유민들은 새로운 이주자들에 의해 쉽게 밀려났다. 순식간에 하얼빈은 세계인들의 도시가 되었다. 문턱이 낮으니 당연히 상해보다 질이 낮은 이들이 몰려들었다. 계획도시라는 이름은 겉으로 보기엔 그럴싸했지만 실상을 파헤쳐 보면 속 빈 강정이었다. 옷만 그럴듯하게 갖춰 입었을 뿐 하얼빈의 양놈들은 건달에 불과했기 때문이다. 깡패와 다를 바 없는 인간들이 몰려와 한자리를 차지하는 형상이었다. 당연히 하루가 멀다 하고 일이 터졌다. 한데 온갖 범죄가 일어나도 영사관들이 선점한 지역은 너나없이 치외법권이라며 자신들의 동포에게 아무런 처벌도 내리지 않았다. 나라에서 쫓겨난 것도 억울한데 현지인도 아닌 같은 처지의 외지인들에게까지 구박받는 조선인들은 억울함을 호소할 곳조차 없어 속이 썩어 들어갔다. 그들의 편에서 일하는 일점은 양놈들이 혐오스러웠다. 특히 옷을 잘 입은 데다 얼굴이 반들거릴수록 역겨웠다.

그랬기에 일점은 당연히 하얼빈에 온 심덕에게 조심하라고 일렀다.

"여기 빛 좋은 개살구야. 함부로 돌아다니지 말라. 위험하다."

그러나 일점의 단속도 아무 소용 없었다. 심덕은 첫눈에 하얼빈의 화려함에 마음을 빼앗기고 말았다.

"너 그거 알고 있나? 여기 교향악단도 있다더라. 심지어 송화강 근처에 있는 클럽에선 밴드가 식사하는 손님들을 위해 연주도 하더라. 아주 일품이던걸. 여기 이렇게 음악과 문화가 발달했는지 몰랐다."

"겉보기만 그럴싸해 보일 뿐이라니까? 걔네 다 건달패야. 빈 수레가 요란하단 말도 모르나?"

"네가 몰라서 그래. 연주가 수준급이었어."

"아니라니까!"

일점은 속이 터질 지경이었다. 본국에 가면 명함도 못 내밀 뒷골목 인생들이 타국에서 자신들의 신분을 세탁하기 위해 오히려 더 그럴싸하게 자국 문화를 이용한다는 걸 일점은 간파했다. 하지만 이미 그 화려함에 마음을 빼앗긴 심덕은 일점의 말을 듣지 않았다.

"나 여기서 재기할 수 있을 거 같아. 여기서 유명해져서 조선으로 돌아갈 거야. 국제 가수가 되는 거이지."

"그렇게 안 돼. 말도 안 되는 소리 하지 말고 그냥 쉬다 가라."

"왜 무조건 안 된다고만 하나? 난 할 거야. 할 수 있어. 넌 음악을 모르잖아. 난 알아. 그들도 알지. 그러니 그 사람들은 날 알아봐 줄 거이야."

"야, 그치들은 네가 하는 음악을 들을 수준도 안 될뿐더러, 아무리 네 실력이 좋다 해도 동양 여자가 하는 음악 따위는 쳐주지도 않아. 개네한테 동양 여자는 그냥 인형이야. 적당히 가지고 놀다 버리면 되는 인형!"

"너는 늘 너무 삐딱하다."

"미치것네. 그래, 니 맘대로 하라. 니 마음대로 해."

원래도 허영심이 있다는 건 알고 있었지만 서른을 눈앞에 둔 나이에 이리 사리 분별을 못 할 줄은 몰랐다. 심덕에게 크게 실망한 일점은 결국 말리길 포기했다. 아무리 뜨겁다고 말해줘도 못 알아듣는다면 직접 데어보는 수밖엔 방법이 없었다.

일점이 손을 떼자 그날로 심덕의 밤 외출이 시작되었다. 해가 떨어진 뒤 나가서 밤이 이슥할 때 돌아왔다. 몇 번은 멀쩡히 돌아왔다. 심지어 모두의 앞에서 노래를 하고 기립 박수를 받았다고 자랑했다.

"너가 정말 잘 몰라서 그래. 다 좋은 사람들이었어."

"그럼 다행이다. 그래도 조심하라."

"알았다."

이미 나다니기로 작정한 친구에게 나쁜 일이 생기길 바랄 수 없었다. 도박판에서 사람을 끌어들이기 위해 초반 몇 번은 져주는 수법과 꼭 같다는 의심이 들긴 했으나 너무 과한 상상이라고 애써 떨쳐냈다. 이왕 이렇게 된 거 심덕의 꿈대로 좋은 일이 생기길 기도했다. 다 죽어가는 얼굴로 온 녀석이 그래도 밤에 나다니면서 다시 생기를 찾는 것 같아서 마음이 놓이기도 했다.

그렇게 일주일쯤 지났을까. 어느새 일점의 걱정이 무뎌져 더 이상 밤늦게까지 심덕을 기다리지 않게 되었을 때쯤, 심덕이 외박했다. 이른 새벽에 깬 일점이 밖에 나왔을 때 옆방 댓돌에 신이 없어 놀라 문을 열자 방이 비어 있었다.

$\wr$

"그대로 집을 뛰쳐나가 골목골목을 찾아다녔어요."
"어디 있었나요?"
"거리의 뒷골목에 쓰러져 있었어요. 옷이 찢긴 채."
상철의 두 눈에 핏발이 섰다. 일점이 고개를 돌려 시선을 피했다.
"난 아무것도 묻지 않았고, 심덕이도 아무 말도 하지 않았어요. 난 걜 부축해서 집에 데려왔고, 씻는 걸 도와줬어요. 그날 이후 심덕인 방에 처박혔죠. 며칠 동안 부러 건드리지 않았어요. 시간을 줘야 한다고 생각했거든요. 그런데 그게 내 두 번째 실수였죠."
"왜 그게 실수였죠?"
일점이 대답 없이 앞서 걸었다. 일점의 집은 키타이스카야를 지나 부둣가 일대의 주택지대 뒷골목에 있었다. 드러난 주택지대의 집들이 뽀얀 벽의 정원 딸린 2층 양옥집이라면, 일점이 사는 곳은 주택가 뒤편의 좁은 골목에 다닥다닥 붙은 쪽방촌에 있었다. 그 골목 끝에 나무로 얼기설기 엮은 지붕이 얹어진 곳이 일점의 집이었다. 상철은 허리를 굽혀야 겨우 들어갈 수 있을 정도로 골목도 집도 모두 협소했다.

"여기가 심덕이가 지냈던 곳이에요. 안 치웠어요. 떠날 때 또 올 수도 있다고 했거든요. 그래서 안 치우고 있었어요."

일점의 뒤를 따라 방에 들어간 상철은 제 눈앞에 펼쳐진 광경이 믿어지지 않아 할 말을 잃었다. 한 사람이 누우면 꽉 찰 만한 골방이었다. 낡은 벽지엔 군데군데 곰팡이가 슬어 있었다. 방 안엔 창문조차 없어 대낮임에도 불을 켜지 않으면 한 치 앞을 볼 수 없을 정도로 어두웠다.

상철이 찬찬히 방을 둘러보았다. 방 곳곳에 아직 정리하지 못한 심덕의 흔적들이 있었다. 여기저기에 굴러다니는 분첩과 거울, 작은 빗 들을 지나간 상철의 시선이 방구석에 놓여 있는 담뱃대와 재떨이에서 멈췄다.

"심덕 씨는 담배를 안 피우는데요."

묻는 듯이 던진 상철의 말에 일점은 아무런 대답도 하지 않았다. 상철이 재떨이와 담뱃대를 유심히 보았다. 자세히 살펴보자 그것은 일방적인 담뱃대와 모양이 조금 달랐다. 몸통은 대나무고 끝에는 작은 구릿빛 통이 달려 있었다. 언젠가 이런 걸 본 적이 있다. 상철이 자신도 모르게 담뱃대를 집어 들었다.

"이건."

"그게 내 두 번째 실수예요."

상철이 일점을 돌아보았다.

"아편이에요. 아편을 피운다는 걸 너무 늦게 발견했어요. 내가 알았을 땐 이미 중독된 후였어요. 당연히 쉽게 끊지 못했죠. 심덕인 몇 달간 아편을 피웠어요."

비틀, 상철의 몸이 흔들렸다. 전혀 생각지 못한 일이었다. 겨우 정신을 차린 상철이 천천히 방을 둘러보았다. 한 사람이 겨우 누울 법한 좁은 방이었다. 이 방에 누워서 낡은 벽을 바라보며 심덕이 아편을 피웠다니. 끔찍한 일이었다. 못 볼 꼴이었을 거다. 상철이 질끈 두 눈을 감자, 흐릿해진 눈으로 기운 없이 축 늘어진 채 아편을 피우는 심덕의 모습이 떠올랐다.

ζ

이용문과도 거래를 했다. 여기 있는 치들이 이용문보다 못할 건 없어 보였다. 그러면 그것으로 충분했다. 어차피 나락으로 떨어진 평판이었다. 타국에서 홀로 고고하게 남은 자존심을 지켜본들 누가 알아줄 것도 아니었다. 떨어진 평판을 덮을 수 있는 것은 더 화려한 이력이었다. 다시 가수로서 재기하는 것만이 살길이라고 확신한 심덕은 하얼빈에서 그 꿈을 이룰 수 있길 바랐다.

심덕이 노린 것은 매일 밤 살롱에서 열리는 파티였다. 그 파티에는 세계 각국의 유명 인사들이 다 모이는 것으로 유명했다. 만약 심덕이 그 많은 사람들 앞에서 노래를 불러 주목받게 된다면 심덕은 단번에 국제 사회에서 유명 인사가 될 수 있었다.

초대장이 있어야만 입장할 수 있는 파티였으나 이미 심덕이 그곳에 가기로 마음먹은 이상 초대장 같은 건 별로 문제가 되지 않았다. 심덕에게는 어떻게 하면 그 파티에서 모두의 주목을 받을 수 있을 것인가만이 중요했다. 심덕은 그 어느 때보다 심혈을 기울여 준비했다.

먼저 심덕은 흰색 비즈가 촘촘히 박혀 있는 드레스를 맞췄다. 목까지 단추가 올라와 있어 일견 정숙해 보였지만 클리비지 라인이 보이게 가슴 쪽은 트여 있었고, 등과 허리 역시 시원하게 파여 있어 심덕의 유려한 등 라인이 드러나는, 독특한 디자인이었다. 팔 부분은 레이스로 만들어서 긴팔소매이지만 움직일 때마다 맨살이 슬쩍슬쩍 보이게 했다. 머메이드 스타일로 허리와 힙까지는 딱 붙다가 다리 아래로는 물결처럼 떨어져 움직일 때마다 드레스 끝자락이 찰랑거렸다. 최대한 자신의 매력이 돋보일 수 있도록 제 신체를 고려해 스스로 디자인한 드레스였다.

드레스가 만들어지는 동안 심덕은 매일 밤 살롱 앞으로 가 사람들을 살폈다. 그들은 대부분 차를 타고 왔고, 입구에서 초대장을 보여준 뒤 들어갔다. 하지만 개별 확인이 아닌 그룹 확인이라 한 장으로 여러 명도 통과할 수 있었다. 심덕은 어떻게 그들 속에 섞여서 안으로 들어갈지 동선을 머릿속으로 그려보았다.

그런 뒤엔 노래 연습을 했다. 심덕이 택한 곡은 모차르트의 오페라 「마술피리(Die Zauberflöte)」에 나오는 '밤의 여왕의 아리아 (Der Hölle Rache kocht in meinem Herzen: 내 마음 분노로 끓어오르고)'였다. 단숨에 사람들을 주목하게 만들기엔 이보다 더 좋은 곡은 없었지만 심덕이 부르기엔 조금 버거운 음역이라 즐겨 부르진 않았다. 하지만 지금 심덕에겐 선택의 여지가 없었다.

동경음악학원 시절, 심덕이 이 노래를 불렀을 때 교수가 경탄했었다. 심덕은 목소리에 힘이 있어 클라이맥스에서 무너지지 않을 뿐만 아니라 소리도 고르다며 극찬했다. 여자 소프라노들은 고음에서 힘이 달려 제대로 부르지 못하는 곡이라며 심덕의 파워풀한 성량을 칭찬했었다. 그래서 그 후 심덕은 꼭 대단히 주목받아야 할 자리에선 이 곡을 선택하곤 했다. 하지만 아무리 여러 번 불러도 여전히 실패에 대한 부담감이 큰 곡이라, 늘 무대에 서기 전엔 다른 곡들보다 훨씬 더 많은 연습이 필요했다.

"너 정말 갈 생각이가?"

드디어 드레스가 나온 날, 드레스를 입은 채 노래 연습을 하는 심덕을 보며 일점이 걱정스럽게 물었다.

"그럼. 그게 아니면 내가 요 며칠 왜 그리 열심히 노래를 불렀겠나?"

"심덕아."

"내가 거기서 아무리 노래를 잘 불러봤자 난 그들에게 무희와 다를 바 없다고 말하려는 거이지?"

일점이 놀란 눈으로 심덕을 보았다. 심덕이 싱긋 웃었다.

"나 알아. 모르고 가는 거 아니다. 난 무대가 필요한 가수야. 불러준다면 어디서든 노래해야 해. 시작은 무희여도 괜찮다. 일단 내 무대가 생기고 나면 그들에게 내가 단순한 무희가 아니라는 걸 알게 해줄 거이니까. 자신 있어. 두고 보라."

심덕은 제 재능을 믿었다. 살다 보면 돈은 사라질 수 있다. 권력을 잃을 수도 있다. 사회적 명성과 체면에 손상을 입을 수도 있다. 하지만 재능은 사라지지 않는다. 어떤 일이 있어도 주어진 재능은 영원했다. 다리가 부러져도 얼굴이 못나져도 몸매가 망가져도 상관없었다. 목소리와 그 목소리를 보여줄 수 있는 무대만 있다면 심덕은 언제든지 다시 재기할 수 있었다. 신이 심덕에게서 모든 것을 다 빼앗아가도 목소리를 가져가지 않는 한, 심덕은 언제든 돈과 권력과 사회적 명성과 체면을 되찾을 수 있었다. 그래서 그런 것들을 다 잃어도 심덕은 두렵지 않았다. 자신에겐 여전히 목소리가 있었으니까 말이다. 밑바닥까지 떨어져도, 아니 그보다 더 못한 상황에 처해도 괜찮았다. 심덕은 자신 있었다.

"오늘의 호스트는 어떤 분이신가요?"

흰 수염이 매력적인, 사람 좋아 보이는 노인 곁에 바싹 다가서며 심덕이 말을 건넸다.

"아, 러시아에서 온 이반 공작이에요. 마드모아젤. 이곳에 처음 초대받으셨나요?"

"네. 하얼빈에 얼마 전에 왔어요. 친구가 오늘 자기 대신 가라며 초대장을 주었어요. 이반 공작은 어떤 분이시죠?"

"아주 젊고 잘생긴 청년이지요. 이번이 그가 여는 세 번째 파티예요. 이반은 러시아 왕족일 뿐 아니라 동청철도에 자금을 댄 인물이라고 해요. 하얼빈의 돈은 절반이 그에게서 나온다고 해도 과언이 아닐 정도로 젊지만 영향력이 큰 인물이에요."

"대단한 분이시네요."

"그럼요. 온 김에 이반 공작과 친해져 둬요, 마드모아젤. 그는 아주 괜찮은 청년이랍니다. 마드모아젤과 나이가 비슷할 거예요, 아마. 아니, 더 어리려나? 동양 여자들은 다 어려 보여서 나이를 짐작하질 못하겠어요. 하하."

대화를 나누는 사이 입구에 다다른 노인이 초대장을 꺼냈다. 그 순간 심덕이 몸을 비틀거리며, 노인을 붙잡았다.

"앗."

"괜찮아요?"

"죄송해요. 발을 삐끗했어요. 하이힐이 너무 높았나 봐요."

"이런, 조심했어야지. 걸을 수 있겠어요?"

노인이 걱정스러운 눈으로 심덕을 보았다. 보이가 초대장을 보는 사이 노인이 심덕에게 제 팔을 내밀었다. 심덕이 조심스럽게 노인의 팔을 붙잡고서 한 걸음씩 걷기 시작했다. 그러는 사이 보이는 어느새 노인 뒤에 온 이들의 초대장들을 살펴보고 있었다. 아무 문제 없이 입구를 통과한 것이 기뻐 심덕이 환한 미소를 지으며 노인을 보았다.

"감사합니다."

"뭘요, 마드모아젤. 좋은 밤 보내요."

노인과 헤어진 후 심덕은 살롱 안을 찬찬히 훑어보았다. 낮에 레스토랑으로 운영할 때 사용했던 테이블과 의자가 모두 치워진 홀은 생각했던 것보다 훨씬 넓었다. 샹들리에의 화려한 불빛이 홀 곳곳을 비추고 있었다. 절반은 서서 술을 마시며 대화를 나누고 있었고, 절반은 끊임없이 흘러나오는 음악에 맞추어 춤을 추고 있었다. 그리고 몇몇 짝을 이룬 남녀는 서로 몸을 바싹 붙인 채 키득거리며 2층으로 올라가고 있었다.

심덕이 연주자들을 찾기 위해 두리번거렸다. 빛이 거의 닿지 않은 홀 끝 쪽이 그들의 자리였다. 가까이 다가가 자세히 보자 심덕의 기대보다 꽤 구색이 맞춰진 연주단이었다. 피아노에 바이올린과 첼로, 플롯과 트럼펫에 북까지 갖추고 있어 미니 오케스트라라 할 만했다. 이 정도면 제가 원하는 곡은 그 무엇이든 연주가 가능할 성싶었다. 심덕은 곡이 끝난 뒤 땀을 닦으며 다음 곡을 준비하는 지휘자에게 다가갔다.

"혹시 신청곡도 연주해 주시나요?"

"물론입니다. 듣고 싶은 곡이 있으십니까?"

"네. 오페라 「마술피리」에 나오는 '밤의 여왕의 아리아'요."

지휘자가 의아한 듯 고개를 갸웃하며 심덕을 보았다.

"그건 오페라인데요."

"알아요."

"저희는 가수가 없어요."

"여기, 있잖아요."

심덕이 웃으며 자신을 가리켰다. 노란 머리에 파란 눈을 한 지휘자의 갈색 눈썹이 꿈틀했다. 심덕을 훑어보는 눈빛에 얼핏 조소가 스치고 지나갔다.

"그 곡은 아무나 부를 수 있는 곡이 아니에요."

"제가 아무나로 보이시나 봐요?"

심덕이 지휘자 앞으로 성큼 다가갔다. 움찔하면서도 지휘자는 물러서지 않고 도리어 몸을 더 꼿꼿이 하며 심덕을 노려보았다. 연주자들의 흥미진진한 시선이 팽팽한 기 싸움을 펼치는 둘을 향했다.

"전 동양의 제럴딘 패러예요. 오늘 밤 선생님을 토스카니니로 만들어드릴 거예요. 그러니 지금 당장 연주하세요."

쇳소리가 날 것처럼 날카롭고 팽팽한 두 눈이 허공에서 부딪쳤다. 여기서 밀리면 끝장이었다. 심덕의 기세에 결국 지휘자가 먼저 눈을 돌렸다.

"그게 허풍일지 아닐지, 두고 봅시다."

지휘자가 손을 높게 치켜들었다. 모두가 바싹 긴장하며 자신의 악기를 고쳐 잡았다.

"Der Hölle Rache kocht in meinem Herzen!"

연주자들이 고개를 끄덕였다. 지휘자가 심덕에게 가운데에 서라고 눈짓했다. 심덕이 핀 조명이 떨어지는 무대 위에 자리하자 지휘자가 다시 한번 크게 손을 휘저었다. 이내 격정적인 현악기의 연주가 시작되었다. 분위기를 반전시키는 갑작스러운 연주에 사람들의 시선이 하나둘, 연주자들에게로 모여들었다가 그 옆에 선 심덕에게로 향했다. 낯선 이들이 웅성거렸으나 두렵지 않았다. 아니 오히려 반갑기까지 했다. 좌중을 둘러본 심덕이 노래를 시작했다.

심덕의 노래가 끝난 뒤 박수갈채가 쏟아졌다. 인사를 마친 심덕이 고개를 돌려 지휘자를 보았다. 지휘자가 만족스럽게 웃고 있었다. 심덕이 내려가며 지휘자에게 손을 내밀었다.

"잠시나마 토스카니니가 될 수 있어 행복했어요. 고마워요. 미스 패러."

심덕의 손을 붙잡는 지휘자의 손엔 뜨겁게 열이 올라있었다. 심덕이 가볍게 그를 포옹했다.

"훌륭해요. 정말 훌륭했습니다."

아래로 내려온 심덕 주위로 순식간에 사람들이 몰려들었다. 그들은 자신이 잘 안다고 생각했던 동양인의 모든 특성에서 벗어나는, 키가 크고 성량이 풍부하고 오페라를 아주 정확한 발음으로 잘 부르며 무대 매너까지 완벽한 심덕이 신기한 듯했다. 너나 할 것 없이 달려든 이들은 심덕에게 질문을 쏟아냈다. 심덕은 아주 우아한 태도로 그들과 인사를 나누면서 자신을 소개했다. 노래가 끝난 뒤 단 30분 만에 심덕은 동양에서 국제 무대에 진출하기 위해 하얼빈으로 날아온 최고의 가수가 되었다.

"본토 이태리로 공부하러 가는 길에 친구를 만나러 하얼빈에 잠시 들른 거예요."

"이곳에 며칠이나 머무르실 건가요?"

"글쎄요. 친구가 큰일을 당해 위로해 주기 위해 온 거라 얼마나 머무를지는 아직 정해두지 않았어요."

"오, 그럼 머무르는 동안 매일 이곳에 와줘요. 그대의 노래를 듣고 싶어요."

사람들은 심덕에게 부탁을 하다 그것도 부족하다 생각했는지 결국 레스토랑 주인을 불러왔다. 그들은 심덕을 고용하라고 성화를 부렸다. 결국 영문도 모른 채 등 떠밀린 레스토랑 주인은 정식으로 심덕에게 노래를 부탁해야 했다. 심덕은 대단히 난처한 얼굴로 주변을 둘러보았다.

"매일 밤 이곳에 오는 건 무리일 거 같은데."

"오, 제발. 제발 부탁이에요. 조국을 떠난 이후 이토록 아름다운 노래를 들은 건 오늘이 처음이에요. 제발 계속 우리에게 그 노래를 들려줘요."

결국 윤 양은 머무르는 동안, 이라는 조건하에 그곳의 가수로 채용되었다. 하룻밤에 100원이라는 어마어마한 페이였다. 심덕은 너무나 만족스러운 제 심경을 들키지 않기 위해 애써 표정 관리를 해야 했다. 하지만 더 큰 소득은 따로 있었다.

"이반 공작이 뵙고 싶어 하십니다."

단 하루 만에 호스트를 만나게 될 줄이야! 심덕의 가슴은 기대감으로 뛰었다. 설레는 마음을 숨기기 위해 심덕은 표정 관리를 하려 애써야 했다.

"정말 훌륭한 노래였습니다."

시종을 따라가 소개받은 공작은 노인의 말처럼 눈이 반짝이고 볼이 아직 붉은 젊은 청년이었다. 그는 심덕 앞에 허리를 숙이며 경외의 표시로 손등에 입을 맞추었다.

"제 파티를 빛내주어 정말 감사합니다."

심덕을 바라보는 그의 눈은 격한 감정을 숨기지 못해 일렁였다. 심덕이 그를 보며 봄에 피는 벚꽃처럼 화사한 미소를 지었다. 심덕의 예상은 맞았다. 이제 심덕은 돈도 명예도 권력도 명성도 사회적 지위도 체면도 다 되찾을 수 있다. 노래 한 곡이 심덕이 잃은 모든 것을 다시 가져다주고 있었다.

심덕은 그 이후 매일 파티에 가 무대에 섰다. 점점 소문이 나 이제 심덕을 보기 위해 오는 이들이 있을 정도였다. 심덕의 계획대로 일은 착착 진행되었다. 음반을 내자고 제안하는 쪽도 있었고, 심덕의 단독 공연을 해야 한다고 말하는 이들도 있었다. 심덕은 점점 하얼빈에 체류하는 외국인들 사이에서 유명해졌다.
그리고 이반은 그녀의 가장 열렬한 추종자였다. 이반은 그녀를 좋아하는 제 관심을 표현하기를 서슴지 않았다. 때때로 사람들이 그 노골적인 애정을 짓궂게 놀리면 귀까지 새빨개지며 대단히 부끄러워했으나 절대 부정하진 않았다. 심덕은 이반이 귀여웠다. 이반은 심덕이 숱하게 봐왔던 숫기 없는 청년들과 같았다. 그래서 조금은 만만하게 생각했다. 그를 그녀 마음대로 요리할 수 있을 줄 알았다. 모든 일이 순조롭게 흘러가서, 며칠이 너무나 평화로워서 심덕은 앞으로의 제 인생도 이렇게 흘러갈 줄 알았다. 하지만 그건 심덕의 착각이었다. 평화는 오래 가지 못했다. 열흘도 지나지 않아 심덕이 만족스러운 세상은 산산조각 났다.

문제의 그날도 여느 날과 같았다. 심덕은 노래를 불렀고, 박수를 받았고, 술을 마셨다. 다른 점이 있었다면 이반이 처음으로 심덕에게 춤을 추자고 제안했다는 것이었다. 심덕은 유쾌하게 웃으며 이반의 춤 신청을 받아들였다. 함께 춤을 추러 나가는 두 사람을 본 주변에 선 이들이 짓궂게 놀렸다. 춤을 추는 동안 이반은 바싹 얼어서는 몇 번이나 심덕의 발을 밟았다. 그는 미안하다고 했고, 심덕은 웃었다. 어찌나 긴장했던지 춤이 끝난 뒤 그의 온몸이 땀으로 흠뻑 젖을 정도였다.

"실례를 범했습니다. 마드모아젤."

"아니에요. 괜찮습니다. 이런, 땀을 너무 흘리시는군요."

"부끄러워요."

"천만의 말씀을요."

"저기."

그가 마른침을 꿀꺽 삼키며 심덕의 눈치를 보았다.

"선물, 선물이 있습니다."

"선물요?"

"네, 2층에."

그의 목소리가 기어들어 갔다. 그 뻔한 수작이 귀여웠다. 이용문과 같은 속물들만 상대하다 오랜만에 순진한 이를 보자 마음속 깊은 곳에서부터 애정이 샘솟았다.

"그래요, 그럼."

모른 척 속아주고 싶었다. 그라면 괜찮을 거 같았다. 단순한 거래로서가 아니라 인간적으로도 그는 귀여웠다. 그래서 심덕은 그의 손을 붙잡았다.

그의 손에 이끌려 처음으로 2층에 올라갔다. 2층으로 올라가는 그녀를 보며 몇몇 사람들이 의미심장한 미소를 지었으나 그녀는 모른 척했다. 그가 얼마나 긴장했던지 붙잡고 있는 손에서 땀이 흠뻑 배어 나올 정도였다. 온몸이 뻣뻣하게 굳은 채 심덕을 어색하게 잡아끄는 사내는 스무 살이 지난 이후로는 처음이었다. 오랜만에 느껴보는 풋풋한 설렘이었다. 심덕은 자꾸만 웃음이 나왔다.

"여기, 여기 있어요."

그는 2층 제일 끝에 있는 방의 문을 열었다. 문을 여는 순간 달짝지근한 냄새가 풍겨 나왔다. 방 곳곳에 놓인 향첩에서 연기가 피어오르고 있었다. 단내는 그 향내인 듯했다. 이런 준비까지 해놓다니, 그가 새삼 깜찍했다.

그는 심덕을 방 안으로 들인 후 문을 닫았다. 심덕을 침대에 앉힌 뒤 네모난 상자를 내밀었다.

"열어보세요."

심덕이 조심히 상자를 열었다. 상자 안에 들어있는 것은 다이아 목걸이였다. 참깨처럼 작은 다이아가 알알이 박혀 있는 줄 가운데는 엄지손톱만 한 큰 다이아가 매달려 있었다. 흘러내리는 빛에 따라 연한 핑크빛을 띠는 것이 누가 봐도 대단히 귀한 물건이었다.

"당신에게 어울릴 거라 생각했습니다. 마음에 드시나요?"

심덕이 고개를 끄덕이며 그를 향해 목걸이를 내민 뒤 머리를 들어 올렸다. 심덕의 희고 긴 목이 드러났다. 그가 침을 꿀꺽 삼켰다.

"해주세요."

마치 맹수 앞에 늘어지는 사슴처럼 심덕이 그에게 제 목을 내밀었다. 손이 떨린 그가 몇 번이나 실패하다 겨우 목걸이를 채웠다.

"아름다워요. 아름답습니다. 정말 잘 어울려요."

심덕을 보며 감탄하던 그가 갑자기 그녀를 와락 껴안은 후 서툴게 입을 맞추었다. 키스까지는 허락하기로 결심했기에 심덕은 저항 없이 응해주었다. 기분 탓이었을까. 갑자기 방 안에서 나는 달콤한 냄새가 점점 진해졌다. 냄새 때문인지 머리가 아프기 시작했다. 키스를 멈추기 위해 그를 밀어내려 했으나 몸에 힘이 들어가지 않았다. 졸린 것처럼 몸이 나른해지더니 자신도 모르는 사이 심덕은 침대에 누워 있었다. 이반이 심덕의 몸을 타고 올라오더니 가슴을 움켜쥐었다. 고함을 지르고 싶은데 목소리가 나오지 않았다. 정신이 점점 더 몽롱해졌다. 그의 손이 배려 없이 치마 속을 헤집고 있다는 걸 알면서도 심덕은 아무것도 할 수 없었다. 손 하나 까딱할 수 없었다. 목소리조차 나오지 않았다. 심덕은 그대로 정신을 잃었다.

기억나는 건 거기까지였다. 정신을 차렸을 땐, 일점이 하얗게 질린 얼굴로 심덕을 깨우고 있었다. 다 뜯어진 옷과 욱신거리는 온몸이 지난 밤 무슨 일이 있었는지 설명해 주고 있었다. 심덕이 옷깃을 여미며 입술을 깨물었다.

일점은 아무것도 묻지 않았다. 심덕도 아무 말도 하지 않았다. 일점은 그저 두꺼운 이불을 두어 채 더 가져다주고, 화로가 식지 않게 신경 썼으며, 밥 대신 먹기 쉬운 죽을 주었다. 너무나 일점다운 배려였다. 속 깊은 친구를 둔 것이 참으로 다행이라고 심덕은 생각했다.

하지만 아무리 일점이 애를 써준다 한들, 있었던 일을 없었던 일로 할 수는 없었다. 밤에 잠이 오지 않았다. 순간순간 떠오르는 기억에 심덕은 몸서리를 쳤다. 이대로 있다간 화병이 날 것 같았다. 그 자식이 제게 무슨 몹쓸 짓을 했는지 사람들에게 알려야 했다. 그 수줍은 미소 뒤에 얼마나 끔찍한 악마가 있는지 모두가 알아야 했다. 아마 그가 준 다이아 목걸이가 훌륭한 증거가 될 것이다. 심덕은 다이아 목걸이를 찾기 위해 어제 제가 입고 나간 옷을 뒤졌다.

하지만 심덕이 찾는 다이아 목걸이는 간데없었다. 겉옷 주머니에서 나온 것은 여러 개의 약 봉투뿐이었다. 그중 한 개를 열자 그 안엔 녹은 엿처럼 끈적끈적한 것이 들어 있었다. 짜증스러워진 심덕이 손에 쥔 봉투를 화롯불 속에 집어 던졌다. 타닥거리며 종이가 타더니 이내 연기가 화롯불에서 피어올랐다. 그리고 금세 온 방이 어제 맡았던 그 달콤한 향내로 가득 찼다. 냄새를 맡자마자 이내 온몸에 기운이 빠졌다. 이불에 쓰러진 심덕이 눈을 감았다. 졸렸다. 심덕이 깊은 잠에 빠져들었다.

봉투에 든 찐득한 고체가 아편인 줄 알았을 때는 이미 그것 없이 잠을 못 이룰 정도로 중독된 뒤였다. 뒤늦게 안 일점이 경악했다.

"끊을 거야. 안 할게."

무엇인가에 중독된다는 게 얼마나 무서운 일인지, 그게 얼마나 사람을 피폐하게 만드는지 잘 알고 있었다. 심덕은 자신도 모르는 사이 중독된 거니까, 많이 피우지 않았고 잘 때 조금 맡는 정도니까 쉽게 끊을 수 있을 줄 알았다. 자신했다.

하지만 아무 희망도 낙도 없는 하얼빈에서의 귀양 생활은 심덕의 한계를 시험했다. 며칠 밤을 불면증으로 고생한 뒤 결국 심덕은 일점의 눈을 피해 밤에 집을 나섰다. 살롱 앞을 서성이는 심덕을 이반이 먼저 발견했다. 이반은 마치 기다리고 있었다는 듯 심덕을 보며 해사하게 웃었다. 여전히 수줍고 청량한 미소였다. 역겹고 가증스러웠으나 심덕에겐 선택의 여지가 없었다. 이반은 뒷문을 통해 심덕을 데리고 2층으로 올라갔다. 2층의 끝에 위치한 이반의 방은 뒷문과 가장 가까웠다. 왜 그가 이 방을 택했는지 그제야 비로소 알 수 있었다.

여전히 방에서는 단내가 났다. 냄새를 맡자마자 온몸에 힘이 풀린 심덕이 쓰러지듯 이반에게 안겼다. 이반이 느긋하게 심덕의 몸을 쓰다듬었다. 아래가 꺼지며 깊이가 보이지 않는 심연 속으로 심덕은 빠져들고 있었다.

༄

"차라리 온다고 할 때 오지 말라고 할걸, 그런 생각을 했어요."

일점이 상철에게 차를 건넸다.

"좋은 곳도 아닌데, 제대로 해주지도 못할 건데 뭐하러 애를 받아줘서는 못 볼 꼴을 보고, 겪지 않아야 할 일을 겪게 하고……. 힘든 애 그래도 맘 편하게 쉬고나 가면 됐지, 라고 생각했던 게 실수였어요."

 제 눈으로 봐도 일점의 집 형편은 열악했다. 이곳을 심덕은 견디기 힘들었을 것이다. 어쩌면 아편에 취해 있었기에 그래도 몇 달이나 여기서 있을 수 있었던 건지도 모른다. 아니었다면 진즉에 돌아왔을 거다.

 "독립운동을 하는 분을 따라 이곳에 오셨다면, 지금도 그분을 돕고 계시는 겁니까?"

 "네. 그래서 이 모양 이 꼴이 됐어요. 후원해 주다 보니 저를 돌볼 수가 없더라구요."

 상철이 이해한다는 듯 고개를 끄덕였다. 한동안 상철과 일점은 후루룩거리며 차를 마시기만 했다. 이 자리에 없는 사람에 대해 이야기를 나누는 일은 결코 쉽지 않았다. 일점은 꽤 지쳐 보였다. 그것은 상철 역시 마찬가지였다. 찻잔을 비우고 나서야 상철이 일점을 보았다.

 "아편은 어떻게 끊었습니까? 끊기 쉽지 않았을 텐데요."
 "심덕인 불면증이었어요. 자기 위해서는 아편을 피워야 했죠. 오로지 잠, 그 목적뿐이었어요. 그 이상은 본인이 경계하기도 했구요. 그나마도 제가 워낙에 싫어하니까 저한테 들키면 계속 끊을 거라고, 끊어야 한다고 그랬어요. 딱히 끊을 계기가 없어서 미적거렸죠. 그러던 어느 날 아침 목소리가 안 나왔어요. 모든 마약은 흡연을 통해 환각을 보는 구조에요. 당연히 기관지가 상할 수밖에 없죠. 하루 한 번이지만 매일 피워댔으니 기관지가 나빠질 수밖에요. 게다가 심덕인 기관지가 좋은 편이 아니에요. 본인이 부단히 관리해서 유지하는 거지 타고난 것은 약해요. 그런데 여기 있는 동안 노래 한 소절 안 부르고 퍼져 있으면서 아편을 피워댔으니 목이 훅 간 거죠. 목이 상한 걸 스스로 느낀 순간, 큰 충격을 받더니 아편을 끊더라구요. 돌아가기 한 달 전에 끊었어요. 다시 안 피우려고 야밤에 송화강을 한 시간씩 뛰다 오고 그랬어요. 독한 년이죠. 아편을 그렇게 끊는 애는 처음 봤어요."

"원래 돌아갈 날짜가 예정되어 있었던 겁니까, 아니면 형부의 죽음 때문에 급하게 귀국하게 된 건가요?"

"겸사겸사였어요. 그때쯤 돌아가려 준비하고 있었는데 마침 부고가 왔던 거죠. 10년 넘게 병상에 누워 있던 사람이라 그런지 심덕이 형부가 죽었다는 소식을 듣고도 그리 큰 충격을 받진 않았어요. 언니가 걱정이긴 한데, 시댁 재산이 있으니 애 키우고 사는 덴 별문제 없겠지, 뭐 그 정도였어요."

차라리 시집을 가지, 일찍 시집을 가지, 일점이 땀에 젖어 돌아온 심덕을 보며 혼잣말처럼 중얼거렸다.

"뭐 가서 사내 병 수발이나 하란 말이가?"

"그런 거이 아니라, 네 언니처럼 만석꾼 집안에 시집갔으면 좋았다는 거이지."

참하고 얌전했던 심덕의 언니는 이화학당을 졸업한 후 교사 생활을 하던 중 경북 안동의 부잣집 외아들과 결혼했다. 집안 차이가 꽤 났음에도 불구하고 예쁘고 똑똑한 심성에게 반한 남자가 밀어붙여 성사될 수 있었던 혼인이었다.

"언니가 그만했는데, 너이가 그보다 못하게 시집갈 리도 없었을 거 아니가."

볼수록 재능 있는 제 친구가 아까웠다. 조선 사회는 여자가 재능을 가질수록 불행한 곳이었다. 여자가 큰 꿈을 꿀수록 나락으로 빠지기 쉬웠다. 같은 재능을 가져도 아들을 잘 키워낸 신사임당은 찬양을 받았지만 기생이었던 황진이는 비난받았다. 아무리 개화가 되었다 한들 오래된 사람들의 인식을 바꾸긴 어려웠다. 차라리 좋은 남자 만나 시집을 갔다면 이보다 더 나았을 거라는 일점의 말은 일리 있었다.

"그러는 너는 왜 안 갔나?"

"야, 나는 이미 말아먹었지. 너랑 나는 다르지 않아. 결혼하자는 사내도 많았을 거 아니가. 그중 제일 괜찮은 남자를 하나 고르지 그랬어."

젖은 머리를 털며 심덕이 일점의 옆에 걸터앉았다. 막 씻은 심덕의 몸에선 마른 물 냄새가 났다.

"시집을 갔으면 다시 조선에 돌아오지도 않았어."

"응?"

"그 수많은 사내 중에서 시집을 갈 만한 사내는 한 명뿐이었거든."

"누구?"

"있어. 일본에서 만난 사람."

"그런데 왜 시집을 안 갔나?"

"내가 더 잘될 줄 알았거든."

"뭐?"

"그 사람이 내게 만들어준 세계가 너무 좁았고 난 그보다 더 큰 세계로 나가고 싶었지. 내가 더 잘될 줄 알아. 고작 결혼 따위로 내 인생을 끝낼 순 없다고 생각해서 거절했지."

"미쳤다, 미쳤어."

"그래, 미쳤지. 그렇게 날 사랑해 준 사람이 또 없었는데."

"지금이라도 잡을 수 없나?"

"아니, 이젠 늦었다."

심덕이 자리에서 일어났다.

"그러니까 난 꼭 다시 성공해야 해. 그 사람 피눈물 흘리면서 나를 보냈다. 아파 죽으면서도 내가 가겠다니까 보내줬단 말이지. 그런 사람을 짓밟고 왔는데, 내가 성공 못 하면 안 되지 않아. 그 사람한테 미안해서라도 보란 듯이 잘돼야 한다."

"저도 심덕이가 죽었을 리 없다고 생각해요."

상철과 작별 인사를 나눈 뒤 한참을 망설이던 일점이 어렵게 말을 꺼냈다.

"심덕인 제가 원한다면 언제든 스스로 목숨을 끊을 수 있는 애예요. 하지만 그건 제가 원할 때, 자신을 위해서 하는 선택인 거지, 고작 사랑 때문은 아니에요. 게다가 김우진은 심덕의 사내도 아니었을 거예요. 본가에 처를 두고 이혼도 못 하는 사내 따위를 심덕이 목숨을 끊을 정도로 사랑했다는 건 말도 안 돼요. 독하게 아편을 끊으면서까지 다시 돌아가기 위해 애썼어요. 매일 새벽에 나가 강가에 서서 노래를 했어요. 돌아가야 한다고 했어요. 꼭 재기해야 한다고요. 의욕이 컸어요. 그런 애가 그리 죽었을 리 없어요. 차라리 재기를 위한 쇼라면 모를까."

"제 생각도 그렇습니다."

"하지만 여긴 없어요. 정말이에요."

"네."

"거짓말 아니에요. 만약 진짜 지금 여기 있다면, 기자님께는 솔직하게 말했을 거예요. 기자님은 좋은 분 같아요. 좋은 사람은 속이지 않아요. 거짓말하는 거 싫어해요, 저."

"거짓말 아닌 거 압니다. 거짓말하실 분 아니세요."

일점이 상철을 보며 빙긋이 웃었다. 그러다 이내 표정이 어두워졌다.

"어디 숨었나 계속 찾아다니실 거예요?"

"지금 심정으로는, 그러고 싶습니다."

"그럼 이제 어디로 가실 건가요?"

"아직은 정하지 않았습니다."

일점이 입을 달싹이다 그만하길 반복했다. 상철이 끈기를 가지고 기다렸다.

"만약 그렇게 돌아다니다 성공하셔서 심덕일 다시 만나게 되면,"

다시 일점이 말을 멈추었다. 이내 일점의 눈가가 촉촉하게 젖어 들었다. 상철은 재촉하지 않았다.

"심덕이에게 상황이 좋아지면 연락할 테니 그때 다시 와달라고, 그땐 내가 잘 대접해 주겠다고 그렇게 전해주세요."

상철을 올려다보는 일점의 두 눈이 반질반질했다. 금세라도 울 것 같은 얼굴로 일점은 웃고 있었다.

"그러겠습니다."

상철이 허리 숙여 인사한 뒤 돌아섰다. 걸어가는 상철의 뒷모습이 골목 끝을 돌아 더 이상 보이지 않을 때까지 일점은 그 자리에 장승처럼 멈춰서 있었다.

호텔로 돌아왔을 땐 늦은 밤이었다. 온몸이 두들겨 맞은 것처럼 욱신거리고 머리를 누가 내리누르는 것처럼 아팠다. 지배인이 상철에게 뭐라 말을 건넸으나 그 말이 귀에 들어올 리 없었다. 상철이 귀찮다는 듯 대충 팔을 휘저어 지배인의 말을 가로막은 뒤 곧장 제 방으로 올라가 씻지도 않고 그대로 침대에 누웠다. 자야 했다. 자고 싶었다. 그런데 참 환장하게도 머리도 지끈거리고 몸도 아프고 피곤해 죽을 지경인데 잠이 오지 않았다. 미칠 노릇이었다. 진짜 심덕처럼 아편이라도 피워야 하나, 쓸데없는 생각을 하는 순간 아까 기차 안에서 러시아인에게 건네받은 럼주가 생각났다. 그는 긴 기차 여행에선 늘 이걸 마시고 잠든다며 상철에게도 한잔 권했다. 하지만 코를 들이대기만 해도 아린 독주에 질린 상철은 받기만 하고 마시진 않았었다.

가방을 뒤지자 낡고 작은 술병이 나왔다. 뚜껑을 열자 독한 술 냄새가 코를 쏘아붙였다. 눈을 질끈 감은 상철이 한입에 그것을 다 털어 넣은 뒤 꿀꺽 삼켰다. 식도가 타들어 가는 것처럼 따끔하더니 이내 몸에 후끈 열이 올랐다. 상철이 다시 침대로 쓰러졌다. 무섭도록 잠이 쏟아졌다.

누군가 제 몸을 흔들어댔다. 한둘이 아닌 듯 귓가에 들리는 소리들이 소란스러웠다. 몸을 흔드는 것으로는 부족한지 이젠 뺨을 두드려댔다. 눈을 떠야 한다고 생각하면서도 어딘가에 붙들린 의식은 아무리 애를 써도 돌아오지 않았다. 끝내 찬물이 얼굴에 끼얹어진 후에야 상철이 눈을 떴다. 수십 개의 눈이 상철을 걱정스럽게 보고 있었다. 상철이 몸을 일으키자 곧장 찬물이 앞에 놓였다. 단숨에 물을 들이켜자 비로소 완전히 정신이 돌아왔다.

"괜찮으십니까?"

"괜찮아요. 지금 몇 시죠?"

"열 시입니다."

별로 늦지 않은 시간이었다. 상철이 의아한 얼굴로 지배인을 보았다.

"하루가 지난 열 시예요."

지배인이 달력을 가져왔다. 하루를 꼬박 자고도 반나절을 더 잔 것이다. 모두가 몰려들어 깨울 만도 했다. 상철이 허탈하게 웃었다.

"전화를 해도 안 받으시고 문을 두드려도 기척이 없고, 들어

와서 깨어도 깨질 않으셔서 무슨 일이 생긴 줄 알았습니다."

"죄송합니다. 요 며칠 잠을 못 잤어요. 깊게 자려고 럼을 마셨는데 너무 깊이 잠든 모양이군요."

지배인이 이해한다는 듯 고개를 끄덕였다.

"의사를 부를까요?"

"아뇨. 괜찮아요. 괜찮습니다."

상철이 가볍게 미소 지었다. 그제야 주위를 둘러싸고 있던 사람들이 안도했다. 지배인이 손을 내저어 그들을 밖으로 내보냈다.

"전보가 왔습니다."

엊그제 호텔에 체크인하자마자 신문사로 전보를 보냈었다. 아마 그 답장이 온 모양이었다.

"감사합니다."

지배인으로부터 전보를 받아 들었다. 가벼운 타박이나 적혀 있을 줄 알았던 전보엔 하나도 가볍지 않은 내용으로 가득했다. 놀란 상철이 자리에서 벌떡 일어났다. 순간 몸이 비틀했다. 지배인이 놀라 상철을 부축했다.

"정말 괜찮으십니까?"

"괜찮아요. 괜찮습니다. 차편을 구할 수 있을까요?"

"어디로 가시는데요?"

"경성, 경성으로 가야 합니다. 급해요."

"알아봐 드리겠습니다."

지배인이 밖으로 나간 뒤 상철도 황급히 자리에서 일어났다. 들고 온 가방을 찾기 위해 돌아서는 순간 상철의 눈앞이 순간 빙

그르르 돌았다. 상철이 벽에 몸을 기댄 채 숨을 몰아쉬었다. 손에 쥔 전보용지가 구겨지자 종이에 적힌 글자가 일그러졌다.

  윤심덕 유작 '사의 찬미' 발매, 급귀경 요망.

〜

 서울역에 도착했을 땐 한창 해가 뜨거운 정오였다. 늦여름 대낮의 무더위는 한여름보다 더 기승스러웠다. 가을에 밀려 물러나기 직전 여름이 마지막 심술을 부리는 모양이었다. 서너 걸음만 걸어도 입에서 단내가 날 정도였다. 셔츠의 팔을 둘둘 다 걷어 올려도 시원하지 않았다. 상철이 신경질적으로 손부채질을 했다.
 이대로 걸어서 신문사까지 갈 생각을 하자 아득했다. 신문지로 대충 머리 위에 그늘을 만든 상철이 걷기 시작했다. 그러나 얼마 가지 않아 상철이 걸음을 멈췄다. 역 근처 어디선가 흘러나오는 목소리가 익숙했다. 자리에 멈춰서 상철이 주변을 두리번거렸다. 역 근처에 있는 양식 레스토랑에서 흘러나오는 음악이었다. 상철이 급히 레스토랑 안으로 뛰어 들어갔다.
 "혹시 이 노래……."
 "네, 맞습니다. 윤심덕의 '사의 찬미'예요."
 대답하는 주인은 신이 난 모습이었다.
 "하루 종일 줄을 서서 겨우 샀답니다. 이거 구하느라 어제 식당 문을 닫았다니까요."

주인에게 꾸벅 인사한 뒤 상철은 곧장 다시 거리로 뛰쳐나왔다. 신문사를 향해 걷는 상철의 걸음이 그 어느 때보다 빨랐다. 하지만 얼마 지나지 않아 또 걸음을 멈춰야 했다. '사의 찬미'가 흘러나왔던 것이다. 또 다른 식당이었다. 멈춰서 노래를 듣던 상철이 다시 걸었다. 또 다른 곳에서 '사의 찬미'가 흘러나왔다. 기가 막혔다.

이건 가히 광풍이라 할 만했다. 축음기가 있는 곳마다 노래가 연신 흘러나왔다. 음반의 히트는 축음기 시장마저 뒤흔든 모양인지 지나가다 본 일본축음기 경성 대리점에는 '축음기 품절, 예약 판매 개시'라는 문구가 걸려 있었다.

축음기가 없음에도 음반만이라도 사려는 이들의 행렬이 이어져 레코드 가게마다 완전 아수라장이었다. 지나가다 줄이 길게 서 있는 곳을 보면 여지없이 레코드 가게였고, 가게 안에서는 손님과 주인이 실랑이를 벌이고 있기 일쑤였다. 사겠다는 사람과 물건이 없다는 사람 사이의 다툼뿐 아니라 왜 사람을 차별해서 쟤한테는 팔고 나한테는 안 파느냐는 싸움까지, 말 그대로 도떼기시장이었다.

이렇게 레코드 시장에서 음반이 팔리는 것을 본 기억이 없었다. 레코드판 한 장 값은 백미 한 섬 가격이었다. 거기다 축음기 가격은 사대문 거리 집 한 채 값이었다. 당연히 일반인들은 엄두도 못 낼 고급 취미였다. 하다못해 레스토랑도 축음기가 없는 곳이 있는 곳보다 더 많을 정도로 경성에서 축음기는 보편화되지 않았다. 한데 그 모든 일상을 단 한 장의 음반이 산산조각 낸 것이다. 상철이 떠나올 때와 완전히 달라진 풍경이었다.

온몸이 땀으로 흠뻑 젖은 상철이 신문사에 도착했을 땐 점심시간이 막 끝난 직후였다. 식사를 마친 뒤 이쑤시개를 입에 물고 오던 이들이 상철의 몰골을 보고 놀라 뒤로 물러섰다. 상철의 모습은 영락없이 곰 한 마리가 코에서 더운 김을 내뿜으며 씩씩거리고 있는 꼴이었다.

"넌 또 왜 이러고 왔냐. 가방은 또 뭐야. 뭐야 너 집에도 안 들르고 곧장 온 거냐?"

"심덕 씨 음반, 음반 보여줘요."

인사보다 먼저 튀어나온 말에 석구가 한심해하며 혀를 끌끌 찼다. 지나가던 기자들 역시 어이없다는 듯 웃었다. 앞서 걷는 석구의 뒤를 따라 기어코 편집실까지 들어온 상철이 의자에 털썩 주저앉았다. 습한 땀 냄새가 순식간에 편집실 안 공기를 텁텁하게 만들었다.

"아, 냄새. 새끼, 진짜."

"음반요."

당장에라도 내놓지 않으면 뒤집어엎기라도 할 태세였다. 무슨 빚 받으러 온 채권자처럼 구는 게 황당했으나 이 더운 날 일일이 대거리하기도 귀찮았다. 석구가 책장에 꽂혀 있던 심덕의 음반을 건넸다.

"빅 히트야. 덕분에 축음기 회사까지 노났지. 경성뿐 아니라 깡촌에서도 방귀 좀 뀐다는 치들은 있는 연줄 없는 연줄 다 동원해서라도 축음기 사겠다고 난리래. 거의 폭동 수준이야. 삼일운동 이후 경성 바닥이 이렇게 들썩이는 건 처음이라니까?"

심덕이 죽기 직전 녹음했다는 '사의 찬미'의 히트는 조금 잠잠해져 가던 심덕과 우진의 죽음에 대한 관심을 다시 불붙이기에 충분했다. 대놓고 죽음을 찬양하는 노래라니. 이건 유서와 진배없었다. 심지어 작사가는 윤심덕이라 적혀 있었다. 모두를 흥분시키기에 지나칠 정도로 완벽한 조건이었다.

"축음기를 잘 모르는 이들은 어떻게 '죽은 자의 목소리'가 나올 수 있냐고, 귀신이 있는 거 아니냐고 하더라. 그게 놀라워서 더 팔리는 모양이야. 죽음은 대단한 금기 아니냐. 그 금기에 대한 강렬한 욕망이 전염병처럼 퍼지는 거지. 아마 내 생각이지만 윗선에선 어디 정보로 이 음반이 나올 걸 알아서 니 기사 내지 말라고 한 거 같아. 야 이 음반 나오기 전에 니 기사 떴어 봐라. 얼마나 김빠지겠냐?"

음반 겉면에 적힌 가사를 읽던 상철이 회심의 미소를 지으며 음반을 책상 위에 내려놓았다.

"이거 사기요. 말도 안 된단 말입니다."

"또 뭐가? 대체 너한테 요즘 말 되는 게 있긴 하냐?

시큰둥한 석구를 노려보며 상철이 손으로 가사를 가리켰다.

"이걸 심덕 씨가 썼다구요?"

상철이 가리키는 곳엔 '작사 윤심덕'이라고 적혀 있었다.

"그래. 그렇게 적혀 있네."

"가사 읽어봤어요?"

"읽어봤지. 제일 먼저 읽어봤지."

"그런데 이걸 심덕 씨가 썼다구요? 이런 화려한 어휘를? 말이 됩니까?"

물론 석구도 그러한 의심을 안 한 것은 아니었다. 상철이 보면 당장 심덕이 썼을 리 없다고 펄펄 뛰리란 것도 이미 예상한 일이었다.

"아, 거야 뭐……."

생각해 두었던 그럴싸한 변명을 하려 석구가 입을 열었으나 상철은 들을 생각이 없는지 곧장 말을 자르고 들어왔다.

"황막한 광야에 달리는 인생아. 쓸쓸한 세상 험악한 고해에. 웃는 저 꽃과 우는 저 새들이 그 운명이 모두 다 같구나. 삶에 열중한 가련한 인생아 너는 칼 위에 춤추는 자로다. 허영에 빠져 날뛰는 인생아. 너 속였음을 내가 아느냐. 세상의 것은 너에게 허무니 너 죽은 후에 모두 다 없도다. 이런 수준 높은 시를 심덕 씨가 썼다구요? 아직 나한테 옛날에 심덕 씨한테 받은 원고 있습니다. 그거랑 이거 비교해 볼까요? 내가 하나하나 비교해서 기사 써봐요?"

"야, 들어봐. 김우진이랑 윤심덕이 연인이었다면 이상한 게 아니야. 김우진 영향을 받아서 윤심덕이 가사를 썼을 수도 있고, 또 김우진이 써줬을 수도……."

"둘은 연인이 아니었으니 문제 아니오! 둘이 연인이 아니라는 건 형도 인정한 건데 이제 와서 뒤집자는 거요?"

책상을 치며 버럭 고함을 지른 상철이 자리에서 벌떡 일어났다.

"대판에 다녀오겠습니다."

"뭐?"

"음반 회사에 가서 내 직접 사람들을 만나봐야겠습니다. 이건 분명 짜인 판이에요. 심덕 씨는 자살할 여자가 아닐 뿐 아니라 이런 가사를 쓸 수 있는 여자도 아니에요. 자살한 것보다 이런 가사를 쓴 게 더 말이 안 돼. 이거 기획자가 분명히 있어요. 그놈을 찾을 겁니다. 만나야겠어요!"

"못 가, 안 돼!"

"형!"

"야, 지금 이 판에 니 기사는 더 못 내. 지금은 안 돼. 너 오늘 하얼빈에서 왔어. 평양에 간다고 한 놈이 보고도 안 하고 하얼빈에 다녀왔다고. 그것만으로도 시말서 감이야. 근데 대판? 헛소리하지 마. 안 돼."

단호한 석구를 노려보던 상철이 품에서 팬을 꺼냈다. 그러더니 책상 위에 너부러져 있는 종이 위에 사직서라고 대충 휘갈겨 쓴 뒤 그것을 석구에게 내밀었다.

"야!"

"자를 테면 잘라요. 난 갑니다."

"이 새끼가 진짜! 야! 너 죽을래?"

눈을 부라리며 윽박질렀으나 눈썹 하나 까딱하지 않는 상철을 보며 석구가 머리를 벅벅 긁었다. 진짜 저런 새끼를 왜 데려와서는, 진심으로 전생까지 궁금케 하는 업보가 아닐 수 없었다.

"야, 그러지 말고 일단 기세 형을 찾아. 기세 형을 찾아서 물으면 굳이 일본까지 안 가도 될 거 아냐."

눈썹을 늘어뜨린 기세가 눈치를 살피며 살살 달래기 시작했다. 입을 꾹 다문 채 돌부처처럼 앉아 있던 상철이 그 순간 움찔했다.

"기세 형 나타났소?"

"어젠가 기방에 출몰했다더라. 음반이 대박 터지는 바람에 바빴대. 기세 형부터 만나봐, 응? 야 생각해 보면 애초에 윤 양한테 이 일을 연결해 준 기획자를 뭐하러 찾아. 윤 양한테 음반 내라고 펌프질한 기세 형이 기획자지 뭐 누구 딴 사람이 또 있을라고?"

그 순간 몇 달 전 기세와 경성역에서 마주쳤던 일이 떠올랐다. 그때 기세는 일동레코드에서 왔다는 누군가를 맞이하고 있었다. 당시엔 별생각 없이 축음기나 팔 것이지 생뚱맞게 뭔 놈의 레코드 회사 간부 접대를 하고 있냐고 비웃었는데, 어쩌면 그치가 심덕의 음반과 관계된 이일지도 몰랐다. 그리고 얼마 지나지 않아 심덕은 음반을 녹음하러 대판으로 간다고 했었으니 말이다.

그때 그자는 어땠던가. 얼굴은 보지 못하고 돌아서는 뒷모습만 얼핏 스치듯 봤었다. 키가 크고, 말랐고, 뒷모습만이었지만 왠지 모를 싸늘한 분위기를 풍기는 이였다. 무슨 이유에선지 그 떠벌리기 좋아하는 기세가 자신에게 그를 소개해 주지 않았다. 오히려 좀 숨기는 듯한 태도여서 잠시 어이없어했었다.

"야, 너 또 왜?"

상철이 벌떡 자리에서 일어서자 석구의 눈이 휘둥그레졌다.

"사표는 수리하든가 말든가 형 알아서 하쇼. 기세 형한테 갔다가 난 대판에 가겠소."

"뭐? 끝내 가겠다고? 거기를?"

"난 갈 거요. 가야겠수."

기막혀하는 석구를 등 뒤에 둔 채 상철이 돌아섰다. 이곳에 오는 내내 들었던 '사의 찬미'의 후렴구가 그 순간 떠올랐다.

행복 찾는 인생들아, 너 찾는 것 설움.

대체 그 여자는 무슨 생각으로 이 노래를 녹음했을까. 이 노래를 녹음한 뒤 공식적으로 세상에서 사라지기로 결심하기까지 심덕에겐 무슨 일이 있었던 걸까. 알아야 했다. 이런 것을 알기 위해 고군분투하는 게 남겨진 상철에게 주어진 몫이었다.

7장
재회

부산항의 풍경은 시모노세키와 비슷했다. 시끄럽고 지저분하고 지나치게 사람이 많았다. 짠 내 물씬 나는 습한 바닷바람에 테츠가 인상을 찌푸리며 옷깃을 세웠다. 5년 만에 방문하는 조선 땅이었으나 이전과 달라진 것 없이 여전했다. 단 5년 만에 일본이 눈부신 발전을 한 것과 참으로 비교되는 현실이 아닐 수 없었다. 부산에서 기차를 타고 경성으로 올라오는 동안 창밖으로 가난한 풍경들이 스쳐 지나갔다. 지난한 모습을 보자 피로가 밀려왔다. 뒤늦게 여독이 도지는 기분이었다.

하지만 최종 목적지인 경성에 내리자 분위기는 반전됐다. 경성역은 지나칠 정도로 도쿄역과 꼭 닮아서 당황스러울 정도였다. 가히 동양 제2역이라 할 만했다. 아마도 이 역을 설계한 이가 도쿄역을 설계한 다쓰노 긴고의 제자인 쓰카모토 야스시이기 때문일 것이다. 테츠가 고개를 들어 역사 구석구석을 세심히 살펴보았다. 스승의 작품과 닮은 듯 다른 쓰카모토의 경성역은 꽤 흥미로워서 테츠의 호기심을 자극하기에 충분했다.

"마에다 상? 이기세입니다."

하지만 빠듯하게 정해진 일정은 테츠를 여유로운 감상에 빠지게 놓아주지 않았다. 자신을 부르는 경쾌한 목소리에 고개를 돌리자 한 중년의 사내가 싱긋 웃으며 서 있었다. 흰 중절모, 빛이 날 정도로 반짝이는 새하얀 구두에 맵시 있게 몸에 딱 맞춘 조끼까지 차려입어 스리피스 정장을 제대로 갖춘 풍채 좋은 사내였다.

"마에다 테츠입니다."

기세는 적당히 기름기가 돌 정도로 살집이 오른 동그스름한 얼굴로 넉살 좋게 웃으며 테츠의 손을 잡고 힘차게 흔들었다. 윤기 나는 콧수염이 싱긋거리는 입 모양을 따라 얄팍한 입술 위에서 보기 좋게 휘어졌다. 테츠는 출발하기 전 지금 눈앞에 서 있는 이기세란 사내에 대해 조사한 정보를 떠올렸다. 공식적인 명함은 일본축음기 주식회사의 경성지부장이었으나, 실상은 좋은 말로 하면 경성의 문화계 인사, 속된 말로 하면 한량, 고급 펨푸(호객꾼)라고 했다. 참으로 소개되어 있던 문구와 기막힐 정도로 어울리는 외양이었다. 이런 자와 거래를 하기 위해 이곳까지 왔다고 생각하자 입이 썼다. 잠깐 경성역사를 둘러보며 느슨하게 풀렸던 마음은 어느샌가 오그라들어 이미 손끝이 차게 식어 있었다.

"윤 양과의 약속은 내일입니다. 오늘은 여장을 푸시죠. 국일관에 만찬을 준비해 놓았습니다. 총독부 학무국 관리들이 마에다 상을 궁금해하십니다. 하하하."

하지만 그의 입을 통해 심덕의 이름이 나온 순간, 테츠는 자신이 이곳에 왜 왔는지 분명히 깨달았다. 자신은 단순히 비즈니스를 위해 여기에 온 것이 아니었다. 자신은 심덕을 만나 그녀와 다시 시작하기 위해 왔다. 그리고 이 뺀질대는 사내가 바로 자신을 심덕에게 데려다줄 자였다. 그리 생각하자 잠깐 불쾌했던 마음이 순식간에 온데간데없이 사라지고 기대감이 가슴을 채웠다. 5년 만에 만날 심덕을 떠올리는 것만으로도 마음이 붕 뜨고 발을 디딘 땅의 감각이 사라지는 기분이었다.

"가실까요?"

기세의 제안에 가볍게 고개를 끄덕인 테츠가 가방을 단단히 움켜쥐고 성큼성큼 걷기 시작했다. 그때였다.

"기세 형!"

뒤에서 들리는 목소리에 테츠는 자신도 모르게 움찔했으나 부러 못 들은 척하며 계속해서 앞으로 걸었다. 뒤처질 이를 생각해 걷는 속도를 조금 늦춰주는 건 몸에 익은 예의였다. 그사이 잰걸음으로 쫓아오던 발걸음 소리가 멈추더니 그 뒤로 말소리가 이어졌다. 5년 만에 들은 조선말이었으나 배운 것은 쉬이 까먹지 않는 법인지, 대강의 뜻을 알아듣는 것은 어렵지 않았다.

"어이, 남상철이. 너 여기 어쩐 일이냐? 출장?"

"저치는 누구요?"

"누구? 어, 일동레코드 부장."

"아니 축음기도 안 팔리는 나라에서 뭔 레코드래? 축음기나 팔지 대체 또 무슨 일을 벌이겠다고……."

"쉿! 야 인마, 내가 조선 문화판 마당발 아니냐? 마당발. 나 말고 뭐 딱히 찾아갈 다른 인사가 없잖냐. 허니 어쩌냐. 내가 도와줘야지. 이 몸이 바쁘시다."

기세의 허풍에 테츠가 자신도 모르게 새어 나오려는 웃음을 참기 위해 어금니로 볼 안쪽을 물었다. 그러는 사이 어느새 테츠는 세워져 있던 캐딜락 앞에 도착했다. 기사가 뛰어나와 허리를 숙이며 인사한 뒤 차 문을 열었다. 그 순간 등 뒤로 허둥거리는 기세의 목소리가 들려왔다.

"야, 나 간다. 다음에 보자."

그 목소리를 귓등으로 흘려들으며 테츠가 차에 올라탔다. 이내 뛰어온 기세가 난처한 얼굴로 고개를 숙여 사과의 뜻을 표현한 뒤 운전석 옆에 앉았다.

"국일관으로 가겠습니다."

테츠가 대답 대신 고개를 끄덕이자 곧 차가 출발했다. 창밖으로 아까 기세와 인사를 나눈 남상철이란 사내가 역을 향해 걸어가는 모습이 보였다. 연기가 피어오르는 담배를 한 손에 쥔 채 큰 덩치로 구부정하게 걷는 그의 뒷모습은 이내 분주한 사람들 속으로 섞여 더 이상 보이지 않았다. 정돈되지 못한 산만함은 쉬이 오가는 사람들을 혼란 속으로 집어삼켰다.

경성은 도쿄(東京)와 꼭 닮게 꾸며놓은 까닭에 건물을 보는 것만으로도 그것이 우체국인지, 은행인지 알아차릴 수 있을 정도였다. 잘 모르는 이가 역에서 나와 주위를 둘러본다면 경성과 도쿄를 헷갈릴 듯했다. 아마도 심덕은 이 거리를 자주 돌아다녔을 것이다. 마루젠서점에서 책을 사서 미쓰코시백화점을 구경한 뒤 데이코쿠호텔에서 차 마시는 것이 심덕이 가장 사랑한 데이트 코스였다. 네모반듯한 도로와 새로 생긴 건물들 사이를 걷는 것은 심덕이 좋아하는 일들 중 하나였다. 하니 아마 이곳에서도 도쿄와 비슷하게 다녔을 게 분명했다. 그때와 다른 점이었다면 심덕의 옆에 테츠가 아닌 다른 사내가 있었다는 것일 거다.

조선엔 '십 년이면 강산도 변한다'라는 속담이 있다고 했다. 하지만 아무리 세월이 흘러 세상이 바뀌어도 절대 변하지 않는 게 있다. 기억이 흐려져도 퇴색될 수 없는 것이 있다. 그 반짝임, 심덕만이 보여주었던, 심덕만이 줄 수 있었던 그 영롱한 빛은 아무리 시간이 지나도 잊을 수 없었다. 그건 절대로 사라지지 않을, 누구도 빼앗아 갈 수 없는, 변할 수 없는 어떤 것이었다. 그 빛을 쫓아 여기까지 왔다. 강산이 한 번 바뀔 만큼의 시간이 흘렀음에도 10년 전에 처음 만난 그 소녀에게 느꼈던 설렘을 못 잊어서 그것을 되찾기 위해 온 것이다. 테츠는 흔들리는 차창에 머리를 기댄 채 눈을 감았다. 감은 눈 속으로 10년 전 심덕이 성큼 다가왔다.

"그거 들었어? 조선에서 여자 유학생이 왔대."

"여자 유학생?"

"응. 장학금을 타서 유학을 온 최초의 여자래."

청년은 가르침을 받는 것보다도 자극을 받는 것을 바란다고 했던 괴테의 말처럼, 사춘기가 갓 지나 얼굴이 여드름으로 뒤덮인 사내 녀석들은 모이기만 하면 계집 얘기를 늘어놓기 바빴다. 그때 그들의 관심사는 온통 그것뿐이었다. 뇌가 머리가 아니라 생식기에 있는 것 같다는 생각이 들 정도로 그들의 온 신경은 여자에게 향해 있었다. 그 나이대 남자란 성별을 가진 놈들은 9할이 그랬다. 나머지 1할은 병신이거나 모질이거나 사이코였다. 아니, 병신과 모지리와 사이코도 여자에게 관심이 있었다. 단지 병신이고 모자르고 사이코라서 주목받지 못했을 뿐이다. 한데 테츠는 병신도 모질이도 사이코도 아니었는데 여자에게 관심이 없었다. 모두가 그런 테츠를 이상하게 여겼다. 오로지 테츠만이 자신이 정상이고 다른 애들이 비정상이라 생각했다.

"키가 훌쩍하니 큰 게 사내보다 머리 하나는 더 있다고 하더라."

"에에? 그렇게 키 큰 계집은 별로야. 멀대 같아서 어디다 써?"

"왜 양년들 키 큰 건 좋다더니."

"그건 양년들이고. 조선 년들은 키 커봤자 볼썽사납기만 하지 뭐 볼 게 있어야지."

"아, 그러니까 큰 만큼 나온 게 있어야 좋다 이거군."

"그렇지."

낄낄거리는 웃음 섞인 잡담을 한 귀로 흘리며 테츠는 책장을 넘겼다. 한창 보들레르에 빠져 있었다. 당시 테츠는 비가 많이 오는 나라의 왕 같았다. 부유하지만 무능하고, 젊으면서도 늙은 왕이어서 아무것도 그를 즐겁게 하지 못했다.* 또래답지 않은 권태와 우울을 즐기는 테츠를 다른 이들은 조금도 이해하지 못했고

---

* 샤를 보들레르, 「우울」 中.

그것은 테츠 역시 마찬가지였다.

"테츠는 또 책 읽는 거야?"

"이젠 도무지 뭘 읽는 건지도 알 수가 없다. 꼬부랑말이야."

"테츠! 대일본은 세계 제국이 될 거야. 양놈들의 언어 따윈 배울 필요가 없다고. 우리가 세계가 될 테니까."

"그래. 젊을 땐 놀아야 한다고."

그때 테츠는 자신이 성숙해서, 또래들보다 더 지혜로워서 그런 줄 알았다. 하지만 10년이 지나서 돌아보면, 테츠는 그들과 똑같았다. 아직 혈기 왕성하고 세상 무서운 줄 모르는 십 대였기에 자신은 남들보다 특별하고 이미 모든 것을 다 안다는 착각도 할 수 있었던 거다. 단지 관심과 호기심이 또래들과는 다른 쪽으로 향했을 뿐, 아직 덜 자란 어린애였긴 마찬가지였다.

"내버려 둬. 테츠는 우리처럼 아쉽지 않아서 저래."

"배가 부른 거지."

"오늘도 긴 머리의 여학생이 새벽같이 와서 테츠 책상 안에 편지와 꽃을 넣어주고 갔지 아마?"

"매일 새 손수건 가져다주는 계집도 아직 있지?"

제가 이야깃거리가 되었음에도 미동도 없이 책에만 집중하는 테츠에게 이내 흥미를 잃은 녀석들은 다시 자기들만의 수다에 빠져들었다. 막 유행하기 시작한 성인 잡지가 이젠 그들의 새로운 화제였다. 차마 입에 담을 수 없는 저속한 단어들이 쏟아지자 테츠가 끝내 견디지 못하고 자리에서 일어났다.

"새끼, 혼자 점잖은 척하기는."

교실을 나서는 테츠의 등 뒤로 비아냥이 쏟아졌다. 질 나쁜 몇몇은 테츠에게 여자가 아니라 남자를 좋아하는 거 아니냐며 대놓고 비웃기도 했다. 성적 취향이 이상한 거 아니냐고 수군거리는 미친놈들도 있었다.

하지만 그런 건 모두 헛소리였다. 테츠 역시 그들이 겪는 성장통을 똑같이 겪는 평범한 사내였다. 가끔 묘한 꿈을 꿨고, 잠옷이 젖은 채 새벽에 깼다. 은유를 넘어서서 때론 직설적으로 표현하는 보들레르의 작품을 음미하다 흥분했다. 또래들과 같았다. 할 건 다 했다. 단지 순간적인 감각에 휩쓸리지 않으려 노력하는 것이 다른 이들과 다른 점이었다. 수없이 많은 소설과 시를 읽은 만큼 사랑에 대한 자신만의 강한 신념과 믿음이 있었다. 테츠는 그것을 지키고 싶었다.

그는 고린도전서에서 말하는 것과 같은 사랑을 꿈꿨다. 일생의 하나뿐인 그런 것 말이다. 오래 참고, 친절하며, 시기하지 않고, 자랑하지 않으며 교만하지 않고, 무례하지 않고, 성을 내지 않고 모든 것을 덮어주고 모든 것을 믿고 모든 것을 바라고 모든 것을 견디어내는 사랑이 테츠가 생각하는 이상적인 사랑이었다. 순간적인 욕구의 충족을 넘어선 정신적인 교감을 나누는 사랑을 할 수 있는 사람이 제게 나타나길 기다리고 있었다. 절대로 제 사랑을 시시껄렁한 농담과 저속한 음담패설로 흘려보내고 싶지 않았다. 이 세상에서 단둘, 테츠와 그의 연인만이 나눌 수 있는 특별한 사랑이 제게 오길 기대했다. 제 인생을 바쳐 숭배할 만한 유일하며 절대적인 사랑과 사람을 기다렸다.

테츠는 인연의 붉은 실이 있다고 믿었다. 특별한 자신에게 걸맞은, 세상 둘도 없이 특별한 여인이 존재하리라 확신했다. 테츠는 실수하거나 방황하지 않고 제 운명을 첫눈에 알아보고 싶었다. 그러기 위해선 쓸데없는 곳에 한눈을 팔거나 별것 아닌 인간에게 관심을 기울여선 안 될 일이었다. 테츠가 쉬이 아무에게나 눈길 주지 않는 것은 그런 이유였다. 관심이 없어서가 아니었다. 단지 기다리는 사람이 따로 있기 때문이었다.

테츠가 다녔던 아오야마학원은 가운뎃길을 사이에 두고 남학교와 여학교로 나뉘었다. 같은 학교였으나 교실이 멀리 뚝 떨어져 있는 데다 교칙도 엄한 편이라 교내에서 남녀가 만나기란 요원했다. 물론 운동장과 도서관이 공용이긴 했으나 성별의 특성상 암묵적으로 운동장은 남학생들의 것이었고, 도서관은 여학생들의 것이었다. 수줍음이 많은 여학생들은 수업 시간을 제외하곤 운동장에 오지 않았고, 소녀들의 머릿속이 궁금한 게 아니라 옷 속이 궁금한 남학생들은 도서관에 여학생들이 많다는 걸 알면서도 굳이 거기까지 가서 그네들을 만나려 하지 않았.

그런 까닭에 점심시간에 운동장에 나가지 않고 도서관에 오는 남학생은 테츠가 유일했다. 계집애들이 우글거리는 도서관에 굳이 가는 테츠를 음흉하다고 보는 녀석들도 있었으나 테츠는 맹세컨대 책 이외에 다른 어느 곳에도 눈길을 준 적이 없었다. 다만 도서관에 있는 다른 이들은 책 대신 테츠를 훔쳐보기 바빠서 테츠가 움직일 때마다 수없이 많은 시선이 따라붙곤 했다. 몇몇 용기 있는 여학생들은 사서의 눈을 피해 몰래 연서나 고급 양과자를 건네기도 했으나 테츠는 개중 무엇도 받지 않았다.

테츠가 셰익스피어의 원서가 꽂혀 있는 책장 앞에 섰다. 번역된 것으로는 셰익스피어가 왜 그리 위대한 시인인지 그 감동을 오롯이 느낄 수 없었기 때문에 원서를 읽으려고 마음먹었던 것이다. 테츠에겐 참으로 고맙게도 아오야마학원은 서양 선교사들에 의해 세워진 까닭에 원서가 꽤 많은 편이었다. 테츠는 그 속에서 셰익스피어의 작품들을 골라내기 시작했다.

"어, 이건, 제가, 먼저, 고른, 책인데요."

『로미오와 줄리엣』에 두 사람의 손이 동시에 닿았다. 그리고 연이어 더듬거리는 일본어가 들려왔다. 인상을 쓰며 고개를 들자 반짝이는 커다란 두 눈과 마주쳤다. 허리를 편 테츠가 반듯이 서자 상대 역시 몸을 바로 했다. 마주 보고 서자 여자의 머리가 테츠의 코끝을 스쳤다. 사내 중에서도 월등하게 키가 큰 편이라 어지간한 계집은 테츠의 어깨도 넘지 못했다. 시선이 곧게 마주치는 여자는 태어나 처음이었다. 놀란 테츠가 저도 모르게 반 발자국 뒤로 물러났다.

"제가, 골랐, 어요, 먼저."

직감적으로 그 여자가 친구들이 요 며칠 내내 떠들던 조선에서 온 유학생이라는 것을 깨달았다. 정말 소문대로 키가 크고, 말이 서툴렀고, 일본 여자 분위기가 전혀 나지 않았다. 다만 지껄이던 이들의 말보다는 훨씬 예뻤다. 커다랗게 반짝이는 새카만 두 눈은 주변의 모든 것을 다 빨아들일 것만 같았다. 게다가 그녀가 보여주는 태도는 일본 여자들에게서는 보기 힘든 모습이었다. 그녀는 사내의 눈을 똑바로 보면서도 부끄러워하지 않았다. 그렇다고 해서 도전적이거나 유혹하는 시선도 아니었다. 그저 당당하고 스스럼없었으며 밝았다. 테츠가 고개를 끄덕이며 가져가라 손짓하자, 그녀는 기쁨을 감추지 않고 활짝 웃었다. 숨김없고 꾸밈없는 솔직한 감정 표현이었다. 미소가 너무나 청량해서 보는 이의 넋을 잃게 할 정도였다. 자신도 모르게 따라 올라가려는 입꼬리를 제자리로 돌려놓기 위해 테츠는 꽤 애를 써야 했다.

"감사합니다."

"조선에서 왔나요?

"네, 윤심덕입니다."

자신도 모르게 튀어나온 물음이었다. 테츠가 아차, 하는 사이 심덕은 자연스레 고개 숙여 인사한 뒤 돌아섰다. 가벼운 발걸음으로 사서를 향해 걸어가는 뒷모습은 종소리라도 날 것 같이 경쾌했다. 생명감이 넘치는 여자였다. 그 순간 도서관은 지루한 무채색이었고, 오로지 그녀만이 생생하게 살아 움직이고 있었다. 책장에 몸을 기댄 채 테츠는 한참을 멍하니 서 있었다. 안색은 창백하면서도 따뜻하고, 머리가 갈색인 매혹적인 그녀는 위엄 있게 목에 힘을 준 자태를 지녔으며, 키가 크고 날씬하여 걸음걸이는 사냥꾼 같고, 미소는 평온하며 눈은 자신만만했다.* 책 속의 여인이 현실에 있었다. 그런 경험은 태어나 처음이었다.

---

* 샤를 보들레르, 「크레올 여인」 中.

그날 이후 테츠는 종종 심덕을 떠올렸다. 아니, 종종 심덕이 떠올랐다. 테츠의 의지와 상관없는 일이었다. 길을 걷다, 밥을 먹다, 수업을 듣다, 그냥 그녀가 떠올랐다. 웃는 얼굴이, 맞닿았던 손가락이, 까맣던 눈망울이 여기저기서 불쑥 튀어나왔다. 그러면 잠시 멍해졌다. 이런 건 처음이었다. 자꾸 생각이 났고, 궁금했고, 다시 한번 보고 싶었다. 하나 더 애를 쓰진 않았다. 아니 더 애를 쓸 수도 없었다. 아는 거라곤 이름이 전부인 도서관에서 우연히 한 번 마주친 여학생에 불과했기 때문이다.

그저 한 번 스치듯 지나간 여자에게 생기는 이 작은 호기심을 무어라 명명해야 할지 테츠는 알 수 없었다. 소설과 시에서는 사랑의 절정만 다루었다. 뜨겁게 불타서 주인공들 스스로도 주체할 수 없는 격정적인 감정만이 작품의 소재가 될 수 있었다. 그러니까 이제 막 자리를 잡은 새순과 같은 이것은, 테츠가 읽은 소설에선 한 번도 다룬 적이 없었다. 그래서 테츠는 제 감정을 대체 무어라 해야 하는지 몰랐다. 그리고 무엇을 어떻게 해야 할지도 알 수 없었다.

그저 등하굣길에 여학생들이 보이면 좀 더 두리번거렸고, 도서관에서 책이 아닌 드나드는 사람들을 주의 깊게 보게 되었다. 그게 테츠가 제 호기심에 답할 수 있었던 최선이었다. 하지만 그날 이후 심덕은 테츠의 눈에 띄지 않았다. 그녀를 보지 못하는 날이 늘어갈수록 조금씩 기운이 빠졌고, 우울해졌으며 짜증이 솟았다. 평소보다 예민해진 테츠를 친구들은 이상하게 여겼다. 테츠도 스스로가 의아했다. 하지만 그 모든 것이 어디서 비롯된 것인지 여전히 설명하긴 어려웠다.

"여학생들 테니스 치나 보네."

테츠의 교실은 3층 건물의 가장 꼭대기에 있었다. 덕분에 교실에서 운동장이 환히 내려다보였다. 여학생들이 운동장을 쓰는 날이면 테츠의 반 학생들은 모두 창문에 매미처럼 붙어서는 울어댔다. 호기롭게 무차별한 쪽지를 던지는 이도 있었다. 라로슈푸코의 말대로 저돌과 무례를 천진난만으로 착각하는 젊은이들이었다. 미션스쿨로 세워진 데다가 학생들 대부분이 일본 귀족의 자제들이라 교칙이 타 학교보다 엄격해서 그런 꼴이 선생님에게 걸렸다간 눈물이 쏙 빠질 만큼 혼쭐이 났다. 하지만 그럼에도 불구하고 피어나는 남녀상열지사를 모두 막을 수는 없었다.

"어? 쟤 그 조센징 아냐?"

테츠는 입학 이후 단 한 번도 운동하는 여학생들을 보기 위해 창가로 고개조차 돌린 적 없었다. 하지만 그날, 그 웅성거림 속에서 '조센징'이라는 단어가 들린 순간 테츠는 홀린 듯이 창가로 다가가 학생들 틈을 비집고 고개를 내밀었다.

운동장에서는 여학생들이 테니스를 치고 있었다. 테니스는 치마를 입고 할 수 있는 운동이라 움직임이 많음에도 불구하고 정숙하다는 느낌을 주는 까닭에 특히 귀족 여성들 사이에서 대유행이었다. 따라서 학교에서도 테니스를 적극 권장해 운동장에서 하는 여학생들 체육의 대부분은 테니스 수업이었다.

심덕은 코트에서 시합 중이었다. 체구가 작은 일본 여성들 사이에서 팔다리가 길고 쭉쭉 뻗은 심덕의 신체 조건은 단연 두드러졌다. 키가 큰 데다 움직임이 가볍고 운동신경이 좋아서 연승 행진이었다. 여학생들을 보기 위해 창가에 붙어 있던 남학생들은 어느새 심덕의 경기에 빠져 응원을 보내기 시작했다. 테즈 역시 손에 땀이 나올 정도로 두 주먹을 불끈 쥔 채 집중했다.

"오, 저 조센징 꽤 잘하는데?"

"키가 크잖아. 몸놀림도 가볍고."

"저 정도면 사내랑 붙어도 되겠어."

"우와. 두어 걸음만 움직여도 코트 이쪽 끝에서 저쪽 끝이야. 저러니 상대가 어찌 이기겠어."

끝내 심덕이 우승을 거머쥐었다. 남학생들은 그녀를 향해 열렬한 환호를 보냈다. 그 순간 심덕이 소리가 나는 쪽을 향해 고개를 돌렸다. 일순 놀란 남학생들이 입을 다물었다. 방금까지 소란스러웠던 이들답지 않게 고요한 정적이 감돌았다. 테즈 역시 놀라 잠시 숨을 멈추었다.

아무리 고함을 지르고 편지를 날리고 난리를 쳐도, 지금껏 여학생들은 절대로 남학생들의 교실을 쳐다보지 않았다. 그것은 암묵적인 합의였다. 몰래 운동장 바닥에 떨어진 편지를 스커트 아래 숨겨 들어가는 순간에도, 그들은 그것을 모른 척했다. 남학생들 역시 여학생들이 쳐다보길 바라고 난리를 치는 게 아니었다. 그것은 그저 그들만의 축제였다. 한데 그 사내들의 축제 사이로 심덕은 스스럼없이 끼어들었다. 금기를 깬 것이다.

고함조차 지르지 못한 채 꼼짝없이 창문에 얼어붙은 남학생들을 향해 심덕이 웃으며 손을 흔들었다. 응원에 화답하는 여신처럼 환하게 미소 지으며 그녀의 숭배자들에게 인사했다. 어디선가 불어온 봄바람에 단발머리와 스커트가 흩날렸다. 신성하고 싱그러운 젊음이었다. 꾸밈없는 태도, 상냥한 얼굴, 하늘의 푸른빛처럼, 새와 꽃처럼! 태평하게 흐르며 만물에 널리 향기와 노래와 달콤한 열기를 퍼뜨리는, 흐르는 시내처럼 맑고 순수한 눈을 가진 젊음이었다.*

숨조차 멈춘 채 그 모습을 보던 남학생들 중 한 명이 침묵을 깨고 박수를 쳤다. 그러자 이내 다른 남학생들 역시 따라서 박수를 치더니, 곧 함성이 터져 나왔다. 심덕이 몸을 돌렸다. 심덕의 등 뒤로 환호와 함께 박수 소리가 쏟아졌다. 그 커튼콜 속에서 심덕은 우아하게 퇴장했다.

"우와, 저 조센징 계집애 진짜 장난이 아닌데."

"당돌해."

"손 흔들면서 쳐다보는 거 봤어?"

"나 순간 심장 떨어지는 줄 알았잖아."

흥분에 찬 남학생들이 앞다투어 떠들기 시작했다. 단순한 계집애에 대한 호기심이 아니었다. 새로이 나타난 신인류에 대한 흥미였다. 그토록 스스럼없이 담대하게 선을 넘는 이는 처음이었으니 그럴 만도 했다. 그것은 모두에게 신선한 충격이었다. 얼굴이 발개진 이들이 되는대로 마구 지껄여댔다. 아무 말도 하지 않았지만, 테츠 역시 그들처럼 흥분해서 가슴이 터질 것처럼 뛰고 있었다. 어쩌면 그녀가 테츠가 기다리던 그 여자일지도 모른다는

---

* 샤를 보들레르, 「나는 떠올리기를 좋아한다」 中.

생각이 들었다. 그녀는 새로웠고, 특별했다. 바로 그때였다.

"나 저 여자애 아사쿠사 산유칸에서 봤어."

자잘한 소란을 누르는 굵고 거친 음성에 모두가 일제히 고개를 돌렸다. 교실 뒤편의 의자에 삐딱하게 앉은 순지가 거만한 시선을 던지며 비웃고 있었다. 그는 수없이 무성한 소문에 휩싸여 많은 이들에게 경계와 동경의 대상이 되는 녀석이었다.

"그게 정말이야? 아사쿠사 산유칸?"

"그래. 분명 쟤였어. 저렇게 키 큰 계집애가 또 있을 리 없잖아."

"너 거기 가봤어?"

순지가 대답 대신 어깨를 으쓱했다.

"병신같은 질문이네. 거기 갔으니 재를 봤지."

"거기 어때? 진짜 소문처럼 그래?"

"정말 그렇게 남녀가 붙어서 봐?"

"가슴도 만질 수 있다던데."

"가슴이 뭐야! 치마 안으로 손도 집어넣을 수 있다며? 정말이야?"

"혹시 너 쟤랑 그렇게 만난 거야?"

순지를 가운데 두고 교실의 온 학생들이 빙 둘러앉았다. 그 속에서 순지는 꼭 왕처럼 군림하며 한껏 거들먹거렸다. 그럴 만도 했다. 아사쿠사 극장은 테츠 또래라면 모두가 궁금해했지만 함부로 드나들 수 없고, 그래서 더 환상을 키우는 곳이었다.

아사쿠사에는 근처에 위치한 우에노와 같은 근대적 도시공원을 만들기 위한 도시 계획이 수립되어 있었다. 하나 아사쿠사 내에 저습지를 매립하여 새로 조성된 지구인 롯쿠에 1884년 오쿠야마에 있던 공연장이 이전하기 시작하면서, 하나둘씩 아사쿠사로 공연장들이 모이기 시작했다. 무대가 옮겨지니 자연스레 예능인이 따라왔고, 그 예능인을 보기 위한 관객들이 몰려들었다. 그리하여 그들을 위한 서비스 산업이 기하급수적으로 발달하면서 순식간에 아사쿠사는 온갖 잡다한 유흥이 가능한 곳이 되었다. 아사쿠사 곳곳에서 술, 도박, 매춘이 공공연하게 만연했으니 상상할 수 있는 모든 쾌락이 존재하는 장소라고 할 수 있었다. 특히 아사쿠사 가운데 우뚝 솟은 12층짜리 료운카쿠(凌雲閣: 아사쿠사 공원에 있던 전망대)는 지역의 행락적 이미지를 한층 더 강화했다.

한데 아직 십 대인 데다 귀족 가문에서 곱게 성장한 테츠와 그 친구들에게 아사쿠사가 제공하는 저급한 유흥은 너무 큰 자극이라 감히 꿈조차 꿀 수 없고 가까이 갈 생각조차 하지 못하는 금단의 열매였다. 다만 당시 테츠 친구들이 상상할 수 있는 최고의 환락은 롯쿠에 위치한 영화관이었다. 롯쿠에 있는 극장들은 데이코쿠극장과는 전혀 달랐기 때문이다.

"난 이번이 처음 아니야. 1년 전부터 드나들었지."

"1년 전부터?"

"응. 여러 계집애들을 거기서 꼬셨지. 거기선 굳이 밖으로 나올 필요도 없어. 사람이 없을 때 가면 말야. 안에서도 어지간한 재미는 다 볼 수 있다고."

롯쿠의 영화관은 목재로 지어진 가설 건물로 '바라크'라 불렸다. 얇은 외벽이 건물의 전부였기에 당연히 방음은 좋지 않았고, 창문까지 있어 빛도 완벽하게 차단되지 않았다. 결코 관람을 하기에 좋은 환경이 아니었다. 하지만 롯쿠에 밀집된 영화관들엔 늘 사람이 넘쳤다. 롯쿠의 영화관엔 영화를 보러 가는 것이 아니었기 때문이다.

"어지간한 재미는 다 볼 수 있다는 게 어떤 의미야?"

롯쿠의 영화관은 데이코쿠극장처럼 일인 좌석이 아니었다. 대부분은 그저 넓은 다다미방이었고, 그나마 최근에 지어 좀 나은 형편이래 봤자 팔걸이가 없는 벤치였다. 그런 곳에 관객들은 조금의 틈도 없이 붙어 앉아서 영화를 봤다. 남녀가 붙어 앉는 일이 비일비재했으니 당연히 그 속에서 수많은 이야깃거리가 쏟아졌다. 여학생은 롯쿠의 영화관에 출입한다는 사실만으로도 품행 방정을 오해받았으며 남학생들은 롯쿠의 영화관에 가는 상상만으로도 흥분했다.

"병신. 그게 무슨 의미인지 몰라?"

가슴을 펴고 거만하게 앉은 순지가 사타구니를 긁었다. 그 모습을 보자 테츠는 방금까지 자신이 심덕에게 느낀 감정이 역겨워서 견딜 수가 없었다. 저런 사내와 시시덕거린 계집을 보며 대체 무슨 생각을 했단 말인가! 아찔한 일이었다. 황급히 몸을 돌린 테츠가 교실을 빠져나왔다.

그날 이후 테츠의 우울은 한층 더 깊어졌다. 당시 테츠가 겪어내야 했던 청춘은 그저 여기저기 찬란한 햇빛이 가로지르기도 하는 캄캄한 폭풍우에 지나지 않았다. 벼락과 비에 많은 피해를 입어 그의 정원에는 붉은 과일이 거의 남아나지 않았다.*

불면증이 도져 밤새 잠을 설친 주말 아침, 테츠는 일찌감치 집을 나섰다. 이럴 때 하루 종일 집에 있다가는 처지는 자신을 감당할 수 없기 때문이다. 부지런히 몸을 움직여 피곤하게 만든다면 적어도 오늘 저녁엔 잠들 수 있을 것이다. 테츠는 운동화 끈을 단단히 동여맸다.

집이 에도성 근처인 교코에 위치했기에 테츠가 즐겨가는 곳은 모두 걸어갈 만했다. 학교에 가지 않는 주말에 하는 테츠의 외출은 크게 두 종류로 나뉘곤 했다. 마루젠서점과 간다(神田) 고서점 거리에 들르는 독서 코스와 미쓰코시백화점과 긴자(銀座)를 들르는 쇼핑 코스였다. 둘 다 구경할 거리가 많았고, 느긋하게 걸을 수 있어 좋았다. 혼자 외출하면 주로 마루젠과 간다에 갔고, 어머니와 함께 외출하면 미쓰코시와 긴자에 갔다. 오늘은 혼자였기에 테츠의 발걸음은 자연스레 마루젠으로 향했다.

도쿄역 근처에 있는 서점 마루젠은 단순한 서점이 아니었다. 일본 최대의 항구 도시 요코하마에서 처음 시작되어서인지 다른 곳에 비해 월등하게 수입 서적이 많았고, 서양의 다양한 박래 잡화를 팔아 젊은이들 사이에서 인기가 높았다. 테츠 역시 미쓰코시에 있는 물건들보다 마루젠에서 파는 잡화를 보고 더 설레었다. 막 수입된 만년필이나 서양의 레코드판, 고가의 미술 작품들

* 샤를 보들레르,「원수」中.

은 그저 보는 것만으로도 가슴을 벅차게 했다. 2층에 꽂힌 책을 보라고 걸쳐져 있는 사다리를 올라가는 일은 당시 젊은 문학도들에겐 하나의 문화일 정도였다. 그 다리에 올라 낯선 외국 서적의 제목을 읽는 것만으로도 그들의 지적 허영심은 충족되곤 했다.

일찍 서두른 까닭인지 주말이었으나 마루젠의 사다리는 비어 있었다. 입구에 들어서자마자 빈 사다리를 확인한 테츠의 가슴이 뛰기 시작했다. 요 근래의 우울을 생각하면 그건 정말 놀라운 일이었다. 기쁜 마음으로 발걸음을 옮기는 순간, 누군가가 사다리에 올라섰다. 깨끗한 흰 도화지에 얼룩이 튄 기분이었다.

인상을 찌푸린 테츠가 사다리에 올라선 상대를 노려보았다. 그런데 이상한 일이었다. 낯이 익었다. 큰 키, 흰 피부, 크고 동그란 눈을 가진 계집이었다. 윤심덕이었다. 테츠의 몸이 굳었다.

그리고 그 순간, 테츠의 마음은 한층 더 우중충해졌다.

사다리에 올라선 심덕은 찬찬히 주변을 둘러보았다. 그 모습을 보고 테츠는 코웃음을 쳤다. 롯쿠나 드나드는 계집애인 주제에 지나친 허영이었다. 과연 저기 꽂힌 서적의 제목들을 읽을 수나 있을지 의문이었다. 하나 그저 과시라고 치부하기엔 지나치게 천천히, 그리고 아주 꼼꼼하게 심덕은 꽂힌 책들을 훑었다. 그리고 숙고 끝에 몇 권의 책을 신중히 고른 뒤 사다리에서 내려왔다. 테츠는 책을 보는 척 고개를 숙이며 옆으로 비켜섰다. 심덕은 가져온 책들을 선반에 놓인 책들 위에 올려둔 뒤 한 권씩 안을 살펴보기 시작했다. 사다리로 올라가기 위해 그녀를 스쳐 가면서 슬쩍, 테츠는 심덕이 가져온 책들을 훑어보았다. 대부분 카스트라토에 대한 책들이었다. 그중엔 음반도 한 장이 포함되어 있었는데 그것은 유명한 카스트라토 모레스키의 것이었다.

돌아서서 사다리를 올라가는 내내 테츠는 왜 심덕이 카스트라토에 대한 책을 저렇게나 찾았는지 궁금했다. 자신이 왜 그 사다리를 올라갔는지 잊어버릴 정도였다. 테츠는 한참을 멍하니 사다리에 기대어 선 채 심덕이 찾아온 책의 제목들을 떠올리고 있었다.

"거, 찾을 책 없으면 좀 내려오시오."

밑에서 누군가가 부르는 소리를 듣고 나서야 정신을 차린 테츠가 허둥거리며 사다리를 내려왔다. 그때 막 서점을 나가는 심덕의 뒷모습이 보였다. 심덕이 아까 골랐던 책들은 벌써 점원의 손에 들어가 정리하는 목록에 뒤섞여 있었다. 머뭇거리는 사이 서점 문이 닫히더니 심덕이 완전히 사라졌다. 테츠의 심장이 그 어느 때보다 세차게 뛰기 시작했다. 초조하게 제자리를 서성이던 테츠가 결국 심덕을 쫓아가기로 결심했다. 왜 그런 행동을 하는지 스스로 이유를 찾을 수 없었다. 그저 그러고 싶었다. 그게 전부였다.

서점을 나온 심덕은 에도성을 두른 해자(적의 침입을 막기 위해 고성 주위를 파 경계로 삼은 구덩이)를 따라 북쪽을 향해 걸어가고 있었다. 테츠도 익숙한 길이었다. 진보초(神保町)에 있는 간다로 가는 길이었기 때문이다. 심덕의 목적지를 알 수는 없었으나 테츠가 익숙한 길로 들어서자 마음이 조금 놓였다. 적당한 거리를 두고 뒤를 따라갔다. 키가 큰 만큼 심덕은 계집치곤 보폭이 크고 걸음이 빨랐다. 기모노에 익숙한 일본 여자들의 잰걸음과 비교하면 심덕의 걸음은 매우 씩씩했다. 한눈을 팔았다간 놓칠 것 같아 테츠가 긴장할 정도였다.

에도성의 해자를 따라 걷던 심덕이 오른쪽 옆길로 빠져나오자 테츠는 비로소 완전히 확신할 수 있었다. 심덕은 간다의 고서점 거리로 향하고 있었다. 테츠가 평소 걷던 길과 완벽하게 똑같았기 때문이다. 그리고 그 예측은 틀리지 않았다. 얼마 지나지 않아 심덕은 간다의 고서점 거리 초입에 들어섰다.

간다 고서점 거리란 우아하게 말하자면 고서점이, 흔하게 말하자면 헌책방이 늘어서 있는 곳이었다. 에도시대 이전 책들부터 시작해서 최근 소설까지 다양하게 취급했으나 공통점은 간다에 나온 책은 어쨌거나 한 번 이상 누군가의 손을 거친 책이라는 점이었다. 잘 찾으면 꽤 저렴한 가격으로 최신 책을 살 수도 있었고, 운이 좋으면 마루젠에서도 찾을 수 없는 진귀한 외국 서적들을 구할 수도 있었다. 무엇보다 거리를 가득 메우는 낡은 책 냄새가 좋아서 테츠는 이곳을 즐겨 찾았다.

자주 오던 곳이었으나 누군가의 뒤를 쫓아 다다르게 되자 기분이 묘했다. 심덕이 간다에 올 거라곤 생각도 못 했기에 놀라웠다. 마루젠과 간다, 그리고 롯쿠를 동시에 다니는 계집이라니! 말도 안 되게 이상했다. 테츠의 머릿속이 꼬이기 시작했다.

책방 골목에 들어서자 심덕의 걸음은 한층 느려졌다. 그녀는 천천히 서점을 하나하나 꼼꼼히 둘러보았다. 보아하니 이곳엔 처음인 듯했다. 간다는 책방마다 취급하는 책들이 달랐다. 잡학으로 모든 것을 다 다루는 곳도 있었으나 대부분은 자신만의 전문 분야가 있었다. 그림만 취급하는 곳, 인문학 서적만 사고파는 곳, 소설만 다루는 곳, 정말 에도시대 고서적만 있는 곳 등등 서점마다 특색이 있어서 이곳에 자주 오는 이들은 저마다 들르는 자신만의 코스가 정해져 있었다. 이곳에 처음 온 이들만이 길가에 서서 한 집 한 집 다 둘러보곤 했다.

한참 갈피를 잡지 못하던 심덕의 발걸음이 드디어 멈추었다. 음악 서적을 주로 다루는 책방이었다. 간다에서 가장 안쪽에 위치한 이곳은 책과 중고 레코드를 다루는 곳이었다. 덕분에 이곳에는 축음기가 있어 간다에서 유일하게 음악이 나오는 서점이기도 했다. 지금도 여기서는 베토벤의 교향곡이 흘러나오고 있었다.

마루젠과 달리 작고 좁은 책방이라 심덕을 따라갔다가는 아무래도 자신의 존재를 들킬 것 같아 테츠는 건너편 서점으로 들어가 책을 보는 척하며 맞은편을 살폈다. 책방 안에 들어간 심덕은 레코드판 앞에 서서 한참을 머물렀다. 몇 개의 음반은 직접 골라서 앞뒤를 상세하게 살펴보기도 했다. 그러다 심덕은 주인에게 다가가 무언가 말을 건넸다. 여전히 일본어가 서투른 듯 손짓을 동원하다가 그래도 부족한지 종이에 무언가 쓰기까지 했다. 어찌 소통이 되었는지 주인은 크게 고개를 끄덕이며 대답했고 그 말을 들은 심덕은 무언가 아쉬운 표정을 지었다.

꽤 긴 시간을 머문 심덕이 결국 빈손으로 책방에서 나왔다. 나오긴 전 허리를 굽혀 공손하게 주인에게 인사를 건네는 것도 잊지 않았다. 이제 거리 구경은 끝난 듯, 책방을 나온 심덕은 빠르게 걷기 시작했다. 테츠가 재빨리 그녀의 뒤를 따라갔다.

　대체 왜 따라가는지, 뭐가 궁금한 건지 알 수 없었다. 다만 여전히 그러고 싶었다. 어디가 끝인지 알 수 없었지만 끝까지 가봐야 할 것 같았다.

　책방 거리를 완전히 빠져나온 심덕이 계속해서 앞으로 걸어갔다. 그 길 역시 테츠에겐 익숙했다. 이리 쭉 걸어가다 오른쪽으로 방향을 틀어 남쪽을 향해 걸어가면, 미쓰코시백화점이 나왔고, 그 길을 따라 더 아래로 내려가면 긴자였다. 그 순간 테츠의 가슴이 뛰기 시작했다. 어쩌면 모든 게 오해일 수도 있었다. 순지 따위가 하는 말을 의심 없이 믿었다니 어리석었다. 소문이란 것은 제멋대로의 추측과 악의가 불어대는 피리*이며, 남의 평판을 말살하려는 암살자들이 즐겨 사용하는 무기**인데 말이다. 뒤따라가는 테츠의 발걸음이 한결 가벼워졌다. 만약 심덕이 이대로 가서 미쓰코시에 간다면, 테츠의 주말 하루와 완벽하게 일치했다.

　심덕이 간다가와강에 다다랐다. 거기서 오른쪽으로 방향을 틀어 아랫길로 내려오면 미쓰코시였다. 당연히 그러리라 생각하며 뒤따라가던 테츠가 걸음을 멈추었다. 심덕은 오른쪽으로 방향을 틀지 않았다. 계속 앞으로 걸어갔다. 계속 걸어가다, 앞에 놓인 다리를 건넜다. 그 다리를 건너 조금 더 걸어가면 우에노공원이었다. 그리고 공원을 지나면 아사쿠사였다.

　늘 스쳐 지나가기만 했던 다리였다. 그 다리를 건너가 볼 생

---

*　윌리엄 셰익스피어, 「십이야」 中.
**　앰브로스 비어스, 『악마의 사전』 中.

각은 단 한 번도 한 적 없었다. 그러니까 그 다리는 테츠에겐 일종의 경계였다. 완벽한 금기였기에 그 경계를 넘어서면 무엇이 있을지 궁금해한 적조차 없었다. 넘을 생각조차 하지 못했다. 한데 앞서 걷는 아가씨는 너무나 가볍고 경쾌한 걸음으로 단숨에 다리를 건넜다. 어느새 저만치 걸어가는 심덕의 뒷모습을 바라보며 테츠는 대체 자신이 어찌해야 좋을지 알 수 없었다. 그녀를 따라 건너 대체 저 너머에 무엇이 있는지 제 눈으로 확인해야 할지, 아니면 롯쿠를 다니는 여자라는 소문을 믿어야 하는지 모를 일이었다. 이브가 건네주는 선악과를 집을 때 아담의 마음이 이랬을까. 하지만 돌이켜 보면 이브도 나쁜 여자는 아니었다. 사악한 건 뱀이었다.

갈등하던 테츠가 크게 호흡했다. 심장이 튀어나올 것처럼 뛰고 있었다. 결심한 듯 테츠가 걸음을 옮겼다. 드디어 테츠의 발이 간다가와 다리에 닿았다. 돌다리는 튼튼했으나 테츠의 발아래 세상은 무너질 것처럼 흔들리고 있었다. 어지러움을 참으며 테츠가 걸음을 옮겼다. 끝내 테츠는 다리를 건넜다. 경계를 넘어선 것이다.

바쁘게 걸어가던 심덕의 걸음이 길 한가운데서 멈췄다. 정신없이 그녀의 뒤를 따라오던 테츠 역시 멈춘 뒤 그제야 주변을 둘러보았다. 시테츠(私鐵: 민영 철도)역 앞이었다. 사람들이 선 줄의 뒤에 그녀가 섰다. 부러 서너 사람 사이를 두고 테츠 역시 줄을 섰다. 이곳에서 시테츠를 탄다면 그것은 우에노공원을 지나 아사쿠사로 갈 게 분명했다. 점점 더 그녀의 행로가 확실해지자 이번엔 아까와 달리 테츠의 마음은 점점 더 어두워졌다.

시테츠가 도착했다. 사람들이 우르르 내리자, 연이어 사람들이 우르르 올라탔다. 심덕은 자리에 앉았고, 테츠는 사람들 사이에 몸을 숨기려 애를 쓰며 적당히 멀리 떨어져서 그녀를 훔쳐보았다. 전차는 우에노공원을 지나 아사쿠사로 향했다. 센소지(浅草寺: 아사쿠사에 있는 일본에서 제일 큰 사찰) 앞에서 시테츠가 멈추자, 심덕이 차에서 내렸다. 테츠가 얼른 따라 내렸다.

시테츠에서 내리자마자 가장 먼저 테츠의 눈에 들어온 것은 소문으로만 듣던 료운카쿠의 모습이었다. 붉은 몸통에 흰 벽돌을 올려 마무리한 12층 탑의 꼭대기가 햇빛에 반사되어 새하얗게 빛나는 모습은 그야말로 장관이었다. 테츠는 잠시 그 모습을 보고 넋을 잃었다. 보나 마나 천박한 분위기일 거라고 지레짐작했으나 위풍당당하게 자리한 료운카쿠는 꽤 근사했다. 게다가 센소지 근처를 지나다니는 이들은 대부분 단란한 가족의 모습을 하고 있었다. 제가 머릿속으로 상상했던 것과는 전혀 다른 풍경이었다.

심덕은 센소지에서 왼쪽 길로 새더니 료운카쿠를 향했다. 점점 센소지에서 멀어질수록 조금씩 분위기가 달라졌다. 어느새 나들이 나온 가족들의 모습은 사라지고 손을 잡은 연인들로 가득했다. 거리엔 새하얗게 칠해져서 멀리서 보면 그럴싸하지만 가까이서 보면 어설프기 짝이 없는 서양식의 목조건물이 하나둘씩 나타나기 시작했다. 테츠는 그것이 그 소문으로만 듣던 롯쿠의 영화관이라는 것을 깨달았다. 효탄지로 불리는 연못 근처에 이르자 그 흰색 건물이 군집을 이루고 있었다. 못에서 피어오른 물안개가 건물 사이사이로 스며들어 독특한 분위기를 풍겼다.

영화관들이 양쪽으로 늘어선 길가의 모습은 센소지와 전혀 달랐다. 지저분한 거리에는 단정치 못한 남녀가 어울려 다니고 있었다. 테츠만큼 옷을 곱게 차려입고 곱상한 얼굴을 한 이는 단 한 명도 없었다. 지나가는 이들이 호기심 어린 시선으로 테츠를 흘끔거렸다. 긴장한 테츠의 걸음이 뻣뻣해졌다. 그러는 사이 심덕은 한 건물 안으로 들어갔다. 테츠가 올려다보자 건물 위엔 '산유칸'이라는 깃발이 꽂혀 있었다.

그 새하얀 목조건물 앞에서 테츠는 한참을 서성였다. 들어가면 어떤 꼴을 보게 될지 두려웠다. 상상도 가지 않았다. 한데 도무지 발길이 돌려지지 않았다. 제 눈으로 확인하고 싶은 마음과 아무것도 보고 싶지 않은 마음이 속에서 치열하게 싸웠다.

이쯤에서 돌아선다면 테츠의 인생은 지금껏 그래왔듯이 흘러갈 것이다. 오늘 하루는 없었던 일로 기억에서 지워버리면 그뿐이다. 하지만 그녀를 따라 이 극장 안으로 들어가게 된다면, 앞으로 제 삶이 어떻게 변할지 알 수 없었다. 자신이 싱클레어일지 아담일지는 그녀가 데미안인지, 사탄인지에 따라 달려 있었다. 불타는 가슴은 맹렬한 욕망을 경계해야 한다고* 생각해 왔지만 강렬한 유혹 앞에선 평소의 생각과 이성이란 조금의 힘도 발휘하지 못했다. 제자리를 하염없이 서성이던 테츠는 결국 산유칸의 계단에 올라섰다. 이건 다리를 건너는 일 따위와는 비교도 안 되는 일이란 걸 알고 있었다. 하지만 이젠 어쩔 수 없었다.

데이코쿠극장과 달리 산유칸 앞에는 아무것도 없었다. 매표

---

* 샤를 보들레르, 「카인과 아벨」 中.

소도 검표원도 없었다. 그저 건물 하나만 덩그러니 서 있을 뿐이었다. 사람들은 아무렇지도 않게 영화관 문을 열고 안으로 들어갔다. 그들을 따라 테츠 역시 영화관 안으로 들어갔다.

놀랍게도 어둑한 영화관 안에서 들어오는 사람들에게 표를 팔았다. 표를 산 이들은 아무 곳이나 자리가 있는 곳에 앉았다. 산유칸 내부는 다다미방으로 되어 있었는데, 겉은 그럴싸하기라도 했지 안은 정말이지 형편없었다. 화면에서 영화는 계속 틀어져 있었으나 앉아 있는 이들 중 그 영화에 집중하는 이는 거의 없었다. 관람객들의 태도만 보자면 영화를 보는 건지 스모 경기를 보는 건지 헷갈릴 정도였다. 그들은 오히려 영상보다 변사의 목소리에 집중해서 울고 웃었다. 데이코쿠극장을 드나들며 정식으로 수입된 서양 영화를 봤던 테츠에게 산유칸 내부의 모습은 너무나 기이해 보였다. 거기다 영화를 보면서 음식을 먹는 게 공공연해서 통풍이 안 되는 극장 안은 온갖 냄새로 역할 정도였다. 사람들은 떠들면서 끊임없이 무언가를 먹었고, 그들을 위해 상인들은 돌아다니면서 군것질거리를 팔고 있었다. 테츠의 예상이나 다른 녀석들이 지껄였던 것과는 달리 극장 안은 시장통처럼 시끄럽고 너저분하기만 했다.

여기서 대체 뭘 한다고? 관람객이 지나치게 많으니 남녀가 바싹 붙어 앉을 수밖에 없었지만 단지 그것뿐이었다. 이곳에서 순지가 말한 그런 행위가 일어난다는 건 상상도 할 수 없었다. 좁고 시끄럽고 사람이 많고, 지저분했다. 전혀 은밀하지도 로맨틱하지도 않았다. 에로틱함은 더욱 없었다.

역시 소문은 소문에 불과했다. 물론 연인도 부부 사이도 아닌 외간 남녀가 바싹 붙어 앉는다는 건 대담한 일이긴 했다. 나쁜 마음을 먹는다면 몹쓸 짓을 할 수 있을지도 모르겠다. 하나 여기서 할 수 있는 몹쓸 짓이래 봤자 손장난일 뿐, 그마저도 여자가 고함이라도 지른다면 단단히 망신을 당하고 쫓겨나거나 순경에게 끌려갈 게 분명했다. 롯쿠에 대한 과장된 소문은 곱게 자란 도련님들이 할 수 있는 최고의 일탈에 환상적인 거품을 끼얹은 허상에 불과했다. 테츠가 본 롯쿠의 영화관은 관람을 위한 공간이 아니라 그 자체가 놀이 공간이었다. 사람들은 공원에 돗자리를 깔고 놀러 온 것처럼 끼리끼리 앉아서 되는대로 아무거나 주워 먹으면서 변사의 말에 맞장구를 치며 떠들어댔다. 무엇을 '보느냐'는 그들에겐 별로 중요치 않아 보였다. 그저 그들은 '이 공간'에서 즐겁게 놀고 있었다. 그게 여기의 관람 방식인 듯했다.

전혀 예상치 못한 영화관의 풍경에 잠시 멍해졌던 테츠의 정신이 뒤늦게 돌아왔다. 자신이 왜 여기 왔는지 떠오른 테츠가 주변을 두리번거리며 심덕을 찾았다. 한데 심덕이 보이지 않았다. 벽에 붙어서서 앞뒤를 왔다 갔다 하며 앉아 있는 사람들의 얼굴을 하나하나 꼼꼼히 살펴보았지만, 어디에도 심덕은 없었다. 분명 이곳에 들어오는 걸 보고 따라 들어왔다. 입구는 단 하나뿐이고, 테츠가 들어온 이후 나간 사람은 없었다. 심덕은 여기에 있어야만 했다. 그런데 심덕이 없었다. 곤란에 빠진 테츠가 한숨을 쉬며 고개를 드는 순간 영화관 제일 뒤 왼쪽 어두운 구석에 누군가가 서 있는 것이 보였다. 앉아 있는 이들만 살피느라 서 있는 사람은 볼 생각을 하지 않아서 뒤늦게 발견한 것이다. 화면에서 나오는 흐릿한 빛으로 서 있는 사람이 누군지 확인할 수 있는 거리가 될 때까지 테츠가 천천히 그쪽으로 다가갔다.

둘 사이에 대여섯 걸음쯤 남았을 때, 테츠는 서 있는 이가 심덕이라는 것을 알 수 있었다. 심덕은 벽에 몸을 기댄 채 서서 흥미로운 시선으로 화면을 보고 있었다. 이 영화관 안에서 집중하여 영화를 보는 유일한 이였다. 어둠 속에서도 그녀의 두 눈이 반짝이는 것이 보일 정도였다. 그녀는 진흙 속에서 핀 연꽃이었다. 더러운 속에서도 물들지 않고 흔들리지 않으며 향기는 청정했고 자세는 고고했다.*

도서관, 운동장 그리고 마루젠과 간다를 지나 롯쿠까지, 심덕의 행보는 단 하나로 통했다. 그녀는 총명했고 호기심이 많았으며 거침이 없었다. 타인의 시선을 신경 쓰지 않았고, 허세도 없었다. 단지 그녀는 자신이 관심을 가지는 것만이 중요했다. 남들의 수군거림이나 그 장소의 숨은 의미 같은 건 그녀에겐 아무 상관 없는 일이었다. 아마 그녀의 삶에 '경계' 같은 건 없을 것이다. 아니 경계가 뭔지도 모를 것이다. 단지 제가 원하면, 그뿐이었다. 제가 하고 싶으면, 그게 전부였다. 행동에 스스럼이 없었으나 천박하거나 저열하지 않았다. 아니 그런 기준이나 잣대는 심덕에겐 하등 쓸모없는 것들이었다. 심덕은 다른 차원에서 존재했다. 세상의 언어로 그녀를 단정 짓는 것은 오만이었다.

영화가 끝났다. 별반 차이는 없지만 불이 켜지자 아까보다 좀

---

* 주무숙, 「애련설」 中.

더 밝아졌다. 아쉬움을 끝내 떨치지 못한 시선으로 한동안 꺼진 화면을 보던 심덕이 겨우 고개를 돌렸다. 그 순간 내내 홀린 듯이 그녀만을 바라보던 테츠와 눈이 마주쳤다. 의아한 시선으로 테츠를 빤히 보던 심덕이 이내 기억이 난 듯 아, 하는 표정을 짓더니 환하게 웃었다.

웃었다. 그녀가 환하게 웃었다. 그 순간 모든 것이 정지했다. 심덕을 제외한 모든 것이 일순 사라졌다. 아무 소리도 들리지 않았고 아무것도 보이지 않았다. 테츠의 세상엔 오로지 심덕만이 존재했다. 그녀가 웃었다. 그녀가 걸었다. 그 미소를 따라서, 그녀의 움직임을 따라서 무채색이던 세상이 서서히 환해졌다.

"우리, 도서관에서, 본 적 있죠?"

사랑에 빠졌다. 직감적으로 알 수 있었다. 소설이나 시에서나 보던 그 사랑에 빠졌다. 입은 바싹 마르고 심장은 터질 것처럼 뛰고, 수줍은 마음에 얼굴로 열이 오름에도 불구하고 도무지 그녀에게서 눈을 뗄 수가 없었다. 그녀에게 만약 다른 남자가 있다면 아마 오늘 테츠의 침대는 무덤이 될 참이었다.* 조센징인 데다 경계 없는 성격을 가진 여자였다. 쉽지 않은 여자일 거다. 이 여자를 사랑하는 일이 녹록지 않을 것이란 예감이 들었다. 이 사랑이 과연 자신을 어디까지 데려갈지 두려움에 몸을 떨면서도 거부할 수 없었다. 사랑이었다. 테츠가 그토록 바라며 기다렸던, 그 사랑이었다. 그 사람이었다.

---

*   셰익스피어, 「로미오와 줄리엣」 中.

"국일관입니다."

기세의 말에 테츠의 정신이 돌아왔다. 어느새 차는 세워져 있었다. 차가 선 뒤에도 한참을 가만히 있으니 기세가 말을 건넨 모양이었다. 테츠가 기사에게 고개를 숙여 인사하며 차에서 내렸다. 땅에 발을 디디며 고개를 들자, 높은 솟을대문과 푸른 기와가 눈에 들어왔다. 이전에 조선에 왔을 때 친구에게 전통 양반집에 대한 설명을 들은 기억이 났다. 그 설명대로라면 이 집은 꽤 격조 높은 양반이 거주했던 집임이 분명했다.

돌계단을 딛고 위로 올라가자 대문이 열렸다. 그리고 이내 한복을 곱게 차려입은 여자들이 달려 나왔다. 그제야 테츠는 기세가 말한 국일관이 기생집이라는 것을 알아챘다. 일본에 게이샤가 있다면 한국엔 기생이 있었다. 이리 우아하며 품격 있는 집을 기생들이 쓰다니. 나라를 잃는다는 게 어떤 의미인지 알 것 같았다.

"오셨습니까?"

"어. 학무국 분들은? 이미 오셨나?"

"예. 벌써 술상 들어갔습니다. 좀 일찍 오셨더라구요."

"이분이 오늘 제일 중요한 손님이시다. 잘 모셔라."

기세의 말에 기생들이 테츠의 팔에 매달렸다. 테츠가 팔을 빼내며 불편한 표정을 지었다.

"아니, 왜……."

"어디로 가면 됩니까?"

기세의 말을 자르며 테츠가 주위를 두리번거렸다. 성급해 보이는 태도에 기세가 황급히 앞장섰다.

"아, 이리로 오시지요. 학무국 분들은 이미 와 계신다고 합니다."

기세는 마당의 오른편에 난 중문으로 테츠를 안내했다. 좀 더 안쪽 깊숙이 들어가자 후원이 나왔다. 고요하고 아늑하며 본채와 멀리 떨어져 있어 은밀한 만남을 가지기엔 더할 나위 없이 좋은 장소였다. 약속 장소로 갈수록 오늘 모임의 목적이 점점 더 분명해지고 있었다. 목에 가시가 걸린 것처럼 테츠의 표정이 딱딱해졌다. 앞서 걷는 기세만이 심상치 않은 기척을 눈치채고 안절부절못했다.

"피곤하신가 봅니다. 안색이······."

"부산에 도착한 뒤 쉬지 않고 곧장 기차를 탔더니 여독이 안 풀려서요."

"이런······. 제가 너무 빠듯하게 일정을 잡아서······."

"아니요. 인사만 드리고 적당히 나오면 되지요."

테츠의 대답에 기세의 얼굴이 한층 더 어두워졌다. 우물쭈물하며 무어라 말을 하려는 기세를 가로막으며 테츠가 댓돌 위로 올라섰다.

"이리 들어가면 됩니까?"

"네? 아, 네, 그게."

기다리지 않고 성큼 안으로 들어간 테츠가 문을 열자, 기막힌 풍경이 제 눈앞에서 펼쳐졌다. 방 안의 광경을 보자, 왜 기세가 적당히 나오겠다는 테츠의 대답에 더 난색을 표했는지 알 수 있었다.

"국장님, 여기 마에다 상을 모시고 왔습니다."

황급히 들어온 기세가 크게 소리치며 무릎을 꿇고 자리에 엎드렸다. 굽힌 기세의 등 뒤로 보이는 방 안의 질펀한 모습은 아직 달도 뜨지 않은 때에 벌어지는 일이라기엔 민망할 정도였다. 각자 옆에 계집을 끼고 앉은 사내들의 얼굴을 불콰했고 남녀 할 것 없이 옷매무새가 다들 흐트러져 있어 눈을 어디에다 둬야 할지 모를 정도였다. 기세가 말한 '접대'가 이런 거였다니, 기가 찼다.

"나 학무국장 시바타요. 마에다 상인가?"

그때 가장 윗자리에 있던 사내가 일어나서 테츠에게 다가왔다. 테츠가 깍듯한 태도로 고개를 숙이며 인사했다.

"안녕하십니까. 마에다 테츠입니다."

"내 자네 부모님을 잘 알지. 신년회 때 에도성에서 뵌 적이 있어. 하나밖에 없는 아들이 아직 장가를 안 갔다며 내게 좋은 혼처가 없냐 물으셨지."

테츠가 어색하게 웃으며 고개를 돌리자, 시바타의 혁대가 풀어져 바지가 헐거운 것이 눈에 들어왔다. 테츠가 눈을 비스듬히 내리깔았다.

"이번에 이기세와 함께 일을 한다기에, 내 그대 부모님의 부탁도 있고 해서 이런 자리를 만들었지. 이 친구가 이런 덴 아주 전문이거든."

기세의 어깨를 두드리며 시바타가 호쾌하게 웃었다. 칭찬을 받으면서도 기세는 딱딱하게 굳은 테츠의 표정을 살피느라 편히 웃을 수가 없었다. 이미 흥에 겨운 시바타는 테츠의 불편한 기색을 조금도 모르는 듯했지만 기세는 알 수 있었다. 테츠는 이런 것을 좋아하지 않았다. 오히려 경멸하는 쪽에 가까워 보였다. 이 일을 어쩌면 좋을까 싶어서 등 뒤에 식은땀이 흘렀다. 시바타에게 들은 정보와 실제로 본 테츠 사이엔 너무 차이가 커서 기세는 꼭 도깨비에 홀린 기분이었다. 시바타는 분명 테츠가 노느라 장가를 늦게 간 한량이라고 했다. 팔자 좋은 귀족 집안의 외동아들, 거기에 와세다대학 예과를 나와 레코드 회사에 취직한 젊은이, 라는 말에 그에 맞춘 의전을 준비했다. 한데 직접 만난 테츠는 이런 류와는 조금도 어울리는 사내가 아니었다.

"국장님, 마에다 상이 여독으로 많이 피곤하시다고 합니다."
"오, 그래? 하긴 배를 타고 쉬지도 않고 기차를 탔으니 그럴 만도 하지."

고개를 끄덕이며 수긍하는 시바타의 태도에 그제야 기세가 조금 안도했다. 그럼 이제 테츠를 호텔로 데려다주겠다는 말을 하려는 순간 시바타가 테츠를 보며 씩 웃었다. 썩 좋지 않은 미소였다.

"피로는 계집이랑 풀어야지. 국일관에 있는 기생 다 들어오라고 해. 일본 귀족을 모실 기회를 주겠다고. 직접 고르라고, 테츠. 오늘 밤 피로를 풀어줄 계집을 말이야."

허옇게 질린 기세가 테츠를 보았다. 어느새 테츠의 흰 얼굴은 가면을 쓴 것처럼 아무 표정이 없었다. 방금까지 얼굴 가득 피곤을 표현했던 사람이라고 믿기지 않을 정도로 테츠는 완벽하게 자기 자신을 통제해 그 아무것도 상대가 알 수 없게 했다. 섬뜩한 얼굴이었다. 천하의 이기세라도 테츠와 같은 이는 다루기 까다로운 걸 넘어서서 무서웠다. 도무지 어찌해야 좋을지 알 수 없었다. 갈피를 잃었다.

"아, 마에다 상 아직 총각이지? 그럼 기생도 처녀여야지. 기세 상?"

"예, 국장님."

"국일관에 아직 머리 올리지 않은 기생들을 데려와. 혼인 안 한 잘생긴 일본 귀족이 머리를 올려준다고 해. 광영아닌가! 조센징 기생이 감히 일본 귀족과 어찌 하룻밤을 자겠어? 그것도 혼인 안 한 귀족이란 말이야. 마에다 상 취향을 모르니 있는 대로 다 데려와. 열 살이든 열두 살이든 계집티가 나면 다 데려오라고."

시바타의 얼굴에 악마적인 미소가 걸렸다. 골치 아프게 됐다. 테츠가 이런 자리를 좋아하지 않는다는 걸 시바타가 눈치챈 것이다. 그리고 대놓고 피곤함을 호소하는 테츠가 마뜩잖았던 거다. 기껏 자리를 마련해서 흥이 나게 놀고 있는데 찬물을 끼얹는 젊은 놈이 곱게 보일 리 없었다. 본때를 보여주겠다는 심술궂은 마음이 든 게 분명했다. 기세가 재빨리 테츠의 눈치를 살폈다. 어느새 자리에 반듯이 앉아 다른 학무국 사람들과 인사하는 테츠의 얼굴엔 여전히 아무 표정이 없었다. 감정을 보이지 않는 사내라니, 최악이었다. 어찌 비위를 맞춰야 할지 알 수 없었다.

"몽땅 다 불러들이겠습니다."

잠시 고민하던 기세가 시바타 앞에 고개를 숙이며 깍듯하게 인사했다. 일단 이런 자리에선 가장 윗사람의 명을 따르는 게 그나마 뒤탈이 없었다. 사업상 파트너는 테츠였지만, 여기서 대장은 학무국장이었다. 후에 테츠가 이 일을 문제 삼는다면 학무국장에게 달려가 억울함을 호소하면 될 일이었다. 기세가 재빨리 방을 빠져나갔다. 닫히는 문 사이로 어느새 잔을 받아 술을 마시는 테츠가 보였다. 여전히 그에게선 아무것도 읽을 수 없었다.

⸎

며칠째 도서관 창가에 서서 책을 읽는 척하면서 테츠는 오가는 이를 살피고 있었다. 아사쿠사에서 심덕은 친근하게 인사했으나 테츠는 심덕에게 단 한 마디 말도 건네지 못했다. 아니 건넬 수가 없었다. 웃으며 인사하는 심덕을 멍하니 쳐다만 보다 그냥 보내고 말았다. 가슴이 너무 벅차서 아무 말도, 어떤 말도 할 수가 없었기 때문이다.

그렇게 테츠의 열병은 시작됐다. 어디에서나 심덕이 끊임없이 나타났고, 언제나 심덕이 뜬금없이 생각났으며, 매 순간 그녀가 그리웠다. 하지만 심덕에 대해 아는 것은 이름과 조선인이라는 것, 같은 학교를 다닌다는 사실뿐이었다. 제 분대로 하자면 여학생들 반을 뒤지고 다니거나 교문 앞에서 기다리는 담대한 행동을 못 할 것도 없었다. 하지만 그랬다간 심덕이 난처해질까 봐 걱정스러웠고, 혹시나 자신이 그녀의 눈에 이상한 사람처럼 보여서 시작도 하기 전에 끝이 날까 봐 겁이 나서 엄두도 낼 수 없었다.

테츠가 할 수 있는 유일한 일은 매일같이 도서관에서 기다리는 일이었다. 태어나 처음으로 책이 아닌 다른 이유로 도서관에 처박혔다. 그리고 테츠의 예상대로 나흘째 되는 날, 드디어 심덕과 마주칠 수 있었다.

심덕이 도서관에 들어서는 순간, 이미 테츠의 가슴은 뛰기 시작했다. 그녀의 등장만으로 도서관의 공기조차 달콤해졌다. 약에 취한 것처럼 몽롱한 기분이 된 테츠가 눈으로 심덕의 뒤를 쫓았다. 심덕은 이전처럼 외국 서적이 꽂혀 있는 곳으로 향했다. 테츠가 자연스레 자리에서 일어나 뒤를 따라가 심덕이 서 있는 곳 맞은편 책장 앞으로 갔다. 책이 빼곡하게 꽂혀 있는 책장을 사이에 두고 두 사람이 마주 보고 섰다. 책 사이사이 심덕의 모습이 얼핏얼핏 보였다. 천천히 움직이던 심덕이 한곳에 멈춰 섰다. 테츠 역시 그 앞에 멈췄다. 그리고 제 앞에 꽂힌 책을 서너 권 뺐다. 둘 사이에 놓인 책장에서 책이 사라지자 심덕과 테츠의 눈이 마주쳤다. 놀란 심덕이 눈을 동그랗게 떴다가, 이내 아는 이라는 것을 확인하자 부드럽게 휘어졌다. 테츠가 책장 사이로 가지고 왔던 레코드판을 건넸다. 심덕이 마루젠에서 골랐던 모레스키의 것이었다. 음반을 확인한 심덕이 아까보다 훨씬 더 놀란 토끼 눈이 되어 테츠를 보았다. 그 순간 쪽지를 건넨 테츠가 곧장 돌아섰다.

"저기……."

뒤늦게 심덕이 정신을 차리고 다급히 테츠를 불렀을 때, 이미 테츠는 도서관 문을 나서고 있었다. 쫓아 나가려던 심덕이 생각을 바꾸었다. 도서관을 제외하고는 교내에서 남녀가 함께 있는 모습이 교사에게 들켰다간 교칙에 의해 엄중한 처벌을 받았다. 어떻게 해서 여기까지 왔는데, 고작 호기심에 모든 것을 망칠 수는 없었다. 이 일을 어쩌나 하며 고민하던 심덕의 시선이 쥐고 있던 쪽지에 닿았다. 황급히 그것을 펴보았다.

'그 음반을 들으러 가고 싶다면 데이코쿠호텔에서 여섯 시. 마에다 테츠.'

심덕이 가장 궁금해했고, 가장 듣고 싶었던 것이 바로 모레스키의 음반이었다. 카스트라토라는 건 책으로만 봤다. 과연 남자가 내는 여자의 소프라노는 어떤 건지 직접 들어보고 싶었다. 그게 정말 여자의 소프라노와 같은 소리가 나오는지 알고 싶었다. 혹자는 여자보다 카스트라토가 더 훌륭하다고도 했다. 어찌해서 그럴 수가 있는 건지 이해가 가지 않았다. 직접 그의 목소리를 들어본다면 책에서 읽었던 그 문구들을 이해할 수 있을 것 같았다. 하지만 현재 심덕이 풍습에 따라 서생으로 머물고 있는 가정집에는 불행히도 축음기가 없었다. 그리고 형편이 빠듯하니 레코드를 틀어주는 카페나 레스토랑에 자유롭게 드나들 수 있는 처지도 못 되었다. 그래서 마루젠에서 하염없이 음반만 들었다 놓기를 반복했다. 갖고 싶었으나, 가져봤자 소용이 없었다. 축음기가 없는 레코드는 아무 쓸모 없는 고물에 불과했기 때문이다.

하지만 이 쪽지에 적힌 데이코쿠호텔은 아마도 축음기가 있을 것이고 신청곡을 틀어주기도 하는 게 분명했다. 그곳에 간다면 이 음반을 들을 수 있을 것이다. 자신에게 이것을 준 사내에 대해 아는 것은 하나도 없었다. 조선 여자는 일본인에게 희롱당

해도 어디 가서 항변도 할 수 없는 처지였다. 그가 나쁜 맘을 먹는다면, 심덕은 몹쓸 상황에 처할 수도 있었다.

하지만 그럼에도 이 음반이 듣고 싶었다. 뒷일은, 뒷일이었다. 구더기 무서워 장 못 담근다고, 일어날지 일어나지 않을지 모르는 일을 걱정해서 제게 찾아온 기회를 놓치고 싶지 않았다. 고민 끝에 심덕은 쪽지를 곱게 접어 주머니에 넣었다. 위험을 감수할 만한 일이었다. 아니 생각해보면 심덕은 늘 위험을 감수하는 삶을 살아왔다. 그리고 대부분 그것은 심덕을 좋은 방향으로 이끌었다. 이번에도 심덕은 제 감을 믿기로 했다.

〜

아직 볼이 발간 어린 기생들이 줄줄이 들어왔다. 가장 어린 아이는 열두 살이었고, 가장 많은 아이는 열여섯 살이었다. 솜털이 보송보송한 양 볼은 복숭아를 떠올리게 했다. 주르륵 선 아이들은 아직 교태나 아양을 몰라서 그저 호랑이 앞에 잡혀 온 토끼처럼 겁에 질려 바들바들 떨기만 할 뿐이었다. 테츠에게 고르라고 불러놓고선 그 모습을 보며 입맛을 다시는 건 학무국 관리들이었다. 정작 당사자인 테츠는 가면을 덮어쓴 것 같이 표정 없는 얼굴과 유리구슬만큼 말간 눈으로 그들을 아무 감정 없이 빤히 보기만 했다.

"테츠, 고르라고. 골라봐."

"에이, 그냥 고르라고 하면 어쩝니까. 뭐 좀 이것저것 시켜봐야 고르지."

"아, 그런가? 그래, 뭘 시켜볼까?"

"아님 벗은 몸이라도 좀 보던가."

낄낄거리는 사내들의 희롱이 짙어질수록 서 있는 계집들의 얼굴에서 점점 핏기가 사라졌다. 그 순간 테츠가 자리에서 일어나더니 가장 나이 어린 기생의 손목을 잡았다. 아직 덜 자란 계집은 테츠의 허리에나 겨우 올 정도로 작았다. 손목이 덥석 잡힌 어린아이는 울지도 웃지도 못하는 얼굴로 그저 가늘게 떨 뿐이었다.

"그럼, 저는 이만 쉬러 가겠습니다."

몸을 돌린 테츠가 공손히 인사했다.

"오, 테츠. 곱게 생겨서 그런 취향인 줄 몰랐는걸."

"곱게 생겼으니 저런 취향이지. 원래 저리 생긴 이들이 좀 이상한 쪽으로 밝히더라고."

쏟아지는 야유를 아무렇지도 않은 얼굴로 모두 받으며 테츠가 어린아이의 손을 잡고 방을 나섰다. 기세가 황급히 뒤를 따랐다.

"방으로 안내하겠습니다."

이기세가 답지 않게 허둥대며 앞장섰다. 미리 준비된 테츠의 방에는 보료가 곱게 깔려 있었고 언제 차려졌는지 작은 주안상까지 놓여 있었다.

"저건 치우세요."

테츠가 주안상을 가리키며 고개를 저었다. 어느새 가면은 사라지고 피곤이 서린 짜증이 온 얼굴에 가득했다. 그 모습을 보자 오히려 마음이 놓인 기세가 황급히 주안상을 들어 복도로 뺐다.

"그럼 쉬십시오."

허리를 숙여 깍듯이 기세가 절을 하자, 곧 방문이 닫혔다. 방에 단둘이 남게 되자 테츠는 곧장 계집의 손목을 놓으며 제게서 멀리 밀쳐냈다. 그리고 방 가운데 깔린 이불을 한쪽으로 밀었다.

"거기서 자거라. 난 바닥에서 자면 된다."

넥타이만 적당히 풀어헤친 테츠가 그대로 바닥에 누운 뒤 눈을 감았다. 옆에선 어린아이가 어쩔 줄 몰라 하는 것이 눈을 감고 있음에도 느껴졌다. 하지만 굳이 신경 쓰고 싶지 않았다. 좋거나 예쁘거나 특별하거나 애틋해서 고른 아이가 아니었다. 그저 그 방에 두고 나오면 가장 안 될 것 같아서 골랐을 뿐이었다. 그러니 이것으로 제 역할은 다했다.

누군가에게 관심이 있거나 다정한 성품이 못 되었다. 애초에 자신의 안으로 깊이 침잠하는 성향이 강했다. 타인에겐 관심도 없었고, 궁금하지도 않았다. 테츠가 살면서 관심을 가진 타인은 심덕뿐이었다.

〰

데이코쿠호텔에서 심덕을 기다리면서 테츠는 왜 그토록 많은 문학 작품에서 지독한 사랑에 빠진 주인공이 끝내는 미쳐버리고 마는지 이해할 수 있었다. 사랑에는 전쟁과 평화라는 두 가지 시련이 있다는 호라티우스의 말은 옳았다. 그녀를 기다리는 그 짧은 시간 동안 걸어오는 모든 여자가 심덕으로 보였다가 다시 제대로 보이길 반복했다. 테츠는 천국과 지옥을, 환희와 절망을 수없이 오갔다. 그러다 끝내 심덕이 나타났을 때, 그때 테츠의 심정은 세상에 존재하는 그 어떤 말로도 표현 불가능했다. 제멋대로 움직이려는 몸과 얼굴을 가만히 두기 위해 초인적인 인내심을 발휘해야 할 정도였다. 하지만 가까이 다가온 심덕의 표정을 읽은 순간, 테츠는 실망을 금치 못했다. 그녀는 온 얼굴 가득 호기심과 흥분을 안고 있었다. 맹세컨대 테츠에 대한 것은 아니었다. 그녀는 테츠가 궁금해서 이곳에 나온 게 아니었다. 심덕은 오로지 음악을 듣기 위해 이곳에 온 것이다.

그러자 뜨겁게 끓는 물 위의 수증기처럼 열에 올라 들떴던 마음이 차분히 가라앉았다. 처음부터 당장 심덕이 자신과 같은 온도가 될 순 없는 일이었다. 자신이 먼저 알아봤다. 심덕은 조금 느릴 수도 있었다. 많은 비극의 주인공들은 그러한 속도의 차이를 인식하지 못해서 사랑에 실패했다. 하지만 자신은 그런 어리석은 짓을 하진 않을 것이다. 테츠는 심덕에게 맞춰주기로 결심했다.

"안녕."

테츠는 친구라는 가면을 썼다. 최대한 담백하게, 감정 없이, 반의 사내 녀석들을 대할 때와 같은 얼굴로 그녀를 보려 노력했다.

"왔구나. 안 오면 어쩌나 걱정했어."

"응. 궁금해서."

테츠를 보는 심덕의 얼굴엔 걱정과 두려움이 숨어 있었다. 자신을 보고 설레기 전에 공포를 느끼는 걸 보자 가슴이 아팠지만 어쩔 수 없었다. 입장을 바꿔놓고 생각해 보면 그럴 수도 있다, 테츠는 애써 스스로를 설득했다.

"지난주에 마루젠에 갔다가 널 봤어. 그걸 수없이 들었다 놨다 하더라. 사실 나도 그 음반을 사러 간 거였거든."

심덕의 두 눈이 기쁨으로 빛났다. 뿌옇던 테츠의 마음에 비로소 한 줄기 빛이 비치었다.

"그래서 같이 듣고 싶었어. 그 음악을 이해하는 사람이랑."

심덕이 활짝 웃었다. 그제야 테츠 역시 미소 지을 수 있었다.

"들어갈래?"

"응."

그게 두 사람의 시작이었다.

계집아이는 방구석에 웅크린 채 졸고 있었다. 곱게 깔린 보료는 사용한 이가 없어 처음 모양새 그대로 깨끗했다. 테츠가 자리에서 일어나 움직이자 기척을 느낀 계집애가 놀라서 후다닥 깼다.

"씻고 싶다. 목욕물을 데워다오."

"네."

밤새 제대로 자지 못한 탓인지 눈이 토끼처럼 새빨개진 계집애가 밖으로 나갔다. 테츠가 가져온 가방에서 유카타와 세면도구를 꺼냈다. 그리고 신중하게 짐 속에서 오늘 입을 옷을 고르기 시작했다.

"목욕물을 받았습니다."

유카타를 입은 테츠가 방을 나서자 계집애가 뒤를 따랐다.

"시중들 거 없다. 방 안에 꺼내놓은 옷이나 다려놓아라."

심덕과는 점심 약속이 되어 있었다. 아직 시간은 충분히 여유로웠다. 하지만 미리 정갈하게 준비하고 싶었다. 오래 기다려온 순간이었다. 무엇 하나 허투루 하고 싶지 않았.

⸸

멀리서 테츠를 발견한 심덕이 크게 손을 흔들었다.

"뛰어오지 마!"

테츠가 소리쳤으나 심덕은 사람들을 헤치며 달려왔다. 마지막에 거의 넘어지려는 것을 테츠가 잡아주었다.

"다친다니까."

"억울해! 오늘은 내가 먼저 나오려고 했는데, 너 왜 벌써 나온 거야? 반칙이야, 마이."

정말 분한 듯 심덕이 발을 굴렀다. 약속 시간보다 10분이나 일찍 도착했는데 테츠가 나와 있으니 그럴 만도 했다. 심덕은 절대로 모를 것이다. 테츠가 약속 시간 몇 시간 전부터 설레는지, 언제부터 준비해서 집에서 나오는지 말이다.

"오늘 내가 운이 좋았던 거지."

"맨날 나만 늦는 사람 같잖아. 마이는 너무 부지런해. 나두 게으른 편은 아닌데."

7장 369

"너 안 게을러. 내가 운이 좋았다니까."

데이코쿠호텔에서의 첫 만남 이후 함께 보내는 일곱 번째 주말이었다. 스스럼없는 성격의 심덕은 친구로 다가오는 테츠를 경계하지 않았다. 덕분에 테츠는 '친구'라는 그럴싸한 탈을 쓰고 심덕의 곁에서 머무를 수 있었다. 그 후 주말마다, 혹은 시간이 나면 하굣길에 둘은 종종 만났다. 함께 공부를 했다. 집에 데려다주었다. 고급 쿠키를 건넸다. 가끔 더듬거리는, 아직은 어설픈 심덕의 일본어를 바로잡아 주었다. 뜨거운 제 마음을 꾹꾹 누르며 테츠는 심덕의 속도에 맞추었다. 조금이라도 잘못 다루면 깨지는 유리 공예품처럼, 테츠는 심덕을 조심스럽고 소중하게 대했다. 말투, 눈빛, 행동, 그 무엇 하나 부족하지도, 과하지도 않았다. 그 지극한 노력 덕분에 '마에다 테츠'라는 이름을 심덕이 '마이'라는 친근한 애칭으로 부르기까지는 오래 걸리지 않았다. 심덕이 '마이'라고 부를 때마다 테츠는 가슴이 몽글몽글해지곤 했다. 하루 종일, 그녀의 입에서 나오는 제 이름만 듣고 싶을 정도였다.

"다카라즈카 창가대는 그럼 여자들로만 이루어진 거야?"

"응. 작년에 도쿄에서 한 첫 공연은 대성공이었지. 그때 나도 가서 봤는데 아주 멋졌어. 노래도 잘 부르고, 연기도 잘하고."

"작년이 첫 공연인데 왜 올해가 마지막 공연이야?"

"'다카라즈카 소녀가극양성회'로는 마지막 공연이야. 다카라즈카 음악가극학교를 올해 세웠거든. 이제 앞으로는 그 학교 재학생과 졸업생만으로 구성된 다카라즈카 소녀가극단이 공연을 하게 될 거래."

"이벤트가 아니라 아예 여성가극단으로 굳히는 거야? 대단하다. 세상이 변하긴 했나 봐. 옛날에 오페라나 연극은 여자가 무대에 올라오는 게 금기라 남자가 여자 역까지 했는데 이젠 여자로만 구성된 창가대가 공연도 하고. 그럼 거기선 남자 역도 여자가 하는 거야?"

"응. 키 크고 머리 짧은 여자가 하던데?"

"멋지다!"

흥분한 심덕이 팔짝 뛰며 좋아했다. 테츠가 싱긋 웃었다.

"공연 전까지 시간이 좀 있어. 호텔에서 커피 마실래? 아니면 마루젠서점 구경할까?"

"아냐. 공연 전엔 머리를 비우고 싶어. 좀 걷자. 날씨도 좋은데."

데이코쿠극장은 에도성(江戸城)을 마주 보고 서 있었다. 둘은 성을 둘러싼 해자를 따라서 천천히 걸었다.

"마이, 마이는 에도성에 들어가 본 적 있어?"

"응. 신년회 때. 귀족들은 초대를 받으니까."

"어때? 천황은 정말 신이야?"

테츠가 대답 대신 난처한 얼굴로 미소 지었다. 심덕과 이런 대화는 하고 싶지 않았다. 그녀가 사랑의 감정보다 현실을 먼저 인식하지 않기를 바랐다. 물론 심덕은 대단히 대담하고 거리낌 없는 성격이라 테츠가 일본인이라거나 귀족이라는 것을 신경 쓰는 것 같지는 않았다. 하지만 또 모를 일이었다. 어쨌거나 심덕은 조선인, 그것도 일본에 의해 식민 지배를 받는 나라의 여자였다. 아무리 입장을 바꿔본다 한들 테츠가 심덕이 처한 복잡한 상황을 모두 이해하기는 무리였다.

"들어가 보고 싶어? 네가 가보고 싶다면 방법을 찾을 수……."

"마이, 바보 같아."

심덕이 웃음을 터뜨렸다.

"나는 가보고 싶은 곳이 아주 많아. 할 수만 있다면 세상 끝까지라도 가보고 싶어. 하지만 절대 에도성엔 가지 않을 거야."

심덕이 앞장서서 걷기 시작했다. 테츠는 왜냐고 묻지 않기로 결심했다. 아무리 입장을 바꿔도 절대 알 수 없는 마음이 튀어나왔다는 것을 알아차렸기 때문이다.

"공연 어땠어?"

"모레스키 음반을 들었을 때와 같은 감동을 느꼈어. 성(性)을 뛰어넘는 아름다움과 위대함."

공연장에서 사람들이 꽤 빠져나갈 때까지도 심덕은 자리에서 일어나지 않고 감격에 겨운 눈길로 무대를 홀린 듯이 바라보았다. 객석이 꽤 비고 나서야 심덕이 자리에서 일어났다. 테츠가 그녀를 에스코트했다.

"자네, 마에다 테츠 아닌가?"

그때 머리가 한 중년의 사내가 테츠를 보고 아는 체했다.

"작년에 인사했는데, 기억하는가?"

"아, 안녕하십니까?"

"작년엔 어머님과 같이 왔었지."

"부모님께선 지금 여행 중이십니다."

다카라즈카 극단을 결성한 한큐전철의 사장 고바야시 이치조였다. 은행원으로 출발해 사업가가 된 입지적인 사내로 한때 문학도로서 소설가 활동을 하기도 했다. 그러한 독특한 이력 덕분인지 그는 문화와 산업을 접목해 망해가는 전철 사업을 성공시켰다. 다라가즈카 창가대 역시 그러한 문화 프로젝트의 하나였다. 테츠의 부친과는 은행원 시절 부친의 자산관리를 하다 인연이 닿았고 그 이후 꾸준히 연락을 이어오고 있었다.

"이분은 누구신가?"

"친굽니다. 음악 전공자라 이 공연을 꼭 보고 싶다고 해서 함께 왔습니다."

테츠가 자연스레 이치조에게 심덕을 소개했다.

"극단 대표님이셔."

작게 귓가에 속삭이자 심덕의 두 눈이 빛났다.

"음악가라, 전공이 무엇인가?"

"성악입니다, 대표님. 공연 무척 재밌게 봤습니다."

"고맙군. 친구라면 테츠와 같은 학교?"

"네."

이치조가 유심히 심덕을 보았다.

"여자치곤 키가 아주 크군."

"네. 덕분에 무대 위에 서면 저 멀리 객석에서도 제가 아주 잘 보인데요."

"그럼. 무대에 서는 예술가에게 훌륭한 신체적 조건은 대단한 장점이지. 이름이?"

"윤심덕입니다."

"조선인이군."

"네."

이치조가 악수를 청했다. 심덕이 흔쾌히 그 손을 잡았다. 심덕을 올려다보던 이치조가 품에서 명함을 꺼냈다.

"내가 학교를 세웠다는 이야기를 들었나?"

"테츠가 해줬습니다."

"졸업하고 생각이 있으면 와요. 우린 윤 양과 같은 장점을 가진 예술가를 원해."

"생각해 보겠습니다."

"언제든 연락 줘요."

심덕이 꾸벅 인사했다. 이치조가 뿌듯하게 그 모습을 보았다.

"여행 다녀오시면 부모님께 내가 한 번 찾아뵙는다고 전해주게."

"네."

격려하듯 테츠의 어깨를 두드린 이치조가 극장을 나섰다. 이치조가 주고 간 명함을 뚫어져라 보는 심덕을 보던 테츠가 의아한 듯 고개를 갸웃했다.

"그 학교 갈 생각 있어?"

대답 대신 심덕이 싱긋 웃으며 걷기 시작했다. 초조해진 테츠가 뒤를 따랐다.

"응? 정말 거기 갈 거야?"

여러 번 테츠가 물었으나 심덕은 대답 대신 웃으며 걷기만 할 뿐이었다. 달도 뜨지 않은 거리는 오늘따라 유독 어둑했다. 심덕은 학교 근처인 시부야에 살았다. 테츠의 집에선 꽤 먼 거리였다. 거의 매번 함께 걸어서 심덕을 집까지 데려다준 뒤 테츠는 시테츠를 타고 집으로 돌아왔다. 하지만 오늘은 심덕의 집까지 걸어가기엔 너무 멀었다.

"시테츠를 타야겠지?"

"조금만 더 걷다가."

한데 웬일인지 심덕은 전차 역으로 가지 않았다. 극장에서 나온 둘은 낮에 그러했듯이 에도성의 해자를 따라 걸었다. 심덕은 아무 말도 하지 않았다. 테츠 역시 잠자코 그녀의 뒤를 따랐다. 차가운 밤바람이 테츠의 귓가를 스쳐 지나갔다. 그 순간 심덕의 블라우스가 목이 깊이 파진 디자인이었다는 것이 떠올랐다.

"심덕."

테츠가 가볍게 심덕의 팔을 제 쪽으로 끌어당겼다. 놀란 듯 멈춰선 심덕에게 다가간 테츠가 그녀의 블라우스 단추를 목 끝까지 채워주었다. 그것으로도 모자라, 품에서 흰색 손수건을 꺼내 심덕의 목에 매주었다.

"바람이 차. 노래 부르는 사람이니, 목을 조심해야지."

목에 손수건을 매어준 뒤 떨어지려는 테츠의 손을 심덕이 붙잡았다. 마주 선 두 사람의 눈이 마주쳤다.

"마이는, 내가 어느 학교에 갈지 궁금해?"

갑작스러운 질문이었다. 잠시 당황하던 테츠가 이내 당연하다는 듯 고개를 끄덕였다.

"왜?"

"그거야……."

친구니까, 라고 해야 하는데 이상하게 말이 목 끝에 걸려서 쉬이 뱉어지지 않았다. 그건 본능적인 직감이었다. 지금 이 순간, 저 물음에 친구라고 대답해 버리면 이제 앞으로 평생 자신과 심덕은 친구가 될 것이다. 그러고 싶진 않았다. 다른 관계를 원해서 친구인 척한 것일 뿐, 진짜로 친구가 되고 싶은 건 아니었다.

"처음부터 지금까지 마이는 나에게 잘해주기만 해. 찻값도, 식사값도, 공연값도, 책값도 모두 마이가 냈지. 부모님이 주는 용돈이 넉넉해서 남을 지경이라면서 말야. 그리고 늘 내 시간에 맞춰서 약속을 잡고 언제나 데려다주지. 정말 최선을 다해서 노력해. 왜야?"

수도 없이 머릿속으로 그려왔던 순간이었다. 무슨 말을 해서 어떻게 고백할지 수백 번, 수천 번도 넘게 상상했다. 세상에서 제일 멋진 말과 가장 근사한 모습으로 하려 했다. 하지만 막상 현실이 되어 다가오자 아무 생각도 나지 않았다. 머릿속이 하얗게 변하고 입술은 풀이라도 발라놓은 듯 떨어지지 않았다. 그저 멍했다. 흔들리는 테츠의 두 눈을 보며 심덕이 성큼 가까이 다가섰다.

"바보같이, 아무것도 모를 거라고 생각했어? 언제까지 모르는 척하고 싶은 거야, 마이는? 왜 나에게 아무것도 하지 않아?"

말을 마친 심덕이 한걸음 뒤로 물러서려는 순간, 테츠가 팔을 움켜쥐고 제 쪽으로 끌어당겼다.

"나는, 나는……."

테츠의 온몸이 가늘게 떨리고 있었다. 그가 느끼는 그 벅찬 감동이 온몸의 떨림으로 나타나고 있었다. 흔들리는 새카만 두 눈엔 애정이 가득했다. 절대로 놓치지 않겠다는 듯 심덕의 양팔을 꽉 움켜쥔 두 손은 힘을 주체하지 못하고 있었다.

"나는……."

어쩔 줄 모르고 바르르 떨리는 테츠의 입술에 심덕이 입술을 가져갔다. 밤공기에 차가워진 두 입술이 마주 닿았으나 테츠는 그것이 차가운 줄도 몰랐다. 부릅뜬 두 눈이 갈피 없이 흔들리더니 이내 눈이 감겼다. 잠시 후 심덕이 입술을 떼려는 순간, 테츠가 두 손으로 심덕의 얼굴을 끌어당겼다. 심덕이 테츠의 목을 안았다. 절대로 떨어지지 않겠다는 듯 두 사람이 서로를 꼭 껴안았다. 어느새 둘을 둘러싼 공기가 달큼하게 달아올랐다.

〿

단장을 마친 테츠는 국일관을 나섰다. 짐은 여기 있는 동안 묵기로 한 조선호텔로 보내도록 시켰다. 그리고 기사텐(남대문역에 있던 한국 최초의 다방)으로 가는 길을 물었다. 떠나기 전 신을 신으면서 하는 물음에 내내 긴장해서 하얗게 질려 있던 계집애의 얼굴에 그제야 화색이 돌았다. 아이는 최선을 다해서 서툰 일본어로 길을 설명했다.

"길을 따라 내려가다 큰길이 나오면 전차를 타십시오. 걸으신다면 그 큰길을 따라 쭉 내려가다 보면 개천이 보이실 것입니다. 개천을 따라가십시오. 총독부 건물도 지나서 쭉 내려가다 보면 경성역이 보이실 것입니다요. 그 경성역 바로 옆이 남대문입니다. 그 근처에서 한 번 더 물으시면 곧장 찾으실 수 있으실 것입니다."

"고맙다."

아이는 허리를 깊게 숙여 인사했다. 무표정한 얼굴로 테츠가 등을 돌렸다.

약속 시간까지는 아직 세 시간도 넘게 남아 있었다. 아이의 말대로라면 이곳 종로에서 약속 장소인 기사텐까지는 걸어간다 해도 한 시간 정도면 충분할 것이다. 그러니 아무리 길 위에서 늑장을 부린다 해도 한 시간 넘게 심덕을 기다려야 할 게 분명했다. 하지만 상관없었다. 원래 늘 테츠는 심덕보다 먼저 약속 장소에 도착해서 기다렸으니 말이다.

생각해 보면 둘의 관계에서 테츠는 늘 심덕보다 빨라서 언제나 기다려야 했다. 테츠가 더 느렸던 것은 단 한 순간, 이별할 때뿐이었다. 매 순간 그토록 심덕에게 모든 정신을 다 쏟고 있었는데 왜 이별이 다가오는 것은 눈치채지 못했을까. 어리석기 짝이 없는 노릇이었다. 운명이라 생각했고 운명일 거라 믿었기 때문이다. 이별은 상상도 할 수 없을 정도로 심덕에게 빠져 있었기 때문이다.

그녀는 저녁놀과 새벽빛을 눈에 머금었고, 폭풍우를 예고하는 밤처럼 향기를 발산했다. 그녀의 키스는 사랑의 묘약이었으며 입은 꿀단지였다.* 미소 지으며 심덕이 제 품에 담뿍 안길 때면

---

* 샤를 보들레르, 「아름다움에 바치는 찬가」 中.

세상을 다 가진 것만 같았다. 가끔 졸린 듯 어깨에 기댈 때면 그대로 시간이 멈추길 소원했다. 심덕과 함께하는 모든 시간은 테츠에게 경이로움 그 자체였다. 심덕을 만나기 전의 세상이 기억나지 않았다. 심덕을 만난 이후의 삶만, 테츠에게는 의미 있었다.

비록 메이지유신에 참여한 신흥 무사 계급은 아니었으나 그래도 엄연히 지위를 하사받은 일본 귀족 집안의 외동아들이었다. 당연히 심덕에 비해 압도적으로 테츠가 누렸던 것이, 누릴 수 있는 것이 많았다. 살면서 단 한 번도 제 계급에 대해 의미 있는 고찰을 해본 적 없었으나 심덕을 만난 이후 테츠는 자신이 가진 것들에 감사하게 되었다. 그 덕분에 테츠는 심덕에게 많은 것을 해줄 수 있었기 때문이다. 음악을 전공했고, 대단히 영민했으며, 호기심이 넘쳤고 학습열도 좋았으나 심덕은 아직 다양한 문화를 접해본 경험이 없었다. 혹자는 행복이 다른 사람의 불행을 곱씹어 볼 때 드는 유쾌한 감정*이라고 하였으나 테츠에게 행복은 그와 정반대였다. 당시 테츠에게 행복은 다른 사람의 행복을 바라볼 때 드는 즐거운 감정이었다. 그래서 테츠는 심덕의 행복을 위해 자신이 줄 수 있는 가장 좋은 것들을 주려 했다. 그것이 테츠에게 곧 행복이었으므로.

테츠의 손을 꼭 잡고 심덕은 여태껏 알지 못했던 세상을 만났다. 조선에선 보지 못했던 오케스트라 공연뿐 아니라 발레, 오페라 같은 서구에서 바로 상륙한 신문화를 접했다. 데이코쿠호텔, 데이코쿠극장, 미쓰코시백화점, 가부키대극장, 긴자 등 고급문화

---

* 앰브로스 비어스,『악마의 사전』中.

가 유행하는 거리를 그들은 매일같이 돌아다녔다. 제 손에 이끌려 새로운 것을 배워가는 심덕의 모습은 테츠에겐 더할 나위 없이 큰 기쁨이었다. 자신에 의해 완벽해져 가는 연인의 모습은 감동 그 자체였다.

아오야마학원에서 함께 학교를 다니는 동안, 둘은 오롯이 서로만을 위해 채웠다. 테츠의 노력과 정성 덕분에 심덕은 놀랄 정도로 다른 사람이 되었다. 모두 테츠의 손끝에서 완성된 것이었다. 더 세련되어졌고, 더 당당해졌다. 풋내 나던 소녀는 완연히 성숙하고 아름다운 여인이 되었다. 테츠는 그런 심덕을 종종 홀린 듯이 보다 입을 맞추곤 했다. 이 완벽한 연인과 평생을 함께할 수 있다는 것이 테츠에겐 꿈만 같았다.

8장
첫사랑

테츠의 부모님은 테츠가 와세다대학에 진학하길 원했다. 최초의 사립대로 정재계 인사들을 많이 배출했으며 그들의 자녀가 많이 가는 학교라는 것이 가장 큰 이유였다. 하지만 그 속내를 자식에게 모두 드러내는 건 너무 속물적이라 느낀 건지 부친은 '학풍'이라는 그럴싸한 핑계를 댔다.

"대부분의 학교가 고이시카와구나 혼고구에 몰려 있어 사람들은 흔히 그곳이 면학 분위기가 좋다고 생각하지만 전혀 아니야. 내가 너를 아오야마가쿠인에 보낸 이유가 뭐겠니? 젊은 애들은 지들끼리 어울려 있으면 문제만 일으킬 뿐이야. 게다가 혼고구는 우에노나 아사쿠사와 꽤 가깝단 말이지. 그런 분위기에서 대체 뭘 하겠니? 와세다는 유흥가들과 거리가 먼 데다 조용한 가정집들 사이에 아늑하게 자리 잡고 있어. 젊은이들은 어른들의 감시하에 있어야 제대로 자랄 수 있는 거지. 와세다로 가라."

테츠는 대답하지 않았다. 부모님은 그것을 긍정의 의미로 받아들이는 듯했지만 사실 테츠는 결정하지 않았기에 대답하지 않은 것이었다. 심덕의 학교에 따라 제 학교를 정하고 싶었다. 그리고 학교가 정해지면 청혼할 생각이었다. 심덕은 어느 학교에 가고 싶은지 테츠에게 말해주지 않았다. 지나가듯 두어 번 물었지만 묘하게 웃기만 할 뿐 대답은 없었다. 궁금했지만 더 캐묻지 않았다. 아무래도 고민이 많은 모양이라 생각하며 결정한 뒤 말해 줄 때까지 기다리는 중이었다. 덕분에 아직 테츠의 대학도 미정이었다.

"나, 우에노공원에 가보고 싶어."

본래는 함께 도서관에 갈 예정이었다. 하지만 만나자마자 불쑥 심덕이 꺼낸 말에 주말 데이트 계획은 변경되었다.

"우에노공원?"

"응."

동물원에 박물관, 학교와 신사, 그리고 연못까지 있는 우에노공원은 도쿄에서 가장 넓은 시민 공원이었다.

"응. 거기 동물원 있다며? 거기 구경 가보고 싶어."

"동물원? 조선에서 안 가봤어?"

"가봤지. 그런데 여긴 또 다를 거 아냐."

동물원 핑계를 댔지만 사실은 우에노공원 내에 있는 음악학교를 한번 가보고 싶은 것 아닐까, 라는 생각이 들었다. 하지만 속으로 짐작만 할 뿐 테츠는 아무 내색도 하지 않았다.

공원으로 가기 위해 테츠와 심덕은 도쿄역에서 시테츠를 탔다. 시테츠 밖으로 보이는 풍경이 처음 심덕을 따라 아사쿠사로 갔던 때를 떠올리게 해서 테츠는 설핏 웃음이 났다. 벌써 그때로부터 3년이 지났다. 하지만 마치 어제 일처럼 모두 생생한 기억이었다. 20여 분 정도 달려 우에노공원역에서 내렸다. 자연스레 손을 맞잡은 두 사람이 공원으로 향했다.

"나 예전에 그 근처에 있는 아사쿠사에 꽤 자주 갔었는데 말야."
"왜?"
테츠는 아무것도 모르는 일인 양 놀란 척했다.
"영화 보면서 공부하러."
"영화? 공부?"
이번엔 진짜 놀라서 저도 모르게 목소리가 높아졌다. 아사쿠사 영화관에 공부를 하러 간다는 건 생각도 못한 일이었다.

"응. 무성 영화여서 변사가 좋은 발음, 큰 목소리로 영상을 설명하면서 말하잖아. 그거 꽤 도움 돼."

그 순간 스크린을 반짝이는 두 눈으로 바라보던 심덕이 떠올랐다. 그게 단순한 호기심이 아니라 학습열이었다니! 지금까지 오해했던 스스로가 황당해서 헛웃음이 터졌다. 갑자기 웃는 테츠를 심덕이 이상스럽게 쳐다보았다.

"왜 그래?"
"아니야. 아사쿠사 영화관에서 공부한다는 얘기는 또 처음 들어서."
"어, 너무 시끄럽고 더워서 공부할 환경이 아니긴 했어. 그래두 거기서 꽤 많이 배웠는걸."

"언제부터 안 간 거야?"

"좋은 선생님이 생긴 뒤부터."

애교스럽게 말하며 심덕이 테츠의 팔에 매달렸다. 결 좋은 까만 머리가 테츠의 턱과 귀를 간지럽혔다.

"그러고 보니 우리 거기서 마주쳤잖아. 기억 안 나?"

"기억나."

"아사쿠사 영화관엔 왜 왔던 거야?"

"뭐, 그냥."

딱히 할 말이 없어 테츠가 대답을 얼버무리며 재빨리 화제를 돌렸다.

"우에노공원은 처음이야?"

"응."

"진작 올 걸 그랬다. 여기 봄에 벚꽃이 아주 예쁜데."

"긴자랑 에도성이 더 예뻐서 거기로 데려간 거 아냐? 여기가 더 좋으면 마이가 날 여기로 데려왔겠지."

절반은 맞았고, 절반은 틀린 말이었다. 테츠는 봄에 단 한 번도 우에노공원에 와본 적이 없었다. 그래서 우에노공원의 벚꽃이 다른 곳과 비교해서 얼마나 예쁜지 알지 못했다. 우에노는 시민 공원으로 조성된 터라 주로 서민 계층이 많이 오는 곳이었다. 게다가 근처에 아사쿠사가 있는 까닭에 밤엔 거기서 밀려난 주정꾼들이나 집 없는 노숙자들이 머무는 것으로도 유명했다. 테츠가 좋아하지 않는 분위기였다. 그래서 굳이 심덕을 데리고 오지 않았던 것이다.

"여기 동물원 와봤어?"

"응. 어렸을 때 부모님이랑 같이 한 번, 학교 소풍으로 한 번."

"두 번밖에 안 왔다니. 동물을 좋아하는 어린이는 아니었구나."

"응. 지금도 그렇잖아. 어릴 때도 똑같았어."

공원 입구를 지나 안쪽 깊숙한 곳에 동물원이 자리하고 있었다. 동물원엔 어린아이를 데려온 가족들이 많았다. 이전에 왔을 때는 무심히 스쳤던 풍경들이 선명하게 보였다. 문득 나중에 심덕과 아이를 낳아 함께 오면 어떨까, 라는 생각이 들었다. 아장아장 걷는 아이의 손을 잡고 온다면 그건 또 다른 기분일 것이다. 그 생각을 하자 별 흥미 없던 동물원이 전혀 다르게 느껴졌다. 테츠가 흘깃 심덕을 보았다. 심덕 역시 무언가 생각에 잠긴 표정이었다. 자신과 같은 생각을 하고 있는 게 아닐까 생각하자 가슴이 설레었다.

졸업이 다가오면서 테츠는 점점 더 자주 심덕과 함께하는 미래를 생각했다. 이전엔 그저 막연하게 영원을 꿈꿨다면, 시간이 지날수록 그 꿈은 점점 구체화됐다. 어느 곳에서 살까, 집은 어느 정도 크기가 좋을까, 졸업 후엔 어떤 직업을 가질 것이며 아이는 얼마나 낳을까. 아주 작은 것부터 꽤 큰 것까지, 가까운 미래부터 60세가 지난 먼 미래까지, 테츠는 꽤나 자세하게 심덕과의 생활을 꿈꾸곤 했다. 그것이 최근 테츠를 가장 기쁘게 하는 상상이었다.

"저거 안 봐?"

"응. 저쪽으로 가자."

동물원에서 가장 인기 있는 동물은 단연 판다였으나 심덕은 가장 먼저 맹수 우리로 향했다. 맹수 우리는 안전을 위해 관람객과 꽤 거리를 두고 있었고, 창살 역시 높았다. 하나 멀리서도 그 기상은 대단해서 그들이 울기라도 하면 오금이 저릴 정도였다.

"있잖아, 나. 경성여고 시절에 처음으로 동물원에 갔어. 마이의 사람들이 경성에 만든 동물원에 말야."

심덕은 테츠에게 말할 때는 '일본인'이라는 말 대신 '마이의 사람들'이라고 했다. 그게 나름의 배려인 동시에 두 사람 사이를 나누지 않으면서 다름을 설명하는 최선의 방식이라고 생각하는 그녀가 사랑스러웠다. 사실 테츠는 심덕이 자신을 무어라 명명하든 상관없었다. 장미는 설사 다른 이름으로 불린다 해도 그 아름다움이 변하지 않았다.* 테츠에게 심덕은 그저 심덕으로 존재했다. 나라나 출신 같은 건 그저 거추장스러운 설명에 불과했다. 심덕에게 테츠 역시, 그러리라 믿었다.

"그때 처음 가서 호랑이를 보고 정말 놀랐어. 그전엔 말로만 들었거든. 실제로 보니까, 우와."

"무서웠어?"

"글쎄. 무섭다기보단 뭐랄까. 복잡한 심경이었어. 내가 자라면서 들었던 옛날이야기 중엔 호랑이가 사람을 잡아먹는 동화가 많아. 오죽하면 어른들이 '울면 호랑이가 잡아간다' 하면 아이들이 울음을 그칠 정도였으니까. 그 정도로 호랑이는 무서운, 그러니까 우리가 상상할 수 있는 가장 무서운 존재였어. 귀신만큼이나 무서운 거 말야. 근데 내가 실제로 본 호랑이는 그렇게 무섭

---

* 윌리엄 셰익스피어, 「로미오와 줄리엣」 中.

지 않았어. 오히려 불쌍했어. 좁은 우리에 갇혀서 왔다 갔다 하는 모습이 참, 묘한 기분이었어. 내가 그렇게 살면서 무서워했던 동물이 고작 저런 거였나, 싶어서 기막히기도 하고 그런 꼴이 된 모습이 불쌍하기도 하고. 뭐 그런."

"감상적이네."

"근데 말야. 아주 어린 아이들이 그 호랑이를 보면서 박수 치고 웃는 거야. 걔네한텐 애초에 그 호랑이가 '두려움'이 아닌 거지. 나는 열다섯이 훌쩍 넘도록 무서워한 동물이 서너 살짜리한텐 무섭지 않은 동물이 됐어. 걔넨 나보다 먼저 봤으니까, 알았으니까. 뒤통수를 맞는 기분이었어. 경험이란 게, 삶의 공간이란 게 얼마나 중요한지 그때 처음 알았지. 때론 어떤 공간에 그저 존재한다는 것만으로 많은 혜택을 누릴 수도 있다는 걸 알게 된 거야. 내가 만약 경성여고로 진학하지 않고 평양에 계속 있었다면 난 호랑이를 10년은 더 늦게 봤을지도 몰라. 그럼 난 서른이 다 되도록 호랑이를 무서워했을 거야. 그 아이들보다 20년이 늦었겠지. 그렇게 뒤처지는 거야. 아주 작은 것부터 조금씩, 서서히. 그때 결심했어. 경성보다 더 넓은 세상에 가겠다고. 가야만 한다고 말야."

테츠가 고개를 끄덕였다. 하지만 솔직히 말하자면 테츠는 심덕의 심중을 모두 다 이해할 순 없었다. 살아온 삶이, 처한 환경이 너무 달랐다. 그녀를 사랑하기에 이해하려 최선을 다해 노력하지만 그럼에도 어쩔 수 없는 것들이 종종 존재했다. 이번 역시 그랬다. 기억하는 순간부터 동물원 우리 속의 호랑이를 보고 자란 테츠로서는 심덕이 호랑이를 보고 느낀 감정이 무엇인지, 그것이 왜 저러한 방향으로 흘러갔는지 온전히 납득하기 어려웠다. 그저 아는 척, 이해하는 척, 고개를 끄덕이는 게 테츠가 할 수 있는 전부였다. 물론 그 다름이 그들 사이에 문제가 된 적은 없었다. 무엇도 그들 사이에선 문제가 될 수 없었다.

"그래서 여길 왔지. 여길 온 덕분에 마이를 만났고, 마이 덕분에 새로운 세상을 봤어. 마이는 나한테 그러니까 이 호랑이야."

"뭐?"

테츠가 화들짝 놀라며 심덕을 보았다. 도대체 이 대화가 왜 이리 흘러가는지 아무리 생각해도 이해할 수 없었다. 온 얼굴 가득 의아함을 품고 있는 테츠를 보던 심덕이 웃음을 터뜨렸다.

"가자. 호랑이 봤으니까 됐어. 나 이제 학교 구경하고 싶어."

대체 내가 왜 호랑이냐고 캐묻고 싶었지만, 그리 물었다간 자신이 이 대화를 조금도 이해하지 못했다는 게 들킬까 봐 그럴 수 없었다. 궁금함을 애써 누르며 동물원을 나온 테츠는 심덕의 손에 이끌려 동물원 뒤편에 있는 도쿄음악학교로 향했다.

도쿄음악학교는 최초로 설립된 국립 음악학교로 오로지 음악인 양성만을 위한 전문학교였다. 우에노공원 안에 있는 까닭에 우에노음악학원이라는 명칭으로도 자주 불렸다. 테츠는 심덕이 종합대학을 가서 음악을 전공하길 기대했으나 음악에 대한 열정이 넘치는 심덕은 제 전공만을 깊게 공부하기로 결정한 듯했다.

공원 내에 자리한 학교는 아주 소담스러웠다. 베이지색으로 칠해진 목조건물은 당시 유행하는 서양식 2층 건물의 양식이었다. 가까이 다가가자 각종 악기 소리와 노랫소리가 안에서 흘러

나왔다. 심덕이 지그시 눈을 감고 그 소리들을 감상했다.

"안에 들어가 볼래?"

"아니."

심덕이 테츠의 어깨에 머리를 기댔다. 테츠가 자연스레 그녀의 머리카락에 입을 맞추었다.

"처음 여기 올 때부터 이 학교에 진학하겠다고 결심했었어."

처음 듣는 이야기였다. 놀란 테츠가 심덕을 보았다. 움직임이 느껴졌을 텐데 심덕은 모르는 척 여전히 어깨에 기댄 채 이야기를 이었다.

"그런데 거절당했어. 일본어가 부족하고 아직 음악 실력이 모자란다고 다른 학원에서 기본 교육을 받고 와야 받아준다고 하더라고. 그 후 자존심이 상해서 단 한 번도 이 공원에조차 온 적 없었어."

"왜 지금까지 나한테 그런 말 안 했어?"

"자존심이 상했으니까. 없었던 일로 지우고 싶었어."

"지금은 왜 말해?"

"총독부 학무국을 통해 다시 신청서를 냈어. 이제 받아주겠대. 어제 통보받았어. 무려 수석이래."

뒤통수를 맞는 기분이었다. 어쩌면 심덕의 인생에서 가장 중요할지도 모르는 일을 테츠는 조금도 모르고 있었다. 말문이 막힌 채 자신을 보는 테츠를 보며 심덕이 싱긋 웃었다.

"나 이 학교를 다닐 거야, 마이."

그 순간 깨달았어야 했다. 심덕은 단 한 순간도 테츠와 영원을 꿈꾼 적 없다는 사실을 말이다. 하지만 지성 있는 사람에게서 지성을 빼앗는 것이 사랑*이라 어리석어진 테츠는 그것을 알아차리지 못했다. 다만 테츠는 우에노와 가까운 도쿄대에 진학해야겠다는 것과 그녀에게 어떻게 청혼해야 하나, 라는 생각을 했을 뿐이다. 자신이 사랑에 눈이 어두워 어리석은 판단을 하고 있다는 것을 그때는 몰랐다.

꿍

딸랑, 작은 벨 소리와 함께 문이 열렸다. 테츠가 찻잔을 내려놓으며 천천히 고개를 돌렸다. 그녀였다. 테츠가 자리에서 일어났다. 다방 입구에서 주변을 둘러보던 심덕이 테츠와 눈이 마주쳤다. 놀란 듯 심덕의 눈이 커졌다. 테츠가 오른손을 들어 심덕에게 인사했다. 심덕이 걸어와 테츠의 앞에 섰다.

"혹시?"

"맞아. 나야. 내가 닛토(日東)레코드 문예부장이야."

"세상에."

심덕이 웃음을 터뜨리며 테츠의 맞은편에 앉았다.

"당신이 담당자일 줄은 몰랐어. 우리 얼마 만에 보는 거지?"

"5년 정도. 순회극단 공연 이후 처음이니까."

"우와, 근데 당신 하나도 안 변했어. 난 꽤 달라졌는데."

여전히 잘 웃었고, 눈을 마주치며 이야기했고, 목소리는 경쾌

---

* 드니 디드로, 『배우에 관한 역설』 中.

했다. 제가 알던 윤심덕의 모습이었다. 하지만 그녀의 표현대로 확실히 이전과는 분위기가 달랐다. 마냥 반짝반짝 빛나기만 했던 과거와 달리 현재 심덕은 한풀 꺾인 모습이었다. 이야기가 잠시 멈출 때마다 심덕은 먼 곳으로 시선을 던지며 멍하니 앉아 있곤 했다. 짧은 머리와 작은 얼굴 아래 긴 목이 쓸쓸해 보였다.

"당신이 레코드 회사에서 일할 거라곤 생각도 못 했어. 문학도가 될 줄 알았는데."

"좋아하는 것과 재능이 있는 건 다르니까. 난 문학적인 재능은 없었어. 단지 책을 읽는 걸 좋아했을 뿐이지."

"음악엔 재능이 있고?"

"이건 비즈니스잖아. 내가 음악을 하는 건 아니니까."

따뜻한 커피 두 잔이 두 사람 사이에 놓였다. 잠시 둘은 말이 없었다. 뜨거운 커피에 각설탕이 녹아들어 가는 모습을 물끄러미 보던 심덕이 고개를 들어 테츠를 보았다.

"어떻게 된 거야?"

"회사에서는 레코드 시장 확대를 위해 기존의 조선 가수들이 아닌 새로운 가수를 원했어. 당신은 여전히 특별하잖아. 그래서 추천했지. 회사에서 흔쾌히 받아들여 줬고."

"그대는 여전히 나한테 구세주구나."

심덕이 커피를 마시며 미소 지었다. 조금 쓸쓸한 웃음이었다. 아마 이런 식으로는 재회하고 싶지 않았을 것이다. 눈에 뻔히 보이는 그 마음을 테츠는 모른 척했다.

"성덕이가 급하게 미국을 가야 해서 정말 어쩌지 싶었는데,

마침 그대의 제안 때문에 살았어. 정말 고마워."

두 사람의 시선이 마주쳤다. 심덕이 먼저 눈을 피했다. 테즈도 이내 찻잔으로 고개를 돌렸다. 다시 어색한 침묵이 이어졌다. 크게 심호흡한 심덕이 테즈를 보며 싱긋 웃었다. 두 눈이 이제 그만 이 자리를 정리하고 싶다고 말하고 있었다.

"그럼……."

"혹시 괜찮다면 다른 제안을 하고 싶어. 지금 계약금의 세 배. 어때?"

심덕이 눈을 동그랗게 뜨고 쳐다봤다. 기존의 계약금 역시 음반 취입 계약금치곤 꽤 거액이었다. 그런데 그것의 세 배라니, 믿기지 않는 일이었다.

"회사는 이 일을 통해 더 큰 걸 원해."

"더 큰 거?"

"우린 당신의 음반이 조선 땅에 대단한 센세이션을 일으키길 바라. 그래서 음반 판매량뿐 아니라 축음기 판매량까지 증가하길 기대하거든. 어때? 관심이 있어?"

"어떻게, 어떻게 그렇게 할 수 있다는 거야?"

"관심 있어?"

되돌아온 질문에 심덕이 입술을 깨문 채 잠시 고민하다 이내 고개를 끄덕였다.

"세 배를 준다면, 당연히. 난 돈이 필요해. 조선이 지긋지긋해서 떠나고 싶거든."

"어디로?"

"이태리. 이태리로 가서 음악을 더 공부하고 싶어."

"여전히 더 넓은 세상을 꿈꾸는구나."

심덕이 웃으며 고개를 저었다.

"아니, 이제 그런 건. 음악 공부 따윈 핑계야. 아무리 공부한들 조선에선 아무것도 할 수 없어. 그냥 떠나서 다신 돌아오고 싶지 않아. 이 나라가 끔찍해서 벗어나려는 거야."

오래전에 헤어진, 그것도 일방적으로 제가 찬 연인에게 남루한 자신의 현실을 알리기는 죽기보다 싫었다. 하지만 이미 그는 아마 심덕에게 레코드 취입을 제안하기 전에 조선에서 심덕이 어떤 상황에 처해 있는지 알아봤을 게 분명했다. 그는 그런 사내였으니 말이다. 애써 괜찮은 척하는 게 더 우습게 보일 거다. 그럴 바에야 차라리 솔직한 게 나았다.

"하지만 오백 원이면 성덕이 여비만 될 뿐이라서 난 이태리로 못가. 그런데 그 세 배라면 나 역시 이곳을 떠날 수 있겠지. 할래. 하고 싶어."

"떠나고 싶다면 내 제안은 더 매력적이겠군."

테츠가 환하게 미소 지었다. 심덕이 고개를 갸웃했다.

"어떤 제안인데?"

"우리는 당신의 이 음반이 당신이 죽기 전에 낸 마지막 음반이길 바라. 일종의 유언 같은, 유작이 되는 거지."

"죽기 전?"

"당신더러 진짜 죽으라는 건 아냐. 당분간, 죽은 것처럼 당신의 세상에서 완벽하게 사라져 달라는 거야."

"왜?"

"희대의 여류 예술가가 죽기 전에 낸 유작이라면 모두의 이목을 끌겠지. 당연히 음반이 팔릴 거야. 음반이 팔리면, 축음기도 팔릴 거고."

"이렇게까지 하는 이유가 뭐야?"

"일본축음기 주식회사는 국영 축음기 회사야. 국가에서 많은 지원을 해주고 있지. 그에 반해 우린 사기업이야. 작고, 힘이 없어. 일축은 우리를 눈엣가시처럼 여겨서 사사건건 시비를 걸어. 이대로 가다간 어쩌면 먹힐지도 몰라. 그래서 우린 당신 음반을 히트시켜 이 상황을 반전시켜 보려 하는 거야."

"죽기 전 마지막 앨범이라……."

심덕은 한동안 말이 없었다. 테츠는 재촉하지 않았다. 한 번에 수긍하지 않을 것은 이미 예상한 바였다. 그다음은 어떻게 설득하고, 또 그다음은 어떻게 말해야 할지 여러 단계의 계획을 세워두었다. 거절을 하든 미쳤다고 욕을 하든 상관없었다. 결과적으로 심덕은 이 일을 하게 될 것이다. 테츠는 뒤로 물러설 생각이 조금도 없었다. 이번에 이 기회를 놓치고 나면, 다시 언제 또 이런 순간이 올지 알 수 없는 일이었다.

"할게."

한데 테츠의 예상과 달리 심덕의 입에선 너무나 쉽게 허락의 말이 떨어졌다.

"며칠 생각해 봐야 하지 않겠어? 정말 사라지는 거야. 몇 년이 아니라 몇십 년 혹은 영원이 될 수 있다고. 가족도 못 보고, 조선 땅도 다시 못 밟아. 그래도 괜찮다는 거야?"

흔쾌히 심덕이 응하자 오히려 테츠가 당황했다. 아무리 돈이 궁하다 한들 죽음의 거래가 이리 쉬우리라 예상하지는 못했다.

"최근에 형부의 장례를 치르면서 깨달았어. 죽음이 얼마나 화려한 무대인지를."

심덕의 대답에 그제야 테츠는 왜 이토록 빠르게 제안을 받아들였는지 이해할 수 있었다. 그녀는 테츠처럼 죽음의 이면을 본 것이다.

֎

하얼빈에서 심덕이 힘든 시간을 보내는 동안 몇 달간 편지 한 통이 없던 집에서 전보가 도착했다. 형부가 위독하니 빨리 귀국하라는 소식이었다. 언니가 애타게 자신만 찾는다는 말에 심덕은 널브러졌던 제 감정을 추슬렀다. 아직 자신을 찾는 곳이 있었다. 여전히 자신은 필요한 사람이었다. 심덕은 미련 없이 짐을 쌌다.

"언니!"

"심덕아!"

대단히 서둘렀으나 도착했을 때 형부는 이미 운명한 뒤였다. 그래도 가장 크고 어른스러운 동생이라고, 심성은 심덕을 보자마자 내내 겨우 참고 있었던 울음을 터뜨렸다. 심덕이 그런 언니를 안아주었다.

미국 유학을 마친 형부는 영어를 할 줄 아는 여자를 찾았고,

그로 인해 이화학당에서 수학과 영어를 가르치고 있던 심성과 연이 닿아 혼인했다. 안동 명문가 만석꾼 집안 외아들에 미국에서 철학과 신학을 전공한 대단한 엘리트였으나 단 하나 흠이라면 그는 병약했다. 그리하여 슬하에 어린 딸 하나만 두고 서른이란 이른 나이에 세상을 떠나고 만 것이다.

대단한 가문인 데다 한창나이에 죽은 까닭에 문상을 온 이는 너른 마당을 가득 메우고도 남아 대문 밖에 길게 줄이 설 정도였다. 그 사람들을 다 세워두고도 신씨 가문은 아들 장례를 엄격하게 전통 절차에 따라 초종부터 줄곡까지 제대로 치렀다. 그리고 심덕은 가장 가까이서 그 모든 절차를 지켜보았다. 그것은 심덕이 처음으로 직면한 아주 가까운 이의 죽음이었다.

우울감에 젖어서 진지하게 자살을 생각했던 심덕에게 형부의 죽음은 이전과는 전혀 다른 의미로 다가왔다. 오로지 생, 그 자체만이 가득했던 삶이었기에 심덕은 단 한 번도 죽음에 대해서 깊게 생각해 본 적이 없었다. 죽음은 끝, 모든 것의 끝에 불과했다. 자신이 죽음을 생각한 이유 역시 죽으면 모든 것이 다 끝나리라는 기대 때문이었다. 하나 심덕이 직접 목도한 죽음은 제가 이전에 막연히 생각했던 죽음과는 전혀 달랐다.

초종, 습, 소렴, 대렴, 성복까지는 엄숙하고 무거웠으나 문상이 시작되면서 상갓집은 마치 축제의 공간처럼 변했다. 이건 옷만 무채색으로 입었고, 중간중간에 곡성만 들려온다는 것뿐이지 잔칫집과 다를 바가 없었다. 마당엔 자리가 깔리고 상이 놓이더니 탁자마다 술잔과 안주가 푸짐하게 올라갔다. 넋을 놓고 울던 심성 역시 막상 문상이 시작되자 부엌과 마당을 오가며 문상객들을 대접하느라 바쁘게 움직여야 했다. 사람들은 거리낌 없이 큰 소리로 떠들었고 웃었다. 거지들은 각설이 타령을 하며 먹을 것을 넉넉히 받아 갔다. 어릴 때는 그저 무심히 지나갔던, 혹은 내 집 일이 아니라 신경 쓰지 않았던 풍경들이 안에서 자세히 들여다보자 굉장히 기이했다.

"이상하지 않네?"

"뭐이가?"

"초상집이 아니라 무슨 잔칫집 같지 않아?"

"원래 이러지. 상갓집 처음도 아니면서 뭐이가 이상하네?"

"그땐 별생각이 없었더랬지."

"상갓집은 시끌벅적할수록 좋다드만."

"와이가 그렇대?"

"내가 어떻게 아나? 어른들이 그러니까 그러려니 하는 거이지."

"여하튼 참 신기하다. 꼭 축제 같다."

"신기할 것도 썼다. 그래봤자 이제 죽었으니 다 끝인 것을."

성덕이 퉁명스럽게 쏘아붙이며 자리에서 일어났다. 심덕이 여전히 마당을 보며 고개를 갸웃했다. 죽은 뒤가 이런 모습일 거라곤 생각도 하지 못했다. 극과 극은 통한다더니 죽음은 아이러니하게도 삶만큼이나 생동감 넘쳐 보였다.

그리고 이러한 아이러니함은 발인 때가 되자 더 극에 달했다. 대단히 화려하고 큰, 색조차 알록달록한 상여에 뒤따르는 놀이패만도 수십이었다. 놀이패는 농번기가 끝난 뒤보다 더 시끄럽고 더 흥겹게 풍악을 울리며 따라왔다. 앞에선 소리꾼의 곡도 마냥 구슬프지 않았다. 뒤따르는 곡성 역시 추임새일 뿐, 진심은 아니었다.

그러니까 심덕이 보기에 장례식이라는 것은 기승전결이 완벽한 하나의 공연이었다. 주인공은 단연 망자였다. 그 망자, 단 한 사람을 위해 수십, 수백 명이 며칠 동안 완벽하게 만들어낸 하나의 예술 작품이었다.

"왜 이렇게까지 하는 거이가?"

심덕의 혼잣말에 성덕이 무슨 소리냐는 듯 쳐다보았다.

"이런 거 전부 말이야. 뭐이 때문에 이렇게까지 하는 거이가. 어차피 죽었자네."

"너가 미쳤구나? 죽었으니까 이렇게까지 하는 거이지. 마지막 길이자네. 이게 끝이라고. 그러니까 할 수 있는 최선을 다해주는 거이야. 이제 사라지니까, 사라지기 전에 오랫동안 기억하라고."

그 순간 깨달았다. 죽음은 끝이 아니었다. 어쩌면 영원일 수도 있었다. 형부의 장례는 심덕에게 죽음에 대한 새로운 생각을 심어주었다.

}

"만약 형부의 장례를 치르지 않았다면 당신 제안, 미친 소리라고 했을 거야. 하지만 이젠 당신이 하는 말이 무슨 의미인지 알겠어. 왜 그 계획이 축음기나 음반 판매량에 도움이 된다는 건지도 알겠어. 좋아, 할게. 사람들 속에서 사는 거 지긋지긋해. 사라지는 것도 나쁘지 않지. 대신 당신 말대로 그 누구보다 화려한 죽음이어야 해. 사람들의 머릿속에 오랫동안 기억될 정도로, 절대 잊히지 않는 죽음."

"약속해. 그렇게 만들어줄게. 절대로 못 잊을 거야."

단호한 단언에 심덕이 테츠를 의아한 눈으로 보았다.

"그대는 어떻게 이 일을 계획한 거야? 어떻게 확신해?"

"나도 당신처럼 죽음의 이면을 봤거든."

"언제? 누가 죽었어? 혹시 부모님이……?"

"아니. 우리 부모님은 아직 정정하셔."

"그럼 누구?"

"다음에, 다음에 말해줄게."

무언가를 숨기는 테츠는 낯설었다. 테츠는 언제나 늘 심덕 앞에서 솔직했다. 투명하리만치 모든 것을 다 말해주던 남자였다. 하지만 세월은 지났고 관계는 변했다. 이제 심덕은 이 남자에게 매달려 왜 내게 말해주지 않냐고 물을 수 없는 처지였다. 심덕은 무언가 울컥하고 올라오는 감정을 내리누르려 애를 썼다.

"날 꼭 이태리로 보내줘. 거기서 살고 싶어. 다신 조선에 안 와도 괜찮아."

"좋아."

테츠가 흔쾌히 대답했다. 심덕의 눈썹이 슬며시 올라갔다.

"이렇게 모든 게 쉬운 거 보면 꽤 준비한 모양인데? 도대체 어디까지 계획을 세운 거야? 난 대체 어떻게 왜 죽는 건데? 그것도 못 말해줘?"

"정사. 일본에서 한창 유행이지. 조선에서도 유행인 걸로 알아. 여류 예술가라면 사랑 때문에 죽는 게 가장 낭만적이지. 잊히지도 않고."

심덕이 코웃음 쳤다.

"너무 상투적이잖아. 재미없어."

"통속적일수록 사람들의 보편적인 감정을 건드리지. 로미오와 줄리엣이 몇백 년이 지나도 계속 사람들에게 감동을 주는 이유를 생각해 봐. 비극적인 로맨스는 모두의 심금을 울려. 클래식은 영원해."

"좋아. 그건 그렇다 쳐. 그럼 내 상대는 누군데? 정사면 상대가 있어야 할 거 아냐? 난 누구랑 사랑에 빠지는 건데? 후진 남자면 안 해. 그럼 죽음이 구차해져."

테츠가 싱긋 웃었다.

"상대는 없어. 상대가 미정이어야 사람들이 유작에 더 집중할 테니까. 혹시 거기 상대에 대한 어떤 언질이 있지 않을까 싶은 마음에 대중은 곡에 더 열광할 거야."

그럴싸했다. 게다가 대중은 미스터리를 좋아했다. 상대가 미정이라면 사람들은 그 상대를 찾는데 열을 올리느라 심덕에게 더 집중할 것이다. 마음에 들었다.

"곡은 나왔어?"

"곡은 아직이고 가사는 나왔어. 능력 좋은 작사가가 당신의 유작으로 조금도 부족하지 않은 훌륭한 가사를 써줬지."

"작사가에게서 말이 새면 안 될 텐데."

"걱정 마. 말이 절대 안 나올 인물로 골랐어."

"누군데?"

"그대도 아는 사람이야."

"누구?"

"김우진."

놀란 심덕이 눈을 동그랗게 떴다. 김우진이라니, 제가 아는 김우진은 이런 짓에 동참할 인물이 아니었다.

"그가 이걸 한다고 했어?"

"응."

"왜? 그가 이걸 왜 해?"

"최근에 가출했어. 도쿄에서 예술혼을 불태우고 있지. 그런데 집안의 반대를 무릅쓰고 작품 활동을 하는지라 돈이 필요하대."

그렇다면 이해할 수 있었다. 생활고가 사람을 얼마나 나락으로 떨어뜨리는지는 누구보다 심덕이 잘 알았다.

"그럼 녹음은 언제야?"

"곡이 나와야지."

"그럼 곡이 나온 뒤 다시 만나야겠네."

테츠가 잠시 말을 멈추고 심덕을 빤히 쳐다보았다.

"가사가 궁금하지 않아?"

"궁금해."

"호텔에 두고 온 가방 안에 들어 있어. 보고 가겠어?"

테츠의 제안에 심덕이 잠시 망설이다 고개를 끄덕였다.

"그래. 가사를 미리 알면 감정 이입하기도 더 좋겠지."

심덕의 대답에 기다렸다는 듯이 테츠가 자리에서 일어나 손을 내밀었다. 심덕이 제 앞에 내밀어진 손을 한 번 본 뒤 테츠를 빤히 쳐다보았다.

"가자. 조선호텔이야."

테츠의 눈이 깊었다. 새카만 두 눈 뒤엔 억지로 삭혀내고 있는 열기가 보였다. 심덕이 숨을 들이켰다. 이 손을 잡는 게 어떤 의미인지 본능적으로 알 수 있었다. 두려웠다. 돌아갈 면목도 없었다. 하지만 동시에 아직까지 자신을 이리 원하는 사내가 있다는 게 심덕의 가슴을 뛰게 했다. 미친 척 다시 한번 제게 내밀어진 이 손을 잡고 싶었다. 어쩌면 이게 또 다른 기회일지도 몰랐다. 그는 심덕에겐 구원이었다. 처음부터 그랬다. 그러니 어쩌면 이것 역시 구원의 손길일 수도 있었다.

"나는……."

심덕의 목소리가 가늘게 떨렸다.

"이태리로 가고 싶어, 정말이야."

테츠가 싱긋 웃으며 고개를 끄덕였다.

"알아. 데려다줄게. 당신이 가고 싶은 곳이 어디든 내가 가게 해줄 거야. 그러니 지금 날 따라와."

심덕의 얼굴에 뭐라 표현할 수 없는 복잡한 감정이 떠올랐다가 이내 사라졌다. 결심한 듯 심덕이 손을 내밀었다. 다시 놓지 않겠다는 듯, 테츠가 심덕의 손을 꼭 잡았다.

테츠의 부모님은 매해 생일 선물로 테츠 몫이 될 유산을 미리 물려주곤 했다. 그중엔 땅도 있었고, 현금도 있었고, 보석도 있었다. 올해 테츠가 받은 것은 모친이 조모에게 물려받은 반지였다.

"예전이었다면 이걸 며느릿감이 될 애에게 내가 직접 줬겠지만, 요즘은 자유연애 시대라고 하니, 네게 주마. 대학 가서 연애하다 결혼할 사람을 만나면 이걸 주렴."

그 반지를 본 순간, 테츠는 드디어 심덕에게 청혼할 순간이 되었다고 생각했다. 모든 준비는 끝났다. 이제 시간과 장소만 정하고 완벽한 계획을 세우면 될 일이다. 이제 드디어 공식적으로 심덕과 함께 삶을 살 수 있게 된다는 사실이 테츠를 들뜨게 했다.

고심 끝에 청혼할 장소로 가루이자와를 선택했다. 도쿄 근교임에도 풍광이 아름답고 기온이 3~4도 정도 낮아 귀족들이 별장을 지어두고서 여름엔 더위를 피하러 가고 겨울엔 스포츠를 즐기러 가는 곳이었다. 테츠의 가문도 그곳에 별장이 있었는데, 스키를 타는 이가 없는 까닭에 여름에만 쓰고 겨울엔 비워뒀다. 하니 그곳이라면 누구의 방해도 받지 않고 마음껏 머무를 수 있었다.

가루이자와는 캐나다의 선교사가 가족들과 함께 여름을 보내면서부터 유명해졌다. 선교사들이 먼저 발견하고 집을 짓기 시작한 곳이라 요코하마만큼이나 서양식 집들이 많았고 서양인들도 즐겨 찾는 곳이었다. 그래서 아직 개발이 안 된 곳임에도 불구하고 꽤 근사한 가톨릭교회가 세워져 있기도 했다. 청혼을 한 뒤엔 곧장 그 교회에서 둘만의 언약식을 올릴 수도 있었다. 여러모로 완벽했다.

이제 며칠만 지나면 겨울방학이었다. 방학을 하자마자 곧장 가루이자와로 내려가 크리스마스를 보내고, 새해를 맞이할 생각이었다. 테츠는 심덕과 열흘 정도 단둘이 시간을 보낼 생각이었다. 물론 혼자만의 계획이었지만 심덕이 거절하지 않으리라 믿었다.

몇 번이나 함께 밤을 보낼 기회가 있었다. 밤이 늦었을 때, 테츠의 집이 비었을 때, 심덕이 서생으로 지내는 집이 비었을 때, 혹은 근교로 여행을 가게 되었을 때 등등 수없이 많은 날들이 있었다. 하지만 서로의 빈집에 놀러 갔을 때도, 여행을 갔다 차편이 끊겨 근처에서 숙소를 정해 한방에서 자게 되었을 때도, 늦은 밤 헤어지기 싫어 테츠의 집과 심덕의 집 사이를 하염없이 걸어서 왔다 갔다 했을 때도, 단지 그게 전부였다. 그저 늦은 밤길 손을 잡고 이야기를 나누거나, 밤새 서로의 몸을 끌어안고 체온을 나누거나, 하염없이 입을 맞추었다. 어둠이 사라질 때까지, 해가 뜰 때까지, 슈만 교향곡 1번부터 4번이 모두 다 재생되거나 베르디의 '아이다'가 끝날 때까지, 서로를 감싸 안고 눈을 마주치고 사랑의 밀어를 속삭이고 입을 맞추었다. 심덕은 가끔 테츠에게 매달렸으나 그럴 때마다 테츠는 평정을 유지하려 애썼다. 그래야만 했다.

물론 안고 싶었다. 어찌 안고 싶지 않았겠는가. 상상으로만 하자면, 테츠는 세상에서 가장 음탕한 사내였다. 수십 번, 수백 번, 머릿속으로는 그녀를 안았다. 하지만 현실에선 그리 쉽게 취할 수 없었다. 그녀를 안고 싶단 생각이 처음 든 순간, 테츠는 자신은 일본 귀족이고 심덕은 조선 평민 여성이라는 것을 깨달았다. 잘못하다간 알렉상드르 뒤마의 춘희처럼 될 수 있었다. 심덕에게 조금의 흠도 있어선 안 될 일이었다. 제 부모님이 그런 식으로 심덕을 알길 바라지 않았다. 제 옆에서 완벽해야 할 그녀를 위해서 테츠는 모든 것을 참았다.

하지만 청혼을 한다면, 둘의 결혼식을 올린다면 그녀와 함께 밤을 보낼 수 있다. 그리고 부모님께 소개한 뒤 대학에 입학하자마자 정식으로 혼인할 생각이었다. 신의 앞에서 혼인 서약을 먼저 하고 간다면 남의 눈을 중시하는 부모님이 천박하게 반대할 수 없을 것이라는 게 테츠의 계산이었다.

"가루이자와?"

"응. 부모님께는 이미 허락받았어."

부모님께는 친구들과의 졸업 여행이라고 했다. 며칠이고 쉬다 오라며 흔쾌히 허락해 주셨고 용돈까지 넉넉히 받았다.

"거긴 눈이 많이 와. 원한다면 스키를 탈 수도 있어."

"도쿄에서 가까워?"

"기차로 한두 시간 정도."

"그럼 아침에 갔다 저녁에 오는 거야? 스키를 하루 만에 타고 오기엔 너무 피곤하지 않을까?"

"나는 열흘, 허락받았어."

심덕이 테츠를 올려다보았다. 바람이 불어왔다. 쌀쌀한 겨울 바람에 마른 솔의 향기가 코끝을 스쳤다. 메이지 신궁 뒤편의 숲은 사람이 없어 한적했다. 학교와 가까워서 심덕과 테츠가 자주 오는 곳이었다. 서 있던 테츠가 심덕 앞에 무릎을 꿇고 앉았다. 둘의 눈이 마주쳤다.

"크리스마스를 지내고, 새해의 첫 해를 같이 보고 오는 거야. 어때?"

"좋아."

심덕이 테츠의 손을 잡았다. 그 손 위에 테츠가 입을 맞추었다. 숙인 테츠의 머리 위로 심덕이 조심스럽게 턱을 괴었다. 다시 바람이 불었다. 쌉쌀한 솔향기가 코끝을 스쳤다. 심덕이 눈을 감았다.

기차로 두어 시간 달려 도착한 가루이자와의 겨울은 도쿄보다 훨씬 추웠다. 옷깃을 여미는 심덕에게 테츠가 목도리를 매어 주었다.

"얼마나 가야 해?"

"걷기엔 너무 추워. 택시를 타자."

"걷고 싶어. 구경하면서. 많이 멀어?"

"30분 정도."

"그럼 걷자. 괜찮아."

역에서 나와 앞에 서 있는 택시 기사에게 삯을 주어 짐을 먼저 실어 보낸 뒤 둘은 손을 잡고 걷기 시작했다. 역에서 나와 큰길을 따라 쭉 내려가다 왼쪽으로 빠지자 이내 한적한 가로수길이 나왔다.

"예뻐."

그리고 그 길 양옆으로 드문드문 별장이 지어져 있었다. 겉모습만 봐도 서양인들이 지은 것과 일본 귀족들이 지은 건 달라서 티가 났다.

"요코하마가 숲으로 들어온 기분이야."

"별장이니까 좀 수수하지."

"이게 더 예뻐. 마음에 들어."

얼음이 얇게 언 흙길을 밟고 안쪽으로 한참을 더 들어가면 구모바이케호수가 나왔다. 그 호수를 지나면 테츠의 별장이었다.

"호수 구경하고 갈래?"

"좋아."

서양인들이 '백조의 호수'라 이름 붙이며 가루이자와에서 가장 사랑한 장소였으나 겨울이라 그런지 좀 썰렁했다. 가을에 오면 단풍이 아주 멋진데 그것이 다 진 풍경은 황량하여 왜 그리 아름다운 호수라 불리는지 심덕에게 설명해 주기 민망할 정도였다. 하나 심덕은 그마저도 무척 감격한 표정으로 보았다.

"왜 백조의 호수라 이름 붙인지 알겠어."

"왜?"

"조용하고, 아늑해. 정말 이 숲 어딘가엔 비밀 속 동굴에서 백조들이 살 것 같아."

"가을에 왔으면 더 좋았을 텐데."

"난 이런 풍경도 좋아. 게다가 쓸쓸한데 멋지잖아. 대부분 쓸쓸하면 구차하거든. 쓸쓸하면서 멋지기는 아주 어려워. 근데 여긴 쓸쓸한데 멋져. 그래서 좋아."

심덕이 웃으며 테츠의 품에 파고들었다. 그녀의 머리카락에서 겨울바람 냄새가 났다.

"마이의 별장은 어디야?"

"조금 더 위쪽에. 거의 다 왔어."

테츠의 별장은 서양식으로 지어졌으나 서양 선교사들이 지은 것과는 달리 도쿄에서 한창 유행하는 문화주택 느낌이 나는 이층집이었다. 1층은 붉은 벽돌, 2층은 노란 외벽이었으며 위에는 기와를 올렸다. 지붕 끝에는 붉은 벽돌로 굴뚝이 만들어져 있었다. 미리 연락해 둔 덕분인지 굴뚝에서는 흰 연기가 피어오르고 있었다.

"예뻐."

이곳은 다 별장을 목적으로 지은 집들인 까닭에 담이나 대문은 거의 없다시피 했다. 담이나 대문이 있다 해도 대부분 무릎까지밖에 안 올 정도로 아주 낮거나, 안이 훤히 다 보이도록 뚫려 있었다. 테츠의 별장 역시 발목을 겨우 넘는 낮은 돌담으로 주변을 둘러 경계를 표시했고, 안이 훤히 보이는 작은 철문만 있었다. 넓은 정원에는 온갖 나무와 꽃이 가득했으며 가운데는 작은 연못까지 있었다. 근처에 있는 별장 중에서도 테츠의 별장은 꽤 큰 편에 속했다. 심덕은 신기한 듯 천천히 걸어 주변을 구경한 뒤 다시 테츠에게 돌아왔다.

"좋아?"

"응. 너무 근사해. 근데 안에 사람이 있나 봐? 굴뚝에서 연기가 나와."

"근처에 관리인이 살아. 우리 별장만 관리하는 건 아니고 이 근처 별장들 몇 집이 같이 고용한 관리인이야. 오늘 오니까 청소하고 불을 좀 피워달라고 했거든"

테츠가 심덕의 손을 잡고 안으로 들어갔다. 관리인이 방금 다녀간 듯 벽난로 안의 모닥불이 생생했다. 1층엔 거실과 식당, 욕실과 한 개의 침실이 있었고, 2층엔 두 개의 침실과 한 개의 거실이 있었다. 별장 내부는 테츠 부친의 취향대로 고풍스럽고 고즈넉하게 꾸며져 있었다. 거실엔 책장과 레코드 음반이 가득했고, 가운데에는 축음기가 놓여 있었다. 벽에는 바로크시대의 그림들이 걸려 있었는데 주로 부친의 취향인 렘브란트의 작품들이었다. 부친은 사진처럼 정교하게 그려진 그림을 좋아했다. 그에 반해 테츠는 화가의 성격이 드러나는 그림을 좋아해서 르누아르나 모네를 더 선호하는 편이었다.

"근사하다."

심덕은 썩 마음에 든 눈치였다. 그 모습을 보자 테츠 역시 기뻤다.

"지하 저장고에 가면 먹을 걸 찾을 수 있을 거야. 아마 관리인이 신선한 채소나 과일 같은 걸 사뒀을 테니 뭐든 만들어 먹으면 돼."

"이곳이라면 열흘이 아니라, 1년, 2년을 지내도 될 거 같아. 산책을 하고, 주변을 둘러보고, 책도 읽고 음악도 듣고, 차도 마시고. 너무 완벽한 곳이야."

"좋아할 줄 알았어."

"데려와 줘서 고마워."

심덕이 함박 웃으며 테츠의 품에 안겼다. 그녀가 품에 안기자, 코트 안주머니에 넣어둔 반지가 테츠의 가슴에 닿았다. 심장이 뛰기 시작했다.

"일단 씻고, 편한 옷으로 갈아입고 나와. 저녁 준비할게."
"저녁도 마이가 하는 거야?"
"그럼. 손님이잖아. 내가 다 해줄 거야. 완벽하게 대접해 줄게."
"날아갈 거 같다."

테츠의 볼에 입을 맞춘 심덕이 가벼운 걸음으로 침실로 향했다. 테츠가 손을 씻은 뒤 저녁 준비를 시작했다. 지하 저장고에는 관리인이 사다 놓은 신선한 식재료가 가득했다. 서양인들이 많이 찾는 까닭에 소시지와 치즈 등이 발달해 도쿄에서보다 더 품질이 좋은 것을 구할 수 있었다.

소시지는 화로에 굽고 신선한 야채로는 간단한 샐러드를 만들었다. 저녁을 먹기 전에 프러포즈할 생각이어서 기계적으로 손을 움직이면서도 머릿속은 복잡했다. 그래서 자기가 대체 뭘 하고 있는 건지 정신이 하나도 없을 정도였다. 음식이 완성된 뒤 촛대와 와인 잔을 꺼내 식탁 위에 세팅을 시작했다. 어찌나 긴장했던지 손이 다 떨렸다. 아카다마 와인을 막 꺼냈을 때, 심덕이 나왔다. 가벼운 실내복 차림에 머리는 물기로 젖어 있었다.

"우와, 너무 근사해. 마이. 정말 호텔 같아."

테츠가 심덕에게 다가가 손을 내밀었다. 서양식으로 손을 잡고 심덕을 식탁으로 데려와 의자에 앉혔다. 그리고 잔에 와인을 따랐다.

"향이 좋아."

테츠는 자리에 앉지 않고 선 채로 심덕과 잔을 부딪쳤다. 심덕은 와인을 마셨지만, 테츠는 한 모금도 마시지 않고 그대로 잔을 내려놓았다. 그리고 크게 심호흡했다. 그제야 무언가 이상한 낌새를 느낀 심덕이 테츠를 의아한 시선으로 올려다보았다.

"왜 그래? 마이?"

테츠가 한쪽 무릎을 세운 자세로 앉아 품에서 반지가 든 케이스를 꺼내 심덕 앞에서 열었다. 케이스 안에는 3캐럿짜리 다이아가 반짝이고 있었다. 심덕이 놀란 얼굴로 테츠를 보았다.

"마이."

"처음 도서관에서 서툰 일본어로 내게 말을 걸었을 때, 난 당신한테 시선을 빼앗겼지. 테니스에서 승리한 뒤 우리 교실을 올려다보며 환하게 미소 지었을 때, 나 아닌 다른 놈들을 보고 웃었을까 봐 며칠 동안 아무것도 할 수가 없었어."

테츠의 목소리가 떨렸다.

"우연히 마루젠에서 다시 마주쳤을 때, 나는 우리가 운명이라고 확신했어. 내 세계는 당신이 전부야."

심덕의 눈에 눈물이 고였다.

"당신이 웃으면 심장이 뛰고 당신이 울면 가슴이 멎을 거 같아. 당신이 숨을 쉬는 순간만이, 내겐 존재하는 세상이야. 앞으로도 영원히 그렇게 나의 세계가 되어줘. 사랑해."

울먹이며 심덕이 와락 테츠의 목을 끌어안았다. 그리고 그의 얼굴을 더듬더니 이내 격정적인 키스를 퍼부었다. 테츠 역시 이제 더 이상 감추지 않아도 되는 제 마음을 다해 심덕을 끌어안았다. 한 치의 틈도 허락지 않겠다는 듯이 꼭 끌어안은 두 사람이 그대로 침실로 향했다.

그 밤을 어떻게 표현할 수 있을까. 그들은 처음이었다. 수줍었고, 열정적이었으나 서툴렀고 모자랐다. 테츠의 손은 자주 갈피를 잡지 못해 미끄러졌고, 둘은 열의에 차서 움직이다가 고통스러워하거나 기막혀서 웃다가 새빨갛게 달아오른 얼굴로 어쩔 줄 몰라 하며 눈을 피했다. 하지만 끝내는 영리한 회오리바람 날개에 실려 천천히 나란한 황홀감에 젖어 쉬거나 멈추지 않고 꿈의 낙원을 향해* 달려갔다. 그날, 그들은 하루를 꼬박 침대 위에서 보냈다. 자다 깨면 눈이 마주쳤고, 눈이 마주치면 서로를 만지다가 사랑을 나누고 그러다 잠이 들었다. 그리고 깨면 다시 입을 맞추고 서로의 몸을 쓰다듬었다. 아무것도 먹지 않았지만 조금도 허기지지 않았고 목마르지 않았다. 그 순간 둘에게는 그 무엇도 필요치 않았다. 둘의 세계는 완벽했다. 테츠가 준 반지는 내내 침대 옆 협탁 위에 놓여 있었다. 그것을 볼 때마다 테츠는 심덕이 온전히 제 여자가 됐다는 사실에 흐뭇해서 기쁨에 겨워 다시 입을 맞추곤 했다.

하루의 낮과 하루의 밤이 지나 다시 낮이 되었을 때, 테츠가 비로소 침대에서 일어났다. 흰 시트는 엉망으로 구겨지고 더럽혀

---

* 샤를 보들레르,「애인의 포도주」中.

져 있었고, 그 위에는 알몸인 몸통이 부끄러운 줄 모르고 자연이 그녀에게 부여한 비밀스러운 광휘와 치명적인 아름다움을 거리낌 없이 드러내고 있었다.* 그것은 테츠가 지금까지 본 것 중 가장 아름다운 모습이라 감격스러워 눈물이 날 것 같았다.

"일어나."

"으응."

욕조에 따뜻한 물을 받은 뒤 테츠는 심덕을 깨웠다. 눈을 비비며 투정을 부리는 모습이 아이 같았다.

"씻고 나오면 밥 먹자. 응?"

"몸에 힘이 하나도 없어."

부끄럼 없이 테츠를 향해 심덕이 양팔을 뻗었다. 그대로 품에 안고 서자 따뜻한 젖가슴이 테츠의 가슴에 닿았다. 그대로 움켜쥐고 다시 입을 맞추고 싶은 욕망을 억누르며 테츠가 심덕을 욕조 안에 내려놓았다.

"씻고 나와."

침대 시트를 벗기고 새로 깔면서 테츠는 날짜를 확인했다. 오늘은 크리스마스였다. 완벽했다. 성당에 가서 미사를 드린 뒤 언약식을 할 것이다. 크리스마스에 하는 결혼이라니, 독실한 신앙을 가진 심덕이 기뻐하리라 확신했다.

심덕이 욕실에서 나왔을 땐 방 가운데 놓인 작은 탁자에 간단한 식사가 차려져 있었다. 빵과 주스뿐이었지만 음식을 보자 비로소 허기가 밀려왔다.

---

* 샤를 보들레르, 「순교자」 中.

"배고파."

심덕이 웃으며 의자에 앉았다. 심덕이 주스를 마시는 사이, 테츠가 빵에 잼을 발라서 건네주었다.

"오늘 크리스마스야."

"세상에. 시간이 그렇게 흘렀단 말야?"

심덕이 황당하다는 듯 빵을 입에 문 채 웃었다.

"위에 성당이 있어."

"응. 마이가 말해줬잖아."

"크리스마스 미사를 드리러 가자. 그리고 거기서 우리 결혼하자."

심덕이 놀란 눈으로 테츠를 보았다.

"결혼?"

"응. 크리스마스에 하는 결혼, 좋지 않아? 하나님이 축복해 주실 거야. 물론 정식 결혼은 부모님께 말씀드린 뒤 올리게 되겠지. 그 전에 우리끼리 언약식을 하잔 거야."

하지만 뛸 듯이 기뻐하리라는 테츠의 예상과 달리 심덕의 반응은 좀 묘했다. 웃지도 울지도 않는, 어찌해야 좋을지 모르겠다는 얼굴로 테츠를 보고 있었다.

"왜 그래?"

테츠가 되묻자 그제야 정신이 든 듯 심덕이 입꼬리를 올렸다. 하지만 평소 심덕의 미소답지 않은 웃음이었다.

"그냥. 당황해서. 좀 놀래서 그래. 마이가 그런 생각까지 할 줄은 몰랐어."

"뭐가?"

"그냥 너무 낭만적이잖아. 동화 같아."

"안 어울려?"

심덕이 웃음을 터뜨렸다. 이번엔 진짜였다. 그제야 테츠 역시 웃을 수 있었다.

"나 음악 듣고 싶어, 마이."

"뭐?"

"쇼팽 폴로네즈 6번. 있을까?"

"있어."

테츠가 축음기에 레코드판을 걸어놓은 뒤 돌아왔을 때, 심덕은 침대에 누워 있었다. 지직거리는 소리와 함께, 음악이 흘러나왔다.

"피곤해?"

"조금. 안아줘."

테츠가 옆에 눕자, 심덕이 품으로 파고들었다. 어느덧 웅장한 도입부가 끝나가고 있었다.

"난 여기서부터 슬퍼. 처음 이 음악을 들었을 때 나도 모르게 울었어."

"여기부터는 발랄하잖아."

"응. 그런데 난 슬펐어. 엉엉 울었어. 그래서 그 뒤 찾아봤더니 쇼팽이 살았던 폴란드가 러시아 압정에 지배받았던 역사가 있더라. 그는 타지에서 조국의 소식을 들으며 가슴 아파했대. 어쩌면 이 곡은 러시아와 싸우고자 떠나는 모국의 군대 행진을 위해 쓴 곡이었을지도 몰라. 그런데 생각해 봐. 아무리 기운차게 나가라고 해도, 그 끝은 뻔하잖아. 기쁜 척 즐거운 척해도 작곡자는 이미 끝을 안 거야. 결코 이길 수가 없는 싸움에 죽으러 간다는 것을 말야. 그러니 가볍고 발랄해 보이는 리듬감 뒤엔 어쩔 수 없는 비극적인 슬픔이 묻어나와. 나는 그 슬픔이 먼저 들렸어. 그래서 울었지. 아주 펑펑 울었어."

테츠가 심덕을 끌어안았다.

"감정 중에서 유일하게 여러 색이 있는 건 기쁨뿐이야. 흥분은 화가 난 것이든 기뻐서이든 격정적이든 드러나는 결이 같아. 가슴이 뛰고 얼굴에 열이 오르고 가만있을 수가 없지. 슬픔도 그래. 눈물이 나. 좌절의 슬픔이든, 이별로 인한 것이든 누가 죽어서든 실망해서든. 하지만 기쁨은 달라. 우린 기쁠 때 울기도 하고 웃기도 해. 그리고 기쁘지만 동시에 슬프고, 기쁘면서도 우울해. 기쁨은 무지개 같아. 여러 색이야. 이 음악이 내겐 그래. 겉으로는 기쁜 듯하지만 내면에 스며 있는 좌절감과 슬픔이 깊어. 그리고."

심덕이 테츠를 올려다보았다. 눈에 눈물이 그득한 채, 그녀는 웃고 있었다.

"당신이 내게 그래."

심덕이 입을 맞추었다. 젖을 찾는 어린아이처럼 애달프게 매달리는 그녀를 테츠는 차마 뿌리칠 수 없었다. 테츠의 셔츠가 벗겨지고, 심덕의 스커트가 위로 올라갔다. 어느새 두 사람은 다시 뒤엉켰다. 곧이어 노래가 끝났다. 방 안엔 두 사람의 헐떡이는 숨소리만 가득했다. 창가에 차고 넘치게 들어왔던 해가 물러가고 어둠이 밀려오도록 둘은 떨어지지 않았다. 결국 그날 테츠는 심덕과 성당에 가지 못했다.

　그 후 꼬박 일주일을 더 두 사람은 침대에서 머물렀다. 심덕은 어디에도 가려 하지 않고 테츠의 곁에만 있으려 했다. 그녀는 아름답고 목이 살찐 여자, 포도주에 긴 머리칼이 흘러 젖어도 내버려 두었다. 그녀의 살갗 위에서는 모든 게 미끄러지고 무뎌져서* 테츠 역시 한시도 그녀의 곁을 떠나고 싶지 않았다. 침대에서 치즈와 함께 와인을 마시다가 사랑을 나누었고, 토스트 한쪽을 서로 베어 물다가 입을 맞추었다. 욕조에 물을 받아 함께 목욕을 하다 미끄러지는 서로의 몸에 흥분하기도 했다. 마치 아담과 하와처럼 그들은 아무 거리낌 없이 본능에 충실했다. 그녀는 수줍음 없이 그에게 손을 뻗어 안기었고, 그 역시 그녀의 담대함을 온몸으로 사랑했다.
　"내일이 1월 1일이야."
　"응."
　땀에 젖은 테츠의 가슴에 심덕이 제 볼을 비비었다.
　"새해 복 많이 받아."
　"당신두."
　배에서부터 입을 맞추며 올라오던 심덕이 테츠의 턱 끝을 깨물었다. 웃으며 테츠가 심덕의 얼굴을 감싸자 심덕이 코끝을 테츠에게 비볐다. 눈이 마주친 뒤 누가 먼저랄 것도 없이 입을 맞추

---

* 샤를 보들레르,「알레고리」中.

었다. 매끈한 심덕의 등을 테츠의 손이 감쌌다. 찐득하게 들러붙은 그녀의 땀 냄새마저도 테츠에겐 달았다.

다음 날 아침, 테츠가 눈을 떴을 때 심덕은 없었다. 침대 옆 협탁에는 여전히 반지가 든 케이스가 놓여 있었다. 처음엔 잠시 화장실을 갔을 거라 생각하고 기다렸다. 하지만 아무리 기다려도 화장실에선 아무 소리도 나지 않았고, 그녀는 돌아오지 않았다. 그제야 무언가 이상하다는 것을 느낀 테츠가 자리에서 일어나 주변을 둘러보았다. 심덕의 짐이 하나도 보이지 않았다. 현관으로 달려 나갔을 때 현관에 있는 것은 테츠의 신발뿐이었다.
1월 1일 아침, 심덕은 테츠를 떠났다. 반지만을 남겨둔 채.

༺

"웃는 저 꽃과 우는 저 새들이 그 운명이 모두 다 같고나. 삶에 열중한 가련한 인생아, 너희는 칼 위에 춤추는 자로다……. 가사가, 특히 이 2절 가사가 너무 슬퍼."
가사를 읽던 심덕이 한숨을 내쉬며 종이를 내려놓았다.
"돌아가자마자 최고의 작곡가에게 의뢰할 생각이야."
"우진 상은 많이 우울한가?"
"응. 그 가사를 쓰기 전에도 하루에 몇 번씩 유서를 썼다 지웠다고 들었어."
뚫어지게 가사지를 응시하던 심덕이 무언가 선율을 읊기 시작했다. 테츠에게도 익숙한 멜로디였다.

"'다뉴브강의 잔물결'이야?"

"응. 운율이 맞지 않아?"

흥얼거리는 멜로디 중간중간, 우진의 노랫말이 한 마디씩 아슬아슬하게 얹혔다. 처음엔 다소 어색했으나 두어 번 반복하다 보니 마치 이 멜로디를 염두에 두고 가사를 쓴 것처럼 맞아떨어지기 시작했다. 어느새 심덕은 소리 내어 노래를 부르기 시작했다. 테츠가 홀린 듯이 그 모습을 보았다.

"어때?"

노래를 끝낸 심덕이 눈을 빛내며 돌아보았다.

"작곡가한테 의뢰할 필요 없겠는데?"

고개를 저으며 심덕이 다시 가사지를 응시했다. 머리카락이 흐트러지면서 희고 곧은 심덕의 목선이 드러났다.

"후렴부는 아직 그렇지만 조금만 더 해보……."

그 순간, 심덕의 목에 테츠가 입을 맞추었다. 심덕이 웃으며 몸을 움츠렸다.

"간지러워."

테츠의 손이 심덕의 블라우스로 향했다. 뒷머리와 어깨에 가볍게 테츠의 입술이 내려앉을 때마다 툭툭, 심덕의 블라우스 단추가 풀리며 흰 속옷이 드러났다.

"마이?"

심덕이 고개를 돌려 테츠를 바라보았다. 테츠의 두 눈에는 숨길 수 없는 애정이 가득했다. 사내의 그런 시선은 오랜만이었다.

심덕의 몸이 달아올랐다. 심덕이 애교스럽게 테츠의 품으로 파고들었다.

"나를, 기다렸어?"

"언제나."

"내가 원망스럽지 않았어?"

"단 한 번도. 헤어져 있는 시간은 우리에게 필요했어. 오히려 당신을 더 잘 이해하게 됐으니까."

대답이 만족스러운 듯 심덕이 부끄럼 없이 테츠의 품에 안겼다. 헤어진 지 8년 만에 안는 그녀의 몸은 여전히 테츠를 흥분시켰다. 심덕이 자연스레 테츠를 끌어안으며 허리를 들었다. 처음 테츠와 밤을 지내는 동안 몸에 익은 습관 그대로였다. 이 여자였다. 이 여자밖에 없었다. 심덕의 가슴에 얼굴을 묻으며 테츠가 만족스러운 탄성을 내뱉었다.

"마이!"

심덕이 신음을 내뱉으며 테츠의 어깨를 움켜쥐었다. 땀 때문에 자꾸만 손이 미끄러졌다. 금방이라도 그에게서 떨어질 것 같았다. 그에게서 떨어지고 싶지 않았다. 심덕이 손을 뻗어 목을 끌어안았다. 다시 겨우 손에 쥔 그를 놓치고 싶지 않았다.

처음 아오야마학원에 갔을 때, 심덕은 포드 한 대가 정문 앞에 서는 것을 봤다. 기사가 운전석에서 내리더니 뒷좌석 문을 열었다. 거기서 곱게 기모노를 차려입은 한 여인과 아직 앳된 얼굴의 제 또래 사내아이가 내렸다. 그들은 그런 대접이 당연한 듯했다. 경성여고보에서도 꽤 부잣집 여자애들을 만났지만 학교 안에까지 기사 딸린 차를 타고 오는 애는 아무도 없었다. 그것은 심덕에게 대단히 신선한 충격이었다. 그제야 일본 부자들과 귀족들이 다니는 사립학교라는 게 실감 났다. 그들은 심덕과 시작점이 달랐다. 심덕은 여전히 뒤처져 있었다.

아무것도 가진 게 없다는 것을 들키지 않으려면 태도라도 당당해야 했다. 심덕은 꼿꼿이 허리를 세웠고 언제나 환하게 웃었다. 물 아래서 바쁘게 발을 놀리는 백조처럼, 속으로는 지지 않기 위해 악착같이 노력하면서 겉으로는 태연해 보이려 애썼다. 욕망이 겉으로 드러나는 순간 인간은 구차해 보인다는 것을 알고 있었다. 정말 원하는 것일수록 속으로 감추어야 했다. 마치 아무것도 필요 없다는 듯이 굴 때, 우습게도 그것은 심덕을 따라왔다.

마루젠에서 테츠와 마주쳤을 때, 비로소 심덕은 그가 기사 딸린 차에서 내린 그 소년이라는 것을 깨달았다. 그때까지만 해도 그저 우연이라 생각했지만 그가 자신을 따라 간다까지 왔을 때, 심덕은 정말 우연인지, 운명인지 시험해 보고 싶었다. 그것은 배팅해 볼 만한 가치가 있는 일이었다. 그래서 그녀는 다리를 건넜다. 과연 그 도련님이 어디까지 올 것인가 궁금했다. 그리고 아사쿠사에서 그와 눈이 마주쳤을 때, 어쩌면 심덕은 이제 자신이 모든 것을 가질 수도 있겠다고 생각했다.

단언컨대 그와의 연애는 행복했다. 그의 사랑은 한여름날 쏟아지는 햇빛처럼 눈이 부시게 찬란했다. 하지만 그 한정 없는 사랑을 받는 와중에도 심덕은 불행했다. 그는 심덕을 사랑했으나 심덕을 사랑하지 않았다. 테츠는 사랑을 사랑했다. 심덕이란 여자를 사랑하는, 그 사랑에 빠져 있었다. 자신이 '특별한 어떤 것'을 발견했다는 그 느낌에 도취되어 맹렬한 애정을 퍼붓고 있었으나, 정작 그에게 윤심덕은 존재하지 않았다. 그것을 깨달을 때마다 심덕은 자신과 테츠의 한계를 실감했다.

그래서 그의 청혼은 기쁘면서도 슬펐다. 테츠의 사랑이 어쩌면 심덕이 생각하는 것보다 훨씬 진심일지도 모른다는 것을 알려주었기에 기뻤고, 동시에 이제 이 사랑을 끝내야 함을 직감해서 슬펐다. 그는 영원을 맹세하고 있었다. 하지만 심덕은 단 한 번도 테츠와 영원을 꿈꾼 적이 없었다. 그의 청혼은 심덕에게 이제 그만 헤어져야 하는 순간을 알리는 신데렐라의 종소리와 같았다.

테츠의 그늘에서 벗어나야 했지만, 심덕은 괜찮았다. 테츠에게 사랑과 애정으로 교육받는 동안 심덕은 대단히 발전했다. 예술도 문화도 교양도 모두 자신 있었다. 이젠 스스로 빛나야 할 시간이었다.

아마도 이별은 테츠에게 큰 상처가 될 것이다. 어쩌면 망가질지도 모른다. 하지만 그를 위해 자신을 희생할 수는 없는 노릇이었다. 테츠는 사랑을 사랑했지만, 심덕은 사랑조차 사랑하지 않았다. 심덕은 자기 자신을 가장 사랑했다. 그러니 어차피 둘의 관계는 끝이 정해져 있을 수밖에 없었다.

이젠 먼 길을 돌아 다시 만난 그를 절대로 놓치고 싶지 않았다. 심덕은 지쳤다. 더 이상 혼자만의 힘으로 자신을 증명할 자신이 없었다. 한데 이 남자는 다시 심덕을 찾아왔다. 이제 사랑을 사랑하는 청년은 사라지고 더 깊어진 눈빛의 사내가 심덕을 올곧게 보고 있었다. 그녀의 처지를 다 알면서도 괜찮다고 말하고 있었다. 어쩌면 이제 그는 진짜 심덕을 사랑하게 된 건지도 몰랐다. 그렇다면 그의 품으로 다시 돌아가고 싶었다. 그는 예전처럼 자신을 부족함 없이 아껴주리라 믿어 의심치 않으므로.

9장

유작

　기세는 국일관 뒷방에 있다고 했다. 이른 아침 기생집은 발가벗은 날것의 모습 그대로라 상스럽기 짝이 없었다. 어둠이 가려 줬던 자리가 드러나면 술주정과 행패가 할퀴고 간 모습이 적나라하게 드러났다. 기세가 있는 뒷방까지 가려면 토사물의 찌든 냄새와 차마 가리지 못한 몰골을 한 사람들을 모두 지나야 했다. 상철은 인상을 잔뜩 찌푸린 채 까치발로 걸어 안으로 향했다.

　기세는 웃통을 까발린 채 코를 골며 자고 있었다. 방 안엔 술 냄새가 진동했다. 방문을 연 상철은 그 쿰쿰한 냄새가 좀 사그라질 때까지 한동안 밖에서 기다리다 들어갔다. 그러는 동안에도 기세는 얼마나 곯아떨어진 건지 뒤척임조차 없었.

　"형! 형님!"

　선 채 발로 아무리 밀어도 꼼짝도 안 했다. 오기가 난 상철의 발에 조금씩 힘이 들어가기 시작했다.

　"아이고고고고."

결국 제대로 엉덩이를 얻어맞고 난 후에야 기세가 앓는 소리를 내며 몸을 웅크렸다.

"뭐냐."

"일어나 보쇼."

고개를 드는 꼴을 보고 나서야 상철이 자리에 앉았다. 한참을 머리를 싸맨 채 끙끙 앓던 기세가 자리에서 일어났다.

"거, 앞섶도 좀 여미구요."

쏟아지는 잔소리에 기세가 눈도 못 뜬 채 대충 몸을 가렸다. 상철이 자리끼를 가져다 기세에게 건넸다. 물 한 주전자를 다 비우고 나서야 기세가 비로소 눈을 제대로 뜨고 상철을 보았다.

"오, 남상철이! 오랜만이다."

"어디 처박혀 있다 이제 나타난 거요?"

"이게, 형님한테 하는 말 하고는. 어디 처박혀 있다라니? 바빴지. 요즘 레코드랑 축음기 파느라 아주 바빠요."

느긋하게 웃던 기세에게 상철이 바싹 다가가 앉으며 얼굴을 들이밀었다.

"왜? 뭐?"

"심덕 씨 어떻게 된 겁니까?"

"뭐가 어떻게 돼? 자살했잖아."

"형님이 이러시면 안 되지. 심덕 씨 남자관계 제일 잘 알던 게 나랑 형님이오. 김우진? 그런 작자는 있지도 않았어. 게다가 심덕 씨 음반 연결해 준 것도 형님이구 말이요. 심덕 씨 죽음 정사 아니죠? 그 음반이랑 관련 있는 거죠? 그래서 형 잠수 탔다가 이제야 나타난 거죠?"

조금의 틈도 놓치지 않겠다는 듯 상철이 기세의 얼굴을 뚫어져라 노려보았다. 하나 기세는 그저 멍한 얼굴로 두 눈을 껌뻑거릴 뿐이었다. 맥 빠지는 반응에 상철의 어깨가 아래로 처졌다.

"너 뭔 소리 하냐?"

"형!"

"무슨 말인지 하나도 모르겠다. 뭔 말이냐?"

정말 도무지 모르겠단 얼굴을 보자 말문이 막혔다. 기세는 뭔가 알 줄 알았다. 아니 기세는 알아야만 했다. 거의 심덕의 매니저 노릇을 했던 기세였다. 이용문과의 만남도, 하얼빈으로의 도피도, 재기를 위한 토월회와의 접촉도 그리고 마지막의 레코드 취입까지 심덕의 모든 행보엔 직접적이든 간접적이든 기세가 개입되어 있었다. 그러니 기세가 이렇게 아무것도 모르면 안 되는 거다.

"형님 이건 말이 안 되잖아요. 그럼 형님은 지금 이걸 다 믿는단 말이요? 김우진이랑 연인이었다는 걸? 그 노래 가사를 심덕 씨가 썼다는 걸? 심덕 씨가 고작 사랑 때문에 자살했다는 걸?"

갑갑증에 버럭 고함을 지르는 상철을 보며 기세가 피식 웃었다.

"네가 사랑을 아냐?"

"뭐요?"

발끈하는 상철을 보며 기세가 고개를 절레절레 저으며 품에서 담배를 꺼내 불을 붙였다.

"너 계집애 손목이라도 제대로 잡아본 적 있냐? 너 아직 동정이지? 그런 네가 남녀가 뭔지 아냐? 연애라는 게 어떻게 돌아가는 건지 알기나 해?"

기세의 질문에 답할 말이 없었다. 말문이 막힌 건지 입만 뻥긋뻥긋거리다 끝내는 굳게 다물고 마는 상철을 한심하게 보며 기세가 말을 이었다.

"윤심덕이 김우진이랑 무슨 사이였는지는 윤심덕이랑 김우진만 알아. 제3자들이 기라고 하는 것도 아니라고 하는 것도 웃긴 거야. 다만 본인들이 유서를 그리 남겼다니 일단은 그게 맞겠지. 그 유서가 거짓이라는 게 밝혀지기 전까지는 말이다. 윤 양 남자를 다 알지 않냐고? 윤 양한테 남자가 언제부터 있었을 거 같냐? 평양여고보 시절? 경성여고보? 교편 잡았을 때? 동경 유학 중엔 없었겠냐? 언제든지 사내는 있을 수 있었어. 그 사내들을 내가 어떻게 다 아냐? 너는 다 아냐? 김우진이 그 수많은 사내 중 하나가 아니었다고 네가 어떻게 확신하냐."

"둘이 연인이었으면 왜 심덕 씨가 갑부인 김우진한테 안 가고 이용문한테 돈을 빌립니까?"

"그땐 연인이 아니었나 보지."

"그게 말이 됩니까?"

"왜 그게 말이 안 되냐? 남녀 관계란 언제 어떻게 어떤 식으로 튈지 몰라. 알고 지낸 지 오래다가 뒤늦게 불이 붙을 수도 있고, 다 정리했다가도 몇 년 만에 재회하면서 눈이 뒤집힐 수도 있고, 아무것도 아닌 사이였는데 어느 날 갑자기 눈이 맞을 수도 있고. 어떻게든 될 수 있는 게 남녀 관계야. 인간이 살면서 맺는 관계 중에서 가장 예측불허한 게 바로 남녀 관계라고. 네가 연인이 아니라고 주장하는 게 고작 그런 이유냐? 그때 이용문한테 돈을 빌려서? 싸웠나 보지. 잠깐 싸워 빡쳐서 딴 놈이랑 놀다가 반성하고 돌아갔나 보지. 아님 그땐 연인이 아니었다 뒤늦게 만나 눈이 뒤집혔거나. 아님 김우진이 난 돈 없으니 알아서 해결하라고 해서 어쩔 수 없었거나. 수없이 많은 경우의 수가 있다고. 그거 가지고 천 개도 넘는 이야기를 만들어낼 수 있단 말이다. 너는 소설책을 그리 읽어재끼는 놈이 왜 그게 실전에선 응용이 안 되냐? 소설에 수없이 나오잖아. 연인의 갈등, 분노, 화해, 사랑, 애정, 애증, 번뇌 기타 등등. 사랑이란 감정이 만들어낼 수 있는 온갖 이야기들."

이런 식으로 반박당할 줄은 몰랐다. 기세의 주장에 상철은 제가 가지고 있던 연인이 아니라는 모든 증거물들이 순간 너무 하찮게 느껴졌다. 그렇다. 사랑은 감정이었다. 감정놀음이었다. 한데 상철은 그것을 이성으로 추적했다. 애초에 접근법 자체가 잘못된 것일지도 몰랐다.

"그럼 그 가사는요? 그건 누가 쓴 건데요?"

겨우 기운을 짜내 상철이 마지막 반격을 시도했다. 기세가 한숨을 내쉬며 말했다.

"야. 둘이 연인이었다면 김우진이 써줬겠지. 근데 그걸 레코드 회사에 구구절절 설명하기는 뭣하니까 윤 양은 본인이 썼다고 했을 거고. 레코드 회사야 윤 양 글솜씨가 어떤지 알 리 없고, 가져온 가사가 좋으니 그냥 썼을 거고. 그게 그리 큰 문제냐?"

다시 상철의 입이 한 일 자로 꾹 다물렸다. 그러다 번뜩 무언가 떠오른 듯 고개를 들었다.

"그 일동레코드, 그때 온 사람 그 사람 누구예요? 심덕 씨 레코드는 어떻게 취입하게 된 건데요? 그 레코드 회사랑 이 일 아무 상관 없어요?"

"야!"

기세가 버럭 고함을 지르며 신경질적으로 담배를 비벼 껐다. 예상치 못한 반응에 상철이 얼떨떨한 얼굴로 기세를 보았다.

"너 그만해라."

"뭘요?"

"너 지금 너무 갔잖아. 거긴 그냥 음반 회사야. 그 사람은 레코드 취입 때문에 온 사람이고. 그게 다야. 너 지금 설마 무슨 상상을 하는 거냐?"

그게 다라기엔 반응이 심상치 않았다. 인상을 쓴 상철이 기세의 가까이 다가갔다. 그 순간 기세가 자리에서 벌떡 일어났다.

"나 좀 씻자."

"형."

셔츠를 벗던 기세가 한숨을 쉬며 돌아보았다. 올려다보는 상철의 시선이 애절했다. 답답한 듯 기세가 다시 상철의 앞에 앉았다.

"그게 그렇게 안 믿기냐?"

"안 믿겨요. 윤 양이, 윤 양 같은 사람이 유부남과 정사라니. 형님은 믿겨요?"

"못 믿을 거 없지."

"형님! 정말 그 레코드 취입이랑 아무 상관 없어요? 있죠? 뭐 있죠? 있는 거죠?"

"미친놈."

땅이 꺼져라 한숨을 푹푹 내쉬며 기세가 상철을 노려보았다.

"넌 너만 특별한 거 같지? 너만 대단히 새로운 시각으로 이 지랄 하고 있는 거 같지? 너 지금 무슨 엄청난 보물찾기하는 기분이지?"

무슨 말이냐는 듯 상철이 눈을 치켜떴다.

"어제 여기서 술 마시던 홍영후가 교수들이랑 개싸움 했다. 교수들이 윤심덕 가지고 낄낄거리니까 달려들어 지랄했다더라. 홍영후가 순회극단 시절 윤심덕이랑 사귄 건 알지? 아마 그 자식도 너처럼 윤심덕이랑 김우진 이야기를 믿기 싫은 놈일 거야. 지랑 사귀던 년이 지 눈앞에서 딴 놈이랑 바람 난 사실이 이제야 밝혀졌는데 그 자식 속은 속이겠냐? 그뿐인 줄 아냐? 또 엊그제는 홍해성이랑 조명희가 김우진이랑 윤심덕이 연인이었네, 아니었네 가지고 언성 높이면서 싸웠어. 홍해성은 연인이라고 하고 조명희는 아니라고 하고. 홍해성이 누구냐? 김우진이 죽기 전까지 도쿄에서 같이 산 애야. 조명희는? 김우진이 죽기 전까지 편지 보낸 인물이고. 야 가까이서 본 개네도 의견이 갈려. 원래 사건이란 게 그래. 여기서 보면 이렇게 보이고 저기서 보면 또 다르게 보이고. 너 말고도 많아. 너 말고도 이 사건을 다른 시선으로 보는 애들 차고 넘친다고. 둘이 연인이 아니었다는 증거? 찾으면 한 떼까리지. 물론 기라는 증거도 한 떼까리고. 죽은 자들에게 어찌 이야기가 없겠니. 만들면 만드는 대로 이야기지. 핑계 없는 무덤이 세상에 어디 있다고. 안 그래? 그냥 그런 게 삶인 거라고, 남상철아."

어느새 어린 남동생을 보는 듯한 표정이 된 기세가 상철을 다독였다.

"그러니 매달리지 말고 흘러가게 둬. 그게 자연스러운 거다. 네 손을 떠난 일이야. 붙잡고 있지 마. 뭘 알고 싶은 건데? 윤심덕이랑 김우진은 이미 죽었어. 이미 기차 떠났다고. 그만해라. 니 일을 해. 죽은 여자 붙잡고 매달려서 뭐가 나오는데?"

고개를 떨어뜨린 상철은 한동안 아무 말도 없었다. 기세가 짠하게 그런 모습을 보았다. 진심으로 상철이 더 이상 이 일에 엮이지 않기를 바랐다.

"상철아."

"홍영후 씨, 아직 여기 있어요?"

하지만 이 곰 같은 녀석은 물러나지 않을 작정인 듯했다. 할 수만 있다면 바짓가랑이라도 붙잡고 말리고 싶지만 그랬다간 빌미만 줄 뿐이었다. 경고는 아무래도 석구한테 해야겠다 생각하며 기세가 턱으로 바깥을 가리켰다.

"매향이가 데려갔다더라. 가서 물어봐라."

말이 떨어지기 무섭게 상철이 자리에서 벌떡 일어났다. 그 모습을 보며 기세가 한숨을 내쉬었다. 숨이 쉬어지지 않을 만큼 가슴이 답답했다.

매향이의 안내를 받은 상철이 손님방으로 갔을 때, 영후는 이미 일어나 씻고 몸을 단장한 뒤였다.

"오랜만입니다."

"그러게요. 오랜만입니다."

몇 번 연주회에서 본 적이 있기에 상철과 영후는 안면이 있었다. 둘은 가볍게 악수하며 인사를 나누었다.

"이야기를 좀 나눌 수 있을까요? 바쁘십니까?"

"아니요. 괜찮습니다. 차 한잔할 시간은 있어요."

매향이가 커피 두 잔을 가져다주었다. 찻상을 가운데 두고 상철과 영후가 마주 앉았다.

"윤심덕 씨에 대해서 물을 게 있어서요."

커피 잔을 들던 영후가 상철의 말에 멈칫했다. 하얗고 앳된 얼굴은 아직 제 감정을 다 숨기지 못해 볼이 실룩거렸다.

"뭐가 궁금하십니까."

"두 분, 연인이었다고 알고 있는데요. 어떤 관계셨습니까."

"기사로 쓰시려구요?"

"아니요."

"그런데 왜요?"

"어제 싸우셨다고 들었습니다. 심덕 씨 때문에요."

영후가 미간을 찌푸렸다. 짜증이 서린 얼굴로 무어라 더 말을 하려는 순간, 상철이 말을 가로막았다.

"저도 요즘 심덕 씨 때문에 여기저기 치받고 다니거든요. 김우진이랑 자살했단 게 믿기지 않아서요. 그래서 저처럼 믿기지 않는 분은 또 어떤 사연을 가지고 있나, 사내로서 궁금해서요."

그제야 영후가 찬찬히 상철을 보았다. 스산스러운 두 눈빛이 마주쳤다가 이내 누가 먼저랄 것도 없이 고개를 돌렸다.

"심덕이 공연에서도 뵈었지요. 사귀는 사이인 줄은 몰랐습니다."

"짝사랑이었어요. 영후 씨보다 난 운이 없어서요."

영후가 다시 고개를 돌려 상철을 보았다. 상철이 쓰게 웃었다.

"커피 대신 술상을 봐달라고 할 걸 그랬습니다."

"나랑 영후 씨가 술상 두고 마주 앉아 있으면 꼴사납지요. 커피가 낫습니다."

한동안 두 사람 사이엔 말이 없었다. 한참의 침묵 후 영후가 애가 끊어지는 듯한 한숨과 함께 이야기를 시작했다.

"우린 우에노에서 처음 만났습니다."

1918년 동경음악학원 입학생들 중 천재 바이올리니스트라 불린 영후와 수석 입학자인 심덕은 단연 눈에 띄는 인재였다. 하지만 입학하고 얼마 지나지 않아 자연스레 화제의 중심에서 멀어진 영후와 달리 심덕은 시간이 흐르면 흐를수록 점점 더 사람들의 주목을 받았다. 어느새 심덕은 조선인들 뿐 아니라 내지인들에게까지 유명해졌다. 심지어 조센징이라면 코를 감싸고 인상을 쓰는 내지인들조차 심덕의 노래는 듣고 싶어 했고, 대화 한번 나누고 싶어 절절맸다. 심덕은 당연하다는 듯이 아주 우아하게 그 모든 시선을 즐겼다. 그럴 때의 심덕은 마치 으레 있는 당연한 찬사를 누리는 여신과 같았다.

모두가 주목하는 만큼 온갖 허황된 풍문 역시 심덕 주변을 끊임없이 맴돌았다. 대부분 내지인의 첩이라던가, 늙은 사내와 그렇고 그런 사이라던가, 하는 출처 없는 소문들이었다.

"생각해 봐. 평양 촌년이 어떻게 저렇게 잘나갈 수가 있냔 말이야."

"듣기로는 찢어지게 가난한 집 딸이라던데? 부모가 콩나물 장사를 한다더라고."

"그런데 어디서 돈이 나는 거야?"

"어디서 돈이 나오는지는 뻔한 거 아냐?"

특히 앞에선 심덕과 눈도 못 마주치는 이들이 그런 소문에는 그 누구보다 열을 올리곤 했다. 여자들은 심덕의 옷과 화장을 부러워하는 만큼 그녀를 비난했다. 사내들은 심덕이 그들을 봐주지 않는 것이 그녀가 창녀고 문란하며 사내 맛을 이미 알기 때문이라고 지껄여댔다.

"분하지 않아?"

"뭐가?"

"사람들이 함부로 떠드는 것."

"그거 질투잖아. 그런 식의 질투, 오히려 귀여워."

"귀엽다니! 추잡하고 천박해."

"그것도 관심인걸. 예술가는 사람들의 관심이 필요해. 관심이 너무 없어도 안 돼. 후원자를 구하지 못할 테니까."

영후가 분개할 때마다 심덕은 아무렇지도 않게 어깨를 으쓱하며 도리어 영후를 위로했다.

"나에 대해 많이 떠들어댈수록 내가 궁금할 거고, 궁금하니 날 보러 올 테고, 결국 내게 돈을 쓰지 않겠어?"

"현재 네 노력이 폄하되는데 억울하지 않단 거야? 지금 넌 후원을 받은 게 아니잖아. 옷은 네가 직접 만든 거고, 돈은 레슨을 하고 무대에 서서 번 거잖아."

"그걸 그들이 알 필욘 없지."

"뭐?"

"그들이 믿고 싶은 대로 믿게 내버려 둬. 지껄이고 싶은 대로 지껄이라고 해. 상관없어."

주말마다 조국을 그리워하는 유학생들을 위해 한식을 만들어주고, 자기 몸에 맞게 옷을 만들어 입고, 본가에 푼돈이라도 부치기 위해 틈틈이 내지인들 레슨을 다니는 심덕의 본모습은 그녀 주변의 지극히 소수 몇 명만 알았다. 심덕은 일상의 자신을 대중들에게 알릴 필요가 없다고 생각했다. 설혹 그로 인해 질 나쁜 소문에 시달리더라도, 그것은 감수할 만한 가치가 충분히 있다고 여겼다.

"나는 말이야. 조선 최초의 소프라노가 될 거야."

"할 수 있을 거야."

"응. 전통 클래식을 꼭 제대로 조선에 소개할 거야."

"투사군. 클래식계의 잔 다르크야."

"놀리지 마."

"진심인걸."

"흥."

"잔 다르크, 이번 여름에 조선에 순회공연을 갈 참인데 함께 하지 않겠소?"

"순회극단? 그거 연극 아냐?"

"연극이 주긴 한데 음악 공연을 위한 무대도 있대. 같이 하자."

"그럼 그게 내 데뷔 무대가 되는 건가?"

"왜? 너무 초라해?"

"아니. 좋아. 데뷔는 조선에서 하고 싶었어."

"좋아. 그대의 데뷔 무대 반주는 내가 맡지."

"더 좋은걸?"

순회극단 공연을 위한 연습을 하느라 영후와 심덕은 그해 봄 내내 함께 붙어 있었다. 학교 내에는 두 사람이 드디어 연인이 되었다는 소문이 짜하게 퍼졌다. 영후는 굳이 부인하고 싶지 않아 그것을 모르는 척하며 심덕의 눈치를 살폈다. 심덕 역시 소문을 들었을진대 조금도 부끄러워하거나 수줍어하는 기색이 없었다. 전혀 아무렇지도 않아 보이는 심덕을 보고 있자니 슬그머니 약이 올랐다.

"너 소문 못 들었어?"

"뭐가?"

"너랑 나랑 사귄다잖아. 사내와 사귄다고 소문이 났는데 왜 그리 멀쩡해?"

"멀쩡하지 않으면?"

"뭐? 미치겠네."

"기분 나빠?"

"그래."

"왜 기분이 나빠?"

"그건……!"

순간, 영후의 말문이 막혔다. 심덕이 영후의 코앞으로 다가왔다.

"나는 그 소문 괜찮았는데 기분 나빴어?"

"뭐?"

"상대가 너라면."

심덕이 눈을 치켜떴다. 동그란 눈이 마주치는 순간, 영후는 심덕을 끌어안고 입을 맞추었다. 두 사람이 연인이 된 순간이었다.

그해 여름, 두 사람은 작렬하는 태양보다 더 뜨거웠다. 부끄러운 줄 모르고 사랑했다. 심덕은 영후에게 첫사랑이었다. 아버지의 강요로 혼인하여야 했던 부인에게선 단 한 번도 느껴보지 못한 감정을 영후는 심덕에게 처음으로 느꼈다. 눈이 마주치기만 해도 몸이 달았다. 손끝만 스쳐도 머릿속이 하얗게 변했다. 커튼 뒤에서 입술을 비비고 침대 박스 안에서 몸을 섞었다. 친구들에게 놀림을 받았고 신문 기사까지 났지만 아무 상관 없었다. 태어나 처음으로 영후는 타인의 시선이 '아무 상관 없다'는 게 어떤 건지 알았다. 심덕이 제 곁에 있었다. 그것으로 충분했다.

"야나기 무네요시라고 알아?"

"광화문 이전을 반대했다는 예술가?"

"응. 나 그 사람 만난 적 있어."

"어떻게?"

"어떤 모임에서 우연히 만났는데."

대체 어떤 모임이기에 야나기 무네요시를 만날 수 있었을까. 영후는 궁금했다. 하나 벗은 등을 쓰다듬으며 그런 것을 캐물을 순 없는 노릇이었다. 심덕과의 대화에서 영후는 종종 대체 어떻게, 라는 의문이 떠올랐으나 그것들을 물은 적은 한 번도 없었다. 왠지 물을 수 없었다.

"나 그 사람이랑 싸웠다?"

"뭐? 처음 만난 사람이랑?"

"응."

"왜?"

"조선인, 그것도 조선 여자들의 대표 정서가 한이라는 거야. 성질 못 참구 발끈했지."

"그대에게 해당되지 않는 말이라서?"

"나뿐 아니라 모든 조선 여자들에게. 참아야 하는 시대니까 억지로 참고 산 거지, 그게 조선의 정서라는 게 말이 돼?"

"그래서 뭐라면서 싸운 거야?"

"신여성 열풍을 일으킨 조선 여자들을 무시하지 마라, 조선 여자에 대해 아무것도 모르면서 함부로 말하지 말라구 하면서. 꽤 놀라더라구."

"놀랄 만도 하지. 그대를 보고 조선 여자에 대한 정의를 다시

내렸겠는걸."

"한이 조선의 정서라니, 너무 웃겨. 난 그런 거 안 믿어."

"어차피 그대와 어울리지도 않아."

"참고 사느니 죽겠어. 그런 인생을 뭐 하러 살아?"

"클레오파트라처럼?"

"응. 클레오파트라처럼."

"그대의 늙은 모습은 못 보겠군."

"난 늙어도 예쁠 테지만, 당신한테는 절대 안 보여줄 거야."

옷을 다 입은 심덕이 꺄르르 웃으며 소품실을 빠져나갔다. 이제 막 공연이 시작하려 하고 있었다. 영후 역시 황급히 옷매무새를 단장했다.

조선 팔도를 돌았던 순회극단 공연 중 단연 가장 인기 있었던 무대는 심덕의 독창이었다. 연극을 보다 꾸벅꾸벅 졸던 관객들이 심덕이 무대에 올라오는 순간 모두 잠에서 깨어났다. 3살짜리 어린 아이부터 80살 먹은 노인까지 심덕에게 찬사를 보냈다. 노래를 마친 심덕이 좌중을 둘러보면 여기저기서 감탄사가 터져 나왔다. 그럴 때면 영후는 이 여자가 내 여자라고 고함지르고 싶은 열망을 참느라 애를 써야 했다. 무대에서 내려오는 심덕을 끌고 무대 뒤편으로 가 급하게 입을 맞추며 영후는 제가 안고 있는 여자가 심덕이라는 사실에 몸을 떨었다. 사랑했고, 사랑했다. 이토록 제 피를 끓어오르게 하는 여자는 일생 동안 심덕뿐일 거라고 확신했다.

마지막 공연을 마치고 뒤풀이하던 중 약속이나 한 것처럼 영후와 심덕은 슬그머니 술자리를 빠져나왔다. 술집 뒤편의 어두운 골목에 나란히 앉아 담배 한 대를 나눠 피우며 사이사이 가벼운 입맞춤을 나누었다. 심덕의 손을 붙잡고 있던 영후가 네 번째 손가락을 매만졌다.

"여기, 다이아 반지 하나 끼워주면 내게 올 텐가?"

프러포즈였다. 허락할 줄 알았다. 만약 허락한다면 모든 비난을 무릅쓰고라도 심덕을 택할 마음도 있었다.

"아니."

살그머니 심덕이 손을 뺐다.

"난 네가 당연히 나랑 결혼할 게 아니라서 연애한 거야. 넌 아니었어?"

두 번 잡을 수도 없었다. 웃으며 하는 말이 너무나 단호해서, 잡는다 한들 잡히지 않을 것 같았다. 아니, 아니다. 변명이다. 사실은 그만둬야 하는 순간이라는 걸 누구보다 자신이 잘 알고 있었다. 청혼은 어쩌면 영후의 비겁한 이별의 말이었다. 심덕은 그것을 알았을 것이다. 사실은 모든 비난을 무릅쓰고라도 심덕을 택할 자신이 없었다.

신문 기사를 통해 심덕과의 교제를 알게 된 부친은 대단히 노여워했다. 허튼짓하면 생활비고 학비고 모두 다 끊고 호적에서 파낼 거라고 길길이 날뛰셨다. 그 앞에서 단 한 마디 반박도 하지 못했다. 아버지의 말을 거를 수 없었다. 하지만 제가 먼저 심덕에게 이별을 고할 용기가 없었다. 만약 심덕이 헤어지지 못한다고 하면 그 뒤에 숨어서 부모님의 뜻을 거슬러볼까, 라는 비겁한 생각을 했다.

아마 심덕은 그 모든 것을, 영후의 비겁한 속내까지도 다 알고 있었을 것이다. 그래서 산뜻하게 웃으며 이별을 말하는 심덕에게 영후는 그 어떤 말도 할 수 없었다.

그 밤이 연인으로 묶였던 영후와 심덕의 마지막이었다. 부친은 방학 때 집에 온 영후에게 손자를 만들라고 강요했다. 이미 부인은 절에 다니며 치성을 드리는 중이었다. 영후는 매일 부인을 안아야 했다. 애정이 없이 오로지 생식만을 위한 행위였다. 짐승 같았다. 내키지 않는 마음으로 억지로 몸을 섞어야 하는 순간마다 영후는 심덕을 떠올렸다. 그래야만 겨우 관계할 수 있었다. 당연히 끝난 후 자괴감이 온몸을 뱀처럼 휘감았다. 스스로가 끔찍했고, 너무나 비참했으며 이리 살아야 하는 미래가 암담했다. 하지만 죽을 용기가 없으니 살아야 했다. 살기 위해 영후는 다른 모든 사내들이 그러했듯이 심덕을 제 안에서 악녀로 만들었다.

나쁜 년에게 꼬임을 당해 잠시 홀렸고, 비참하게 버림받았다. 자신의 순정은 철저히 이용당했다. 스스로를 피해자로 만들어 자신에게 죄책감을 심덕에게 돌림으로써 영후는 살아남았다. 그 후 영후의 삶은 가벼워졌다. 가벼워져야만 했다.

심덕이 행복하지 않기를 바랐다. 좋은 사내를 만나 결혼해 잘 산다는 이야기를 들으면 미쳐버릴 것 같았다. 차라리 소프라노로서 성공했으면 했다. 그럼 종종 무대에서 마주칠 수 있었다. 가끔 무대에서 만날 때마다 심덕은 여전히 웃으며 영후에게 인사했다. 만약 그렇게 지내다 다시 시작하게 된다면……. 정신을 차려보면 어느새 영후는 참으로 비겁한 소원을 빌고 있었다.

하지만 점점 시간이 지날수록 들려오는 심덕의 소식은 영후의 마지막 욕심마저 철저히 짓밟았다. 그리고 끝내 그녀는 완전히 망가졌다. 각종 루머와 스캔들로 가수로서의 생명은 끝나고 말았다. 심덕이 이용문의 첩이 되었다고 주장하는 이들도 있었고, 아편에 중독된 걸 봤다고 단언하는 이들도 있었다. 그런 이야기를 난잡하게 지껄이며, 소프라노가 대체 고급 기생과 무에가 다르냐고 그들은 낄낄거렸다.

영후는 속이 상했다. 그리고 동시에 심덕에 대한 분노가 치솟았다. 왜 좀 제대로 살지를 못하고 이 모양이 되어버린 건지, 기가 막혔다. 자신의 마지막 소원마저 이룰 수 없게 만들어버린 그녀가 원망스러웠다.

〰

"공연에서 몇 번 마주치셨던 것으로 아는데, 이야기를 나누거나 한 적은 없으십니까?"

"그저 인사만 했을 뿐, 구체적인 이야기를 나눈 적은 없어요. 나도 다가가지 않았고, 심덕이도, 겉으로 보기엔 다정히 웃으며 인사했지만 실상은 곁을 주지 않았으니까. 인사만. 그저 인사만 했소."

"그럼 단둘이 만난 적은 단 한 번도 없으십니까?"

"아니, 한 번 있어요. 심덕이가 찾아왔소. 백조회가 해체되고 난 뒤에. 돈이 필요하다고."

※

"이렇게 만나는 건 오랜만이네."

이제 한물간 퇴물이라는 세간의 풍문을 비웃듯이 그녀는 여전히 화사했고, 우아했으며, 아름다웠다. 활짝 웃는 미소는 아직도 십 대 소녀처럼 상큼하기까지 했다.

"교수님이 되었단 얘기를 들었어."

"그래."

"축하해. 잘될 줄 알았어."

"고마워."

가볍게 악수한 뒤 심덕이 자리에 앉았다. 스치듯 마주 잡았던 손이 남기고 간 온기가 못내 아쉬웠다.

"잘 지냈어?"

"나야 늘 그렇지."

"요즘은 어때?"

"최근에 오사카 음반 회사에서 제의가 왔어. 음반을 내보자고."

"좋은 일이네. 축하해."

"그래서 말인데, 나, 부탁할 게 있어."

마치 어제까지 만난 사람이 오늘 다시 만나 날씨에 대한 이야기를 나누는 것처럼 가벼운 말투였다.

"뭔데?"

"나 돈 좀 빌려줘. 다음 달에 본사에서 사람이 오는데 그때 계약서를 쓰재. 그때까지 우리 부모님 생활비가 필요해."

너무나 당당한 요구에 잠시 영후는 제가 무언가를 잘못 들은 게 아닌가, 고민했다. 앞에 앉은 심덕이 반질반질한 얼굴로 웃었다. 하, 이내 기막힌 탄성이 영후의 입에서 새어 나왔다.

"이용문한테 달라지 그래?"

비꼬는 말이 튀어 나간 것은 불가항력이었다.

"경성 최고의 갑부가 첩에게 그 정도도 안 해주나?"

"오해하나 본데, 우린 그런 사이가 아니야."

"아니야?"

"아니야."

"그래? 그럼 내가 돈을 빌려주면 그대는 나에게 무엇을 해줄 텐가? 내 첩이 되어줄 건가? 아니면 하룻밤 자줄 텐가?"

영후를 노려보던 심덕이 가볍게 웃었다. 그러더니 천천히 블라우스 단추를 풀기 시작했다.

"배 한두 대 더 지나간다고 강에 흔적이 남는 것도 아닌데, 자자면 못 잘 것도 없지. 그래서 쌀이 나오고 돈이 나온다면 괜찮은 거래지. 나이 서른이면 기생도 퇴물이라는데, 나는 여전히 자준다는 남자가 있으니 고맙기까지 하네. 그런데."

영후의 두 눈이 흔들렸다. 가슴께까지 단추를 풀었을 때 심덕이 손을 멈췄다. 영후를 빤히 쳐다보며 심덕이 블라우스 단추를 다시 채우기 시작했다.

"너랑은 안 자. 다른 남자랑은 다 자도 너랑은 안 자. 개새끼야."

심덕이 밖으로 나갔다. 쾅, 문이 닫히는 소리와 함께 영후가 주저앉았다.

그게 끝이었다. 뒤늦게 영후가 심덕을 찾았을 때 심덕은 이미 대판으로 떠난 뒤였다. 서대문에 있는 심덕의 본가 앞을 서성이다 돌아오길 여러 번 했다. 문을 열고 들어가 심덕이 부탁한 것이라며 돈을 주고 올 용기가 영후에겐 없었다. 돌아온 심덕이 뭐라 할지 두려웠다. 입 가벼운 심덕의 부모가 떠들고 다닐 말이 무서웠다. 어차피 어긋난 인연이니 애쓰지 말자, 영후는 또다시 스스로에게 변명했다. 대신 심덕이 돌아오면 얼굴을 보고 사과해야겠다고 다짐하며 돌아섰다.

꽃

백조회가 해체된 직후라면 2월, 일동레코드와 계약하기 전이었다. 즉 일동레코드에서 음반을 취입하기 전까지도 돈이 없었다는 말이 된다. 그 순간 어쩌면 영후에게처럼 돈이 없어서 우진에게 돈을 빌리러 갔다가 정분이 나게 된 건 아닐까, 란 생각이 들었다.

"순회극단에서 혹시 김우진과 어떤 일이 있지는 않았습니까?"

질문이 채 끝나기도 전에 영후가 눈을 치켜떴다. 열기가 드러난 두 눈이 보여주는 건 명백한 분노였다.

"아무 사이도 아니었소."

"영후 씨."

"그 여자는 정말 그 여자답게 죽은 거요! 그 여자다운 죽음이었단 말이오. 자신에게 가장 어울리는 방식으로 죽음을 공표했어요. 정말 끝까지 내 뜻대로 안 된 여자였지. 그런데 너무 그 여자다운 선택이라 화도 안 나요. 헌데 내가 정말 화나는 게 뭔지 압니까?"

붉게 충혈된 두 눈에 눈물이 서서히 차오르고 있었다. 목에도 붉게 핏대가 섰다. 울지 않으려 애를 쓰느라 턱 쪽이 딱딱하게 굳은 채 영후는 천천히 말을 이었다.

"순회극단에서 심덕과 사랑을 나눈 사람이 내가 아니라 김우진이 되어버렸다는 거요. 나랑 그 여자가 나눈 추억이 한순간에 쓰레기통에 처박히고 말았다구요. 순회극단 시절 긴 대화를 나눈 적조차 없는 김우진과 심덕이가 어느 순간 애절한 사랑을 나눈 사이가 되었더란 말이오. 나는 그냥 허수아비였고! 더 웃긴 건 뭔지 알아요? 같이 순회극단에서 있었던 이들조차, 자신들이 지껄이는 소리가 사실과 전혀 다르다는 것을 알고 있는 사람들조차 기억을 왜곡하면서까지 심덕과 우진이 연인 관계였다고 말하고 다닌다는 겁니다. 눈앞에서 나 하나를 병신 만들면서까지 말입니다!"

끝내 눈물이 볼을 타고 흘렀다. 흐르는 눈물을 손으로 대충 훔치며 영후가 고개를 돌렸다.

"내가 돈을 빌려줬다면 죽지 않았을까, 그런 생각이 들면 나는 울 자격도 없는 놈이요. 헌데 말입니다. 죽고 나서 그 여자랑 김우진에 대한 온갖 말도 안 되는 억측이 떠도는 걸 보면, 하. 이게 복순가. 그 여자가 죽으면서까지 나한테 하고 가는 복순가, 그런 생각이 들어서."

　심덕에 대한 신문 기사를 처음 읽었을 때 영후는 오보라고 확신했다. 천하의 동아일보에서 사실 확인도 없이 이런 기사를 싣다니 너무 경솔했다고 혀를 차기까지 했다. 그도 그럴 것이 제가 아는 한 심덕과 우진은 결코 연인이 아니었다. 게다가 김우진은 심덕의 취향인 사내도 아니었다. 기사에 난 김우진이 제가 아는 김우진이고, 기사에 난 윤심덕이 제가 아는 윤심덕이라면 말이다.

　심덕에게 사내가 많았던 것은 사실이다. 아니 정정하자. 심덕을 어떻게 해보고자 하는 욕심을 가진 사내들이 윤심덕 주변에 득시글거렸던 것은 사실이다. 영후 역시 그런 사내들 중 하나였다. 그리고 그네들의 표현대로라면 운 좋게도 영후는 심덕에게 잠시 '들었다 놓인' 사내에 불과했다.

　하지만 영후를 제외한 다른 이들은 단 몇 줄의 기사만으로 쉬이 심덕의 죽음을 수긍했다. 심덕에겐 사내가 많았으니 우진도 심덕의 마수에 걸린 그런 사내들 중 하나일 거라며 확신에 찬 입방아를 찧어댔다. 아니라는 영후의 항변을 누구도 귀 기울여 들어주지 않았다. 경성 바닥에 이렇게 심덕에 대해 잘 아는 작자들이 많았나. 헛웃음이 다 나올 지경이었다.

　어딜 가나 떠들어대니 피하고 싶어도 피할 방도가 없었다. 근엄한 교수들 회식 자리도 예외는 아니었다. 가끔 운이 나쁜 날엔 이야기 끝에 화살이 영후를 향할 때가 있었는데, 어제가 바로 그런 날이었다.

"그러고 보니 홍 교수, 홍 교수도 순회극단에 참여하지 않았나?"

"그래, 그때부터 그 사람들 연인이었던 건가?"

"아니, 그때 홍 교수랑 윤 양이 무슨 사이라고 기사 나왔던 거 같은데 말이야."

"그러면 윤 양이 양다리였나?"

"그럴 만도 하지. 남자가 한둘이었어야지."

영후는 아무 말도 하지 않았다. 아니, 처음부터 영후의 대답 같은 건 필요도 없는 대화였다. 부지런히 술을 들이켰다. 빨리 취하고 싶었다.

"키만 멀대 같아서 난 거 보기 별로더만 뭐 그리 사내들을 많이 홀렸대?"

"모르는 소리 하기는. 자네 같은 풋내기나 겉모습 보고 그러지. 이용문이 괜히 돈을 줬겠나. 그리 기생 오입질에 도통한 사내가 빠진 거 보면 뻔하지."

"뭐가 뻔해?"

"아, 방중술. 방중술이 끝내줬을 거 아닌가."

"하긴 일본 유학도 그 평양보통여고보 교장한테 몸을 팔아서 갔단 소리가 있더라고."

"내 듣기로는 학무국장이라던데."

"콩나물 장수 집 딸이 일본에 유학 갔으면 뻔한 거지."

"그렇게 헐거운 년인 줄 알았으면 나도 한 번……"

잔을 내던진 영후가 그대로 맞은 편 사내에게 달려들었다.

"이 새끼야! 니가 뭘 알아? 뭘 안다고 함부로 지껄여?"

"홍 교수 왜 이래? 취했어?"

"니가 알아? 윤심덕이 어떤 여잔지 니가 알아?"

먹살을 단단히 틀어쥔 영후가 사내를 향해 주먹을 치켜들었다.

'너랑은 안 자. 다른 남자랑은 다 자도 너랑은 안 자. 개새끼야.'

눈을 질끈 감은 영후가 그대로 제 주먹을 바닥에 내리꽂았다. 그래, 자신은 개자식이었다. 그 여자를 위해 해명할 자격도 없는 개자식이었다. 개자식은 그 여자를 위해 대신 싸울 수도 없었다. 자신은 개자식이었다.

바닥을 주먹으로 내리치며 영후가 오열했다. 목구멍에서부터 꺽꺽거리며 숨이 넘어가는 소리가 새어 나왔다. 짐승처럼 울었다. 아이처럼 통곡했다. 사람들은 감히 영후를 말리지 못했다. 두 주먹이 시퍼렇게 멍이 들도록 바닥을 때리며 영후는 울었다. 초상집에도 가지 못한 인간이 그제야, 여기서, 비로소, 그녀의 초상을 치르며 울고 있었다.

"실례가 될 말씀입니다만."

목구멍에 걸려서 나오지 않는 말을 짜내기 위해 상철은 몇 번이나 헛기침을 해야 했다.

"만약 영후 씨가 조건 없이 돈을 빌려줬다면 말입니다. 그래서 그걸 계기로 사이가 좋아지고 연락을 주고받게 되었다면 영후 씨와 심덕 씨가 다시 시작할 수도 있었을까요?"

차마 몹쓸 질문이란 걸 알면서도 상철은 물어야만 했다. 만약 김우진과 윤심덕이 정말 정사라면, 왜 영후에겐 안 됐던 게 우진에겐 됐는지 알아야 했다. 감정과 이성은 다르다고 하지만 그래도 상철은 그 감정의 이유라도 알고 싶었다.

상철의 질문에 영후는 한참 동안 대답이 없었다. 초조한 마음을 내리누르며 상철이 끈기 있게 기다렸다. 한참의 시간이 지난 뒤 영후가 고개를 가로저었다.

"모르겠어요. 정말 모르겠습니다."

이미 수십 번, 아니 수백 번도 더 스스로에게 했던 질문인 듯했다. 하지만 그럼에도 정말 답을 찾지 못했다는 허탈한 얼굴로 영후가 고개를 저었다.

"죄송합니다."

그가 얼마나 아플지 짐작하면서도 끝내 마음을 다 파헤치고만 것이 미안했다. 상철이 고개를 숙이며 사과했다.

"혹시 제가 다른 물을 것이 생기면……."

"찾지 마시오."

말이 채 끝나기도 전에 영후가 단호히 대답했다.

"난 다시 일본으로 가오. 동경고등음악학교에 편입했소. 한동안 돌아오지 않을 것이오."

"그럼 어제 회식 자리는……."

"내 환송회 자리였소. 정말 끝내주는 환송회였지."

쓰게 웃으며 영후가 고개를 돌렸다. 상철이 조용히 탄식했다.

국일관에서 나와 신문사로 향하는 상철의 발걸음이 무거웠다. 머릿속이 복잡한 만큼 발걸음이 느려져서 거북이가 빠를 지경이었다. 어젯밤까지 대단히 확신했던 사실들이 반나절 만에 모두 뒤집혔다. 갑작스러운 생각들을 따라가지 못해 멀미가 날 것 같았다.

처음부터 연인이 아니라고 믿었다. 그리고 그 연인이 아니었단 증거를 찾기 위해 최선을 다했다. 한데 정말 연인이었던 걸까? 홍영후에게 갔던 것처럼 김우진에게 윤심덕이 찾아갔을까? 그러다 서로 힘든 처지를 비관하며 애정이 싹텄고, 그리고 자살하기로 한 걸까? 혼란스러웠다. 머리가 깨질 것처럼 아팠다.

"잘한다. 아주 이제 사표 쓴다고 막 나가는구나? 해가 중천이 되어서야 출근하더니, 출근하자마자 엎어지냐?"

세 번 걷고 한 번 한숨을 쉬어가며 걸었더니 상철이 신문사에 도착했을 때는 점심시간이었다. 모두 점심을 먹으러 자리를 비워서 텅 빈 신문사 안에서 오로지 석구만이 이를 갈며 상철을 기다리고 있었다. 도착하자마자 책상 위에 엎드리는 상철을 보고 석구가 씩씩거리며 다가왔다.

"그래도 어째 출근은 했다? 관두니 어쩌니 간 큰 소리를 하더니. 왜? 밤새 생각해 보니까 그건 아닌 거 같지? 응?"

하긴 홍영후까지 찾아갔던 윤심덕이 김우진을 못 찾아갔을 리도 없다. 돈이 궁할 때 이용문과 거래도 했던 심덕이다. 돈 때문에 우진을 찾아갔다가 상대가 처한 상황에 공감하면서 정분이 싹텄을 수도 있다. 감정이 어디서 어떤 식으로 불쑥 튀어나왔을지 알 수 없는 노릇이다. 그리 생각하면 둘이 연인이 아니었을 것도 없다.

"그래. 잘 생각했어. 객기도 하루 이틀이지, 응? 일단 너 평양이랑 여기저기서 조사해 온 내용 가지고 심덕이 일대기나 좀 쓰자. 그거 잘 팔릴 거야. 그거 잘되면 내가 위쪽에 말 잘해가지고 한번 출장 추진해 볼게. 당장은 안 되고. 응?"

기세의 말이 맞았다. 애초에 그리 생각하지 않아서 그렇지 연인이라는 증거를 또 찾자고 들자면 한없이 많은 근거가 튀어나올 수도 있다. 하지만 그럼에도 씁쓸했다. 심덕의 죽음은 심덕다웠으나 그 상대가 김우진이라는 게, 정사라는 게 아직 믿기지 않았다. 홍영후의 배신감을 이해했다. 김우진이라니, 아무리 사람 감정이 알 수 없는 거라지만 김우진이라니!

갑자기 상철이 벌떡 몸을 일으켰다. 가까이 있던 석구가 놀라 뒷걸음질 치다 발을 헛디뎌 비틀거렸다.

"깜짝이야! 새끼, 이거 진짜."

"형."

"뭐?"

"홍해성이랑 조명희가 싸웠다던데, 형 알아요?"

"어. 알지. 넌 어디서 들었냐? 너 없을 때 일이었는데. 그래, 내가 안 그래도 너 오면 그거 말해주려 했는데 어제 니가 지랄하는 바람에 까먹었네."

"홍해성이랑 조명희 지금 만날 수 있어요?"

"못 만나. 그러고 나서 홍해성은 다시 동경으로 갔고, 조명희는 잠수야. 그리고 있어도 암마, 걔들이 기자 상대해 줄 애들도 아니고."

실망한 듯 어깨가 상철이 다시 엎드리려는 순간 석구가 손을 뻗어 그것을 막았다.

"걔네 니가 안 만나도 돼. 둘이 싸우는 역사적인 현장에 내가 있었어."

상철이 놀란 듯 눈을 동그랗게 뜨고 석구를 보았다.

"궁금하지?"

홀린 듯이 고개를 끄덕이는 상철을 보며 석구가 씩 웃었다.

명치정에 조선인들이 카페를 만들려고 준비 중인 곳이 있었다. 아직 정식으로 문을 열지는 않았지만 아는 이들은 알음알음 그곳에 모이곤 했다. 모이는 이들은 주로 문인들이나 예술인들이었다. 낮엔 커피와 차를 팔았고, 밤엔 가벼운 술과 안주도 취급했다. 석구는 썩 자주 들르는 곳은 아니었으나 홍해성이 귀국했다는 소문을 듣고 곧장 그곳으로 향했다.

아니나 다를까 귀국한 홍해성이 그 카페 한구석에서 맥주를 마시고 있었다. 그리고 어찌 된 일인지 조명희도 거기 있었다. 석구가 도착했을 때는 두 사람은 말다툼 중이었고, 주변인들은 안

듣는 척하면서 이야기를 엿듣고 있었다. 석구 역시 그 안 그런 척하는 사람들 틈에 섞여서 그들의 대화를 듣기 시작했다.

"아니 그 자식이 기집애한테 미쳐 죽은 게 왜 내 잘못이란 거냐?"

"우진이는 윤심덕이랑 아무 상관 없던 애야! 나한테 보낸 편지에 윤심덕의 윤 자도 꺼낸 적 없어. 글 쓰고 싶어서 그 아끼던 식구까지 내팽개치고 가출한 애라고!"

"너한테 편지는 그렇게 적어 보냈을지 모르겠지만, 걔 실제로 사는 거 사는 거 아니었어. 니 생각처럼 팔자 좋게 예술혼 불태우는, 그런 상황이 아니었다고. 난 걔 죽은 거 이해 못 하는 니가 이해가 안 간다. 너 안 봤잖아. 걔가 어떻게 살았는지 너 모르잖아!"

"홍해성!"

명희가 버럭 고함을 지르며 자리에서 일어났다. 해성은 자리를 박차고 일어나지 않고 명희를 노려보았다.

"노닥거리면서 편지나 주고받은 네가 애가 어떤 꼴이었는지 어떻게 알아! 우리가 어떻게 지냈는지 니가 알아? 여름이면 찜통이고 겨울이면 추워 뒈지는 바로크 지붕 바로 밑 다락방에서 걔 지냈어. 박차고 나왔으니 그 꼴같잖은 자존심에 너한테야 그럴싸하게 변명했겠지만 하루하루가 걔나 나나 지옥이었다고! 안 그래도 예민한 성격에, 부잣집 귀한 도련님이 생전 안 해본 고생까지 하니 그 까탈이, 야, 나 그거 받아주다 내 수명이 줄었다. 거기다 하루가 멀다 하고 목포에서 사람 보내서 볶아대지! 나는 뭐 사는 게 사는 거였는 줄 아냐? 근데 이제 와서 그 자식 죽은 것까지 내 책임이란 거야? 뭐야! 너 뭐 안다고 함부로 말해!"

"책 내겠다고 출판비 받아달랬던 애야. 앞으로 계획까지 써서 보낸 애라고. 그런 애가 자살했단 거냐? 그것도 생전에 아무 연고 없는 윤심덕이랑? 걔가 윤심덕이랑 뭐가 있는데? 아무 사이도 아니었잖아! 그 자식 여자한테 관심 없었어. 제수씨뿐이었어, 너 알잖아."

"너야말로 그 자식 환상 속에 가두지 마. 걔 내색만 안 했을 뿐, 그 새끼도 다른 사내들이랑 똑같았어. 쪽팔리니까, 간호사랑 찐하게 연애해 놓고도 일기엔 마치 스쳐 지나간 사람처럼 한 줄 남겼지. 근데 그렇다고 해서 아무것도 안 했던 건 아니라고. 그런 놈이 윤심덕이랑 바람 피우면서 뭐 자랑스럽다고 너한테 편지를 썼겠냐? 뭐 대단한 일이라고 일기를 썼겠어. 가출 평계가 창작 활동이었는데 그 평계를 정당화하기 위해서라도 계집애 얘긴 못 하지. 그냥 숨긴 거라고."

대단히 단호하게 단언하는 해성의 말투에 명희가 주춤했다. 주변 사람들은 이제 대놓고 그들을 보고 있었다.

"너 뭐 알아?"

"6월에 이미 그 자식 나한테 윤심덕 이야기했었어."

"뭐라고?"

"대판 축음기 회사에 취입하러 간 윤심덕한테 자살하겠다는 전보가 왔다고. 우진이가 그거 읽고 동경역으로 나가면서 나한테 말하길 말리지 못할 때는 다시 타전할 테니 대판으로 와달랬어."

명희가 망연자실한 얼굴로 털썩 자리에 주저앉았다. 씨근덕거리며 숨을 고르던 해성이 주위를 둘러보며 고함을 버럭 질렀다.

"뭐 구경났소? 왜 다 쳐다봐?"

사람들이 수군거리며 재빨리 고개를 돌렸다. 해성이 그제야 자리에 앉았다.

"그날은 그러고 그냥 얘기가 잘됐는지 들어왔어. 표정이 별로 안 좋기에 더 이상 캐묻지는 않았고."

"정말 둘이 그런 사이였다고?"

도무지 믿기지 않는다는 듯이 떨리는 목소리로 명희가 되물었다. 흔들리는 두 눈을 차마 마주하지 못하고 해성이 고개를 돌렸다.

"우진인 윤심덕 아니었어도 가출한 이후 내내 흔들리고 있었어. 너한테 편지 보낼 때만 잠깐 반짝했을 뿐, 하루에도 몇 번씩 난리도 아니었다. 죽겠다고 유서도 여러 번 썼고, 그중 어떤 건 집에 보내기도 했을걸. 찾아오는 손님들에게 얼마나 지랄했으면 나중엔 본가에서 사람을 안 보낼 정도였으니까. 뭐 얘기 들어보니 윤심덕도 사회에 대한 불만이 보통이 아니었다며. 남자를 하나 데리고 죽겠다느니, 세상에서 자긴 제일 불행한 여자라느니 그랬다고 하더만. 우진이 상태도 그거랑 별반 다를 바 없었어. 둘이 사랑을 했는지 안 했는지는 나도 모르겠다. 그것까진 몰라. 그런데 우진인 우울했어. 그건 확실해. 그런 사내가 자기만큼이나 우울하고 세상에 분개하는 여자랑 만났다고 생각해 봐. 둘이 할 수 있는 게 뭐가 있었겠냐. 그런 식으로 마음이 맞은 두 남녀가 자살한 거야. 난 그렇게 생각한다. 둘이 사랑인지 아닌지는 모르겠다만, 둘 다 갈데없던 인생들이었어."

두 손에 얼굴을 파묻은 명희가 괴로운 신음을 토해냈다. 이내 명희의 어깨가 들썩였다. 그 모습을 보던 해성이 담배를 빼 물었다. 몰래 엿듣던 사람들이 모두 나갈 때까지, 명희와 해성은 그렇게 한참을 앉아 있었다. 지켜보던 석구가 지쳐서 자리에서 일어날 때까지도 말이다.

〜

석구의 이야기는 상철을 더 기운 빠지게 했다. 앉아 있을 기력도 없는 상철이 다시 책상 위에 엎드렸다. 같이 산 홍해성이 거짓말을 한 게 아니라면, 6월부터 이미 심덕과 우진은 왕래가 있었고, 심지어 깊은 심중을 나누는 사이였다고 할 수밖에 없었다. 정사인지 아닌지는 알 수 없으나, 같이 죽을 만한 사이이긴 했다는 거다. 그렇다면 지금까지 자신은 대체 무슨 짓을 하고 돌아다닌 건지 알 수 없었다. 상철이 괴로운 한숨을 토해내며 눈을 감았다.

"대판 안 갈 거지? 어?"

석구가 살살 상철의 눈치를 살피며 어깨를 툭툭 쳤다.

"그래, 좀 쉬어라. 어디 가진 말고. 내 오늘은 봐준다."

석구가 막 자리에서 일어나는 순간 점심시간이 끝났음을 알리는 종이 울렸다. 그리고 이내 옷에 온갖 음식 냄새를 가득 묻힌 사람들이 신문사로 돌아왔다.

"어? 편집장님 식사 안 하셨어요?"

"앤 언제 왔대?"

"어, 난 이제 약속이 있어서 그때 나가서 먹으려고."

가뜩이나 속이 울렁거리는 상철에겐 견딜 수 없이 역한 냄새와 머리를 더 아프게 하는 시끄러운 소란이었다. 짜증이 솟은 상철이 벌떡 자리에서 일어났다.

"너 또 왜?"

대답 없이 상철이 가방을 움켜쥐고 나가려는데 전보용지가 불쑥 눈앞에 내밀어졌다.

"이거, 남 기자님 앞에 온 거예요."

무심히 전보를 보던 상철의 눈이 점점 커졌다. 재빨리 전보용지를 낚아챈 상철이 몸을 돌렸다.

"어디 가는데!"

석구가 다급하게 상철의 가방을 붙들고 늘어졌다. 상철이 석구의 눈앞에 전보용지를 들이밀었다.

"취재요. 취재! 취재원이 지금 만나잡니다."

흔들리는 전보용지를 따라 석구의 고개도 흔들렸다. 하지만 어찌나 빨리 펄럭이는지 아무리 애를 써도 대체 뭐라 적혀 있는지 읽을 수가 없었다. 짜증이 나 그것을 쥐려고 가방을 놓는 순간, 상철이 재빨리 밖으로 나갔다.

"야! 남상철!"

버럭 신경질을 내는 고함 소리를 뒤로하고 상철이 나는 듯이 뛰기 시작했다. 그 곰 같은 몸에 어찌 그런 속도가 나는지 놀라울 지경이었다. 손에 쥔 전보엔 '정점효, 파고다공원 1시'라고 적혀 있었다.

숨도 쉬지 않고 달려 상철이 파고다공원에 도착했을 때 점효는 벤치에 앉아 있었다. 흰 치마에 옥색 저고리를 입은 점효는 처음 만났을 때처럼 단아한 모습이었다. 멀리서 점효를 본 상철이 멈춰서 숨을 고르며 옷매무새를 정리했다.

"오랜만입니다."

가까이 간 상철이 인사하자 점효가 자연스레 맞절하며 자리에서 일어나 걷기 시작했다. 상철이 그 뒤를 따랐다. 동행인 듯 아닌 듯 거리를 유지하며 한참을 말없이 걸었다. 공원 구석 사람이 아무도 없는 한적한 곳에 이르러서야 점효가 비로소 벤치에 앉았다. 상철이 간격을 두고 떨어져 앉았다. 하지만 앉고 나서도 한참 동안 점효는 말이 없었다. 손수건을 꼭 움켜쥔 채 고개를 숙이고 가만히 있을 뿐이었다. 새가 푸드덕거리며 날아갔다. 그제야 점효가 토해내듯 숨을 내쉬며 입을 열었다.

"저는 남편이, 윤, 심덕과 내, 내연의, 관계에, 있었다는 것을, 믿지 않습니다."

몇 번이나 말을 멈추면서 힘겹게 내뱉은 첫 문장이었다. 그것만으로도 그녀가 얼마나 고통스러운 시간을 보냈는지, 보내고 있는지 알 것 같았다. 상철은 마치 제 일인 것처럼 가슴이 아팠다.

"그런데 한 이불 덮고 산 저를 바보 취급하며 다들 윤심덕과 남편의 관계를 인정하라고 해요. 제가 눈이 어두워서 몰랐던 거라고요."

울컥 감정이 북받친 점효의 목소리가 가늘게 떨렸다.

"하지만 기, 기자님은 제 마음을 알 듯해서."

"네. 압니다."

눈물이 그렁한 눈으로 점효가 상철을 보았다. 하지만 상철은 차마 그 눈을 마주하지 못하고 고개를 돌렸다. 어떤 마음인지는 너무나 잘 알고 있다. 하지만 이전에 점효에게 그랬던 것처럼 지금도 '나도 너처럼 둘이 연인이 아니었다고 믿는다'라는 말은 차마 할 수는 없었다. 아니 사실은 점효가 자신에게 둘이 연인이 아니었다고 할 만한 어떤 것을 이야기해 주길 상철은 기대하고 있었다.

하지만 그러한 상철의 속내를 알 리 없는 점효는 자신의 마음을 알아준다는 것에 안도해 한숨을 내쉬었다. 그리고 긴장을 푼 몸짓으로 가방에서 편지를 꺼내 상철에게 건넸다.

"6월에 남편에게서 온 거예요. 이 편지로 온 집안이 발칵 뒤집혔어요. 그때 애들 작은아버지가 가서 남편을 만나려고 했지만 거절당했어요. 같이 살고 있는 홍해성 씨만 보고 왔는데, 그분 말에 따르면 울화가 나서 하는 말이니 신경 쓰지 말라고……. 그래서 그런 줄로만 알고 돌아왔는데 사고가 터진 거지요. 식구들은 이게 진짜 유서였던 모양이라며, 남편의 죽음을 기정사실화하고 있어요. 세간에 이것을 공개하지 않는 건 저에 대한 마지막 배려라고요. 한데 저는 이 유서를 믿을 수 없어요. 또 이게 진짜 유서였다 해도 정사의 증거는 될 수 없다고 생각하구요."

상철이 황급히 편지를 펴보았다.

진길 모 보시오.
나는 먼저 어머니 계신 곳으로 가겠소.
집을 떠나올 때 아무 말 없이 온 것을 용서해 주시오. 여러 말로 기록하지 아니합니다. 다만 원하기는 몸 튼튼하여 진길, 방한이를 위해 좋은 어머니가 되어주시오. 당신과 같이 있는 동안에 여러 가지 불안하게 한 일을 조금도 생각지 말고 잊어주시기를 빕니다.
6월 24일 우진

누가 봐도, 어떻게 읽어도 이것은 유서였다. 상철은 아득했다. 점효는 자신의 남편과 심덕이 정사가 아니라는 것을 확인받고 싶어서 보여준 것이나 점효가 준 편지는 오히려 두 사람의 관계를 확인시켜줄 뿐이었다. 이 유서는 해성의 말을 뒷받침하고 있었다. 심덕이 자살하겠다고 연락해 온 것도 6월이고, 우진이 이 유서를 써서 보낸 것도 6월이다. 그러니까 결과적으로 6월부터 이미 우진은 죽음을 준비하고 있었고, 거기에 심덕이 관계되어 있었다는 말이다. 홍해성이 했던 말이 옳았다. 지극히 우울한 사내와 조국에 대한 불만이 가득 찬 여자가 만났다면 그 끝이 죽음 외엔 무엇이 있겠는가. 우진의 편지가 상철을 비웃고 있었다. 겨우 잡고 있던 마지막 끈이 툭 떨어지는 기분이었다. 기세의 말처럼 정사라는 증거도 찾으니 이리 한가득이었다. 이런 이야기들이 있는 줄은 모르고, 찾을 생각도 하지 않고 제 감정에 눈이 어두워 오로지 아니라는 근거를 찾는 데만 열을 올렸다니, 정말 어리석었다.

"어떻게 생각하세요?"

물어오는 점효의 목소리가 가늘게 떨리고 있었다. 상철이 눈을 질끈 감았다가 떴다. 제 꽃이 꺾였다고 다른 이의 꽃도 꺾어버리는 모진 짓을 할 순 없었다. 상철이 숨을 골랐다.

"우진 씨와 같이 동경에서 지냈던 홍해성 씨를 만났습니다. 그분 말씀으로는 우진 씨가 많이 힘든 시간을 보냈다고 하더군요. 맹렬히 창작열에 불탔다가 모든 것을 포기했다가를 하루에도 몇 번씩 반복했다고 합니다. 예술가가 그렇지 않습니까. 감수성이 예민하여 하루에도 열두 번 지옥과 천국을 오가지요. 아마 이건 지극히 불안했을 때 써서 보낸 것일 겁니다. 그러니까 이 편지는 본인의 고백이자 독백이지, 정사의 증거라고는 할 수 없다고 생각합니다."

침착한 상철의 말에 점효가 한층 밝아진 얼굴로 고개를 끄덕였다. 상철은 있는 힘껏 실망하는 제 속내를 감추기 위해 노력했다.

"그저 이건 우진 씨가 동경에서 대단히 괴롭고 힘든 시간을 보냈다, 라는 내용밖엔 되지 않는다고 생각합니다."

"혹시 다른 조사를 한 게 있으신가요?"

"네. 최근에 홍영후 씨도 만났습니다. 그분은 순회극단 시절 심덕 씨와 사귀었다고 하더군요. 우진 씨와 심덕 씨는 순회극단 시절 거의 대화도 나누지 않는 사이였다고 했습니다. 교제는 본인이 했는데 이제 와서 심덕 씨가 우진 씨와 순회극단 시절부터 연인이었다는 소문이 돌아서 분개하고 있더군요. 그분도 심덕 씨와 우진 씨의 정사를 믿을 수 없다고 했습니다."

점효가 안도의 한숨을 내쉬었다. 지푸라기라도 잡고 싶은 그 마음이 손에 잡힐 듯이 생생해서 상철은 차마 더 보지 못하고 고개를 돌렸다. 꼭 제 모습을 보는 것 같아 괴로웠다.

"감사합니다."

"무얼요. 새 소식이 있으면 또 연락드리겠습니다."

점효가 허리를 깊게 숙여 인사하며 자리에서 일어섰다. 상철이 마주 인사하여 점효를 보낸 뒤 쓰러지듯 벤치에 다시 앉았다. 걸어가는 점효의 흰 치마가 햇빛에 눈이 부셨다. 두 손으로 얼굴을 가렸다. 누가 속을 갈퀴로 휘저은 것처럼 쓰리고 머리가 어지러워 도무지 움직일 수가 없었다.

한참의 시간이 흐른 뒤 상철이 자리에서 일어났다. 하지만 당장 어찌해야 할지 갈피를 잡지 못한 채 상철은 하릴없이 공원을 걷고 또 걸었다. 마음이 복잡했다. 머리가 시끄러웠다. 이대로 다 접어야 하는가, 정말 정사였는가. 사랑까진 아니어도 적어도 함께 죽기로 맹세 정도는 한 사이이긴 했던 것일까. 정말 김우진이었던 걸까.

어차피 제 것이 될 거라 기대하지 않은 여자였다. 그래도 그 여자의 모든 것을 알고 있다는 자신감이 상철이 가지고 있는 연정을 조금 위로해 주었다. 그러니 이런 식의 죽음은 정말 배신이었다. 상철에겐 너무나 뼈아픈 실연이었다.

주변이 어둑해지고 나서야 상철이 공원을 나섰다. 누구에게

흠씬 두들겨 맞은 듯 온몸이 욱신거리고 손가락 하나 까딱할 힘도 없었다. 기운이 다 빠진 다리로 팔십 먹은 노인처럼 걸어 겨우 집에 도착했을 때, 방문 앞에는 웬 소포가 하나 곱게 놓여 있었다. 무심히 그것을 집어 든 상철이 발신자를 확인하고선 화들짝 놀라 상자를 세게 움켜쥐었다. 심덕이 보낸 것이었다. 상철이 눈을 비볐다. 다시 봐도 소포 겉면엔 윤심덕이라고 적혀 있었다. 상자를 쥔 손이 덜덜 떨렸다.

집어 던지다시피 신을 벗고 상철이 방에 들어섰다. 소포를 방 한가운데 놓아두고 바닥이 무너질 기세로 그 좁은 방을 서성였다. 그러다 결심한 듯 상철이 자리에 앉아 다시 소포를 집어 들었다. 그리고 몇 번의 헛손질 끝에 포장을 뜯어냈다. 종이 포장을 뜯어내자 네모난 상자가 나왔다. 떨리는 손으로 그것을 열자 안에는 붉은색 넥타이가 곱게 접혀 있었다. 털썩, 상철의 손이 바닥으로 떨어졌다.

※

태풍이 올라오려는지 경성역전의 바람은 거셌다. 기세와 상철, 석구는 심덕과 성덕을 배웅했다. 싱거운 대화가 심덕과 석구, 기세 사이에 오가는 것을 상철은 귓등으로 들으며 발끝으로 땅을 툭툭 찼다.

"어이, 윤 양, 돌아오는 길에 여기 우리 선물도 있는 거지?"

"선물요?"

석구의 농에 심덕이 눈을 치켜떴다.

"그래, 선물. 넥타이라도 하나 사다 줘. 내국의 넥타이는 뭐 좀 다른가 한 번 보게."

"참나. 남자 넥타이가 거기서 거기지. 정장 챙겨 입지도 않으면서 뭔 넥타이?"

"그래도 사 와 봐. 혹시 아나? 윤 양이 선물하면 매일 넥타이 매고 출근할지?"

"죽어도 사 오란 거예요, 뭐예요? 왜 이리 졸라대?"

둘의 실랑이에 옆에 서 있던 기세가 기막히다는 듯 웃었다. 그 순간 불쑥 심덕이 상철에게 고개를 디밀었다. 갑작스레 제 눈앞에 나타난 심덕의 얼굴에 화들짝 놀란 상철이 움찔하며 뒤로 물러났다.

"남 기자님 것도 사 와요?"

"네? 아, 저는 괜찮습니다."

"아, 사 오려면 둘 다 사 와야……."

"어이, 이 부장. 우리 저기서 뭐 목 축일 것 뭐 있나 좀 보러 가지."

옆에 무슨 말인가 덧붙이려는 석구를 기세가 등 떠밀어 다른 곳으로 데려갔다. 석구를 밀고 가며 기세가 흘깃 뒤돌아보았다. 영문을 모르는 얼굴로 자신을 쳐다보는 상철을 보며 기세가 한쪽 눈을 찡긋거렸다. 그제야 상철은 기세가 자리를 피해주는 것임을 눈치챘다. 제 속내를 들킨 것 같아 순간 귓등으로 열이 올랐다.

"참 이상한 남자야."

상철이 고개를 돌려 심덕을 보았다. 심덕이 입가에 미소를 띤 채 상철을 보며 고개를 갸웃거렸다.

"나 좋아하죠? 그런데 왜 고백을 안 한대?"

심덕이 다 알고 있다는 듯 빤히 쳐다보았다. 상철이 헛기침을 하며 고개를 돌리는 순간 더운 바람이 두 사람 사이를 스치고 지나갔다. 역은 기차가 오가는 탓인지 바람이 강했다. 그 순간 그녀가 입은 블라우스가 지나치게 얇은 것이 눈에 거슬렸다.

"바람이, 바닷바람이 차가울 겁니다."

더듬거리며 상철이 심덕을 향해 손을 뻗었다. 몇 번을 망설이고 머뭇거리던 상철의 떨리는 손끝이 심덕의 블라우스 단추에 겨우 닿았다. 몇 번의 실패 끝에 상철이 심덕의 블라우스 단추를 끝까지 채워주었다. 그래도 그녀의 목은 길어서 블라우스 위로 한참 삐죽이 삐져나왔다. 희고 가느다란 그 목이, 그날따라 유독 거슬렸다. 얼굴이 벌게진 상철이 제 양복 안주머니를 더듬었다. 흰 손수건에 손에 잡혔다. 이것을 줘도 되는 걸까, 손에 손수건을 쥐고도 한참을 망설였다. 상철이 그러는 내내 심덕은 단 한 순간도 눈을 떼지 않고 그를 빤히 쳐다보았다.

심덕이 제 짝사랑을 알고 있다는 것을 상철 역시 알고 있었다. 등신같이 구는 바람에 동네방네 소문이 다 났는데, 심덕이 모를 리 없었다. 하지만 상철은 이미 심덕이 제 마음을 눈치챘다는 것을 모르는 척했다. 들켰지만 들킨 것을 모르는 척한다면 계속 좋아할 수 있기 때문이다. 고백했다 차이는 쪽보다는 그래도 짝사랑이 나았다. 그러니 반드시 짝사랑이어야 했다. 다행히도 심덕은 그러한 상철의 속내를 아는지 모르는지 그냥 두고 봐주었다.

"괜찮다면, 이거라도."

상철이 겨우 흰 손수건을 꺼내 심덕에게 건넸다. 심덕이 손수건을 받아드는 대신 목을 길게 내밀었다. 상철이 덜덜 떨면서 심덕의 목에 흰 손수건을 매주었다.

"됐습니다."

"이러니까 연애가 안 되는 거예요, 알아요?"

그렇게 다 알면서도 두 사람은 서로에 대해 아무것도 모르는 것처럼 굴면서 지내왔다. 앞으로도 그리 비스듬히 엇갈린 채 살 줄 알았다. 반갑지 않은 화두를 왜 뜬금없이 끄집어내는지 이해할 수 없었다. 하긴 애초에 심덕은 상철이 이해할 수 있는 여자는 아니었다.

"단추를 풀어야 연애가 되는 거죠. 단추를 잠가주면 안 된다구. 바보 같아. 이러니까 연애를 못 하지."

상철이 멍한 얼굴로 심덕을 보았다. 단추를 풀어야 연애가 되는 거라지만 그런 걸 하고 싶지 않은, 그렇게 할 수조차 없는 마음을 당신에게 어떻게 말해야 할까. 만약 말했다면 무엇이 달라졌을까. 대체 왜 갑자기 오늘 이런 이야기를 하는 걸까.

"그러니까 앞으로 여자 단추 채워주는 바보 같은 짓은 하지 말아요. 다른 남자들은 다들 이걸 어떻게 풀까만 고민한다구요. 알았어요? 연애를 하고 싶으면, 연애를 할 거라면 이걸 어떻게 하면 풀 수 있을까를 생각하라구요."

단 한 번의 기회조차 준 적도 없었다. 다 알면서도 아무것도 모르는 것처럼 행동한 것은 심덕이 먼저였다. 고백은 감히 꿈꿔본 적도 없지만, 고백한다 한들 그 무엇도 달라지지 않을 것이라고 제 행동으로 답을 대신한 것은 심덕이었다. 그런데 왜 갑자기 이런, 난데없이 이게 무슨.

사내를 쉽게 들었다 놓는 심덕을 누구보다 잘 알았다. 심덕에게 그것은 가방을 들었다 놓는 것보다도 쉬운 일이었다. 그런데 자신은 그 들었다 놓는 사내조차 되지 못했다. 이제 와서 여행길에 자매가 떠드는 재미난 유희 거리가 되고 싶지 않았다. 상철은 자신이 가장 익숙한 가면을 덮어썼다.

"언제 돌아옵니까? 돌아온 뒤 국내 활동 계획은요?"

딱딱한 상철의 질문에 심덕이 꺄르르 웃음을 터뜨렸다. 맑은 심덕의 웃음소리에 상철의 두 눈이 어지러이 흔들렸다. 아무리 애를 써도 심덕 앞에서는 감정이 무장해제 되고야 만다. 멍청한 얼굴로 상철이 심덕의 휘어지는 두 눈가를 바라보았다. 그 순간 심덕이 가볍게 상철을 포옹했다. 고불고불한 심덕의 머리카락이 상철의 코끝에 닿더니 곧 익숙한 심덕의 향기가 상철을 덮쳤다. 긴장과 놀람으로 상철의 온몸이 딱딱하게 굳었다.

"좋아하는 여자가 안겨주는데, 안을 줄도 모르고, 정말 바보 같아."

상철에게서 몸을 뗀 심덕이 웃으며 상철을 올려다보았다. 반쯤 넋이 나간 상철이 멍하니 심덕을 바라보았다.

"단추를 잠가주는 일은 나중에 부인에게만 해요. 부인에게만 하는 거예요. 알겠죠?"

맹세코 단추를 열고 싶었던 여자도, 잠가주고 싶었던 여자도 생애 윤심덕 단 하나였다. 상철이 지그시 입술을 깨물었다.

"갈게요."

심덕이 내려놓았던 짐 가방을 들며 멀찍이 서 있는 성덕을 불렀다. 성덕과 심덕이 개찰구를 향해 걷기 시작했다. 플랫폼으로 빠져나가는 심덕의 치마가 바람에 나부꼈다. 걸어가던 심덕이 뒤를 돌아보았다. 멍하니 심덕의 뒷모습만 바라보던 상철과 심덕의 눈이 마주쳤다. 심덕이 상철을 보며 미소 지었다. 머뭇거리던 상철이 심덕을 향해 손을 흔들었다. 그 모습을 본 심덕이 크게 웃었다. 창피해 상철이 손을 내리려는 순간, 심덕이 상철을 향해 웃으며 크게 손을 흔들었다. 상철이 쑥스러운 미소를 지었다. 돌아오는 날짜가 언제였더라, 꼭 마중을 나와야겠다고 상철은 다짐했다.

~

그런데 그것이 마지막이 될 줄 알았더라면 그리 보내지 않았을 텐데. 아니 남녀 관계란 게 그리 예측불허하단 걸 알았더라면 미친 척 제 마음을 말해보기라도 했을 텐데.

아무것도 못 했다. 손목 한번 잡아보지 못하고 보냈다. 안겨오는 여자의 등을 한번 쓸어보지도 못하고 작별했다. 바보, 천치, 모질이, 병신, 무엇을 갖다 붙여도 부족한 등신 중에서도 상 등신이었다.

넥타이를 움켜쥔 상철이 끝내 울음을 터뜨렸다. 아이처럼 두

발을 뻗고 주저앉아 끅끅거렸다. 좋아했다. 정말 좋아했다. 그 여자가 다른 남자 품에 안겨도 좋아했다. 그 꼴을 보면서도 좋아했다. 단 한 번도 접힌 적 없는 마음이었다. 주변을 맴도는 것만으로도 만족한 마음이었다. 좋아했다. 그래서 말할 수 없었다. 말로는 제 마음을 다할 수가 없어서 할 수 없었다. 얼마나 좋아하는지 알면 심덕이 도망갈까 봐 할 수 없었다. 너무나 좋아했음에도 좋아한단 말 한 번 못했다. 너무나 좋아했음에도, 이렇게 좋아하고 있음에도.

제 가슴을 치며 상철이 오랫동안 울었다. 심덕의 죽음이 비로소 실감 났다. 죽었다는 것을, 진짜로 죽어버렸다는 것을 이제는 인정할 수밖에 없었다. 붉은 넥타이가 상철에게 이제 그만 포기하라고 말하고 있었다.

〈2권에서 계속〉